U0096812

茅盾研究
八十年書系

錢振綱・鍾桂松◎主編

丁爾綱◎著

28

茅盾的藝術世界

（下）

花木蘭文化出版社

國家圖書館出版品預行編目資料

茅盾的藝術世界（下）／丁爾綱 著 — 初版 — 新北市：花木
蘭文化出版社，2014〔民 103〕
目 2+230 面；19×26 公分
（茅盾研究八十年書系：第 28 冊）
ISBN：978-986-322-718-2（精裝）
1. 沈德鴻 2. 中國小說 3. 文學評論
820.908　　　　　　　　　　　　　　　103010322

中國茅盾研究會《茅盾研究八十年書系》編委會

主　編：錢振綱 鍾桂松

副主編：許建輝 王中忱 李 玲

特邀顧問：

邵伯周 孫中田 莊鍾慶 丁爾綱 萬樹玉 李 岫

王嘉良 李廣德 翟德耀 李庶長 高利克 唐金海

ISBN-978-986-322-718-2

9 789863 227182

茅盾研究八十年書系
第二八冊　　　　　　　　　　　ISBN：978-986-322-718-2

茅盾的藝術世界（下）

本書據青島出版社 1993 年 12 月版重印

作　　者　丁爾綱
主　　編　錢振綱 鍾桂松
總 編 輯　杜潔祥
副總編輯　楊嘉樂
編　　輯　許郁翎
出　　版　花木蘭文化出版社
社　　長　高小娟
聯絡地址　235 新北市中和區中安街七二號十三樓
　　　　　電話：02-2923-1455／傳真：02-2923-1452
網　　址　http://www.huamulan.tw 信箱 hml810518@gmail.com
印　　刷　普羅文化出版廣告事業
初　　版　2014 年 7 月
定　　價　60 冊（精裝）新台幣 120,000 元　　　　版權所有·請勿翻印

茅盾的藝術世界（下）

丁爾綱　著

目

次

第四編　典型提煉論

源於生活　高於生活
——論茅盾小說的典型提煉

　　文藝源於生活，是現實生活的真實反映；然而天天生活在社會現實之中的廣大讀者卻偏偏要閱讀文藝作品。這是因為文藝是生活本質的集中、突出、形象的概括。在藝術概括過程中，作家運用一定的藝術技巧把自己對生活的真知灼見和美學感受充盈其中。於是作品所反映的現實生活中就增忝了新的內容；藝術美，也就超過了生活美。讀者從中得到較之相應的社會生活更豐富、更本質的東西。這項工程是通過文藝典型化過程實現的。因此，對社會生活進行典型提煉就成為文藝創作最重要的環節之一。研究作家的典型提煉的藝術經驗，也就成為作家作品研究的重要方面。

　　在現代文學史上作出突出貢獻的無產階級作家茅盾，在長期創作實踐中積累了豐富的典型化經驗。用自己的一句話來概括，就是「取精用宏」。〔註1〕由於他幾十年的創作生涯積累了相當豐富的生活素材，達到了相當高的思想水平，有了造詣很深的藝術修養，他的典型化經驗就特別豐富，頗具特色。他能洞幽燭隱，見微知著；借助平常易見的事物，反映深廣的社會內容，概括出事物發展的客觀規律與本質內涵；借助生動的形象，把生活的真諦和作家的卓見藝術再現出來。他筆下的藝術形象總是和人類的命運、社會歷史的發展密切關聯，他竭盡全力使個別充分地反映一般，透視出深廣的社會內涵。使人每讀一次，就能獲得新的發現。

〔註1〕《創作的準備》，三聯書店版，1949年，第32頁。下同。

（一）

本領高超的藝術大師總是讓特定環境中的人物借助故事情節展示自己豐富的性格和複雜的社會關係，藉以顯示豐富的社會內容和強大的生活邏輯。作家自己總是退居作品的縱深，他的傾向絕對不是直接表露出來，而是借助人物性格的歷史——故事情節及其發展，從中自然地顯示出來。因此在敘事性的作品中，故事情節就成了極其重要的藝術手段。這種故事情節的典型提煉，關係到人物性格的刻畫，關係到主題思想的表達，關係到作家傾向的表露，關係到作品思想性與藝術性的高低。因此，茅盾一向特別注意故事情節的典型提煉。

茅盾小說的故事情節的典型提煉，大體上致力於三個方面的追求。其一是從現實生活中極其複雜的人物及人物之間極其複雜的相互關係中提煉典型情節；其二是從平凡的日常事例中提煉典型情節；其三是從歷史轉折關頭的重大政治事件中提煉典型情節。

茅盾青少年時代一直在故鄉浙江桐鄉烏鎮生活。1914 年後在北京和上海，也往往每年返里多次。因此對故鄉的社會生活有較深的體驗與了解。1932年上海「一・二八」抗戰爆發後，茅盾返回故鄉住過一段較長的時間。江浙一帶，水鄉澤國；河湖港汊遍地，各種船舶極多。據 1932 年 6 月《現代》雜誌一卷二至四期發表的茅盾的《故鄉雜記》（這篇「《故鄉雜記》是以這次返鄉的所見所聞為主，並採用了歷次回鄉的見聞材料寫成的」）描繪的情景，他是先乘火車後改乘「『無錫快』的柴油引擎小火輪」〔註2〕的。這組散文共三篇，第二篇雖題為「內河小火輪」，並對「內河小火輪」本身作了介紹，但對它所能反映的社會內容卻隻字沒提。然而在短篇小說《當舖前》〔註3〕中，卻出現了對小火輪的藝術描寫。

《當舖前》這個短篇小說通過王阿大當「當」的一個生活場面，描繪了30 年代初期江浙農村破產的慘景，揭露了作為特殊的社會病態——當舖這種

〔註 2〕《茅盾文集》第 9 卷，第 132～140 頁。

〔註 3〕在《茅盾文集》中，沒有注明《當舖前》的寫作時間。此文雖發表於《春蠶》之後（《春蠶》發表於 1932 年 11 月《現代》雜誌第 2 卷第 1 期），即發表於 1933 年 7 月《現代》第 3 卷第 3 期，寫作時間卻在其前。《春蠶》寫於 1932 年 11 月 1 日，《茅盾文集》（以寫時間排列順序）中《當舖前》不僅排在《春蠶》之前，而且排在「1932 年 9 月 8 日作畢」的《右第二章》之前，故其寫作時間不會晚於 8 月，比《春蠶》大約早寫兩三個月。

特殊的剝削形式的殘酷性。通過這種人吃人的生存競爭和殘酷鬥爭的社會場面，著重揭示了 30 年代初期中國農村日趨衰敗的社會根源。因此，對小火輪的形象描繪，不僅僅渲染了氛圍，描寫了社會背景，更重要的是形象地揭露了中國農村日趨破產的一個重要原因：小火輪犀起的水淹了稻田，使農民直接受害。為此展開的自發反抗又受到官府鎮壓，農民只好忍氣吞聲，默食惡果！這體現了在國民黨反動政權支持下，資本主義的運輸業對農村自然經濟的直接摧殘。王阿大參加對輪船公司的自發反抗受到鎮壓時所流的血濺在衣上，這血迹正是農民苦難生活的血淋淋的記錄。於是圍繞小火輪造成王阿大的不幸遭遇所形成的故事情節，從一個側面揭示了深刻的社會矛盾。

這個情節的典型提煉，始於茅盾乘小火輪回鄉所目睹的生活素材，它的深化則得力於茅盾在故鄉期間對農村生活周密的觀察和深刻的剖析。這樣，茅盾就從返里所乘的交通工具深入到它所體現的人與人之間的階級關係，發掘到這種社會的經濟壓迫與政治統治之間的有機聯繫。從這一深刻發現出發去選擇素材加以提煉，構成了作品的典型情節。

但是《當舖前》關於小火輪的描寫，並非作品的主要情節（這個短篇的故事情節本身就比較簡單），這個情節雖和主人公王阿大的性格有一定的聯繫，但畢竟還不是構成人物性格歷史的中心內容，因此離茅盾對情節典型化的嚴格要求有一定的距離。

幾個月後，茅盾在《春蠶》（寫於 1932 年 11 月 1 日）中對這個素材作了進一步提煉。《春蠶》以 1932 年上海「一・二八」抗戰為背景，通過春蠶「豐收成災」這一特殊的社會現象的精闢描繪，揭示出帝國主義的侵略是中國農村日趨破產的根本原因。作品最大的成就是塑造了富裕中農老通寶的典型形象。這是現代文學史上著名的典型人物之一。通過他在春蠶豐收成災過程中的具體性格描繪，深刻而藝術地宣告：安分守己，逆來順受是條絕路。這個短篇對老通寶生活道路作了徹底否定，但作者並不完全抹煞老通寶。作者充分肯定他勤勞、善良、質樸的農民性格，特別是肯定了他對帝國主義的自發反抗與強烈仇恨情緒。這就充分展示了這個人物豐富的性格內涵，加強了這個人物的典型性。在人物性格典型化過程中，茅盾充分利用了老通寶對小火輪的態度這個情節，經過典型提煉，使這一情節成為刻畫人物豐富性格內涵的強有力的手段。

　　《春蠶》先借老通寶的眼把小火輪殘害農田的行徑作了較《當舖前》遠為充分而生動的描繪。然後歸結到「老通寶向來仇恨小火輪這一類洋鬼子的東西！」這就使小火輪的形象描繪和人物內心世界的深刻發掘得到有機的結合。因此，它不同於《當舖前》那種比較外在、不占主導地位的描繪，而成為人物性格發展歷史的一個重要的組成部分。《春蠶》通過老通寶「仇恨小火輪這一類洋鬼子的東西」，一方面刻畫了他頑固保守的富裕中農的性格特徵──「聽得帶一個洋字就好像見了七世冤家！洋錢，也是洋，他倒又要了！」〔註4〕更重要的，是藉此概括了帝國主義侵略中國造成無數苦難而形成的老通寶及中國老一代農民的反帝心理。因為近百年來帝國主義踐蹯中國的殘酷歷史事實迫使老通寶深信「銅鈿都被洋鬼子騙去了」。

　　老通寶性格裡這樸素的反帝情感，從邏輯上講自有他自己難以說透的地方，但從樸素的階級直感和民族意識來說，他自信這是非常有道理的。於是小火輪在老通寶的眼睛裡就成了洋鬼子的象徵物。作者通過這種典型提煉就給小火輪通過河道的藝術描繪賦予了新的典型意義。它不僅深刻揭示了小火輪戽水淹田對農民造成的直接危害，不僅體現出資本主義的交通事業深入農村是造成農村自然經濟崩潰解體，造成農民日益貧困的經濟原因，而且更主要的是揭示了帝國主義對中國農村的長期掠奪，因而激發了農民自發的但又十分強烈的反帝心理。茅盾把這種心理描寫和日本帝國主義1931年發動的侵華戰爭，特別是上海「一·二八」抗戰聯繫起來。因為這篇小說是以「一·二八」上海抗戰為背景的，於是老通寶的民族意識與反帝情懷，和團結抗日的時代精神相呼應，成為這個典型人物性格特徵的重要組成部分。於是，無論是從情節典型化角度說，還是從人物性格的典型化以及故事情節的典型提煉對人物性格典型化的促進作用來說，《春蠶》都比《當舖前》大大邁進了一步。

　　當然，《春蠶》關於小火輪的描寫仍未完全擺脫氛圍描寫和細節描寫的窠臼。而且，《春蠶》拋棄了《當舖前》圍繞小火輪展開的自發鬥爭的那些重要情節因素（從《春蠶》本身來說，這麼做顯然必要），這是一件憾事。作者對此也並不滿足。

　　過了十年，我們從茅盾未完成的長篇《霜葉紅似二月花》（寫於1942年，出版於 1943 年）中看到一個驚人的令人興奮的事實：《當舖前》的那段故事

─────────────

〔註 4〕 《茅盾文集》第 7 卷，第 286 頁。老通寶兒媳四大娘評價他公公的話。

梗概式的文字，居然衍化爲這個長篇的情節體系的核心，成了故事情節發展的高潮，成了構組人物體系，描繪人物複雜關係的中軸。

這部長篇的重要人物之一是輪船公司經理王伯申。他經營的輪船在河道中來來往往戽水淹田給農民造成了不折不扣的災難。時值潦天，這個矛盾就特別尖銳，激起沿岸廣大農民的強烈反對，和沿岸大小地主也發生了相應的衝突。大家逼迫王伯申出錢疏浚河道，王伯申卻置之不理；反而在興辦習藝所並擬動用善堂經費這一問題上和縣裡的土豪劣紳、善堂公款控制者趙守義發生了尖銳衝突。因爲這勢必使趙守義長期以來利用公款中飽私囊的劣迹充分暴露，這就打中了趙守義的要害。趙守義的對策是利用王伯申面臨的輪船公司和農民以及沿岸地主的上述矛盾，派人勾結小曹莊土著地主曹志誠煽動農民聚眾砸船。王伯申則串通官府，一方面派差捕人，一方面派法警護船。於是和砸船的群眾發生衝突，當場槍殺了農民祝大的兒子小老虎。趙守義和曹志誠相互勾結又鼓動祝大到官府告狀，迫使王伯申在動用善堂經費問題上不得不讓步。於是雙方乘機在幕後握手言和，小曹莊農民和祝大就成了鬥爭雙方相互勾結相互妥協的犧牲品；一條人命也白白斷送。穿梭往來的船隻繼續戽水淹田，泛濫成災。長篇圍繞這一事件寫了一系列形形色色的人物，特別是寫了一個聶赫留朵夫型人物錢良材。他的土地在河的沿岸，因此和王伯申發生矛盾。他一方面積極聯合縣裡的士紳要壓王伯申出錢修河；另一方面又識破了趙守義和曹志誠相互勾結、聚眾鬧事的叵測居心，於是一再勸阻農民不要上當。然而事情的發展非個人力量所能遏制。這個聶赫留朵夫式的青年紳士也終於失敗了。

《霜葉紅似二月花》圍繞小火輪事件提煉出一個典型的故事情節體系，不僅使情節名副其實地成爲人物性格發展的歷史，而且根據情節的內在邏輯把人物關係加以衍化和延伸，把它插到社會階級矛盾的縱深，於是構成了揭示主題思想的強有力的手段。而且，既充分揭露了資本主義勢力對農民的摧殘，揭示了資本主義和封建主義之間的尖銳矛盾，又揭穿了在剝削與壓榨農民問題上各剝削階級根本利益的一致最終必然導致反動的聯合與卑鄙的勾結。這當然是一條客觀規律。通過情節的典型提煉，作者還向廣大人民群眾揭示出一個階級鬥爭的慘痛教訓：鬥爭是非常需要的，但自發的農民鬥爭不可能導致農民階級的徹底解放；聶赫留朵夫式的人道主義對農民也於事無補；被壓迫的農民必須認眞總結經驗教訓，爲謀求階級的共同出路而另闢

蹊徑。

從《故鄉雜記》到《霜葉紅似二月花》，通過小火輪這一個日常生活素材的典型提煉，就揭示出這麼深廣的社會內容，借此居然能展現出這麼豐富的思想意義，的確是難能可貴的。

對「五卅」運動有關素材的藝術提煉是茅盾從歷史發展關鍵時刻的重大題材中進行典型情節提煉的範例之一。

茅盾不僅是「五卅」運動的參加者（他是商務印書館的黨支部書記），而且是「五卅」運動時上海的商務印書館的罷工委員會成員之一，直接參與領導了這場鬥爭。在參加實際鬥爭過程中，他用筆作武器，在《公理日報》、《文學週報》上撰文揭露和抗議帝國主義的血腥罪行，反映「五卅」運動中各階層的複雜心理，特別是運動的中堅——工人、學生的同仇敵愾情緒。他在《文學週報》上先後發表了《五月三十日的下午》、《暴風雨——五月卅一日》、《街角的一幕》〔註5〕等三篇散文，記錄了「五卅」運動當時給矛盾留下的深刻印象。

四年以後，茅盾把他積累的這些素材進行典型提煉，其中一部分用到未完成的長篇《虹》裡。

《虹》寫於1929年，通過主人公梅行素女士曲曲折折地走上革命道路的歷程，反映了要求進步的我國小資產階級革命知識分子曲折艱難的思想歷程。作品從「五四」運動寫到「五卅」運動爆發，通過梅女士離蜀來滬的幾年經歷，概括了相當廣闊的時代場景，「欲為中國近十年之壯劇，留一印痕」。〔註6〕

《虹》以「五卅」運動為核心提煉的情節，固然也和日常題材一樣，在典型化過程中注意揭示現實生活的本質，但是它又充分體現茅盾寫重大題材的特點：反映階級鬥爭和歷史發展的動向，體現滾滾向前的時代洪流所匯成的時代精神。小說圍繞梅女士思想發展的新階段——由個人主義到集體主義，由個人奮鬥到投身革命——展開情節。這一性格發展體現出一代小資產階級革命知識分子的生活道路。在大時代和革命洪流的陶冶下，他們必然要走歷史必由之路——和工農革命運動最終結合。而《虹》中對「五卅」運動的描寫，成為梅女士這一思想發展的契機。作者有意把主人公梅女士置於「五

〔註5〕分別發表於《文學週報》第177、180、182期，1925年出版。
〔註6〕《虹·跋》，《茅盾文集》第2卷，第276頁。

卅」時代激流的漩渦中經受衝擊與磨煉。在兩種完全不同的政治態度的對比中，在革命的激流衝擊下，使梅女士亮明自己的政治態度：「時代的壯劇就要在這東方的巴黎開演，我們都應該上場，負起歷史的使命來。」她堅信「今天南京路的槍聲，將引起全中國各處的火焰，把帝國主義，還有軍閥，套在我們頸上的鐵鏈燒斷！」〔註7〕

於是在「五卅」運動的壯烈場景基礎上提煉的故事情節就不僅顯示出中國人民反帝反封建的強烈革命精神，也不僅作為小說的時代背景構成了小說具有濃烈時代色彩的典型環境，而且作為揭示作品女主人公思想發展重要階段的豐富性格內涵和推動人物性格發展的重要社會因素，強有力地塑造了典型人物。在這裡，故事情節的發展伴隨著和推動著人物性格的發展；同時，借助人物複雜而又豐富的內心感受更強烈地展開了故事情節，使之充分顯示出情節的典型意義，充分體現了時代精神。

一年多之後，茅盾在《子夜》中對「五卅」運動後的社會動向作了進一步發掘。歷史發展表明：作為激流餘波，每到「五卅」紀念日都大有「一年一度秋風勁」的氣勢。茅盾把握住了這一歷史發展動勢，提煉了《子夜》第九章關於「五卅」運動五周年紀念日南京路上飛行集會的故事情節。這情節是以五年來工人運動、學生運動的發展趨勢作為現實依據的，它既保持了「五卅」以來工農革命運動的勢頭，又帶有1930年「左」傾路線影響下盲目舉行飛行集會的新的內容與歷史特徵。茅盾抓住這個特點把它作為《子夜》所反映的工農革命運動的一個環節，來反映逐漸由低潮轉向高潮的群眾運動總趨勢，也指出這一高潮難免泥沙俱下的歷史真實，使之成為時斷時續的貫串全書的情節發展線索之一。這是全書故事情節鏈條上的重要一環，又是《子夜》圍繞中心人物吳蓀甫展開的三條火線（工廠、農村、公債市場）的側面之一。作品明確顯示出吳蓀甫的裕華紗廠工人運動和社會上的工運緊密相連。正當吳蓀甫廠子的工人運動起起伏伏，終於被屠維岳施展分化瓦解和「反間計」陰謀所破壞的時候，城鄉工農運動又在「五卅」前後抓起了這一高潮。這就對吳蓀甫及其性格發展客觀上形成了一次重大的衝擊，從而揭示了投靠蔣介石之後的民族資產階級不同於置身在統一戰線內部革命性占主導地位時的民族資產階級，他們在工人運動面前暴露了其反動真面目。同時，《子夜》還把一群資產階級與小資產階級知識分子推到「五卅」紀念活動的大熔爐中反覆

〔註7〕《茅盾文集》第2卷，第258頁。

「冶煉」，借以顯示其不盡相同的政治態度：或從浪漫諦克和知識分子的正義感出發熱烈支持，如張素素；或從消極頹廢的思想立場出發冷眼旁觀，如范博文；還有的則依然醉生夢死甚至玩世不恭，最終仍採取遊戲人生但求享樂的頹廢生活態度，如杜新籜和林佩珊。這樣，《子夜》圍繞「五卅」五周年紀念日的這一情節提煉，就有力地刻畫了 30 年代「新儒林外史」的這個側面，情節的提煉顯示了更豐富的典型意義。

以上情況說明：在情節的提煉過程中，不論採用重大題材還是日常生活題材，茅盾都注意扣緊人物性格的發展，揭示生活的本質和動向。但在取自重大題材錘煉成的典型情節裡，作者更著重地注意充分揭示時代精神，注意顯示滾滾向前的時代洪流的發展趨勢。而借情節刻畫人物時，是泥沙就給以沖刷，是真金則給以洗滌，使之煥發出更加奪目的時代光輝。這樣，充分發揮了使一般在個別中得到充分體現的典型提煉的威力。

（二）

文學作品的情節是「某種性格、典型的成長和構成的歷史」〔註8〕，情節的典型提煉首先是為塑造典型人物服務的。因此，人物的典型提煉理所當然的是茅盾小說典型提煉的核心和關鍵。

茅盾認為：第一，人物的典型提煉和情節的典型提煉一樣，必須建築在深厚的生活基礎上。「材料豐富了，成熟了，確有所見了，然後寫。」〔註 9〕第二，他要求作家對人物有深切的感受，從「接觸到的各式各樣的人以及各式各樣的人所做的種種事情裡頭——感得了有可恨的，有可笑的，有可歌可泣的，而且感染力很強，以至隔了多時，我們還能喚起活生生的回憶，我們閉了眼，還恍如那些『人物』即在眼前」。〔註10〕第三，他要求人物典型提煉過程中，廣泛概括同類人物的本質特徵。他認為「成功的『人物』描寫，決不是單依了某一個人作為『模特兒』。比方說，要寫一個商人罷，應當同時觀察了十幾個同樣的商人，加以綜合歸納」。〔註11〕經過這種典型提煉所塑造出來的人物「當然甲不復是原來的單純的那個甲，乙亦不復是原來的單純的那個乙，而是甲之中有乙，乙之中也有甲，成為非甲非乙但又似甲似乙之另一

〔註 8〕 高爾基：《和青年作家談話》，《文學論文選》，第 297 頁。
〔註 9〕 《公式化的克服》，《茅盾文集》第 9 卷，第 304、305 頁。
〔註10〕 《公式化的克服》，《茅盾文集》第 9 卷，第 304、305 頁。
〔註11〕 《創作的準備》，第 43 頁。

個丙。」〔註 12〕而這個丙之所以似甲似乙而又非甲非乙，原因在於他是一個獨具特點的，充分個性化了的新的人。第四，他要求把人物的典型提煉和主題思想的概括與提煉結合起來，要求「我們試來意識地分析這個丙的性格，並從這一個丙的行動（就是以甲乙等人為中心的曾經發生過的事情）試來分析那些事件的意義，結果是發見了 A 或 B 了，這 A 或 B 或者是指出了光明的萌芽，或者是指出了失敗的教訓：這時候，我們便打算以 A 或 B 作為主題來寫一篇東西，……這樣產生的作品，就是所謂瓜熟蒂落，因而也不會是公式主義的。」〔註 13〕這是茅盾人物典型提煉的豐富經驗的深刻總結。也是人物性格典型提煉一般理論的深刻闡述。

茅盾的許多長篇和短篇創作，其人物典型提煉的實踐經驗，都說明了這個問題。以被稱為《農村三部曲》的短篇名作《春蠶》（作於 1932 年 11 月 1 日）、《秋收》（作於 1933 年 1 月）、《殘冬》（發表於 1933 年 7 月《文學》創刊號）中所塑造的蠶農老通寶為例，這個人物的典型提煉就很能說明問題。論者歷來以茅盾的《我怎樣寫〈春蠶〉》一文為據，認為這個人物的原型是「丫姑老爺」〔註 14〕。其實此外茅盾還概括了許多原型。茅盾在《桑樹》〔註 15〕一文中記錄的黃財發及其種桑樹的辛酸歷史就和老通寶及其命運有明顯的血緣關係。他以上述兩個原型為基礎並概括了許多同一類型的人，在廣泛的生活基礎上進行典型提煉。其工作是刪除枝夷、突出基幹，充分挖掘許多模特兒的內在本質。他以人物原型的性格邏輯為依據，參照同一類型人物性格的發展規律，把原型刪削改造並著重加以延伸，把他延伸到當時遍及全國的農民的自發反抗與自覺革命的鬥爭環境中去。借助這必然產生的社會條件給老通寶的性格發展提供了一種機會。同時，充分利用所提煉的性格的思想容量以概括更為深廣的社會內容，在這全過程中，他又充分注意藉個性以反映共性，使個性和共性得到有機的結合。

茅盾從這些「模特兒」身上所提煉的東西包括以下幾點：第一扣緊了「丫姑老爺」和黃財發提供的基礎，並作某些必要的修改，從而概括出老通寶的社會經濟地位。兩個原型「在農村裡是數一數二的」。他們雖已家道中落，但

〔註 12〕《公式化的克服》，《茅盾文集》第 9 卷，第 304、305 頁。
〔註 13〕《茅盾文集》第 9 卷，第 304 頁。
〔註 14〕此人名顏富年，乳名阿二。所謂「丫小姐」是茅盾祖母的貼身丫頭，名鳳英。現均謝世，但其子尚健在，其家中還保存著丫小姐的陪嫁衣箱。
〔註 15〕《茅盾文集》第 9 卷，第 250～252 頁。

仍是較爲殷實的亦農亦桑的「自耕農」。老通寶也具有這個特點，但他不像「丫姑老爺」那樣有「六七畝稻田」；也不像黃財發那樣有能產「三四十擔桑葉」的桑地，老通寶已經完全失去了稻田，只有一片年產十五擔桑葉的桑地，這一修改就使老通寶的經濟地位略低於兩個「模特兒」。第二，兼取兩個「模特兒」的行業，構成老通寶亦育桑亦養蠶的特點，在降低老通寶經濟地位的基礎上，使其養蠶所需不是以自產的桑葉爲主，而是以借債買葉爲主，這就使老通寶承受更大的經濟壓力，而不得不和債主發生剝削被剝削的關係。這一被剝削的地位對人物典型化至關重要。第三，在「丫姑老爺」和沈家（茅盾的家族也是一個業已破落了的地主名門）密切關係的基礎上，取消其「丫姑老爺」的身份，他刪除了「丫小姐」這個不必要的人物（但利用這一素材塑造了對揭示老通寶有襯托作用的也是丫頭出身的荷花及其倒霉的丈夫李根生），並且虛構了老通寶祖孫三代和陳家父子兩代人之間的特殊關係。第四，充分利用了「丫姑老爺」的祖父、叔祖被「長毛」捉去，因逃跑被殺的材料，加以改造，使之和陳家結下了複雜的關係。即：他們之間雖然是地主佃戶關係，但他的祖父和老陳老爺一起被「長毛」所捉「患難與共」五年，後來又一起逃出來，從此開始富裕。這就反映了他們之間既有剝削被剝削的相互矛盾的一面，又有利害一致的一面。這就使老通寶的安分守己態度及保守思想（其中又摻和了仇視洋人的反帝思想）和他那在村裡較殷實、較富裕的社會地位得到了客觀的依據和合理的解釋。以這幾點爲基礎透徹地剖析出、生動地概括出老通寶性格的一個突出的特徵：安分守己，因循守舊，逆來順受，只肯在現存社會制度、現有社會條件容許的範圍以內求生存和作掙扎，決不越雷池一步。他善良、勤勞，但又保守、頑固，甚至具有濃厚的宿命論思想，正如「丫姑老爺」和黃財發那樣。像老通寶這種人，只能走慢性自殺的道路。於是茅盾就提煉出一種在半封建半殖民地中國農村帶有普遍意義並帶有突出的時代特徵的一個典型：他原來比較富裕，現在則漸趨破產，然而又不肯改變現狀，實際上也無法改變現狀。所以這是老一代舊式農民的典型。像老通寶這種農民典型的逆來順受的生活道路，是農民走上覺醒的障礙，是農民革命運動的絆腳石。

　　茅盾還從這些「模特兒」所生活的社會環境中挖掘與提煉出其與在動蕩中發展的時代的密切聯繫，力求使人物性格的典型提煉和典型環境的描繪、渲染發生有機聯繫，藉以充分闡發典型人物的社會意義。這方面的工作包括：第

一，挖掘剖析並開概括出「丫姑老爺」與黃財發等日趨破產的社會根源。他們都處在 30 年代中國農村，這是我國 30 年代內憂外患交相煎迫的苦難時代。他們所從事的構成中國半封建農村自然經濟之一部分的蠶桑事業，不僅和我國先天不足、後天失調的民族絲織工業——絲廠、絲織廠等等——息息相關，給這些民族工業提供原料，因而也必然受這些工業資本家的重重剝削，承受這些工業伸向農村的觸角——「繭行」的中間剝削。而且唯其如此，也就必然同樣承受第一次世界大戰期間趁機發展起來的我國民族絲織業在 30 年代初期面臨的危局：帝國主義，特別是日本帝國主義的先進工業之一——人造絲業的排擠和洋種蠶繭的排擠；以帝國主義為後盾的中國買辦金融資本執行帝國主義鯨吞民族工業惡毒計劃所施加的種種壓力；還有 1931 年「九‧一八」事變以來，特別 1932 年上海「一‧二八」事變以來日本帝國主義發動侵華戰爭給江浙農村帶來的嚴重影響。這一切決定了包括「丫姑老爺」和黃財發等殷實富裕、家道小康的蠶農桑農在內的中國農民必然日趨破產的悲慘命運。正如茅盾所說：「一九三二年的中國鄉鎮無論如何不可與從前等量齊觀了。農村經濟的加速崩潰，一定要在『剪髮旗袍的女郎』之外使這市鎮塗染了新的時代的記號」〔註 16〕。第二，老通寶對待帝國主義的侵略（政治的、經濟的、軍事的，首先當然是經濟的）的態度，是茅盾記錄其所用「模特兒」種種素材的文章中所未曾提供什麼線索的，然而這又是研究茅盾典型人物提煉時無法繞開的重要課題。但是我們發現，茅盾在這方面對人物性格所作的延伸也有生活依據。因為我們從茅盾另外的散文中看到一些端倪。在《人造絲》這篇散文中，茅盾記述了他「那一年秋天」〔註 17〕「到鄉下去養病」時在「內河小火輪」中巧遇的一位小學同學。這位同學外號曾叫做「乾癟風菱」，現在卻變成了「浸胖油炸燴」。這個同學談起他出國留學時先是學醫，後因他父親「有點絲廠股子」，而改學繅絲。但他還沒畢業，其父「絲廠關門」，欠了一屁股債，還寫了「哀的美敦書」讓他「快回國找個事做」。從此這位同學「每逢看見女人身上花花綠綠時髦的衣料」，就「想到了人造絲是怎麼製的」，就「覺得那些香噴噴的女人身上只是一股火藥氣！」因為他知道「製人造絲的第一步手續跟製無烟火藥一樣的！原料也是一樣的。」所以「打仗的時候，人造絲廠就成了火藥局」。茅盾在散文中說他由此受到很深的影響，「我每逢

<hr>

〔註 16〕《故鄉雜記》，《茅盾文集》第 9 卷，第 152 頁。
〔註 17〕指第 1932 年。

看見人造絲織品的時候，總要想到他，而且也嗅到了他所說的『火藥氣』！」「而且，最重要的，這些人造絲都是進口貨——東洋貨」。〔註18〕

由此茅盾認識到，第一，日本人造絲的傾銷是導致中國絲廠破產的原因，也是春蠶「豐收成災」這一畸形社會現象的原因之一；第二，日本軍火工廠和人造絲工廠的密切聯繫，既反映了日本發動軍事侵略的實力來源，也反映了其經濟侵略和軍事侵略的實力來源，也反映了其經濟侵略和軍事侵略的相互關係；第三，也是最重要的，茅盾發掘到中國人民反對東洋貨與反對帝國主義的仇恨心理之間的內在關係，而且認識到其所由產生的社會歷史根源是很深的。茅盾甚至聯想並追溯到提出「反清滅洋」口號的轟轟烈烈的義和團運動。由此不難看出，茅盾把「聽得帶一個洋字就好像見了七世冤家」，作為老通寶性格的一個重要側面，這種提煉的確很有典型意義，由此可看出茅盾進行典型提煉所達到的生活深度和思想深度。

但是，任何典型提煉都應該是藝術獨創性和現實生活規律性的密切結合；任何典型都應該是鮮明的個性和充分概括的共性的高度統一。所以，在處理共性與個性的辯證統一關係中，茅盾也作了大量的典型提煉工作。首先，作者撇開許許多多次要的非本質的表現形式，扣緊作為一個自耕農的階級素質，把農民階級反帝反封建的根本立場，根本思想感情個性化地凝聚成這個典型性格核心。上面談到了老通寶反帝情緒，這是他的一個重要性格側面，此外還有一個更為重要的性格側面，這就是勤勞、樸質、堅韌、具有頑強的生命力。在這方面，茅盾的生活依據遠遠超過了兩個「模特兒」的範圍，而是發掘了遠為深廣的生活土壤。茅盾說：「生長在農村，但在都市裡長大，並且在都市裡飽嘗了『人間味』，我自信我染著若干都市人的氣質；我每每感到都市人的氣質是一個弱點，總想擺脫，卻怎地也擺脫不下；然而到了鄉村住下，靜思默念，我又覺得自己的血液裡原來還保留著鄉村的『泥土氣息』。」「我愛的，是鄉村的濃鬱的『泥土氣息』。不像都市那樣歇斯底列、神經衰弱，鄉村是沉著的、執拗的、起步雖慢可是堅定的，——而這，我稱之為『泥土氣息』」，〔註19〕實際上這是對農民階級的階級本質的生動概括。儘管在「丫姑老爺」、「黃財發身上，對這些表現得不很充分，但在更多的生活境地更為低下的農民身上，卻表現得相當充分。茅盾巧妙地成功地把這些東西概括到

〔註18〕 《茅盾文集》第9卷，第242～246頁。
〔註19〕 《鄉村雜景》，《茅盾文集》第9卷，第175～176頁。

老通寶身上。固然，作為一個較為富裕的自耕農，他必然保守、狹隘。對待比他境遇更差的人如荷花之類被侮辱被損害者，他表現得過分自私而又近於殘酷。但是，由於長期在帝國主義、封建主義、官僚資本主義的壓榨之下，作為一個自食其力的自耕農，他必然被激發出那獨具個性特徵的奮發圖存、堅韌頑強的生命力。像「丫姑老爺」、黃財發一樣，由於長期受到封建思想的腐蝕，他保守、迷信，有嚴重的宿命論思想，相信命運的不可抗拒的威力，因此他不敢越雷池一步。但茅盾也清醒地看到他們那忍辱負重、艱苦掙扎的堅韌性格以及在不打破陳規舊法的前提下和力所能及的範圍內流血流汗、宵旰操勞、茹苦含辛，所表現出的與困難生活長期地堅韌地搏鬥的精神與毅力。這一切又和那勤勞、善良的品性揉和在一起，並為作者強烈的同情心所充盈，因而博得了讀者的強烈同情。正因此，在老通寶臨終之際，作者給他一個懺悔的機會：他終於否定了自己的生活道路，他終於承認他的兒子多多頭所走的那條他一向持否定態度的生活道路是對的。這就不僅使老通寶這個人物性格內部具有中國農村那沉著的、執拗的、起步雖慢可是堅定的「泥土氣息」，也使整個《農村三部曲》及其塑造的一系列農民形象身上，都散發著這種濃鬱的「農村氣息」。茅盾自幼對蠶桑事業所積累的知識，給他進行典型提煉和著手描寫人物提供了豐富的生動的細節；這就更加渲染了這種「農村氣息」。而這種氣息又是老通寶式的，其表現形式、其個性色彩都與眾不同，因此使經過典型提煉甚至適當地加以藝術誇張的老通寶性格，煥發出特異的個性光彩，深深打動讀者的心，在這樣一個老通寶面前，讀者對人物的命運不能不更加關心。

　　茅盾的典型提煉工作還有一個重要方面，就是把人物放在半封建半殖民地中國特定的典型環境中去，放到太平天國以來直到 30 年代農民運動的時代環境中去。他根據原始素材提供的性格基礎加以合乎性格發展邏輯的延伸。並在性格發展的過程中，在人物面臨的社會關係中展示其性格特徵，揭示其個人命運和社會發展必然趨勢的一致性。往上追溯，作者顯然考察了曾經富裕過的「丫姑老爺」和黃財發的祖輩、父輩所經歷過的激烈的階級鬥爭歷史，並參考和汲取了當地豐富的歷史傳說，包括清兵與太平天國在當地交戰的歷史記載；對其在那種歷史環境中所取的政治態度作出合乎規律的判斷。以此為據虛構了老通寶祖與父幾代人與陳姓兩代地主的淵源關係；以及他們對長毛（太平天國起義）所持的態度。並且往前展望，作者根據當前波瀾壯闊的

農民運動發展趨勢，預見到《春蠶》中快樂而清醒的小伙子——老通寶的小兒子多多頭將會走向革命的光明前景。這就給描繪老通寶的生活道路與政治態度開拓了廣闊的生活場景。而且，作者還根據革命途程中老一代農民和年青一代農民生活態度與政治態度的差異，對立地並且對比地描繪了父與子兩代人三種生活態度與政治態度；作者把青年一代中已近中年的阿四夫婦和正值青年的多多頭加以區別，但主要還是把老一代舊式農民典型老通寶和年青一代新式農民多多頭的生活道路、政治態度對立地、對比地加以區別，通過父子兩代人的三種性格發生的複雜衝突，通過「春蠶」（在蠶桑事業中，春蠶豐收卻使農民負債，借此著重反映出的蠶農與帝國主義的矛盾）、「秋收」（在農耕事業中，糧食豐收反而成災，藉此著重反映出廣大農民和資本主義勢力的矛盾）、「殘冬」（從地主階級作威作福的這一側面揭示了農民與地主之間的階級矛盾）這一整年所經歷的階級鬥爭過程，展示了更為深廣的社會內容與矛盾衝突。作者還把敵我性質的矛盾衝突放到農民階級內部的思想衝突之中，作錯綜交織的描繪，藉以顯示出：農民階級的兩種不同的命運，取決於農民階級在兩種不同的政治態度、兩種對立的生活道路中究竟選擇哪一種。作者特別指出了這種選擇的重要意義。通過這種選擇對老通寶代表的生活道路的否定，對多多頭從自發的經濟反抗進而發展到自覺的武裝鬥爭的肯定，作者在白色恐怖下所能容許的範圍內，巧妙地暗示了為實現「井岡山道路」所作的鬥爭，指出了這是農民唯一的生存之路。因為這條道路為無數老通寶的無數次失敗所證明：只有這條道路是農民階級爭自由、求解放、得翻身的唯一正確道路。

　　茅盾從生活到創作圍繞著人物性格的典型提煉所獲得的這種豐碩成果，除作品的社會意義與人物的典型意義不論外，單就人物性格提煉所積累的藝術實踐經驗而言，也是很驚人的。

（三）

　　茅盾小說中人物形象的典型提煉工作並非孤立地進行的，而是和環境的典型提煉結合著進行的。茅盾是根據人的社會本質決定的。馬克思說：「人的本質不是單個人所固有的抽象物。在其現實性上，它是一切社會關係的總和」。〔註20〕根據茅盾的理解，所謂環境有狹義與廣義兩種。狹義的環境「只

〔註20〕 《馬克思恩格斯選集》第 4 卷，第 461 頁。

是『故事』發生的場所，『人物』所在的氛圍」；但是所謂典型環境則是廣義的。「這是指一特定地區的生產關係，社會制度，立於支配地位的特權階層以及被支配的階層，在一方面是武器而在另一方面是鐐銷的文化教育的組織以及風尚習慣等等。」〔註21〕茅盾認為：「一位作家對現實生活觀察而搜集材料的時候，『人』與『環境』是同時在他觀照之中的」；『『人』是在『環境』中行動的。『環境』固然支配了『人』，但由於這被支配而發生的反作用，能使『人』發生破壞束縛的思想而形成改造環境的行動。由此可知『人』和『環境』的關係不是片面的；『人』與『環境』之間的作用，是交流的，是在矛盾中發展的。」〔註22〕當作家深入生活時，「你所接觸的，自然是一個一個的活人」，但是茅盾告誡我們說：「你切不可把他們從環境游離開了去觀察；你必須從他們的相互關係上，從他們與他們自己一階層的膠結與他們以外各階層的迎拒上，去觀察。」〔註23〕這樣，進行人物性格典型提煉時，自然也就提煉了他在其中生活與鬥爭的典型環境。故事情節自然地產生了。反之，就很難提煉典型。這些精闢的論述說明了茅盾進行典型提煉的指導思想與基本特色。以《林家舖子》為例：其主人公林先生是小商人，如前所說，茅盾認為「要寫一個小商人」，「應當同時觀察了十幾個同樣的商人，加以綜合歸納。」〔註24〕在《故鄉雜記》中記述了許多小商人和茅盾談話時給他留下的深刻印象。作家所著重記述的一是這些小商人彼時彼地的社會心理；二是他們和當時我國面臨的民族矛盾、階級矛盾發生的種種關係，特別是他們面臨的社會困境。茅盾把充分攝取的這些素材作了綜合提煉，塑造成林先生這個形象。值得注意的是：作家把這些小商人的某些特徵和他們所處社會環境的特徵，以及他們所處社會環境的血肉聯繫均相當真實地提煉到《林家舖子》中去，成了林先生及其典型環境賴以產生的基本現實依據。

　　林先生這個人物的「定型」工作也很有意思。我發現茅盾把他觀察並攝取的許多小商人的本質特徵，集中凝聚到《故鄉雜記》中描繪過的那個綽號叫「活動新聞報」的小雜貨店老板身上。作家利用了他的身分和他那祖傳的有幾十年的歷史的小店，並把他的家庭成員改了一位：把「其母」換成「其女」。其妻則保留下來被塑造成性格生動的「林大娘」。作者稍稍地提高了一

〔註21〕　《創作的準備》，第46～47頁。
〔註22〕　《階作的準備》，第48～49頁。
〔註23〕　《創作的準備》，第39頁。
〔註24〕　同上，第43頁。

點林先生的經濟地位與身份，他是個親自主事的擁有三個店員、一個學徒、內宅還雇一個老媽子的雜貨店老板（這和塑造老通寶時使其經濟地位略低於其模特兒的做法恰恰相反。兩種不同的典型化處理，都服從於主題思想的需要）。其他性格特徵一概都捨棄了。而林先生性格其他特徵的形成，則參照了同一類型的許許多多小商人凝集而成。包括茅盾自家所開店舖中的經理等人在內。這樣，茅盾終於在廣袤的生活土壤中，提煉出林先生這個不朽的文學典型。

作者利用「活動新聞報」所處的社會環境，把它提煉成具有時代特徵的典型環境。「活動新聞報」所生活的那個鎮子（亦即作者的故鄉烏鎮的縮影）所面臨的政治經濟與軍事形勢：「市面已經冷落得很。小小鎮頭，舊年年底就倒閉了二十多家舖子。」上海的戰事對此地波及很大，造成的直接衝突就是得替過境軍隊籌餉。「在飢餓線上掙扎的鄉下人」已被榨乾。因此「這些小商人比之農民更其沒有出路」〔註25〕。在《故鄉雜記》中茅盾深刻剖析說：「這鎮上的小商人……是時代轉變中的不幸者，但他們又是徹頭徹尾的封建制度擁護者；雖然他們身受軍閥的剝削，錢莊老板的壓迫，可是他們唯一的希望就是把身受的剝削都如數轉嫁到農民身上。農民是他們的衣食父母。他們盼望農民有錢就像他們盼望自己一樣。然而時代的輪子以不可阻擋的力量向前轉，鄉鎮小商人的破產是不能以年計，只能以月計了！」（有意思的是：這些話，有的幾乎一字不易地用到《林家舖子》裡）正是在這個基本形勢上和基本認識基礎上，茅盾圍繞所塑造的典型人物對其生活環境作了廣泛深刻的典型提煉。其基本內容，大體包括以下幾個方面。

第一，作為一個商人，當然以在流通過程中分享剩餘價值為目的。茅盾扣緊小雜貨店老板的這個階級屬性，描寫了他和顧客，首先是和其主要的顧客──鄉下人的矛盾。借此機會承接《春蠶》把農村經濟日趨破產（「甚至一個多月前鄉下人收獲的晚稻也早已被地主們和放高利貸的債主們如數逼光」）作為圍繞林先生的典型環境的重要側面。林先生「覺得自己的一份生意至少是間接的被地主和高利貸者剝奪去了。」這就通過人物關係反映了小資產階級和農民階級，並通過農民階級為中介，反映其與地主階級、資產階級的矛盾。而林先生和鄉下人的矛盾又有力地揭示了林先生的階級屬性──儘管是小資產階級，他也存在剝削的一面。

〔註25〕《故鄉雜記》，《茅盾文集》第9卷，第158～162頁。

　　第二，林先生面臨大魚吃小魚的競爭。一方面，上海的東昇字號和本鎮的恒源錢莊對他的關係固然是大魚吃小魚的關係；另一方面，同業中的裕昌行在直接進行商業競爭之同時，又暗中玩弄手段，既買通市黨部對林先生加壓力，又放出流言，鼓動朱三太等小股東要求退股。裕昌行設置這些障礙的最終目的當然是挖底貨。這也是造成林家舖子倒閉的一個重要社會原因。

　　此外，還要研究林先生和小股東之間的關係。在林家舖子倒閉時，城門失火，殃及池魚，林家舖子的小股東如朱三太、張寡婦等都承受了林先生所承受的一切壓榨與盤剝。這種連鎖反應有力地揭示了小資產階級內部既有休戚相關的一面，也有相互傾軋的一面。

　　第三，林先生面臨著 1932 年日寇侵略上海導致「一・二八」戰爭所造成的嚴重威脅。這也是「活動新聞報」這類小商人所共同面臨著的歷史危運。作者對此做了充分的典型提煉，把民族矛盾與階級矛盾的複雜交錯狀況概括成典型環境的基本因素，其社會內容就更加深化了。其一，林先生起先並未意識到戰爭的威脅。他對出售日貨的行徑也毫無自責之感，這顯示出他也毫無愛國心與民族自尊心可言。他從其唯利是圖的本性出發，倒是安於用行賄手段變日貨爲國貨（儘管這是迫不得已）；因此他也理所當然地要受到學生抗日會代表的抵制日貨的愛國浪潮的強烈衝擊。正是在這個焊接點上，作者因勢利導，把抗日救亡愛國運動作爲時代的主潮，側面地勾勒進來，成爲構成典型環境的重要因素之一。其二，因爲戰爭所逼，「林先生和上海的東昇號之間的關係更加緊張起來，後果是不僅貨源斷絕，而且索債加緊，終於使捆在林先生身上的這條追命索收得更緊了。其三，也是由於戰爭關係，開來的駐軍就拼命索餉和拉夫，也對林先生派到鄉下索債的壽生構成直接威脅（扣船抓丁等），這也加劇了林先生的經濟危機。這三個方面，交錯糾結，使國內本已存在的階級矛盾，均圍繞民族矛盾展開，充分揭示出林先生身受三座大山重壓的垂危處境。這就從小資產階級身受重壓的角度，顯示了半封建半殖民地中國社會的時代特色。

　　第四，林先生又面臨著代表三大敵人根本利益的國民黨反動當局——其代表人物是鎮黨部的黨棍黑麻子和反動政府的商業局卜局長——的種種敲詐勒索。黨權和政權作爲一種暴力加諸林先生身上的打擊是致命的一擊，這是導致林家舖子破產的根本原因。也是小說主要主題——鞭撻反動政治的著力點。

　　至此，茅盾把構成典型環境的各種因素都統一到林先生身上，集中說明了這是一個社會制度問題。林先生的性格及其發展，他家三代經營的事業，他最終的悲劇，都得從這個反動社會制度及其中羅織著的民族矛盾與階級矛盾裡尋求原因。在典型環境的提煉中，茅盾充分挖掘了人物面臨的社會關係的本質意義，通過人物社會關係的各種渠道來提煉典型環境。典型環境的提煉又緊緊圍繞人物的性格描繪，其最終目的是要本質地概括這個特定時代，特定社會制度，特定階級關係與特定社會矛盾。從而深刻地揭示出作品的主題。茅盾據以構思作品的社會生活本身，一開始當然不可能顯示出這麼豐富的社會意義。他據以塑造林先生性格的諸多原型（「活動新聞報」等）的周圍環境也不可能具有這麼全面深厚的時代內容。但是生活提供了提煉典型環境的基礎，作家長期的生活積累，深湛的思想認識，洞察幽微的眼光，豐富的藝術聯想使作家想像的翅膀翱翔起來。他由此及彼，由表及裡地剖析研究和分析綜合，使形象思維的成果凝煉集中，終於使環境的本質借助有獨特個性的形象，有獨特色彩的生活顯現出來。也正是在這一點上，充分顯示出本節開頭所論及的茅盾進行環境的典型提煉的基本特色。

　　值得珍貴的是：茅盾舉重若輕，把「活動新聞報」的家庭成員之一的「母親」改成「女兒」——林小姐。從典型提煉和藝術虛構的角度看，這是一個十分普通的措施。因為誰都可能有個兒子或者女兒，不獨林先生然；在生活中，這本來平常得很。但是這個平常的現象，在小說中卻產生了神奇的效果。首先，林家舖子賣東洋貨，林小姐穿的用的全是東洋貨，於是理所當然的在學校裡受到抵制日貨的群眾抗日愛國運動的衝擊。這就開闢了一條揭示林先生與日本帝國主義侵略上海的戰爭，與群眾抗日運動的興起發生尖銳衝突的重要渠道。借助林小姐在父親勉為其難情況下擅自買新衣料而最後終於又不得不送進當舖，從環境氣氛上典型地渲染並襯托了林先生的悲劇命運。第二，林小姐作為一個小雜貨店老闆的閨女，成為一個洋學生是理所當然的。然而正是這一點使林先生和國民黨部、國民黨反動政府的商業局結下了可悲的不解之「緣」：黨棍黑麻子和商業局卜局長都是好色之徒，他們看上了這個十七歲的美麗的洋學生，爭相娶她為妾。為了達此目的，成倍的壓迫向林先生無情地襲來。而且，因為爭風吃醋，黑麻子和卜局長之間，反動黨部和反動政府之間發生了尖銳的矛盾。這不僅有助於揭露國民黨反動派的腐朽，而且有助於揭示林先生悲劇的深度，——由於這個「爭奪」，林先生不僅

被拘留，而且又大大破了財，終於逼得他舖子倒閉，自己不得不棄家亡命出走。第三，正是在這個特殊條件下，促成了林小姐和壽生的結合，這就一石三鳥，寫了林先生、寫了壽生（這是他鼎力撐持林家舖子的合理結果，也是壽生善良、精明、幹練的性格得以顯示的重要渠道），此外也順理成章地寫了林大娘。正如茅盾所說：「林大娘的這一行動正表現了舊社會中婦女的『寧願粗食布衣爲人妻，不願錦衣玉食作人妾』的高貴傳統心理。林大娘比她丈夫剛強有決斷」。〔註26〕而壽生成了林先生的女婿，則強有力地展示了小資產階級兩重性的一個側面。這些人物關係與社會糾葛都是具有明顯特殊性的所謂「個別」，但正是這些「個別」人物關係及社會糾葛，卻恰好反映了上述許多方面的「一般」帶規律性的重大問題。作家把「活動新聞報」的母親去掉，改寫成林先生的女兒。借助這麼一個小小的人物形象塑造，竟能從小資產階級悲劇命運的角度，起到揭示其與社會各個階級構成的複雜階級矛盾以及它在民族矛盾中的悲慘處境的如此巨大的作用，茅盾進行典型提煉的卓絕功力由此可見。

（四）

　　爲說明問題方便起見，我們在上面從情節、人物和環境三個方面分別談了茅盾典型化的經驗。但在實際創作過程中，典型提煉的這幾個方面並非孤立地分別進行，而是錯綜交織地進行，並且最終要融爲一體，統一於作品的藝術結構整體中。因爲人物性格的形成與發展既受環境的制約，又影響環境的變化。人物性格的發展過程構成了故事情節，而故事情節的展開又有助於典型人物性格的展示和典型環境的描繪。何況人物與人物之間的關係更是密切而又錯綜交織的，這就更使環境、人物、情節的典型提煉工作必然是錯綜交織地糾結在一起。

　　因此，茅盾認爲：在典型提煉過程中，「時時要注意的，是社會生活的各部門都是有機的關係」，他主張作家「應該到處去鑽，千萬要避免只顧到一角。」「而在這樣豐富的材料中自然包括著不只一方面的社會現象，——就是不只一種題材，一個故事了。」「依這樣的創作過程，你有了『故事』時也就有了『人物』；兩者是同時產生，同時成熟。」〔註27〕因此，作家在深入生活

〔註26〕《茅盾給吳奔星的信》，見《茅盾小說講話》，泥土社版，第158頁。
〔註27〕《創作的準備》，第39頁。

時，「『人』與『環境』是同時在他觀照之中的；決沒有機械到只看見『人』或只看見『環境』而將兩者的有機的相互關係劈為兩半的。」作家「應該從交流的，在矛盾中發展的關係上去觀察『人』和『環境』。從這樣的觀察，可以灼見現象的過去、現在和未來。當你截取『現在』一段來寫，你的目光當然不以『現在』為限；你的最大的努力當然是要從『現在』中透露出『過去』，並且暗示著『未來』」。〔註28〕

集茅盾小說典型提煉經驗的形成原因於主要的幾點，首先就是作家必須有廣闊的生活視野和深厚的生活積累。否則，巧婦難為無米之炊。其次當然是必須具有精闢獨到的社會見解和體現同一時代先進階級的先進思想的世界觀。第三則是具備高度的藝術素養、豐富的藝術實踐經驗、先進的創作方法、高超的藝術手腕以及高度的藝術概括能力。只有具備這些條件，這才能「取精用宏」。

茅盾的這些藝術實踐經驗，明顯地反映了形象思維的本質和規律，把它加以總結使之理論化、系統化，並用以指導後人的創作實踐，在當前，在今後，顯然都有極大的意義。

〔註28〕《創作的準備》，第 48～50 頁。

時代典型的雕塑　現實主義的功力
—— 再論茅盾小說的典型提煉

　　在《論茅盾小說的典型提煉》一文中，我從原始素材的提煉入手，初步探索了茅盾作爲一個現實主義大師，在典型提煉方面積累的豐富經驗及其理論意義。

　　但是，這還是不夠的。因爲典型提煉工作是在作家的世界觀指導之下進行的；是受作家所運用的創作方法制約的。典型提煉與作家世界觀、創作方法緊密相連，因此有必要從這個角度對茅盾小說典型提煉的經驗再作進一步的探索。

　　茅盾的小說處女作是三部曲《蝕》。寫完《蝕》後，茅盾在《從牯嶺到東京》一文中對自己的創作方法和創作道路作了自白。文章引用一位英國文藝批評家的論點：「左拉因爲要做小說，才去經驗人生；托爾斯泰則是經驗了人生以後才來做小說。」茅盾認爲自己「更近於托爾斯泰」，是「經驗了人生以後才來做小說」的。〔註1〕

　　這是符合茅盾早期創作道路的實際的。茅盾登上文壇是在「五四」運動前夕。到他 1927 年提筆創作，歷時達十一年之久。他的公開身份是商務印書館編輯。隨著他的業務活動，在古今中外的文學的研究與評論介紹方面，在文藝理論的建樹方面和翻譯方面，他那革命的創作新精神，他那卓越的貢獻，堪稱同一條戰線上的翹楚。茅盾是「五四」以來新文壇的主將和旗手之一。但是，作爲一個文藝活動家，作爲「五四」以後在全國居首席地位的文學社

〔註 1〕《茅盾論創作》，上海文藝出版社，第 28 頁。

團──文學研究會的代表者和領導人，他在這十多年間始終把自己的文藝活動局限在編輯、評論、譯介和文藝運動的組織、領導的範圍之內，他並沒有插足小說創作。儘管他對古今中外的文學遺產，當今世界的文壇新作，都有精湛的研究和了解，以其文藝修養論，他不難一鳴驚人。儘管這當中他一度也有所突破，寫過一些文情並茂，文體上也作過多方探索的散文，特別是在「五卅」運動中，他「覺得政論文已不足渲泄自己的情感和義憤」，於是寫了「八篇散文」，「其中就有七篇是與『五卅』有關的」。這當然和他「後來終於走上創作的道路不無關係」。〔註 2〕但是這個突破並沒有繼續下去。一方面固然因爲茅盾從來不願意「帶熱」地使用材料，主要的還是缺乏更爲深入的人生經歷。而他是相當重視豐厚的生活積累對創作的決定性的意義的。

到 1927 年茅盾才提筆創作小說，那是因爲他有了足夠的人生經歷和生活積累，而複雜的政治形勢和複雜的內心矛盾使他必須選擇一個足以傾瀉思想感情的通暢渠道，於是他才拿起了筆。

茅盾的這段人生經歷始終與中國革命緊密聯繫。他經歷的上海時期、廣州時期和武漢時期，都和當時革命的領導核心和席捲全國並震驚世界的幾個重大事件緊密聯繫。

茅盾在上海的經歷與中國共產黨的創建與國共合作的時代結合在一起。他是我黨最早的一批黨員之一，又長期擔任中共中央的聯絡員和兼管江、浙兩省的中共上海兼區執行委員會委員。他作爲國民運動委員會的委員長，直接參與領導並發動社會各階層進步力量參加革命和統一戰線工作。他以戰士和領導人的身份參與領導「五卅」運動的宣傳鼓動工作和「五卅」後不久掀起的商務印書館的罷工運動。從國共合作到中山艦事件前後，他一度是中共上海市委負責人之一，並以個人身份加入國民黨，在十分複雜的條件下主持了社會政治運動和宣傳鼓動方面的工作。在這期間他和黨中央的領導人以及上海工運、婦運的領導人陳獨秀、瞿秋白、鄧中夏、惲代英、向警予、楊之華等共同戰鬥，廣泛接觸，因而對他們有較深切的了解。茅盾在廣州的經歷更爲豐富。這時他以上海代表身份參加國民黨第二次代表大會。會後被留在兼任國民黨中央代理宣傳部長的毛澤東同志身邊，作爲國民黨中宣部秘書主持了國民黨中宣部的日常工作。不久，他經歷了駭人聽聞的中山艦事件，在複雜微妙的政治鬥爭中有了更爲艱辛的閱歷。這兩個階段，茅盾革命意志

─────────

〔註 2〕《回憶錄‧七》，《新文學史料》1980 年第 2 期，第 22 頁。

堅定，鬥志昂揚，經受了一次又一次的考驗，提高了對現實生活的認識。但在 1926 年底開始的武漢時期，茅盾卻進入了思想動蕩期。一方面他繼續經受革命實踐鍛煉，他對工、農、婦運動中的「左」傾思潮，對蔣介石發動的「四‧一二」反革命政變和此後汪精衛發動的「七‧一五」事變等等接踵而來的白色恐怖，以及這期間中國共產黨內右傾機會主義泛濫，均站在堅定的立場上。另一方面，他對革命形勢發生逆轉的局面，卻缺乏深刻透徹的認識。因此一度消沉下來。一年以後他在《從牯嶺到東京》一文中總結自己道：「我有點幻滅，我悲觀，我消沉」，但「我想來我倒並沒有動搖過，我實在是自始就不贊成一年來許多人呼號吶喊的『出路』。這出路之差不多成為『絕路』，現在不是已經證明得很明白？」〔註3〕1927 年 8 月，茅盾由武漢到九江，是為了奔赴南昌的。那時南昌起義正在醞釀。但到了九江，一切通路都被蔣介石的軍隊所封閉。於是他上了廬山。因為他聽董必武同志說那兒有條小路，翻過山去可通南昌。但到了山上以後，那條路也被封鎖。革命低潮的苦悶和旅途通路的阻斷導致茅盾在人生的三岔路口步入歧途。不久，他返回上海，陷進空前的幻滅之中。這時，只有這時，一直把社會政治活動作為自己全力以赴的事業的茅盾，才決定改弦更張。在國民黨明令通緝的情況下他躲居一隅，正式提起了創作的筆。他談了自己的創作動機：「我是真實地去生活，經驗了動亂中國的最複雜的人生的一幕，終於感得了幻滅的悲哀，人生的矛盾。在消沉的心情下，孤寂的生活中，而尚受生活執著的支配，想要以我的生命力的餘燼從別方面在這迷亂灰色的人生內發一星微光，於是我就開始創作了」。〔註4〕因此，從茅盾的政治道路看，並不能說這就是臨陣脫逃。而從推動「五四」以來新文學的發展來說，茅盾的棄政從文，未嘗不是歷史的幸運。

　　由於經歷過革命高潮的昂奮和革命低潮的幻滅，作為一個未脫盡小資產階級搖擺性的革命的社會活動家，在他改弦更張棄政從文時，把探索人的命運、人生道路和革命潮流、群眾運動及其未來前景的關係作為處女作的基本主題，這不僅是可以理解的，而且幾乎可以說是勢所必然的。從茅盾的文藝主張看，這十年左右，他從主張「為人生的藝術」到主張「為無產階級的藝術」，即便在幻滅的心境中，他把筆伸向時代浪潮的波濤起伏之中，同樣也是

〔註3〕《茅盾論創作》，第 32 頁。
〔註4〕《從牯嶺到東京》，《茅盾論創作》，第 28～29 頁。

理所當然的。對歷史轉折期中茅盾這段人生道路的複雜內涵，不可以簡單化視之。

　　借鑑了古今中外無數文學大師的實踐經驗，使茅盾創作伊始就自覺地認識到：「一位創作家在他創作過程的第一步就必須從那形形色色的社會現象中『選擇』出最能表現那社會的特殊『個性』——動態及其方向的材料作為他作品的題材。」而社會生活浩若瀚海，作品「所表現者」「是普遍的全般的」，其所描寫的具體對象卻無法包羅萬象，而只能是「片段的人生」，因此作家典型提煉的關鍵，首先在於「選擇。」〔註5〕

　　這一時期茅盾的著作主要是長篇《蝕》三部曲，《虹》和短篇集《野薔薇》，以及《宿莽》中的部分短篇小說。這些作品涉及到「五四」以來一直到一九二七年左右的中國社會一系列重大政治事件，涉及了中國社會的許多階層，描繪了形形色色的人物。但是茅盾並不正面展現這風雲叱吒的時代風貌，他所「選擇」的最集中的「片段的人生」，是形形色色的「五四」新女性在革命浪潮中的曲折、複雜、纏綿和痛苦的經歷。借助這些女性形象的個人命運和在革命風浪中幾經顛簸的人生歷程，對時代主潮的發展趨勢，作了艱苦的甚至是痛苦的認識，也作了曲折的甚至是艱難的反映。

　　茅盾在早期創作中之所以「選擇」大時代中形形色色的新女性的「片段的人生」作為自己俯瞰風雲變幻的社會現實的窗口，他的早期創作之所以把出身於小資產階級的「五四」女性那曲折、痛苦的人生道路作為基本主題深挖細掘，這是有其時代和個人經歷的緣由的。作為反帝反封建的「五四」運動，是以民主、自由及個性解放為思想標誌的。婦女解放問題曾是反封建的時代主潮的重要的一翼。許多束縛在男尊女卑的封建家庭中的年青女性被時代洪流捲了出來，她們得以擺脫三從四德的桎梏，爭得了或正在爭取著主宰自己命運的權利。但是，擺脫封建家庭束縛和獲得徹底解放之間，並不能劃上等號，因為接著要發生「娜拉走後怎樣」的尖銳問題。對於這個問題，魯迅在《傷逝》中從總結經驗教訓出發作了回答：謀求個人的幸福與解放如果脫離了謀求人民的幸福與解放，是不能持久的，也是無法徹底達到的。更進一步的出路究竟在哪裡，限於生活經歷與時代的局限，魯迅沒有繼續作更深入的探索。

　　茅盾繼承了魯迅開創的事業，並以自己得天獨厚的社會實踐為基礎在創

〔註5〕《談題材的選擇》，《茅盾論創作》，第443～445頁。

作中繼續努力，試圖完成這一重大的時代命題。他對已經捲入大革命浪潮之中，由於對待個人命運和人民命運之關係的態度不同，其生活道路也截然不同的問題更感興趣。他立志探求而且也有能力探求什麼人會被甩在時代主潮之外而消極、頹唐；什麼人類歷磨難終於能追波逐浪隨時代潮流勇往直前。這是茅盾長期研究和從事婦女運動，對革命浪潮中許許多多時代女性作過周密觀察、深刻研究獲得的碩果。

　　茅盾最初與婦女運動結緣，完全是事出偶然。1919 年底，身兼《小說月報》和《婦女雜誌》兩個刊物主編的王蒓農，迫於時代洪流的壓力，邀請茅盾參加《小說月報》的改良主義的革新工作。這不僅使茅盾從編注舊文學的故紙堆中轉到《小說月報》這個陣地，從而使文學研究會「為人生的藝術」主張得到了全面實踐的機會，而且也因此被王蒓農拉去給《婦女雜誌》寫有關婦女解放的一系列文章。這種偶然性裡存在著客觀必然性。因為作為「五四」運動闖將的茅盾，凡是反封建、爭民主、爭自由、爭個性解放的事業，都在其關心和從事的範圍之內，這本是理所當然的事。加入中國共產黨後，他不僅以階級的、民族的解放為己任，而且也必須隨時服從黨的工作需要。於是 1921 年底，他應召在黨辦的、以黨中央宣傳主任李達為校長的平民女校任教。該校是培養婦運工作幹部的，在這些學員中有蔣冰之（即丁玲），也有一個值得注意的四川女生王劍虹。我們還不能斷定這個王劍虹和茅盾的第二部長篇《虹》中那位祖籍四川的梅女士是否有血緣關係，但是這一段師生關係，正如茅盾的夫人孔德沚從事婦女運動（「那時婦女運動的對象是女學生，少數資產階級家庭中的少奶奶、小姐」）〔註 6〕結識的朋友成了茅盾後來提煉典型時依據的對象那樣，當然也是茅盾積累生活素材的部分來源。接著茅盾又在黨辦的上海大學任教（1923 年始），有機會接觸了更多的置身於革命浪潮中的來自不同階層的革命新女性，她們許多人在「五卅」運動中都成了革命的「弄潮兒」。在此基礎上，茅盾於 1924 年「又為《民國日報》的副刊《婦女評論》寫了不少短評，範圍涉及婦女教育問題以及當時流行的所謂『逃婚』問題」。而且那時茅盾的講演題目中也有「婦女解放問題」。〔註 7〕在他擔任中共上海地方兼區執行委員會委員並兼任中共上海國民運動委員會委員長期間（委員當中有林伯渠、惲代英、張太雷、張國燾等著名的共產黨人），茅盾又

〔註 6〕《回憶錄‧六》，《新文學史料》1980 年第 1 期，第 165 頁。
〔註 7〕《回憶錄‧六》，《新文學史科》1980 年第 1 期。

和我黨婦女運動領袖之一、中共中央婦女部負責人向警予一起，分工負責領導婦女運動。而楊之華同志和包辦婚姻決裂，離婚後又和瞿秋白同志自由戀愛並結婚，這新式結婚被「傳爲美談」，茅盾又是當事人之一。楊之華和茅盾夫人孔德沚，是陪同茅盾一起在「五卅」當天參加南京路激烈搏鬥的並肩戰鬥的戰友。茅盾在回憶錄中還以欽佩的感情記錄了「五卅」運動中包括包圍上海總商會在內的廣大婦女的革命行動與革命精神。包圍上海總商會的婦女群眾，以上海大學女生爲骨幹，楊之華和孔德沚均參與其中。在 1926 年頃，孔德沚在社會活動中結交的女戰友，也是他生活積累的重要一翼，這一切甚至不只一次引起了茅盾的創作衝動，茅盾講過，他的人物並非以某個特定的眞人爲原型，而是在許多人物素材基礎上進行概括的。茅盾回憶當年的情景時說：「由於這些『新女性』的思想意識，聲音笑貌，各有特點，也可以說她們之間，同中有異，異中有同。我和她們處久了，就發生了描寫她們的意思」。〔註 8〕「那時正是『大革命』的『前夜』。小資產階級出身的女學生或女性知識分子頗以爲不進革命黨便枉讀了幾句書。並且她們對於革命又抱著異常濃烈的幻想。是這幻想使她們走進了革命，雖則不過在邊緣上張望。也有在生活的另一方面碰了釘子，於是憤憤然要革命了，她們對於革命就在幻想之外再加了一點懷疑的心情。和她們並肩站著的，又有完全不同的典型。她們給我一個強烈的對照，我那試寫小說的企圖也就一天一天加強。……不論在路上走，在電車裡，或是在等候人來的時候，我的思想常常爲了意念中那小說的結構而繁忙」。〔註 9〕在《回憶錄・八》中，茅盾提到「黨中央負責人之一梅電龍追求一個密司唐」的曲折故事使他寫小說的「願望」「更加強烈」。還提到一次會後，雨中和一位熟悉的女同志「共持一傘」走路時，「各種形象，特別是女性形象」在想像中「紛紛出現，忽來忽往，或隱或顯，好像是電影的斷片。這時，聽不到雨打傘的聲音，忘卻了還有個同伴，寫作的衝動，異常強烈，如果可能」，他「會在大雨之下，撐一把傘，就動筆的。」〔註 10〕「這個晚上回到家後」，茅盾「就計劃了那小說的第一次大綱。」那「就是後來那《幻滅》的前半部材料」。〔註 11〕可以設想，由於那時茅盾正鬥志昂揚，如果當時寫成，小說的基調可能與後來的《蝕》中那幻滅、悲觀的基調完全不同。

〔註 8〕 《回憶錄・八》，《新文學史料》1980 年第 3 期，第 14 頁。
〔註 9〕 《幾句舊話》，《茅盾論創作》，第 3～4 頁。
〔註 10〕 《新文學史料》1980 年第 3 期，第 14 頁。
〔註 11〕 《幾句舊話》，《茅盾論創作》，第 4～6 頁。

但是時過一年，茅盾在武漢的「一大漩渦，一大矛盾」中又發現了「在上海所見的那樣思想意識的女性」，「並且因爲是在緊張的大漩渦中，她們的性格更加顯露」。「終於那『大矛盾』又『爆發』了！」茅盾「眼見許多人出乖露醜」，「眼見許多『時代女性』發狂頹廢，悲觀消沉」。後來他到了牯嶺。在這兒又遇見兩個「相識」的女性。使他的典型概括增加了內容。回到上海後，「坐定下來寫；結果便是《幻滅》和《動搖》」〔註12〕。這一年的積累和醞釀使茅盾筆下的女性較之起草《幻滅》大綱時有了不少的改變，其客觀原因是作者看到了經歷過革命轉向低潮的殘酷考驗以後，人物原型（當然不只一兩個）的「發狂頹廢、悲觀消沉」非革命高潮時的精神面貌可比；主觀原因是作者本人的精神狀態在這時代轉折點發生了由激昂到幻滅的激烈的變化。兩者在人物身上打下深深烙印。對創作來說這個變化未必盡是壞事。因爲它給我們提供了難得的窺見形象思維過程一般規律和茅盾小說典型提煉的獨特規律的大好機會。

三部曲《蝕》（包括《幻滅》、《動搖》、《追求》）所概括的社會內容遠比幾個女性的個人命運廣闊得多。它從一個側面反映了大革命前、中、後三個時期由國共合作到合作破裂的過程，留下了大革命時代工農運動和婦女運動珍貴的時代剪影，揭露了統一戰線內部和外部的許多陰暗面。對國民黨右派尖銳抨擊，對變幻不定的封建勢力則深刻鞭撻。這當然不是一群革命女性或知識分子的人生道路所能概括的。但是作者把這群知識分子特別是革命女性推到這個大時代背景上，讓他們在矛盾漩渦中展現其人生道路和個人命運，這在書中占了主線地位。由此我們看到了兩類女性的人物系列。一類是靜女士——方太太；另一類是慧女士——孫舞陽——章秋柳。塑造這兩種典型的人物形象，作家都採用橫截面的寫法，而把其性格基礎與發展雜揉在橫截面中。

靜女士和方太太屬於嫺靜、溫婉、多愁善感的類型。這和慧女士、孫舞陽、章秋柳這類開朗、潑辣、剛毅、果斷的女性有明顯的不同。但她們身上都充分體現了小資產階級的兩重性，這卻是「異中有同」。靜女士嫺靜、溫婉其表，儒怯、高傲其裡。這樣一種性格被捲進革命浪潮中，就勢所必然地陷進複雜的內心矛盾中難得解脫。她的思想核心是小資產階級個人主義，從婚姻、教育等方面面臨的矛盾出發，她始而捲進反對封建學校當局、反對封建

軍閥混戰的學潮中去，並且充當了中堅人物。但是革命浪潮難免泥沙俱下，
她眼見得同學們丟開學潮真諦，沉湎於戀愛交際，便「發生極端的厭惡」，她
只好在讀書中尋求逃避。讀書是解脫不了苦悶的，她又在愛情中尋求刺激。
終於落到北洋軍閥特務抱素的懷抱。於是學生時代的靜女士陷於幻滅。這是
第一次革命加戀愛的幻滅。後來使她振作起來的基因是北伐勝利的鼓舞。她
由北洋軍閥統治下的上海來到革命漩渦的武漢，作為一個職業革命者投身革
命。但三次參加工作（政工人員訓練班、婦女會、工會），三次大失所望。周
圍的人一方面面臨緊張的革命工作，一方面是普遍的疲倦和煩悶。於是肉的
享樂，性的刺激，就成了一部分小資產階級革命者逃避時代苦悶的避難所。
這是為人正派、情趣高尚、還有革命追求的靜女士所不取的。於是她第二次
到愛情生活中尋求安慰。這次她獲得了短暫的快樂。但她的對象強連長卻是
個尋求強刺激並易見異思遷的未來主義者。他對愛的刺激漸感陳舊，又去尋
求戰場的刺激。他認為因公和愛人離異，好像也理所當然。被撇下的靜女士
卻又一次陷於幻滅。這是第二次革命加戀愛的幻滅。應該說，靜女士的這種
幻滅，是一種時代病，也是小資產階級知識分子的階級病。其具體內容，用
茅盾的話說是兩個方面。其一是「革命前夕的亢昂興奮」。這包括兩層意思：
一個是革命積極性的表現；另一個是不切實際的浪漫諦克幻想的破滅。這種
人缺乏明確的政治理想，又有強烈的個人要求，兩者都使她們經不住嚴酷現
實的考驗。但她們的革命要求又使她們不能與醜惡的現實同流合污。於是幻
滅──動搖──追求，追求──動搖──幻滅，在血與火的鬥爭中，在黨內
外右派力量破壞著革命，革命只能走曲折的道路時，靜女士們只能在這兩個
重複往返的公式中經受時代的煎熬。在沒有擺脫個人主義和搖擺性以前，她
們沒有出路。愛情救不了她們。靜女士的愛情追求第一次因不得其人失敗了；
第二次得而復失，又失敗了。像方太太那樣取得成功、組成家庭後又感情隔
膜，不也是失敗了嗎？方太太倒是和魯迅筆下的子君不同。她的丈夫是在革
命浪潮中，她也並未被經濟壓力所改造。然而那又怎麼樣呢？這並代替不了
她本人應置身浪濤之中，經受時代洪流的沖洗。不沖洗就無法清除個人主義
和搖擺性的劣根，她還是沒有出路。

　　另一種類型的革命新女性如慧女士、孫舞陽、章秋柳是否就有出路呢？
茅盾的探索證明：也沒有。這種女性不同於靜女士們的地方在於，她們是強
者而不是弱者。她們力求做一個掌握自己命運的主人而不做奴隸。她們仰仗

的是性格的剛毅和生命的魄力，不懈的追求和目標的實際。但是性格和力量代替不了階級的力量，因而也戰勝不了敵對階級的強大力量。目標的實際固然易於實現，但脫離了時代主潮，個人的不懈追求也無力改變歷史的曲折。「四·一二」反革命政變的大動蕩粉碎了一切切合實際的和不切實際的個人主義的幻想：慧女士對男性的報復主義也罷，孫舞陽的感觀享受主義也罷，章秋柳的肉欲追求與遊戲人生也罷，一切的一切，在歷史逆流面前都無濟於事地失敗了。因爲個人主義的小樂趣是抵銷不了時代的大苦悶的。只要不甘心同流合污，靜女士類型也罷，慧女士類型也罷，在半新半舊的人生道路上，她們都不是闖關的英雄。恰恰相反，茅盾倒是愈到後來，愈看透了這種個人主義物欲（包括肉體的，也包括精神的）追求的極端危險性，這就可以解釋，爲什麼在《子夜》裡茅盾要寫馮眉卿、劉玉英和徐曼麗，爲什麼在《腐蝕》裡茅盾又要寫趙惠明。當然，茅盾並無意把這種物欲的墮落當作人生的絕路。只要她們那善良的天性還未滅絕，作家的良心和人道主義立場就使茅盾肯給這類人開一條生路。這就是茅盾給趙惠明留一條棄暗投明的生路的動因。教條主義的論者是無知的，他們毫無道理地指責茅盾的這種「喪失立場的同情心」。而我們則應該與教條主義不同。因爲我們從茅盾筆下這兩類動人的女性形象及其性格邏輯的發展中，看到了作爲革命的社會活動家、文藝理論家和由人道主義立場始，以無產階級立場終的傑出作家茅盾的現實主義創作態度。他以深湛的社會科學眼光看待生活，通過典型提煉揭示了大革命、大轉折的時代正反兩條人生道路，並給予無情的客觀的評判。

不過在《蝕》中茅盾對人生正路的把握還是朦朧的，它更多地還是以總結經驗教訓的方式來啓迪我們，而不是正面地指引我們。因爲這時他自己也失卻過信心。他自我解剖說：

> 我也知道，如果我嘴上說得勇敢些，像一個慷慨激昂之士，大概我的讚美者還要多些罷；但是我素來不善於痛哭流涕劍拔弩張的那一套志士氣概，並且想到自己只能躲在房裡做文章，已經是可鄙的懦怯，何必再不自慚的偏要嘴硬呢？我就覺得躲在房裡寫在紙面的勇敢話是可笑的。想以此欺世盜名，博人家一聲「畢竟還是革命的」，我並不反對別人去這麼做，但我自己卻是一百二十分的不願意。所以我只能說老實話：我有點幻滅，我悲觀，我消沉，我都很老實的表現在三篇小說裡。……雖然書中青年的不滿於現狀，苦悶，

> 求出路，是客觀的真實。……我不能使我的小說中人有一條出路，
> 就因為我既不願意昧著良心說自己以為不然的話，而又不是大天才
> 能夠發見一條自信得過的出路來指引給大家。

——《從牯嶺到東京》，《茅盾論創作》，第 31～32 頁

在這裡，我們明顯地看到了世界觀對創作的制約作用，看到了消極思想給典型提煉帶來的局限性。因為在茅盾所積累的生活素材中，能代表時代主流，能指引革命出路者大有人在。且不談 1927 年頃毛澤東、周恩來、朱德所代表的井岡山道路，即以茅盾積累的上述女性原型所代表的各種政治傾向與生活道路論，其中就不乏指出道路的真正的革命新女性。較早的如向警予，稍後的如鄧穎超、楊之華、楊開慧，在「四‧一二」反革命政變前後，她們都屬於「沒有被嚇倒，被征服，被殺絕」的「中國共產黨和中國人民」的先鋒之列。壯烈犧牲者成了永垂千古的烈士；其餘的人依然高歌猛進。「他們從地下爬起來，揩乾淨身上的血迹，掩埋好同伴的屍首，他們又繼續戰鬥了。」〔註 13〕儘管這也「是客觀的真實」，為茅盾所耳聞目睹，但是對這條道路茅盾暫時懷疑了。茅盾的現實主義創作方法這時屈從於他世界觀中消極的一面，於是這些革命的巾幗英雄終於無法置身慧女士與靜女士的前列並引導她們。她們暫時被排除在茅盾典型提煉的範圍以外。事後茅盾總結教訓時說：

> 一九二五～二七年間，我所接觸的各方面的生活中，難道竟沒有肯定的正面人物的典型麼？當然不是的。然而寫作當時的我的悲觀失望情緒使我忽略了他們的存在及必然的發展。一個作家的思想情緒對於他從生活經驗中選取怎樣的題材和人物常常是有決定性的……

——《茅盾選集‧自序》

但是，正如茅盾的悲觀與幻滅是暫時情況那樣，他的創作道路中使現實主義典型化原則屈從於世界觀的消極面的情況也是暫時的。因為不久，我們就從《野薔薇》中的五個短篇裡發現了新的生機。在這五個短篇中，我們很容易發現茅盾已開始放棄橫截面地選取「片段的人生」以展示「五四」新女性的人生道路的寫法，筆觸所及，縱橫兩面都有擴展，他正作新的努力，以期索本求源，幫助筆下的人物開拓新的人生道路。《野薔薇》中的五個短篇和《宿莽》中的《色盲》、《陀螺》兩篇，也大都是以形形色色的時代新女性為主角，

〔註 13〕　《論聯合政府》，《毛澤東選集》橫排本 3 卷，第 985 頁。

以婦女的人生道路問題爲題材，其背景或是「五四」時代，或是北伐前後，
各從不同角度描繪了擺在女性面前那人生道路的險峻與崎嶇。她們大都面臨
著愛情與婚姻的不幸。《曇》中的張女士和《色盲》中的趙筠秋都是封建家庭
藉以結交權貴的「商品」。她們本想找個意中人，從自由戀愛中尋得一條出路，
結果或因所擇非人，或因對方另有所矚而陷入絕望的困境。《自殺》中的環小
姐更加不幸，她始則輕信失身，繼而懷孕遭棄，終於在冷酷的環境中無路可
走而自殺。《詩與散文》中的桂少奶奶年青新寡，爲青年丙所誘而失身。但丙
用情不專，始亂終棄，另矚目其表妹。於是，等著桂少奶奶的也只能是和環
小姐同樣的命運。儘管她是個強者，但也只能作無望的掙扎尋求片刻的歡悅
而已。這些不幸的女性的命運，都是一個又一個人間悲劇。另一類較爲幸福
的是《一個女性》中的瓊華。她沒有包辦婚姻的壓力，但在男性的追逐與冷
淡離棄中深受世態炎涼的折磨。父死與破產則成爲那群宵小一哄而散的契
機，也成爲她對人世有較深認識的契機。《創造》中的嫻嫻可能是上述女性中
最幸運者。她婚後雖成爲丈夫君實按照主觀意願「改造」的對象，但由此她
也得到自我覺醒、自我解放的機會。她終於明白了自己應該振翅高飛，於是
她離君實而去的行動也就有了象徵的寓意。茅盾自己也認爲《創造》不像《蝕》
「那樣消沉悲觀了」。它揭示的思想是「解放了的思想是不能半途而止的，它
要達到『解放』的最終點」。「這個短篇小說表面上看來是談婦女解放，但是
遠不止此，它談到了中國的社會解放」。「有些評論家認爲《虹》表現了我的
思想從消沉悲觀轉到積極樂觀，我自己卻以爲《創造》才是我在寫了《幻滅》
等三篇以後第一次思想上的變化」。〔註14〕事實上《野薔薇》和《宿莽》中以
女性爲主角的這些短篇都和《蝕》有明顯不同。這些女性和《蝕》相比，無
論處在順境或逆境，其浪漫諦克的狂熱性大大減少。由於作者採取「凝視現
實，分析現實，揭露現實」，「透視過現實的醜惡而自己去認識人類偉大的將
來，從而發生信賴」〔註15〕作爲指導思想，就使他筆下的人物對生活持較爲
執著的務實態度。但是，不能認爲《野薔薇》作了關健性的突破。因爲即便
是嫻嫻也還沒有能回答「娜拉走後怎樣」的問題。因此，根本扭轉局面的還
是茅盾的第二部長篇《虹》。〔註16〕

〔註14〕新版《茅盾短篇小說序集》，1979 年 8 月 23 日。

〔註15〕《寫在〈野薔薇〉的前面》，《茅盾論創作》，第 48 頁。

〔註16〕寫於 1929 年 4～7 月。

　　如果說《野薔薇》和《宿莽》中的短篇是擺脫幻滅的初步探索，那麼《虹》則是茅盾以新女性爲中心人物，對其所走的堅實而又曲折的人生道路作了正確的展現的標誌。可以說在《虹》中借助梅女士生活道路三個階段的系統描繪，把茅盾在《蝕》、《野薔薇》和《宿莽》中部分短篇裡描繪的所有女性主人公的生活道路重新總結了一遍，並在清除了消極悲觀情緒，端正了政治態度後的革命世界觀指導下，用現實主義筆法通過革命女性的形象塑造，重新回答《虹》所未曾正確回答的問題：其一，什麼是正確的生活道路和眞正的革命出路；其二，什麼是促使小資產階級革命女性克服《蝕》中女主人公那種階級局限而走上正確道路的客觀依據與性格內在的基因。從某種意義上說，對這些問題回答得正確與否，很能說明茅盾思想轉變的程度和他重新進行典型提煉所達到的新的深度。

　　茅盾解決這些難題在藝術上採取的根本措施之一，是放棄《蝕》中刻畫人物的橫截面寫法，而從縱的發展過程落筆展示典型環境中的人物性格發展的內在邏輯性。《虹》原來的創作意圖是從「五四」寫起，「爲中國近十年之壯劇，留一印痕」。〔註17〕雖然寫了三分之一就因故擱筆，但目前已寫到「五卅」運動，正好和《蝕》銜接，已足以體現出在革命洪流陶冶下小資產階級革命女性爲尋求正確的生活道路，而經過的曲折的甚至是痛苦的思想歷程。梅女士和《蝕》中兩類女性屬同代人。但是茅盾賦予梅女士的性格特徵卻與眾不同。這就是她那「因時制變地用戰士的精神往前衝」和置身逆境而不怯步，一心「征服環境，征服命運」的性格特徵。茅盾在他所觀察的無數革命女性原型的基礎上充分發掘了她們面臨的家庭的和社會的矛盾，並從險惡的環境壓力在性格內部激發出的反抗精神與復仇性格中，挖掘出人物性格發展的內在動力。這個內因由於接受了「五四」精神的洗禮而獲得了思想武器和決定生活航程的指針。茅盾選取「五四」時期女性面臨的最普遍的矛盾（被包辦婚姻所迫）作爲梅女士反封建行爲的起點。對父親的同情和曲盡孝道的責任心促使梅女士屈從，「五四」狂飆精神的洗禮推動梅女士反抗。但是茅盾找到了梅女士那看破封建婚姻的買賣性質和男女關係「神聖」外衣的虛偽性質等深刻認識，和她那獨具個性特點的「賣身」還債式的行動，於是把上述帶普遍性的矛盾寫活了。人物的狂狷、果決、富有冒險精神的獨特個性也就活脫脫地寫出來了。於是，梅女士以掙脫封建家庭與婚姻制度羈絆爲基本內

〔註17〕 《虹‧跋》，《茅盾文集》第 2 卷，第 276 頁。

容的性格發展的第一個階段，一開始就以其朝氣蓬勃的生命力超過了《蝕》
中所有的新女性。而她對丈夫柳遇春雖一度有同情而終於離棄，對情人韋玉
雖然情絲萬縷而終因對方的軟弱妥協而一刀兩斷。這些行動都顯示了梅女士
性格發展的必然邏輯。梅女士性格發展的第二階段是初入塵世的自發反抗。
這使茅盾又一次面對魯迅在《傷逝》中面臨的「娜拉走後怎樣」的難題。但
這時的茅盾已非寫《蝕》時的茅盾，所以入世未深的梅女士也就與眾不同。
茅盾從布在梅女士面前的兩個羅網（在學校裡任教時遭到男性教員庸俗不堪
的追逐和女同事們的婦姑勃谿；在社會上面臨著色情狂的四川軍閥惠師長的
陰謀暗算）所激起的內心活動尋找性格發展的軌迹；以民主、自由、個性解
放爲思想動力的梅女士在兩張羅網中看透了舊社會的吃人本質，和人與人關
係的殘酷無情。這在狂狷自傲、堅韌剛毅的梅女士內心理所當然地激起了近
似冷酷的報復心理。這種自發反抗的思想基礎固然還沒超過個人主義和個人
英雄主義的思想範疇，但客觀上已經萌發了匯合到反帝反封建的工農革命洪
流中去的內在向心力。複雜的生活又磨煉了她的聰明才智，從而使梅女士從
容周旋，以個人奮鬥的方式繞過一個又一個激流險灘（這當然助長了她那本
已相當強烈的個人英雄主義），於是在生活的三岔路口又一次衝破樊籠。這和
悲觀、幻滅、軟弱的靜女士以及玩世不恭、消極抵抗，在自暴自棄的感官追
求中尋找樂趣的慧女士、孫舞陽、章秋柳又有顯著區別。這樣，以其自發反
抗的向心力而投身「五卅」運動之中的梅女士性格發展的第三階段，就顯得
合情合理。在革命熱潮洶湧澎湃的上海，梅女士面臨著一個嶄新的世界。面
對著梁剛夫代表的嶄新的人：帶有苦行僧色彩的共產黨人（應該承認茅盾這
方面的描寫不無敗筆），這又使梅女士有機會閱讀一批不同於《新青年》的馬
列書籍。這種思想一下子照亮了梅女士個人奮鬥時期面臨的種種社會矛盾，
使她產生了新的具有集體主義內容的思想認識：「時代的壯劇就要在這東方的
巴黎開演，我們都應該上場，負起歷史的使命來」。她相信「今天南京路的槍
聲，將引起全中國各處的火焰，把帝國主義，還有軍閥，套在我們頸上的鐵
鏈燒斷！」〔註 18〕梅女士的這種感受雖帶有概念化的痕迹和小資產階級浪漫
諦克色彩，但這裡面無論如何也具有令人信服的性格發展的新質。這種內外
結合形成的性格力量，足以支撐著梅女士經受得住「四‧一二」反革命政變
的血與火的嚴峻考驗。正是這一點使梅女士超越了靜女士和慧女士們。她同

〔註 18〕《虹》，《茅盾文集》第 2 卷，第 258 頁。

工農革命洪流的結合是內在的性格發展的必然趨勢，而非外加的概念遊戲。因此作品的現實主義的藝術真實性令人信服。當然讀者對梅女士不無擔心。因為她那個人奮鬥的方式，她那個人英雄主義的思想，她那略帶狂熱性的浪漫諦克氣質，與隨之而來的不受紀律約束的生活方式不可能不發生矛盾，必然使她在革命征途上頻歷磨難。梅女士注定了還要走曲折的路。但這並不妨礙茅盾借此指示一條真實可信的革命出路和正確的人生道路。反之，恰恰是這一點更使人信服。因為小資產階級的搖擺性決定了其一切追求進步、投身革命的成員都要走這種歷史必經之路。

茅盾無意把梅女士寫成他崇敬的如向警予、鄧穎超這種成熟的無產階級女革命家典型。四年來他所追求的一直是帶有普遍性的小資階級革命女性的典型。在這意義上說，茅盾終於獲得成功。當然他也不是沒有缺欠。就梅女士性格發展三個階段比較而言，第三段缺乏前兩段那種個性色彩光耀逼人的藝術力量，或多或少帶點概念化的痕迹。這主要是作家主觀上的原因所致。這裡留下了作家思想轉換期中的某些痕迹，反映了作家和始終置身革命濤頭的那些「弄潮兒」還有一定思想差距（這和梁剛夫身上那「天半神龍」似的神祕色彩關係更密），同時也反映了作家對新人物內心世界的了解和生活積累遠不如對半新不舊的女性了解得深刻，積累得充分，而且應該公平地說，在急劇的革命轉變期，對作家提出過高的要求，顯然也是不適當的。

四年多來（如果從積累素材算起，應該說七年以來），茅盾的藝術探索真可以稱得上是「苦難的歷程」。種瓜得瓜，種豆得豆，艱苦的藝術探索必然換來豐碩的成果。從《蝕》到《虹》，作品創作傾向的變化反映了茅盾世界觀的曲折發展；從靜女士和慧女士到梅女士，反映了在革命浪潮沖刷之下小資產階級女性革命精神的日益增長；而兩部長篇和一個半短篇集所塑造的兩類革命女性的人物系列，其典型提煉過程包含著豐富的內容。它雄辯地顯示出，從文藝與生活的關係到文藝創作與現實鬥爭的關係，從作家世界觀與創作方法的關係到原始素材與文學典型的關係，從典型人物中個性與共性的關係，到典型人物和典型環境的關係，在這些方面，茅盾的典型提煉都給我們提供了許多有益的啟示。在「經歷了人生以後才來做小說」的範圍內，茅盾小說典型提煉的豐富經驗顯示出作家鮮明的創作個性。而其精華所在，則是在先進世界觀指導下那認真地進行生活積累，嚴格地忠實於生活真實和歷史發展本質的高度現實主義精神。

把「左拉方式」和「托爾斯泰方式」
結合起來 —— 三論茅盾小說的典型提煉

　　1928 年在《從牯嶺到東京》一文中總結《蝕》的創作時，茅盾說它的創作路子「更近於托爾斯泰」，即「是經驗了人生以後才來做小說」，那只是說明《蝕》的創作方法的眞實情況，並沒有抬高托爾斯泰而否定「左拉因爲要做小說，才去經驗人生」的意思。因爲茅盾既「愛左拉」,「亦愛托爾斯泰」。儘管「兩位大師的出發點何其不同，然而他們的作品都同樣的震動了一世了！左拉對於人生的態度至少可說是『冷觀的』，和托爾斯泰那樣的熱愛人生，顯然又是正相反；然而他們的作品卻又同樣是現實人生的批評和反映」。〔註 1〕因此，自 30 年代初茅盾進入創作的黃金時代起，他兼用托爾斯泰和左拉兩種方式處理生活與創作的關係。就是說，他在有了一定人生經歷之同時，爲要更好、更深入地做小說，又進一步地去「經驗人生」了。

　　「因爲要做小說」而去「經驗人生」是以《蝕》的成功經驗，即「經驗了人生以後才來做小說」爲基礎的；同時也以《三人行》、《路》等缺乏生活體驗而失敗的教訓爲借鑑。這兩個中篇是茅盾認識了正確的人生觀對創作的決定性指導作用，對選擇和提煉題材的制約作用之後，爲「補救過去的錯誤」而動筆的。兩個中篇都寫學生生活與鬥爭，但茅盾「很少接觸青年學生；既沒有『體驗』，也缺乏『觀察』。」因而作品就「沒有生活經驗的基礎」,「故事不現實，人物概念化」。這就使茅盾體會到「徒有革命的立場而缺乏鬥爭的生活」，正和有豐富的生活積累而無正確的思想作指導一樣，都「不能有成功

〔註 1〕《茅盾論創作》，第 28 頁。

的作品。」〔註2〕

　　於是茅盾決定採用把托爾斯泰和左拉的路子結合起來的辦法：在一定程度的生活體驗基礎上，決定了創作動機；又在進一步取得生活體驗基礎上決定小說的人物與主題。《子夜》就是這麼產生的。《子夜》的社會效果表明：這個路子和《蝕》的路子同樣，是可行的。

（一）

　　《子夜》典型提煉的「準備工作算是比較做得多的」。因為這時作家對自己提出了更高的要求。在指導思想上，他要求自己在橫的方面對社會生活各個環節有透徹的了解，在縱的方面對社會發展方向有清楚的認識，而「人」是他帶了寫小說的目的去研究的「第一目標」。他還認識到「單有了『人』還不夠，必得有『人』和『人』的關係；而且是『人』和『人』的關係成了一篇小說的主題，由此生發出『人』。而這些生發出來的『人』當然不能是憑空的想」〔註3〕。

　　《子夜》所描寫的是這樣幾類人：形形色色的資本家、地主及其爪牙，知識分子，時代女性和工農運動中的群眾與革命者。這些人之間構成的複雜關係，實際上也就是半封建、半殖民地的中國社會。從考察作品的藝術效果可以看出，由於作者對工農運動中的群眾及革命者的了解「僅憑『第二手』的材料，——即身與其事者乃至第三者的口述」，〔註4〕作者占有的材料不能滿足典型提煉的需要，因而作品中工農運動及有關人物的描寫就顯得單薄、概念化，甚至有失真之處。但前幾種人物的原有素材，有的（如女性和知識分子）是積累有素，有的（如資本家）不僅積累有素，而且構思和動筆前還進一步作了大量的調查、體驗和認真觀察。這「就使得這部小說的描寫買辦金融資本家和反動的工業資本家的部分比較生動真實」。知識分子和時代女性也真實動人。原因是這些人物典型提煉的生活依據相當充分。這使茅盾進一步體會到：「由於我們生長在舊社會中，故憑觀察亦就可以描寫舊社會的人物，但要描寫鬥爭中的工人群眾則首先你必須在他們中間生活過，否則，不論你的『第二手』材料如何多而且好，你還是不能寫得有血有肉的」。〔註5〕連「五

〔註2〕　《茅盾選集·自序》，《茅盾論創作》，第20頁。
〔註3〕　《談我的研究》，《茅盾論創作》，第24～25頁。
〔註4〕　《茅盾選集·自序》，《茅盾論創作》，第20～21頁。
〔註5〕　《茅盾選集·自序》，《茅盾論創作》，第21頁。

卅」前後在工運中有過一段社會實踐的茅盾筆下都是如此，可見對典型提煉說來充分的社會實踐和紮實的生活積累是何等重要！即便有一定的生活積累；在典型提煉過程中再進一步擴充自己的生活積累，又是多麼必要。

茅盾的《子夜》是以民族資本家為中心人物，因此得把他們放到廣闊的生活背景上進行提煉。他這方面的準備相當充分。自 1916 年進商務印書館起，茅盾就一直在上海這個「冒險家的樂園」中時常和不同類型的資本家打交道而很少中斷過。使他感受最深的當然是商務印書館的資本家們，他在《回憶錄》中不止一次地記下了片斷的剪影。而在「五卅」運動剛過，茅盾就以商務印書館罷工委員會成員和談判代表身份參加和資本家面對面的談判。這樣，茅盾作為受雇於資本家的被剝削者和站在工運前哨領導對資產階級鬥爭的戰鬥員的雙重身份取得了對資產階級的感性認識和理性認識。另一方面，茅盾祖上是封建地主家庭，作為江、浙望族，和上海大都會的所謂資產階級「上流」社會有千絲萬縷的聯繫。他的一個表叔就是金融資本家（交通銀行的一個行長）。他的三叔、四叔、五叔也都長短不一地分別在中央銀行、交通銀行、上海銀行任職。這使茅盾有機會從另一個側面深入觀察資產階級的私生活。使他從兩個不同的角度對資本家中形形色色的人物有較真切的了解。這方面的積累是長期的，是寫《子夜》前不帶創作目的的自然積累，這種積累和《蝕》同樣屬於「先經驗人生」的認識過程。

茅盾對絲織廠老板們及其面臨的複雜關係的觀察了解其淵源更久。在《我怎樣寫〈春蠶〉》一文中，作者提供了一條十分有意思的線索；他的家庭和蠶桑事業、絲商、絲織工業的關係。這包括他的祖母作為一個「地主女兒」對養蠶的興趣和經辦；他的「母親的外祖父家是絲商」，常年在絲業交易所翻著斛斗，並和蠶絲交易的國際市場休戚相關。這裡還包括茅盾對他的家鄉「一個十萬人口的大鎮」（在此基礎上茅盾描寫了吳蓀甫的故鄉雙橋鎮及其經營的「雙橋王國」）上那「多頭空頭，跟做公債相差無幾」的「投機市場」——「葉市」的認識和了解。他家的「親戚世交有不少是『葉市』的要角。」一年一度的緊張悲樂，茅盾都耳聞目睹。他由此還了解到「跟著『廠經』（機器繅的細絲）外銷之衰落而走上了下坡路」的「繭行」集團操縱繭價、盤剝繭農的血肉搏鬥。茅盾「認識不少幹『繭行』的，其中也有若干是親戚故舊」。〔註 6〕由此他又了解到圍繞吳蓀甫的絲廠原料來源所產生的國內

〔註 6〕《茅盾論創作》，第 65～67 頁。

階級矛盾，國際市場相互競爭中的民族矛盾，以及二者相互交織的複雜狀況。這就使茅盾對絲織工業和蠶桑業的關係，城鄉關係，圍繞絲織業產生的國內矛盾與國際矛盾的相互關係，以及農村經濟、工業資本、商業資本、金融資本等相互間的複雜關係，都有了長期的感性了解和理性認識。在《回憶錄·七》中，茅盾回顧了從鴉片戰爭之後到「五卅」運動前夕日本利用不平等條約，在中國開設的高達「四十一所」紡織廠（「在上海即有三十所」）對中國民族絲織業的摧殘，對中國工人的剝削，以及由此激起的階級矛盾與民族矛盾。茅盾提到了反帝愛國統一戰線的形成，抵制日貨運動的掀起，字裡行間透露出他當時觀察到的大資產階級和民族資產階級對待帝國主義和工人運動的複雜的矛盾的態度，以及買辦資產階級和民族資產階級在態度上的共同點和差別性。

這些材料說明，早在創作《子夜》的數年以前，茅盾對城鄉之間、工業與農業之間、工人階級與工業資產階級之間、中國民族資本與帝國主義侵入中國的壟斷資本之間的一系列極其複雜的關係，不僅積累了相當充分的感性材料，而且作了系統的分析。由於當時茅盾還相當程度也研究甚至譯介了馬克思主義的理論著述，對資本主義思想體系又有廣泛的研究和介紹，因此他在當時對上述種種社會矛盾的認識是相當深刻的。他當時是中共上海兼區黨的領導人和工運領導人之一，革命形勢迫使他不得不居高臨下對其作出相當的分析。在負責黨的統一戰線工作期間，他又不得不直接處理這類複雜問題。1927 年前後茅盾在革命轉向低朝時發生了政治上的幻滅。去東京後，為糾正這種悲觀、幻滅情緒，他對自己的思想作了較為徹底的清理。他著重清理的是政治思想和政治立場問題。不可避免地要把全部清理工作和對黨的路線、中國革命的道路、國內外政治的經濟的種種矛盾的重新認識緊密結合起來。茅盾能克服消極幻滅情緒並重新振作起來，就是和對這些問題重新取得正確認識分不開的。這時茅盾毫無創作《子夜》的念頭。但是這正是《子夜》創作準備不可忽視的一個階段；當然這仍屬於「經驗了人生」而後創作的生活積累創作準備階段。

1930 年 4 月茅盾由日本回國定居上海。一進門就面臨著 5 月已經發生，10 月才結束的蔣、閻、馮軍閥混戰和 6 月開始的黨內立三路線的泛濫。這兩個因素使茅盾親眼看到中國社會矛盾呈現出的更加複雜的局面及其政治根源。這時正激烈展開的關於中國社會性質的大論戰，使茅盾產生了創作《子

夜》以形象地回擊托派的創作動機。此後，他進入了為了創作而進一步經驗
人生的自覺地深入生活的過程。對於這個過程，茅盾作了詳細的自述。他說
他這時已經退出了革命的漩渦。不過基於 1927 年前的實際鬥爭經驗，茅盾對
1930 年正大規模開展的革命運動及其所提出的問題，以及革命工作者實際工
作中碰到的困難，大部分都能理解，因此他深入生活的重點，放在另一個世
界。早在大學預科時期，他在北京就觀察了其盧表叔擔任北洋政府公債司長
的活動，並參加過公債兌現大會。由日本回國後由於生病，他無法寫作，反
而有機會整天在上層社會轉。他說：「我的日常課程就變做了看人家在交易所
裡發狂地做空頭，看人家奔走拉股子，想辦什麼廠」〔註7〕這是他進一步積累
公債市場、辦工廠等生活素材的過程。茅盾說他「在上海的社會關係，本來
是很複雜的。朋友中間有實際工作的革命黨，也有自由主義者，同鄉故舊中
間有企業家，有公務員，有商人，有銀行家，那時我既有閑，便和他們常常
來往。從他們那裡，我聽了很多。向來對社會現象，僅看到一個輪廓的我，
現在看得更清楚一點了。當時我便打算用這些材料寫一本小說。後來眼病好
一點，也能看書了。看了當時一些中國社會性質的論文，把我觀察得的材料
和他們的理論一對照，更增加了我寫小說的興趣。」〔註8〕為了更進一步了解
公債市場的情況，他還在一位商務印書館的同事幫助下親自進了交易所觀察
那發瘋般的公債「搏鬥」場景。這是《子夜》創作準備的第二階段。即為了
寫小說而有意識地更加深入地經驗人生的階段。這個階段仍然是生活積累在
前，借創作《子夜》回答托派的動機在後的。至於《子夜》的全部主題思想
及人物的形成，它的典型提煉工作的展開，那還是幾個月之後逐漸產生的。
正如茅盾所說：「我從來不把一眼看見的題材『帶熱地』使用，我要多看些，
多咀嚼一會兒，要等到消化了，這才拿出來應用。這是我的牢不可破的執
拗」。〔註9〕

（二）

　　在素材積累的兩個階段之後，茅盾開始了《子夜》的典型提煉和藝術構
思。在這個過程中，最初階段的設想和創作實際相比，有較大的變化。這個
變化是和《子夜》的典型提煉、藝術構思的新特點密切關聯的。

〔註7〕《我的回憶》，《茅盾論創作》，第 10 頁。
〔註8〕《〈子夜〉是怎樣寫成的》，《茅盾論創作》，第 58 頁。
〔註9〕《我的回顧》，《茅盾論創作》，第 10 頁。

　　《子夜》的典型提煉、藝術構思和《蝕》、《虹》相比，有其一致之處，但也有顯著的區別。其一致處在於都著眼於人物和人物關係，故事情節則是在人物性格及人物關係深入展開的前提下產生並衍化而成。其不同之處則有兩點：其一是《蝕》和《虹》在人物與人物之間關係的處理上，是以人物內心世界的探索和人物性格邏輯發展的顯示為軸心的，人物之間關係的描寫服從這個軸心。《子夜》則恰恰相反，它的軸心是採用「輻射式」的辦法展開人物之複雜關係的深入揭示與形象描寫，借助人物之間複雜關係的深刻揭示，由表及裡逐步深入地探索人物的內心世界，由淺入深地描寫人物性格的發展。其二是《蝕》和《虹》盡量客觀地描寫現實生活的本來面貌；作家的主觀見解與政治傾向受到較為嚴格的控制。它更多地是透過感情渠道傾瀉出來，而不借助種種藝術手段暗示出來。《子夜》則帶有作家明顯的政治傾向性。這種傾向性儘管訴諸藝術形象，借助各種藝術手段從情節與人物的渠道流露出來，而不是作家概念化地說出來；但是作家已經不力避主觀見解的傾瀉，而著重求諸客觀的描寫了。這兩個特點給《子夜》帶來了很大的優點：時代主流和革命前景揭示得較為充分（這和作家的思想轉變密不可分），概括的社會內容密度較大。多數情況下是正面地而不是側面地面對社會重大問題，隨之而來的則是作品反映中國社會的那種空前的規模和磅礴的氣勢。但同時也帶來了《子夜》的一個弱點：有些方面積累不足，寫作過程中不得不縮短戰線，收縮規模，因而帶來結構上的缺陷。有些地方則因直接的生活積累不足而寫得單薄或者帶有概念化的痕迹。這兩個方面，我們從典型提煉、藝術構思方面和從作品本身都可以看得出來。

　　茅盾首先決定了反映生活的角度：借助民族資本家吳蓀甫及其一伙的悲劇命運，說明中國並沒有也不可能走上「法蘭西式」的資本主義道路。因為：帝國主義的政治、經濟、軍事的侵略因 1930 年世界範圍的經濟危機波及上海而加劇，這就卡了民族資本主義的脖子。也進一步摧殘了已經嚴重解體的中國農村的自然經濟。由此可以充分揭露帝國主義。民族資產階級為了自保，就更加殘酷地壓榨工人；迫使工人階級反抗運動勃然興起。這就從兩個不同的側面寫出了民族資產階級儘管存在著兩重性，但在 1930 年後，已經投靠了蔣介石的民族資產階級，其反動性一直占主導地位。由此激化了階級矛盾。工農運動更為高漲。加之無產階級政黨已經成為工農運動的當然領導，這就從另一方面堵塞了中國走資本主義的道路。這樣，茅盾就找到了大規模反映

中國社會的契機：以民族資本家吳蓀甫由振興實業而最終破產的悲劇命運爲軸心，「寫出以下的三個方面：（一）民族工業在帝國主義經濟侵略的壓迫下，在世界經濟恐慌的影響下，在農村破產的環境下，爲要自保，使用更加殘酷的手段加緊對工人階級的剝削；（二）因此引起了工人階級的經濟的政治的鬥爭；（三）當時的南北大戰，農村經濟破產以及農民暴動又加深了民族工業的恐慌」。這三個「互爲因果的」方面集中在具有「法蘭西資產階級性格」的吳蓀甫身上，決定了其「民族資產階級的動搖性。」決定了他們的前途是非常暗淡的。「當時，他們的『出路』是兩條：（一）投降帝國主義，走向買辦化；（二）與封建勢力妥協。他們終於走了這兩條路」。〔註10〕這兩條路都使中國更加走上半封建半殖民地的絕路。

　　茅盾是依據上述這些認識安排人物關係，布置結構線索的。但在實際寫作過程中，由於生活積累的局限和身體的欠佳，農村那條線只保留了關於吳蓀甫「雙橋王國」和來自農村的吳老太爺的淵源關係兩方面。就是這兩個方面也僅限於作斷斷續續的交待，集中寫農村的只有第四章，而這一章和全書結構整體基本上是游離的。所以《子夜》實際上的主要結構線索與人物關係是這樣幾條：其一，在辦工業問題上趙伯韜、吳蓀甫和朱吟秋們構成的大魚吃小魚的關係。在這個情節鏈條上枝蔓出經營益中公司所面臨的城與鄉，經濟、政治與軍事，國內市場與國際市場等等的矛盾。其二，爲籌集辦工業的資金，也出於資產階級唯利是圖的本性，吳蓀甫殺向公債市場，造成趙伯韜、吳蓀甫和杜竹齋三巨頭之間又勾結又角逐的複雜關係。由此牽連到因種種原因流入城市的地主如馮雲卿等與公債市場的關係。這就反映了地主經濟和民族資本、買辦資本之間的複雜關係，這體現了半封建半殖民地經濟的畸形狀態。其三，工廠裡風起雲湧的工人運動，曲折複雜的勞資鬥爭；由此展示了另一幅畫面：黨領導的工人運動，黨內複雜的路線鬥爭以及干擾工人運動的黃色工會的派系鬥爭。此外，《子夜》還穿插了一條和總結構的三條情節線索保持著若即若離關係的「新儒林外史」副線。這條副線中的人物除李玉亭有特定的政治、經濟背景，因而和三條主線有內在聯繫外，其餘均作爲一種「襯景」用複雜的愛情糾葛（特別突出的是「三角」關係）糾結起來。這三條主線及一條副線或多或少和農村都有點瓜葛，但卻構不成有機聯繫。

〔註10〕《〈子夜〉是怎樣寫成的》，《茅盾論創作》，第59～60頁。

　　這種「輻射式」的多線索的情節結構的形成，儘管略帶社會分析的痕迹，但大體說來都是現實生活中人與人之間複雜關係的形象再現，它是以生活的本來面貌形象地再現生活本質的。造成這種現實主義藝術效果的決定性因素包括兩個方面：其一是作家成功地塑造了吳蓀甫、趙伯韜等血肉豐滿，立體感強的真實動人的典型人物。其二則是抓住半封建半殖民地中國社會人與人關係的特徵成功地描寫出人物的典型環境。

　　在確定了要大規模地正面地反映中國社會的複雜矛盾這一任務之後，茅盾面臨著一個藝術上的難題：從形象化地再現生活這一要求來說，僅在生產關係、階級關係中進行人物關係的典型提煉，只能反映共性方面的問題，很容易流入一般化和概念化。在結構方面也容易收不攏，結不紮實。因此很難反映半封建、半殖民地中國社會人與人關係的特點和複雜性。這迫使茅盾在處理人物關係和藝術結構時不得不重新回到生活積累中去尋求解決問題的辦法。

　　如前所述，在積累生活素材時，茅盾爲了深入上層社會，曾充分利用了他自己的家庭關係與社會關係。這理所當然地使他認識到半封建半殖民地中國社會人與人關係的某些特徵。

　　中國的民族資本家往往出身於地主階級，有的本身就是地主兼資本家。這就使城鄉之間、地主和資本家之間、甚至資本家相互之間都有盤根錯節、犬齒交錯的裙帶關係甚至血緣關係。茅盾認識到，從這兒入手進行人物關係的典型提煉，顯然可以另闢蹊徑。於是他抓住社會政治、經濟關係和血緣關係、裙帶關係的相互滲透，以及這種相互滲透所產生的複雜狀況，充分利用這個特點，順利地解決了這個典型提煉的難題，成功地提煉出《子夜》的人物關係體系，並把九十多個人物所形成的複雜人物關係置諸 30 年代初期這一典型環境中去。這就使典型人物之間互爲環境，凝成了豐富的情節體系和嚴謹的藝術結構整體。

　　《子夜》的開端從吳姓這個大家族落筆，借助吳老太爺和吳蓀甫這父子兩代人及其相互關係，描繪出半封建半殖民地中國社會地主階級和民族資產階級之間的血緣關係及階級變革與更替。同時把吳蓀甫經營故鄉的農村城鎮即所謂「雙橋王國」及其所受到的黨領導的農村革命運動的衝擊，舉重若輕地提煉成爲吳蓀甫與農村的關係這條情節線索。並且乘機從農村「調出」一批牽線人物：第一，借助四小姐吳惠芳及七少爺阿萱，把情節伸向「新儒林

外史」那群小資產階級、資產階級青年男女；借助總管費小鬍子、舅父曾滄海之子曾家駒，以及早已出來的遠親屠維岳，和隨後出來的親戚吳為成、馬景山，伸向吳蓀甫自己辦的裕華紗廠，伸向廠內兩派黃色工會及其相互傾軋的鬥爭。

　　作者利用吳老太爺之死，調動《子夜》絕大部分人物紛紛登場，乘機利用吳蓀甫的姐夫杜竹齋及其引來的趙伯韜，展開三巨頭之間在公債市場上及辦益中公司當中的複雜糾葛，從而布置了辦工業和公債投機這兩條情節線索。而吳的遠親張素素糾結著與她有些愛情糾葛的經濟學教授李玉亭；李玉亭又作為吳和趙的朋友在吳趙之間充當了牽線人和調停人。張素素和吳蓀甫的小姨子林佩珊以及吳蓀甫的親戚杜竹齋的弟弟杜學詩、兒子杜新籜等等，這些人本身就是「新儒林外史」的中堅人物。他們之間又曲折微妙地存在著愛情糾葛。吳蓀甫的遠親陸匡時是公債市場上的經紀人，此後為吳蓀甫的公債投機起過作用。他那死了丈夫的兒媳劉玉英是趙伯韜的姘頭，在和趙伯韜姘居問題上劉玉英和她的同學馮眉卿又構成了鳳巢鳩占的微妙的關係。作者借此又把馮雲卿、李壯飛、何慎庵這些捲進公債市場的土財主、舊政客糾結到情節結構中去。劉玉英還和趙伯韜的另一個姘頭徐曼麗之間爭風吃醋，借助徐曼麗揭示了買辦資本家趙伯韜的國際背景。劉玉英還和公債市場經紀人韓孟翔有曖昧關係。而劉、徐、韓三個人物出於各人自身的利害，也由於吳趙鬥法創造的有利條件，於是他們在吳趙之間朝秦暮楚，穿針引線，形成或加劇了吳趙之間的複雜衝突，推進了情節的發展。此外，出席弔唁活動的吳蓀甫的朋友中還有孫吉人、王和甫、陳君宜、朱吟秋和周仲偉，他們也是複雜矛盾的介入者。茅盾借助這些人之間的朋友關係乘機布置了吳、杜（竹齋）、孫、王等辦益中公司，吳蓀甫等吞併陳君宜、朱吟秋，以及周仲偉後來發展為買辦等等線索。這對吳、趙鬥爭或起輔助支撐作用，或起影射陪襯作用。可見朋友關係在典型提煉中也功莫大焉。吳蓀甫的妻子吳少奶奶林佩瑤和雷參謀（雷鳴）青年時代的愛情糾葛在弔唁活動中的發展，其重要作用之一是把情節線索伸向軍閥混戰。而雷鳴的對立面黃大炮（黃奮）也起同樣作用。他們兩人又在軍界分別代表了蔣介石和汪精衛兩個派系。借助前來弔唁的吳蓀甫的另一個朋友政界的馮雲山則揭示了吳蓀甫本人的複雜政治背景，也顯示了他一隻眼睛看政治，另一隻眼睛看經濟利益的複雜態度。

這麼龐雜的親友朋黨淵源構成了複雜的人物關係；人物性格及人物關係的發展又演繹成豐富、曲折、複雜的故事情節，反映出複雜的社會矛盾，從而又構成極其複雜的社會歷史環境。而人物、情節和環境的典型提煉，以及作品藝術結構的糾結與組成，都得力於茅盾對半封建半殖民地中國社會關係的一個重要方面——親屬關係與親友關係的典型提煉。從裙帶關係中能提煉出具有這麼豐富的典型意義的東西，顯示出藝術大師獨具的匠心，豈是等閑之輩所能企及？所以，認真總結茅盾的這些藝術成就，我們可以從中窺見典型提煉的奧秘。

（三）

從《子夜》的典型提煉開始，茅盾小說的社會分析的特色顯露得非常鮮明，其時代色彩概括得特別濃。這也是因為他的典型提煉工作與反覆深入生活，反覆解剖社會的工作緊密相連。反覆的深入和解剖，使茅盾形成了犀利的目光，因此其典型提煉工作就具有洞幽燭隱，見微知著的深度，因而也就能收到「借一斑略知全豹，以一目盡傳精神」〔註11〕的藝術效果。

如前所說，茅盾一直在典型提煉過程中，時時注意「社會生活的各部門都是有機的聯繫」，他在深入生活時，「『人』與『環境』是同時在他觀照之中」，他一直注意在矛盾的發展中去觀察人和環境，考察其相互「交流」的關係。因此他就能在典型提煉過程中，用「截取『現在』一段來寫」的辦法，「灼見現象的過去、現在和未來」，努力「從『現在』中透露出『過去』，並且暗示著『未來』。」〔註12〕通過這種典型提煉、盡量增加作品的思想容量。

茅盾是這麼認識的，他的創作實踐也是這麼進行的。這可以從他的長篇《子夜》和中篇《多角關係》兩部作品的典型提煉過程中得到證明。

《多角關係》初版於1937年5月，和《春蠶》、《林家舖子》一樣，它也是創作《子夜》的「餘事」。是創作《子夜》時積累了而沒有用完的素材一部分。從內容和創作方法上看，可以說這是《子夜》的姊妹篇。這部中篇的構思和典型提煉為時也是較久較早的。茅盾在30年代前半曾經不斷地談到這方面的問題。1933年7月，他在散文《「現代化」的話》中說：當你去參觀工廠，你也許會產生「『中國人來開發中國，建設中國』的」印象，也許會產生

〔註11〕 《魯迅全集》第4卷，人民文學出版社，1957年，第104頁。
〔註12〕 《創作的準備》，第48～50頁。

「中國是已經走上了資本主義的路而且民族資本主義已經確定」的錯覺。但是「中國人自家開工廠，外國人也來開。」中國的產品競爭不過外國的產品，中國的原料競爭不過外國的原料。「新近成立的五千萬美金大借款，據說就是專購美國的棉麥，救濟中國的紡織工業的。這也可見中國將更被『開發』，而且『利用』了外資！」〔註13〕1934年初，茅盾在散文《上海大年夜》中寫道：「大年夜那天的上午，聽得生意場中的一個朋友說：『南京路的商店，至少有四五十家過不了年關，單是房租，就欠了半年多，房東方面要求巡捕房發封，還沒解決』。」〔註14〕這類記載在茅盾30年代寫的散文中比比皆是。這充分反映了帝國主義對中國實行的經濟侵略。他們不僅轉嫁經濟危機，而且通過中國的買辦資本主義和帝國主義的壟斷金融資本控制了中國的工業資本。外資經辦的工廠及外資控制的工廠其產品的傾銷又摧垮了中國的商業資本。上述兩段文字就反映出了一種因果關係。茅盾在積累的這些素材和形成的這些認識的基礎上，寫了中篇小說《多角關係》。它截取上海附近一個小城鎮年關前夕的一段生活橫截面來進行典型提煉和藝術加工，從而充分地反映了這些矛盾。而他長期醞釀形成的中小資本家的種種形象，借助這個舞台顯示了其各具特徵的典型性格。

《多角關係》不像《林家舖子》那樣以一個中心人物為軸心來展示重重矛盾，而是採用類似《儒林外史》那種「全書無主幹，僅驅使各種人物，行列而來，事與其來俱起，亦與其去俱訖」〔註15〕的方法，以工業資本家唐子嘉一家為主，以雜貨店老板李惠康一家為輔，展開了年關前夕錯綜複雜的糾葛。茅盾把這種糾葛叫做「錘子吃釘子，釘子吃木頭。」〔註16〕

茅盾把情節、人物、環境三方面的典型提煉綜合一起進行，並採用橫截面方法把矛盾舖開，借以顯示各階級與各階層之間盤根錯節的複雜關係，從各個不同角度集中揭示帝國主義摧殘我國民族工商業和農村經濟所造成的嚴重後果。

故事從華光綢廠老板唐子嘉年關前回鄉躲債寫起。唐子嘉在上海頗有經營，但是由於「銀根」吃緊，周轉不靈，日子非常難過。年關結帳，他在上海無法應付，被迫返里躲債，並想以家鄉的實力為基礎，謀東山再起之策。

〔註13〕《茅盾文集》第9卷，第167～169頁。
〔註14〕《茅盾文集》第9卷，第195頁。
〔註15〕《中國小說史略》，《魯迅全集》第8卷，第182頁。
〔註16〕《茅盾文集》第4卷，第103頁。參看本書「多角關係」示意圖。

但是,他在家鄉的處境亦很不妙。由於帝國主義的競爭,他的華光綢廠的產品積壓,銷路阻滯,於是被迫停產;工人也被遣散。他的立大當舖也已倒閉,股東們正紛紛競來索債。他的地租由於農村破產,捐稅繁重,住戶們朝不保夕,入不敷出;他的房租也就收不上來。作者巧妙地通過一份帳單提出一個中國社會的畸形現象:唐子嘉的資產(包括田、房、廠、貨、私產、現款)共計六十多萬元。到 1934 年舊曆年關截止,人欠他(包括租米、房租、呆帳、貨款)近十萬元,他欠人(包括押款、空頭支票、期票、保證金、經紀費、遣散費、以及別人的股金等)不足二十八萬元。在正常情況下,他把人欠的收回,把自己的動產、不動產作抵押延期支付欠款,他的年關本來不難度過。但是茅盾撇開正確年景,抓住帝國主義政治、經濟、軍事侵略所造成的一系列現象:包括錢莊倒閉、工廠停產、商業蕭條、市民貧困而拖欠房租,農村經濟破壞致使佃戶欠租等等。作者從這特殊境況中提煉出典型環境,並把唐子嘉這個典型人物推到這個獨特的典型環境中去,這就產生了一系列在半封建半殖民地中國社會才會發生的畸形的典型情節:唐子嘉躲帳;唐向一人兼股東、客戶和債戶三重身份的朱潤身推銷積壓產品並追索欠債;他設法向佃戶、房客逼繳地租、房租。立大當舖股東之一李惠康向他索取股本利息;工人們向他討取所欠工資、遣散費;李惠康向錢莊借貸碰壁;他因裕豐、泰昌兩家錢莊倒閉而吃倒帳等等。通過這些情節的典型提煉,相當凝煉地把工業、商業、農村以及其他行業面臨的經濟危機展現在讀者面前。

以唐子嘉在上海和家鄉面臨的局面為情節主線,茅盾還把他提煉出的三條故事情節支線盤根錯節地糾結上去,造成一個十分複雜的典型環境。茅盾提煉的第一條情節支線是唐子嘉的華光綢廠由於日本絲織廠的競爭和各方面的困難致使他的廠產品積壓,無法周轉,終於宣告停產。於是首先激化了他和以黃阿祥為代表的本廠工人的矛盾。他欠黃阿祥三個月工資和三個月的遣散費,但黃阿祥又是他的房客,正好又欠他三個月房租。他把滯銷產品人造絲綢當工資硬發給黃阿祥,但黃阿祥以綢抵房租卻遭到他的蠻橫拒絕。這個情節支線反映了資本家和工人、房東和房客兩類人物之間的複雜矛盾。唐子嘉更承受著全廠工人派代表向他索取工資的壓力。這個衝擊使他不得不越牆逃走。由此引起一系列索債人的紛紛追討,使唐子嘉不得不連夜逃回上海,去處理那兒的另外一系列的「多角關係」。這樣一來,唐子嘉在上海面臨著的那另外一系列「多角關係」,也就沒辦法逃避了。到此,《多角關係》和《子

夜》，唐子嘉的命運和吳蓀甫的命運也就注定地聯繫在一起了。

　　第二個情節支線是唐子嘉和朱潤身之間的矛盾。朱潤身是華光綢廠的一個擁有一千五百元股金的小股東，因此唐子嘉欠朱潤身的錢。但朱潤身又是三家大綢店的世襲經理，因為商品滯銷，他又欠華光廠主唐子嘉四萬元左右的貨款。因此債主唐子嘉又向他追索欠債，朱潤身當然交不出來，唐子嘉就趁機施加壓力，使朱潤身不得不在銷售無路的情況下代銷八十箱綢。這就使他至遲在端陽節他那三家綢店就得擱淺壓死，他這祖傳的經理也得滾蛋。這條情節支線反映了生產與流通、工業與商業之間在經濟危機情況下的畸形狀態和緊張關係。

　　茅盾提煉的第三條情節支線是在唐子嘉和李惠康之間展開。北大街的洋貨舖老板李惠康的太太在唐子嘉的立大當舖中有一千元股金。當舖倒閉後李惠康來追索欠債。他軟硬兼施才擠出兩張房契作抵押。而李惠康自己卻又面臨著工廠追索貨款、「包飯作」追索飯金的困境。他手頭一大把別人欠他的帳單不僅討不回欠款，甚至連拿來抵帳人家都不要。加之裕豐、泰昌兩家錢莊倒閉使他吃的倒帳又成了致命打擊，為此他甚至產生自殺的念頭。在唐、李矛盾中，作者還提煉出一組派生的情節糾葛：唐子嘉的兒子唐慎卿玩弄了李惠康的女兒李桂英，懷孕五個月後又遺棄了她而另戀一個新人李月娥。此事被正擬自殺的李惠康發現。於是李惠康就斷然拉住唐子嘉的兒子作「押頭」來解自己的圍。這個次要情節線索的典型提煉是茅盾的神來之筆：它不僅揭示了「錘子吃釘子，釘子吃木頭」的人吃人關係是何等殘酷，資產階級的道德品質是何等墮落，而且也成為小說整個藝術結構的連結線索。小說的開端就是從唐慎卿向父母要錢打算和月娥到滬杭等地鬼混，而家裡沒錢使他目的未遂寫起，從而揪開這金錢上「多角關係」之複雜矛盾的。此外，唐子嘉和實力雄厚的寶源錢莊以及被迫倒閉的裕豐錢莊、泰昌錢莊的關係，他和上海財、商、工三界的關係，他和農村的關係……在作品的典型提煉過程中，都或明或暗地作了交待。這一切情節糾葛突出了一個特點：幾乎每一個人都是債主，同時又都是債戶。他們處在三十年代半封建半殖民地複雜的社會關係中，有如一團亂麻，揪扯不開。其出路只有一條：破產。作者借此提出一個發人深思的問題：這是為什麼呢？

　　茅盾從複雜紛紜、盤根錯節、光怪陸離的現實社會中居高臨下，作了相當透徹的社會分析。因此就從微觀到宏觀有了整體的把握。在藝術表現上就

能夠洞幽燭隱，成竹在胸，有條不紊，從容不迫地提煉出了一條主線、幾條支線，並把它們組成為小說橫截面的故事情節體系。在情節發展中，幾條支線交錯展開，構成一個 30 年代中期的半封建半殖民地中國城鎮社會的典型環境。許許多多的人物或主或次，在此環境中展開了自己的性格。在眾多人物中，因唐子嘉、李惠康兩個人物處在這一錯綜複雜的「多角關係」的軸心，所以刻劃得比較鮮明生動。而人物性格之所以能描寫得鮮明生動，又得力於複雜的故事情節的典型提煉。由於這一切典型提煉工作都建築在對廣闊社會生活的深刻剖析上，因而就能綜合地概括、形象地體現出社會發展的歷史動向。於是使茅盾的小說帶有濃厚的時代色彩，與社會分析特點。進入 30 年代以來，茅盾許多小說的典型提煉工作都取得了這種碩果。《多角關係》和《子夜》以及《林家舖子》就是範例。茅盾在典型提煉過程中所做的這些浩繁工作，提供了人物、情節、環境交錯地統一在典型提煉過程中的豐富的創作經驗，有力地顯示了茅盾小說創作形象思維的獨特性；顯示了典型提煉的基本規律。

時代性、社會性、史詩性的追求
——四論茅盾小說的典型提煉

（一）

在「五四」運動十周年紀念日，茅盾寫了著名的長篇論文《讀〈倪煥之〉》。其中提出一個十分尖銳的問題，並就此作出了答案：

> 爲什麼偉大的「五四」不能產生表現時代的文學作品呢？如果以爲這是因爲「新文學」的初期尚未宜於產生成熟的作品，那就不是確論。單就作品的成熟與否而言，則上述諸作家〔註1〕何嘗沒有成熟的作品！問題不在這裡，問題是在當時的文壇議論龐雜，散亂了作家的注意，更切實地說，實在是因爲當時的文壇上發生了一派忽視文藝的時代性，反對文藝的社會化，而高唱「爲藝術而藝術」的主張，這樣的入了歧途！

這段話提出了很高的美學標準：文藝的現實性、時代性和社會性原則。茅盾這裡毫不抹煞「五四」以來文學創作的輝煌業績，但據這個美學標準從嚴衡量，茅盾感到很不滿足。

「五四」剛過茅盾就和文學研究會同仁一起倡導「爲人生」的藝術，到「五卅」前後他又倡導「爲無產階級的藝術」，所以，時代性與社會性的追求，

〔註1〕指該文論及的魯迅、郁達夫、許欽文、王統照、周全平和張資平，茅盾認爲魯迅小說主要反映了「五四」以前「躲在暗陬裡的難得變動的中國鄉村的人生」，「沒曾反映出彈奏著『五四』的基調的都市的人生」。因此反映「五四」時代亦不夠充分。

一直是他美學思想的一條主線。這體現了他堅持文學的社會功利作用與審美作用密切結合的革命立場，構成了其美學觀以至文藝觀的核心內容。

過分期待時代性與社會性的失望，迫使他自己提筆寫《蝕》，一開始就把筆觸探向剛剛落潮的大革命時代激流的縱深，寫上述這段話的同時他又寫《虹》，旨在「爲中國近十年之壯劇，留一印痕。」〔註2〕作品從「五四」寫到「五卅」，明顯地把時代性、社會性的追求昇華爲史詩性高度。《虹》的續書《霞》因生活積累不足而綴筆使茅盾意猶未足。經過十多年的革命經歷、社會實踐、理論準備和三年以上的創作實踐體驗之後，他在上海灘頭上下求索，親身體驗，廣泛觀察了中國社會的多層結構之後，於「一九三〇年春夏之交」，正式確立了「大規模地描寫中國社會現象」的《子夜》〔註3〕，實現了其壯志雄圖。此後的《林家舖子》等短篇和《多角關係》等中篇都可以視爲時代性、社會性及其最高境界史詩性美學追求的大小續作。

然而「五四」以來中國瞬息萬變的現實發展速度使作家目不暇接。長篇快手如茅盾這樣的大師也來不及全部完成上述雄圖，就被日本帝國主義的侵略鐵蹄踏亂了計劃。以時代性與社會性爲最高美學追求的茅盾，當然不可能從容續寫其史詩性的宏篇。於是他當機立斷地掉過筆來，譜寫抗日戰爭和愛國主義的時代華章！

抗日戰爭在中國歷史上構成了最璀璨的一頁。儘管伴隨著百餘年的帝國主義侵華歷史的是中國人民和中華民族反帝禦侮、愛國保家的浴血奮戰史，但在戰鬥總體上取得舉國上下一齊動員，長期抗戰終致全勝的輝煌格局者，抗日戰爭是第一次；也是開結束帝國主義侵華歷史之先河的一次。它是 1949年在天安門作歷史性宣告「中國人民從此站起來了」的時代序曲；也是當時衝決一切社會矛盾，迫使中國各階級、各階層、各色人等，重新安排生活道路與生活方式的一次最徹底、最充分的社會大動盪。作爲人學的文學理應對此作最充分的反映。敏銳如茅盾，又怎會放棄人民作家的光榮職責與歷史使命？

愛國主義還是賣國主義，這是一切抗戰文學首先必須回答的壓倒一切的主題，正像當時的生活要求每個中國人在國難當頭之際對此必須作出嚴肅回答那樣，茅盾把握了這一關乎時代精神和社會動向的時代意識，明顯地反映

〔註2〕 《虹·跋》，《虹》，開明書店初版，1930年。
〔註3〕 《子夜》後記，《子夜》，開明書店初版，1933年。

到其抗戰小說的標題確定上和主題提煉上。

他第一部抗戰長篇「原想題名為《何去何從》。因為，一九三七年後，這個『何去何從』的問題不但關係到我們國家民族的命運，也關係到每個中國人的命運。」這也就是為什麼茅盾讓他「這本小說中的人物，也面臨著『何去何從』的問題」〔註4〕，及本書以此命名的動因。由於發表時被《立報・言林》改題為《你往哪裡跑》，以致「精神完全不同了」，1945 年在重慶印單行本時，茅盾以此書未寫完為理由，索性另題為《第一階段的故事》。此後他始終耿耿於懷：題目既不理想，此書及反映抗戰壯劇的計劃又沒完成。所以他說：「我曾經一再打算寫抗日戰爭的小說」，主要因為「生活經驗還不足以寫那樣大的題目。」「每次都是『虎頭蛇尾』」，「這種失敗的經驗，也就是我的寫作經驗。」〔註5〕

同樣的追求也反映在此後作品的標題抉擇上，從手稿看，中篇《走上崗位》本是作者創作伊始就確定的標題，《文藝先鋒》雜誌首次刊出時改題《在崗位上》。這種由動態到靜態的修改無疑削弱了人物抉擇生活道路必須具備的傾向鮮明的「動勢」；所以連載的第二期因作者堅持又改回原題。在此基礎上重寫的框架類似的長篇題為《鍛煉》，這顯然也是追求時代性與社會性的鮮明標記。

（二）

抗戰小說的時代性、社會性追求的目標既經確立，作者首先要解決的是：「如何體現」的緊迫問題。從頭兩部中、長篇《第一階段的故事》和《劫後拾遺》〔註6〕來看，當時他試用了類似今天某些人熟衷提倡的「報告小說」形式。關於這種形式，至今爭論雙方的持論仍然針鋒相對：有人認為這是新的突破；有人認為這是「文學怪胎」。後者確當與否姑置勿論；前者肯定有失偏頗。因為早在《第一階段的故事》初載的 1938 年 4 月，茅盾就作了最初的試筆，此後的《劫後拾遺》（1942 年）邁步更大。儘管他當年的寫法與今天的某些嘗試相較，在文學觀念上不盡相同，但至今也很難說「報告小說」有什麼

〔註4〕《茅盾全集》第 4 卷，第 477 頁。

〔註5〕《茅盾文集》第 4 卷所收《第一階段的故事》一書新版（《茅盾文集》版）後記。

〔註6〕《劫後拾遺》並非嚴格意義的小說，此處姑且尊重作者編《茅盾文集》時的本意。

公認的確切定義。因此我們更不宜割斷歷史。當今文壇最引人注目的現象之一，恰恰是由於割斷歷史導致的無知，這顯然是不足為訓的！

《第一階段的故事》在小說形式上的突破的動因，是要充分地體現時代性、社會性，但同時又體現出茅盾另一個美學原則：要求內容決定形式；內容與形式高度統一。小說落筆較多的，當然是愛國民族工業資本家何耀先。他的襯影是較他更為激進的另一愛國資本家陸和通。他們的對立形象，則是喪失民族立場，一切以利潤為目的，甚至不惜發國難財的資本家潘梅翁。他為了發國難財，對於中日戰爭竟採取「和戰皆主」的反動投機立場。按照《子夜》式的小說形式，作者理應像寫吳（蓀甫）趙（伯韜）鬥法那樣，把階級衝突和民族立場衝突作為中軸。但茅盾放棄了他所擅長的這種情節衝突的結構藝術，代之以性格群體的對比描寫。而且，人物塑造為軸心的《子夜》筆法，也被報導事件進程的情節軸心所取代。這就為從上海抗戰的英雄讚歌，到上海陷落，又到武漢保衛戰的頌歌的主題構思騰出了園地。儘管這二者各占一半的構思只實現了前半，但上海抗戰的全過程在小說中保留得相當完整。而且它上下左右囊括了「八一三」以來上海戰事的各個角落，許多人和事均有生活實體依據，諸如「八百孤軍堅守四行倉庫」之類情節描寫，至今還可從存留的多種舊報所載當時的新聞報導中查出根據。「假人真事」和「假人假事」兩個原則在本書中的使用，前者顯然占較大的比重。這和事件進程的真實性一起，使它帶有明顯的報告文學的色彩。這就把舉國上下一致抗戰，陰暗角落中狐鼠蠕動的明暗對比的抗戰時代色彩，渲染得十分鮮明。使社會的駁雜性和社會發展總體趨勢的明朗性盡在其中。不過，由於 1938 年過於貼近上海抗戰的時代興奮期，這種近距離描寫使作者筆端過分地帶著樂觀的情懷與抗戰初期的時代的激動；從而對民族資產階級的私利與公憤的內心衝突描寫，顯得偏於樂觀。陸和通身上的理想化色彩過濃，這雖然不一定就判為敗筆，但起碼和經過「時間，換取了什麼？」〔註7〕的歷史反思後所寫的《走上崗位》和《鍛鍊》相比，其時勢估計和社會衡量所得的結論顯然不同。兩相對照，後者時代性和社會性的追求顯然深化了一大步。

報告小說的進一步試筆，是上文提到 1942 年 5 月寫的「雖非真人真事，然而也近於紀實」的《劫後拾遺》。他「原打算寫香港戰爭，用小說體裁，可是現在的這本小說，像是一些『特寫』，又像幾篇大型的『香港戰爭前後的花

〔註 7〕1944 年抗戰勝利前夕茅盾所作的一篇雜文的題目，後面本文還將提到它。

花絮絮』」〔註8〕，這是 1941 年 11 月下旬到次年 1 月 3 日香港淪陷前後社會各階層種種動向的剖析。作者第一次採用了不要中心人物，而以人物群體取代，或交叉或平行地發展其略具情節脈絡的獨特結構形式。它們以何先生、羅先生、陳強、老魏與趙氏父子等爲軸心的五組人物群體構築成動蕩不安的香港戰時社會；把大敵當前、內外矛盾交織、民不聊生的中下層社會的諸般色相，概括在對世界性戰爭的這場浩劫的內心反映中。不同於《第一階段的故事》的是：暫時離開了上海抗戰題材之後，《劫後拾遺》儘管擴大了前者對抗戰局勢的社會面的反映，但對時代性，尤其是時代精神的追求，反而有所削弱。這也許就是次年即 1943 年的《走上崗位》重新回到上海抗戰題材的原因之一罷？不過這部作品因其反映時代、反映社會的廣闊性，逼眞性和深入性見長。在茅盾時代性與社會性的追求中，雖未達到史詩性高度，卻也因其獨步未被反映的生活角落，和眞實性強的特點，顯示了動蕩時代的強烈脈搏，而占了不可取代的位置。

（三）

日本帝國主義侵華戰爭打響後，半封建半殖民地中國社會由經濟基礎到上層建築、意識形態，一切領域都受到嚴重衝擊，使得各階級、各階層的諸色人等，各種各樣的人際關係，都被迫不得不作相應的調整。我國的國際地位與國際關係更受衝擊。這勢必導致每個人的心理心境產生種種變異，心靈深處激起波動情緒。這是民族關係、階級關係、人與人之間的關係大動盪、大變異的非常時代。把握大時代人們的心靈變異，對作家來說非常重要。茅盾對此機會也非常珍惜。正如魯迅所說：「文學不藉人，也無以表示『性』，一用人，而且還在階級社會裡，即斷不能免掉所屬的階級性。」這裡我們還可以補充一句：也斷斷不能免掉所屬的時代性和社會性。這「無需加以『束縛』，實乃出於必然。」〔註 9〕人的這種屬性，最集中地反映在其心理活動與社會行動之中。而人的社會本質是其面臨的一切社會關係之總和。整體地把握了各色人等的社會心理和人際關係，也就是把握了社會本質和社會、時代的動向。因此，茅盾經過六年的社會體驗與歷史反思之後，重新提筆寫反映大上海保衛戰題材的《走上崗位》，他爲自己確定的總視點，就是社會心理的

〔註 8〕《茅盾文集》第 5 卷，《劫後拾遺》的新版後記。
〔註 9〕《「硬譯」與「文學的階級性」》，新版《魯迅全集》第 4 卷，第 204 頁。

多角度的審視與展現。他深入廣泛，細緻而微，反映出國難當頭，儘管各人都有各人的憂慮與謀算，但作為中華民族整體，絕大多數人鄙棄了賣身投靠民族死敵而發國難之財，投賣國之機的民族敗類，人人振奮，眾志成城，共赴國難，各以獨特的個性方式，把自己溶化在萬眾一心的全民抗戰洪流裡。這種最大限度地反映民族意志與社會心理的美學開掘，使《走上崗位》的時代性、社會性追求比較深入具體。所以，儘管此作尚有種種缺點，這方面的成就卻不容忽視。

其實茅盾這種美學追求，最早伊始於散文而非小說。「五卅」潮中所寫《五月三十日的下午》等這組散文組篇，就開社會心理描寫之先河。此後又以抒情散文組篇和中篇小說組篇（《蝕》）的雙軌形式分頭發掘，顯示了更大的業績。「九一八」的炮聲和上海「一二八」的硝煙中所寫的幾組散文，社會心理分析的色彩更加濃鬱。特別是《故鄉雜記》首篇《一封信》，以廣闊的視角多側面地剖析各種各樣的社會心理：如預言「一九三二年將有大戰爭爆發，地球上一個強國將要覆滅，一種制度」「將在戰爭的炮火下被掃除」的法西斯主義的侵略者心理；如承襲了「封建中國的『傳統的』預言家」衣鉢，以「一治一亂，循環往復，亂極乃有治」，而「治」終局「是草野蹶起的真命天子」收拾殘局的封建小市民的政治哲學與社會心理；如「萬事難逃一個『數』」，「人定不能勝天。你看十九路軍到底退了！然而，同人先笑而後號啕，東洋人倒灶也快了呀！」的所謂「高等華人」的社會心理等等。後兩種社會心理集結為一點：「為悲憤的民眾心理找一個『定命論』的發泄和慰安。」〔註10〕當然，這還是消極社會心理的剖析。及至「七七」事變和上海抗戰爆發，茅盾為悲歌昂進的中華民族的浩然正氣所激動，他集中全力剖析了積極抗爭、開朗樂觀、充滿民族自信的社會心理。《炮火中的洗禮》、《不是恐怖手段所能懾伏的》〔註11〕等散文名篇，就是這麼譜寫的。

《走上崗位》於1943年陸續寫作時，茅盾經過了「時間，換取了什麼」的歷史反思，就不可能保持《炮火中的洗禮》那種激動情愫，也不再會如《故鄉雜記·一封信》那麼嚴峻。他把犀利而又冷靜的筆觸伸向社會結構的各個階層，通過社會心理剖析來反映偉大的中華民族心臟與脈搏的跳動；藉以展

〔註10〕《茅盾散文速寫集》，第90～93頁。
〔註11〕分別刊於《救亡日報》第1號和第10號，1937年8月24日和9月8日出版。

示社會的流向，歷史的進程。這就和《第一階段的故事》顯示了極大的不同：放棄了上海保衛戰的事件進程報導，而把筆觸探向社會總體心理的深層，這就把典型提煉深化了一大步。

作者以工廠內遷爲基點舖散開去，安排了兩條結構線索，一條是阮仲平的廠子決定內遷以保存民族工業實力用來支持抗戰，這條線分上（資本家階層）、中（工廠庶務、工頭工賊等中間管理階層）和下（工人階層）三層，每層又由具有各種不同性格、不同傾向、不同身分、因而也具備各不相同的心理狀態的形象構成人物群體。小說以工人的同仇敵愾、星夜拆遷的高昂精神基調開篇。工人們把平時給資本家幹活的消極態度改變成爲全民抗戰而勞動而戰鬥的積極態度。作品把這種大幅度轉變作爲凸現時代精神的掘進口，把愛國主義的民族大義的心理主調逐一展示出來。不同勞動目的決定了不同勞動態度，相應地帶來了不怕槍彈、冒死搶拆的犧牲精神這一切活現出襤褸衣衫掩蓋下那一顆顆無私無畏的火熱的心。特別是對老工人歪面孔一家慘遭轟炸，囚居難民收容所，儘管忍飢挨餓，卻能不求苟活的內心世界的跟蹤描寫，又特別是對歪面孔人生道路重大抉擇的描寫，更頗具心理深度。由於工頭搗鬼，並不想讓他隨遷，漢奸工頭又誘他爲敵人幹活並許以重金，歪面孔意識中並沒有自覺地形成這是「何去何從」的人生道路重大關頭的理性認識。但他獨具工人階級樸素的高尙的心理：第一，從眾；這是大工業生產決定的集體主義意識。第二，看階級弟兄中正派人如蕭長林等的行止來決定自己的態度；這是長期階級鬥爭經驗的結晶。作者確定的這個帶有極大自發性的人物的心理活動基調，既符合特定人物的特定思想境界，又準確地把握了老年產業工人樸素的品格特徵。這和中層社會中人，如庶務蔡永良等在資方、敵方都可尋求主子的腳踏兩家船態度，如工頭李金才拿介紹工人與敵人作「交易」從中謀利的反動立場，以及黃色工會頭目姚紹光爲了謀私，既會當「主子」，又會當奴才的卑劣性格，都形成了鮮明的對照。展現出即或是社會心理剖析，也是物以類聚，人以群分，形成了對立的社會心理層次。這種社會心理的對比描寫，比《第一階段的故事》深化了一大步，也廣泛地開拓了一大步。這種描寫是後者未再涉及的。上層資本家的描寫則保持了《第一階段的故事》的水平。沿用了對比描寫的方法。愛國的阮仲平和賣身求利的袁運森以及表面也在拆遷，實則遷往租界的朱竟甫之間的對比，猶之何耀先與潘梅翁的相對比，都是在犧牲小利以愛國與謀求私利以賣身（實際也是賣國）的

民族心理層次上作正反對比。所不同的是阮孟謙這個黨國要員的形象塑造與政治投機心理描寫，則展現了國民黨政府內部陰謀與敵偽暗暗合流的賣國心理，這就從工業界通向政界，把民族矛盾交織在階級矛盾之中；使社會心理層次的展現，圍繞著民族氣節問題，對立統一地整體化了。它構成了這特定時代的特定社會狀態，反映了堅持抗戰、決不投降的主流，必定戰勝堅持妥協、全力謀私的逆流；形象地再現出時代的本質動向。

　　與這條主線緊密聯繫的，是作者安排的另一條結構線索：這是以家族親朋關係糾結在一起的鬆散線索。但又以阮仲平家爲主體保持著有機聯繫。其餘的袁運森（仲平夫人的堂妹夫）家和陸仁山（阮孟謙的親家）家是親戚關係；蘇子培之女蘇辛佳、阮仲平之女阮潔修與難民收容所的趙成章等愛國青年之間，也是朋友關係。這種種鬆散而具有機聯繫的社會面，深入到家庭又輻射向社會，成爲工廠之外又一個天地。

　　茅盾以犀利的社會分析筆觸挖掘到受著抗日愛國時代激流衝擊的家庭倫理關係的深層，揭示出兩類性質不同的心靈與心理變異。

　　家庭內部的心理衝突描寫，包括兩種情況。第一種純屬人民內部的。老一代如阮仲平之母三世同堂的安寧心理被面臨的顛沛流離的逃亡生活所造成的惴惴不安的心理所代替。即或如此，在袁運森的資敵行爲與自己面臨的逃亡處境的抉擇中，作爲地主階級老太太和資本家母親的阮老太太，還是以保全民族氣節爲道德標準律己和律晚輩的。不過這氣節因時代發展而更換了內容。舊式地主的氣節與民族心理是與忠君相聯繫，阮老太太們則是以忠於國家、忠於民族爲內容的。內容的改變體現出歷史流逝帶來的新的時代內容。儘管這種心理仍屬剝削階級意識形態性質，但卻明顯地帶著歷史進步性與時代色彩的新質。

　　母子、父子之間的倫理關係也受到衝擊。侍奉父母、克盡孝道的傳統觀念，面臨著「忙著工作，便顧不了父母」的矛盾。忠於祖國的立場伴隨著難盡孝道的犧牲精神。對此，開明如陳克明也還在忖度「兩全之道在哪裡」；新一代青年的代表人物蘇辛佳卻寧肯不侍奉受傷的父親，而去關懷難民收容所的階級兄弟。茅盾賦予筆下的時代女性以嶄新的時代風貌與心理情操；她們攀上了一個新的高度。

　　另一方面的心靈衝突與心理變異較上述的種種遠爲複雜，它明顯地帶著敵我性質。袁運森和他的小老婆一面以封建家長統治著兒媳何夢英；一面爲

保全私利而和民族敵人作私下交易。前者尙在不無舊道德觀念的何夢英可容忍的限度以內，後者則使嫉惡如仇、從善如流的何夢英忍無可忍。於是激起她寧爲玉碎、不爲瓦全的逆反心理。家庭內部矛盾遂呈現出一觸即發之勢。這固然把「五四」以來家庭婚姻矛盾的傳統主題，充實成以愛國主義爲基調的嶄新內容；同時也把家庭衝突階級矛盾化和民族矛盾化了。那出污泥而不染的時代女性何夢英，則在悲劇命運中顯現出「悲壯」的心理與戰鬥性格的亮色。

這是兩種不同性質的「代溝」。何夢英與蘇辛佳、嚴潔修等自然也分屬於不同品類的時代女性形象。他們和名爲父執輩，年齡卻相差無幾的阮季眞一起，組成時代愛國青年的光輝群相，以嶄新的心理素質跨過父輩的路，走上新的征程。

戰爭甚至也衝擊著兒童的心靈。茅盾筆下第三代形象小南金，一方面固然作爲一面鏡子用來反映阮季眞的心理趨向；另方面他也有獨立的生命。正如作者借阮季眞的感受所說的：「祖國的召喚甚至在這樣童稚的心裡也激起了宏大的影響，將這天眞爛漫無思無慮的童心頃刻煎熬成爲準備擔當危難的大人樣的心。」作者還借此和陳克明「一二九」運動時爲青年愛國行爲所說的辯護的話作了對比。陳克明當年就說：「我們不能把國家弄好，我們倒有臉去禁止熱血的年青人麼！誰使他們不得安心讀書？」〔註12〕這就展示了社會心理的又一個側面。

由此可見，作者充滿時代性的社會心理描寫，是把握著兩個契機舖開來的：一個是民族正氣的褒揚；一個是對民族敗類的亡國奴、賣國賊心理的抨擊。不過由於作者沒有可能在白色恐怖的嚴酷空氣中暢所欲言，所以被民族矛盾激化了的新的階級矛盾，特別是這種矛盾在國民黨政府內部的尖銳反映，無法在這部中篇中得到充分的揭示。反之，也許正是這種局限使得茅盾在社會心理剖析中特別著力罷？然而，作者對此很不滿足。由於此書邊寫邊發表，所以從作者留下的手稿看，他一邊續寫，一邊也在修改前面已發表的文字。我把《茅盾全集》據手稿收入的文字和《文藝先鋒》的連載文字加以對照就可發現，那五處重大的大段補充文字，有四段是把矛頭針對最高當局的賣國行徑，並公開譴責其爲「民族的罪人」〔註13〕的。例如阮季眞內心苦

〔註12〕均見《茅盾全集》第 6 卷，第 296 頁。
〔註13〕《茅盾全集》第 6 卷，第 340 頁。

悶的描寫中就加添了這一段話：

> ……然而最近個把月來許多不應該有的現象卻使他彷徨甚至灰
> 心了。——他看見那招致外侮的貪污腐化、敷衍苟且的分子依然到
> 處橫行，他看見那漢奸和親日派可以縱容而熱血的青年和民眾則不
> 可不防的作風依然一點也沒有改掉，他看見那大大小小的黨官依然
> 只會嘴上說得冠冕堂皇而心裡想的手裡做的還是個人的富貴榮華，
> 還是黨同伐異，甚至想借敵人的刀來消滅所謂「異己」；……
>
> ——《茅盾全集》第 6 卷，第 297 頁

但是作者也感到這種補綴不解決根本問題，而且由於大都借人物之口來作譴
責，反而會使作品留下概念化的痕迹。這於加強作品時代性、社會性內容不
能起根本改觀性的作用。所以作者生前一直不肯出版單行本。1948 年他重起
爐灶寫了《鍛煉》。臨終前一年《鍛煉》的單行本又移入了《走上崗位》的第
五、六章略加修改作為其第十四、十五章。這表示了作者對《走上崗位》棄
置不印的決心。

其實《走上崗位》不論思想和藝術都有長處，除上述種種之外，藝術上
也有發展，在抗戰小說範圍內比較，它不像《劫後拾遺》那麼浮光掠影，見
事不見人；也不像《第一階段的故事》人從屬於事，社會面與社會心理層的
探掘尋求處在一個較為狹小的格局裡。

它還承接著前一年寫《霜葉紅似二月花》時師承《紅樓夢》筆法的試驗，
那兩條結構線索固然不像《水滸》那樣以在矛盾衝突中展現人物見長，而是
《紅樓夢》般地，在日常生活的平常人的平凡心理的剖析中，精心探求時代
性與社會性的內容，它寓重大矛盾於日常生活及心理心境的細膩勾勒、工筆
描寫之中；從時代側影與激流餘波中，開發時代運行的軌道，留下社會流變
的印記。

（四）

40 年代是茅盾繼《子夜》之後攀登另一個小說巔峰的奮進時期。他對作
品的時代性、社會性追求，提出了新的更高的要求。這就是同時要達到史詩
性的新層次。這從《霜葉紅似二月花》的構思藍圖中可以「窺豹」。他對《走
上崗位》的不滿足，也體現出這同樣的心理。把它和在此基礎上重寫的《鍛
煉》作個對比，更容易看出這個趨勢。

　　由於五卷本的《鍛煉》只完成了頭卷，這給我們帶來了困難。因此我只能分兩步走。先把《走上崗位》和《鍛煉》作對比研究；再把《鍛煉》第一部和其餘四部的大綱作對比研究。

　　有所得亦必有所失。《鍛煉》較之《走上崗位》的根本性改觀，在於由社會心理剖析轉向社會矛盾的宏觀概括與全局性反映。作者部分地捨棄了社會動盪在家庭內部導致的兩種形態心理變化的剖析，相應地也割愛了阮老太太、小南金、袁運森一家，特別是寫得相當精彩的何夢英這個人物（有趣的是在《清明前後》裡出現了「天半神龍」般的同型人物黃夢英，這兩個同名異姓的女性，明顯地具有氣質與性格的血緣關係，「黃」、「何」兩姓的諧音關係也許是作者有意為之的）。失去了這些，固然多少影響家庭細胞所反映的時代性、社會性的心理深度，但所得的卻是社會全景的宏觀反映，以及階級矛盾、民族矛盾複雜交織、尖銳激烈的深層探索與多面展示。並且把社會場景縱向拉開，顯現了歷史前行的鮮明軌跡。這就真正把時代性、社會性的追求昇華到史詩性的高度。這種典型提煉中的作家氣概，顯然是以其超人的膽識為內核的。因為只有這樣，小說的戰鬥性和揭露深度才會加強。而正面人物的品格精神的刻畫，也在對立統一中得到加深的機會。這就不可避免地要寫正面人物和反面人物的政治衝突。

　　阮姓家族改為嚴姓家族之後，作家在嚴伯謙、嚴仲平和嚴季真弟兄三個之間展示了三種立場、三種人生觀的正面衝突，以伯謙、季真為兩極，仲平一度搖擺其間，而終於與三弟季真走上同一愛國道路的這種描寫，充滿了家庭情趣，又滿蓄著時代社會內容。在《走上崗位》中阮孟謙只是個浮光掠影的類型化人物。《鍛煉》中的嚴伯謙卻是代表蔣政權到上海謀求對日妥協的黨國要員。儘管作者仍把他放在國華機械廠內遷的格局內，寫他在敵我之間搞政治投機的賣國立場，卻因他和作品新增的漢奸掮客胡清泉的勾結、交易，而獨立地展示出特定時代產生的蔣敵偽合流的未來趨勢。這就把《走上崗位》修改文字所體現的尖銳揭露民族投降主義路線的意圖，轉化為人物形象與人物關係；這也就在小說全局上，呈現了強烈戰鬥性與揭露更具徹底性的趨勢。這種傾向無疑使作者寫《走上崗位》不能盡言時所感受的壓抑得到傾吐，他長長地出了一口惡氣！因而《鍛煉》的字裡行間，充滿了快意！嚴仲平的搖擺不僅是家庭關係性，而且首先是政治性的。這政治性固然帶著民族立場是否堅定的性質，同時也因工人的愛國立場堅定而嚴仲平卻搖搖擺擺所造成的

衝突，帶來了相應的階級鬥爭性質。由此衍化出的情節，又給工人群像、知識分子群像（特別是嚴季真和新增寫的總工程師周為新等人）的性格塑造開闢了新天地。所以嚴氏昆仲「兄弟閱於牆」式的家庭衝突，既增強了作品的時代性、社會性和史詩性，又使小說藝術帶上了濃厚的戲劇性。這就能把民族矛盾、階級矛盾的複雜時代社會內容納入「兄弟閱於牆」的戲劇性衝突之中。這種典型提煉成就，在中國現代文學史上即或不是獨步青雲，其深度起碼也迄今無前人！

嚴伯謙身後的蔣政權的「微縮」反映，還借助特務政治的側面作了重要的補充。作者借羅求知這個新增人物的性格發展，一方面通向愛國青年和愛國運動的蓬勃興起，另方面通向蔣政權利用特務政治實施其「不抗戰止於亡國，抗戰則將亡黨」〔註14〕的媚日反共立場的盡情揭露。而貓臉人胡秘書及特務王科長等形象的塑造，不僅把他們鎮壓愛國運動的罪迹昭示天下，而且在此後幾部「續書」中還將派重要用場，借以表現「特工活動之加強，檢查言論之加緊」，它一直通到「慘勝『後至聞、李被殺」〔註15〕。這一切都係對特務政治的揭露。可見這部書的布局，在思想上與不能算嚴格意義的抗戰小說的《腐蝕》一脈相通。

在寫嚴氏昆仲糾葛這條主線之外，還有許多副線。最重要的當然是愛國救亡運動的開展與其內部的思想衝突。除了嚴季真之外，陳克明的形象也大大加強了。在《走上崗位》中他的性格不夠統一，也缺乏應有的行動性。例如他關於克盡孝道與愛國活動之衝突的「兩全之道在哪裡」的沉思，和他在「一二九」運動中的豪言壯語就不和諧。這些被《鍛煉》徹底剔除了。它從四個方面加強了陳克明的行動性使之成為本書核心人物：辦《團結》雜誌及由此與崔道生的衝突；與漢奸胡清泉的周旋；與愛國軍隊的聯繫；特別是對愛國青年、愛國運動的支持和介入。這就把一個重於言的知識分子改寫成一個重於行、善於行，且頗具策略頭腦的知識分子愛國領袖的形象了。陳克明和他身邊的知識分子形象群的活動，無疑是對「五四」知識分子戰鬥傳統的繼承，是對「一二九」以來知識分子愛國運動的攝像。這一點也呈現了時代性、社會性向史詩性昇華的典型提煉意向。小說開始就以蘇辛佳、嚴潔修因

〔註14〕引自《〈鍛煉〉等五部曲的〈總綱〉及第2部以後筆記〉手稿。以下簡稱《大綱筆記》。

〔註15〕引自《〈鍛煉〉等五部曲的〈總綱〉及第2部以後筆記〉手稿。以下簡稱《大綱筆記》。

「愛國罪」被拘留打頭，來展開衝突，以其出獄後在難民收容所等等活動繼之，並且把他們這一群和羅求知代表的一小撮青年敗類的分裂作對比描寫，這和作品保留的工人愛國活動形成了抗日救亡的雙軌運動，使時代社會描寫的史詩性追求，增添了有血有肉的生動內容。

　　青年一代在民族矛盾階級矛盾交織的大時代中的分化組合描寫，還有另一個重要側面：這就是新增寫的趙克久、趙克芬兄妹的性格發展情勢。這是處於中間狀態左右搖擺的中間偏左的類型。這條線除其自身的意義外，還伸向另一條副線：軍隊描寫。加上他們活動在農村小鎮，所以作者新擴展的這條副線頗爲吃重。從上述「大綱筆記」中可以看出，這兩個天地在後幾部中有長足的發展。趙克芬在本書中性格尚較單純，趙克久的複雜性則粗露端倪。一方面他具有農村青年知識分子的愛國熱情，又一方面他又受命運的擺佈，因軍隊過境的偶然遭際而帶來了捲入軍隊難以自拔的複雜經歷。這就爲後來他的顛波生涯打下了基礎。所以，除了他的中間狀態和他生活的那個農村小市鎮社會環境描寫兩者在小說中的獨立意義之外，這個人物還有爲下文「張本」的伏線性質。也許這就是這條線的時代社會內容雖未展開，卻在小說結尾部分開始占突出地位的緣由罷？

　　在《鍛煉》中茅盾首次從內部描寫了他不熟悉的、《走上崗位》也未涉及的軍隊生活。在《林家舖子》和《故鄉雜記》等小說散文中，他只是用側筆旁觀的方式略有涉及；《鍛鍊》首次、也是最後一次用「兩部焊接」的方式正面寫國民黨軍隊上下的諸般色相。第一個部件是由趙克久牽線深入寫一個過境待命的連隊。寫其內部正氣與邪氣的複雜組合，寫其未抗戰而先擾民的特定作風。第二個部件是陳克明在其同學王參議的引薦下，深入到上海市郊那慷慨抗戰的軍部，並以張治中將軍爲原型，塑造了張軍長的動人形象。作者肯定了蔣軍中肯抗戰、並有戰鬥力的一面；也以諷刺甚至憤慨的筆調寫了其中腐敗的劣質。這就把蔣軍的總體素質和廣大愛國將士的民族正氣，有區別地作了辯證處理。這和解放後某些作品頗不相同。它們一寫抗戰中的蔣軍，就只寫其要麼大敗誤國，要麼只反共不攘外以至賣國。相形之下，茅盾的描寫歷史唯物主義得多了。這也加強了作品時代性、社會性內容。這兩個「軍隊」「部件」靠趙克久和陳克明（他們兩個之間又有一次途中相遇的巧妙安排）作牽線人，焊接在總體總構中；又通過孫排長入傷兵醫院借醫院內傷員與官方衝突的描寫，把地方與軍隊的官場腐敗極立體化地揭露了出來。借此還使

蘇氏父女愛國正氣的伸張得到了時機，借他們以及孫排長作引線，又把這獨特天地勾連到主線結構和小說的社會整體裡。

考慮到國華廠的勞資雙方是兩個各自獨立的天地，《鍛煉》給我們提供的起碼是七條以上的結構線索。每條線索都相對獨立地在其軸心人物周圍簇擁著一組人物群體。這就把敵、友、我三股勢力，上、中、下三個階層所組成的抗戰初期中國社會的複雜結構層次及其重新分化組合的種種動勢，囊括在二十多萬字的長篇裡。〔註16〕

最近有人這樣概括「當前小說創作中的敘事變化」說：「在同一的背景之中，運用綜合的觀點，同時講述幾個或更多的故事，爲讀者再現一個密集的世界。其中的每個故事、每個人物、每個場景又都是必不可少的，而且各自又具有各自的審美獨立性。這種中國盒式的結構，即以一個大盒裝幾個小盒子的結構方式，不同於以前鎖鏈式的情節結構。」〔註17〕這的確是當前開始普遍化了的一種趨勢。但是溯本求源，起碼從《儒林外史》始，就有此爲「再現一個密集的世界」而在結構上打破連續性敘事的嘗試。不過它通篇缺乏軸心和主幹，《鍛煉》則採用「可分可合，疏密相間，似斷實聯」〔註18〕的傳統小說結構原則，採用更爲大膽的「中斷」敘事鏈條的現代小說技法作爲補充，於是使樓榭亭館，錯落扶疏，使小說天羅地網般地把時代性社會性的宏觀概括，對象化爲一個「密集的世界。」

在這個「密集的世界」的居民當中，不同於此前茅盾小說的，是兩組光彩奪目的正面人物群的出現：一組是愛國知識分子形象群，起碼包括陳克明、蘇子培、周爲新、嚴季眞、唐濟成、張巧玲、蘇辛佳和嚴潔修。還可把難民收容所中的職員們也算在內。他們既不帶絲毫《蝕》中的一群那種幻滅、動搖、頹廢、感傷情愫；也不似《子夜》中的一群那種享樂、逍遙、夢死醉生的氣質；而是朝氣蓬勃地奮發戰鬥。陳克明的一番語重心長的話可以概括他們任重道遠的歷史責任感和犧牲小我，憧憬未來的理想追求：

> 不但是我們這一代，恐怕甚至於連你們這一代，都是命定了要
> 背十字架的！人家可以不講理，我們卻不能不處處講理；我們這樣
> 無時無處講理，人家還要明裡壓迫，暗裡謀害。我們咬牙忍痛，連

〔註16〕參看本書附錄《鍛煉》人物結構圖。
〔註17〕程德培：《「連續性」的中斷》，《文藝報》總465期，1986年1月4日。
〔註18〕茅盾：《漫談文學的民族形式》，《茅盾評論文集》上冊，人民文學出版社，第290頁。

一聲也不哼。……但是我們一切都忍耐了，我們寧願背十字架！我
們要對民族的敵人復仇，我們是願意。爲什麼？爲了一致對外抗戰！
爲了我們的下一代，下下一代，能夠做自由的人民，不再背我們今
天背的十字架！

——《茅盾全集》第 7 卷，第 161 頁

這種忍辱負重的高風亮節，幾乎是這組人物形象的整體素質。它集中了中華
民族文化志士數千年的傳統精神，是大敵當前，抗日禦侮的中華兒女的赤誠
品性。

　　另一組則是有別於稍嫌概念化、稍具臉譜型的《子夜》與《多角關係》
中的工人形象的一組嶄新的工人形象群。其中既包括明顯地帶著產業工人的
集體主義意識和無產階級覺悟的蕭長林、周阿梅、周阿壽；也包括混沌初開，
尚未擺脫愚昧的國民劣根性，但又「和氏璧」般石璞一體的歪面孔石全生。
他們是茹苦含辛、荷重奮進的有血有肉的一群。在中國現代文學史上，這樣
的工人形象鳳毛鱗角。

　　茅盾以黎明前新舊社會交替期形成的敏銳的歷史感與時代感來充實這兩
組人物中的每一個人。從而使他們沿著「五四」運動及其中的「六三」巔峰
〔註 19〕所趨出來的歷史道路，投身到血與火相交織的救亡熱潮中大顯身手。
同時也經受民族矛盾與階級矛盾兩相交織，敵、我、友三條戰線錯節盤根的
殘酷鬥爭的反覆鍛煉。這就使作品中的社會生活既具時代強烈的脈搏，又有
歷史的縱深感。這種橫向開拓與縱向展現相結合的中國社會歷史發展規律的
探索與形象再現，使《鍛煉》典型提煉的時代性、社會性追求，毫無愧色地
達到了史詩性高度與深度。

（五）

　　茅盾大規模地反映中國社會的時代發展，始於 1927 年寫《蝕》，而 1930
年寫《子夜》時臻於巔峰。不過到 1941 年寫《腐蝕》和 1945 年寫話劇《清
明前後》，基本上是用「截取型」的橫斷筆法，借時代性、社會性的追求以達
到史詩性的。但他同時三次規劃了縱橫交織，以歷史縱線爲主的寫法，以期

〔註19〕1919 年 5 月 4 日爆發的運動，開始以學生爲主體，6 月 3 日起上海帶頭，全
　　　　國響應的工人大罷工，使運動獲得堅強的後盾，把運動推向新的高峰。這也
　　　　是中國工人階級走上歷史舞台的最初亮相。茅盾自《子夜》始就試寫這歷史
　　　　現象，到《鍛煉》才獲得成功。

匯時代性、社會性和史詩性於一爐。第一次是《虹》與《霞》，計劃由「五四」寫到北伐，「欲爲中國近十年之壯劇，留一印痕。」〔註20〕第二次是 1942 年寫《霜葉紅以二月花》。也是「打算寫從『五四』到 1927 年這一時期的政治、社會和思想的大變動。」〔註21〕第三次是 1948 年始寫《鍛煉》，也是寫「十年之壯劇」，但這同時又是「十年之慘劇。」從《大綱筆記》中看作者的規劃，不一定就是《鍛煉‧小序》中所說的五部，構思當時也有寫六部的想法、即：一、《鍛煉》。持續三個月的上海戰爭及「大軍西撤」，1937 年 8 月至 11 月。二、「或擬題《敵乎？友乎？》」，「自保衛大武漢之前一二月──或更前，自當年之春季開始，至皖南事變發生。」即 1938 年 6 月至 1941 年 1 月。這一部跨度太大，故作者也曾考慮分爲兩部：「自保衛大武漢至汪精衛落水爲前部」，1938 年 6 月至 12 月（如果以汪就任僞政府代主席迄則是 1940 年 3 月）。「以後爲後部」。即 1938 年 6 月或 1940 年 3 月至 1941 年 1 月。三（或四），「名未定」。（下同）「太平洋戰爭爆發起，直到中原戰爭，湘桂戰爭。」即 1941 年 12 月至 1944 年 11 月（桂林陷落）。四（或五），「湘桂戰後至『慘勝』。」即 1944 年 11 月至 1945 年 9 月 2 日（日寇投降簽字儀式日）。五（或六），「慘勝後至聞李被殺」〔註22〕即 1945 年 9 月至 1946 年 7 月。

這整整十年（包括整個抗日戰爭時期和解放戰爭初期）的歷史。地域跨度從華東到西南，包括了上海、南京、武漢、鄭州、重慶、延安、蘭州、西安、寶雞、桂林、昆明等十多個城市。解放前作者生活較久的地方除桐鄉、湖州、杭州、北京、香港、迪化（今烏魯木齊）等少數城鎮外，都囊括進去了。可以說作者調度了他幾十年的生活積累，投入這五至六部的史詩性作品中去，以保證時代性，社會性及其深廣度的充分性和豐滿性。

社會面大大擴展了，除原有的工業主線外，從軍事說包括了抗日與內戰兩條戰線；從政治說包括了共產黨、國民黨、日僞三方；而且把這場鬥爭放在國際上反法西斯鬥爭的大背景中深入開展。在國內，一方面是「蔣汪雙簧」或明或暗地勾結日寇；一方面是蔣敵僞勾結反共反人民。在這宏觀開拓的視角中作品把握著三條主線索：其一是從所謂「防範奸黨、異常條例」之秘密以至公開實施，到皖南事變，再到「進攻邊區之嘗試」；其二是國統區反民主

〔註20〕《虹‧跋》，《茅盾全集》第 2 卷，第 271 頁。

〔註21〕《霜葉紅似二月花‧新版後記》，同上書第 6 卷，第 250 頁。此書解放後續寫了數萬字，終未完工。

〔註22〕以上引文均據《大綱筆記》手稿。刊於《茅盾研究》第 4 期。

的白色恐怖和民主運動的日趨高漲，「特工活動之加強」導致「慘勝」後「聞李之被殺」。其三則是「工業遷川後短期之繁榮」，不久就面臨「經濟恐慌加深」與「工業破產」的絕境。

在這些線索中，作者承接著《第一階段的故事》中引導主人公仲文和桂卿走向陝甘寧邊區的方向，不僅設置了陳克明的女兒「到了太行山」參加游擊戰爭，而且也讓主人公蘇辛佳瀕經磨難，看透國民黨軍隊腐敗本質後，放棄了幻想，由消沉而振作，也進入游擊區，直至「戰死」。為了寫她的英雄行為，作者不僅準備採用「黃君珏故事之一部」，而且還抄下海涅《新詩集・時事行之三十三讚歌》和《羅曼羅采》之第二部中《悲歌》所收《拉撒路之第十九》的前兩節（全詩共五節），來歌頌蘇辛佳們的慷慨奮進精神：「我是劍，我是火。」「揮劍前進，在最前列。」辛佳這一代其實是「子繼父業」。他們的前輩典型陳克明當年從事革命運動的歷史及其受學生的景仰固然在大綱中有補充描寫。蘇子培也從自發愛國發展到「在上海參加了地下民主工作。」最終被蔣特、日寇勾結一起「害死」了。父輩的前進與流血犧牲，推動了蘇辛佳、嚴潔修們，潔修戰勝了顛沛流離的苦難生活也終於「再投身民主運動」。千條河流歸大海，這首在階級的民族的火與劍的鬥爭中「揮劍前進，在最前列」的「主題」歌，其實是作者用以謳歌黨領導下的中國知識分子經歷的歷史必由之路的行軍歌。作者也把蔣敵偽合流給中國人民造成的種種苦難，使許多人的人生道路充滿艱難與坎坷，作為全部構思的重點之一。劉連長形象的發展，固然有揭露在蔣控制下，其軍隊只能反共，想抗戰而不能，即使抗戰亦必敗的鞭撻作用。他戰死後其妻「屢受欺侮」，幾次逃脫，終被嚴伯謙這個大黨棍所污！她的小孩也「病死」了！作者借劉妻之悲慘遭遇，「寫出大後方鄉村的黑暗」及城市之罪惡，類似的描寫組成一部黑暗深淵的人民苦難史。

《鍛煉》裡著墨不多的趙克久一家在這裡被派了「重頭戲」。作者著力挖掘趙克久的複雜經歷導致的多層的內心苦悶與複雜性格。他愛國無門，終致淪落。「經商發財，人已變壞」，「而尚不失為豪爽而正派的一路」。為了寫他戀態心理的苦悶深度，設計了與其妹亂倫姘居，又和漢奸胡清泉之媳殷美林這種浪貨「結合」，終於演出了淒慘的悲劇；且使單純美麗的農村姑娘趙克芬成了最悲慘也最令人同情的犧牲品！她先因精神空虛與兄亂倫，但始亂終棄並非終局，這僅是她悲劇命運的開始：克久以酒醉之，使她失身於當了司機

的兵痞孫排長，成為其「沿途有外室」的外室之一（這使我們想起了《見聞雜記》中的那些素材）。後來她流落蔣軍中又為連長所污！「逃亡途中」再次「被誘脅而成婚」後，丈夫又以「漢奸」惡名被捕，這反而使她相信了蔣特遂陷入魔窟！儘管她也像趙惠明那樣迷途知返，但這個美好的靈魂像霜打茉莉那樣過早地凋謝了！《寫作大綱》行文及此，作者心情沉重地錄下普希金《致西伯利亞的囚徒》和《紀念碑》中的詩句，體現其「為那些沒落了的人們，祈求過憐憫同情」的感情傾向和獨特視角。

作者為徐氏及其與羅任甫之子少甫的「姘居」設計了三個以上的方案，而以「賣身救夫」的方案最富社會內容。可以說後幾部作品大綱中這個情節的典型提煉，作者的創作個性色彩體現得最濃：它充分說明茅盾善於從兩性關係的病態心理中挖掘社會內涵，苦難的時代必然給人們帶來時代的苦難。借助這些個別的社會細胞，從日寇侵華與「蔣汪雙簧」導致的人民苦難中，挖掘出歷史的深度。

而小說不結束於「慘勝」，而終篇於「聞李被殺」，則體現出作者更深一層的立意：在整個新民主主義革命時期，光粉碎帝國主義侵略還不是黑暗歷史的終結，只有把國內的反動統治徹底推翻，中國人民才能真正迎來社會主義的春天。從這個意義來看 1948 年發表的《驚蟄》〔註23〕和 1949 年發表的《春天》〔註24〕，可以視作以《鍛煉》打頭的「五部曲」（或「六部曲」）的續篇和結語。

（六）

在抗戰前夕的 1936 年，也就是在動筆寫其抗日戰爭系列小說之前，茅盾寫了一本相當系統地談典型提煉的書，這本題為《創作的準備》的小書，幾乎把茅盾這十年小說創作的全部經驗囊括無遺。在第六節《寫大綱》中作者寫道：

> 既已從準備得充分的材料群中拈出一個「題目」來，首先第一自然是將一切有關於這「題目」的材料（原料），加以整理和選別，再用藝術的手腕組織起來，這其間，創作的衝動一步一步提高，新的意思，活潑的想像，奔流輻湊而來，直到你覺得「腹稿」已經打

〔註23〕香港《小說》第 1 卷第 1 期，1948 年 7 月。
〔註24〕香港《小說》第 2 卷第 1 期，1949 年 1 月，均見《茅盾全集》第 9 卷。

好了，不但「故事」的首尾已經完密，並且連「人物」的主要對話也都「忽然」有了，至於「人物」的面孔，不用說，就好像站在你面前好久了，——於是你就伸紙奮筆，颼颼然寫下去。

——該書三聯書店 49 年版，第 57 頁

茅盾這組未完成的抗戰系列小說幾乎是絕對忠實地按照上述「流程」寫成的。不過他不是一蹴而就。他一而再、再而三地重起爐灶，另譜新篇。

到底是什麼東西驅使作者再三地棄舊圖新？作者在上文之後所引左拉的一段話是尋求答案的一把鑰匙：

總之，要同著時代一起走，表現這時代，這是個行動，勝利，各方面努力的時代。

——同上書，第 59 頁

茅盾也生活和創作在「行動，勝利，各方面努力的時代。」因此他也「要同著時代一起走，表現這時代。」不過茅盾作為一個共產主義的偉大作家，他當然有遠高於左拉的新要求：他的抗戰小說的時代性社會性和史詩性的追求，不僅要借助他「表現」的「這時代」，使自己和讀者「同著時代一起走」，他還希望他寫出來的作品，能夠推動時代的歷史的車輪快馬加鞭，飛速前進。

他永遠不滿足！

他永遠追求著！

在這裡最充分地體現出茅盾創作個性的本質特徵！

茅盾的《虹》和「易卜生命題」
—— 五論茅盾小說的典型提煉

　　當今的時代如螺旋：許多歷史現象在重演。其高度方面的上升固然體現了歷史的超越；但那迴環盤旋的生活渦流，反而使歷史的存留及存留歷史軌跡的許多文學難題，顯得容易理解了。

　　幾年前讀秦德君的《我與茅盾的一段情》〔註1〕時，雖並不以爲然，但感到不好理解。改革開放的三年飛躍，卻使這個難題顯得輕鬆了。

　　秦文涉面雖廣，要點只是三個：其一是說 1928 年茅盾東渡日本時政治上表現出種種動搖，是她這個「北歐命運女神」引導茅盾重新堅定起來。其二是說茅盾這時創作素材已經枯竭，長篇小說《虹》也並非茅盾所獨力創作，不僅素材是她提供，就連構思和命題都有她一半功勞。這實際上是在暗示，不是茅盾，而是她，引導著《虹》的形象思維流程。其三是以「當事人」的身分披露她和茅盾在日本同居的「情史」：一面渲染所謂茅盾迹近猥褻的種種追求，一面誇張自己的矜持莊重。

　　對此茅盾的家屬韋韜和陳小曼馳書《廣角鏡》社長，嚴肅指出：「這是一篇挾私攻擊的文章，是作者在『文革』中對先父誣陷的繼續，它將損害先父的聲譽，並造成國內外茅盾研究工作的混亂。」〔註2〕

　　確如韋韜陳小曼所說，此事在香港與海外曾引起一陣躁動。但國內廣大讀者、特別是學術界卻比較冷靜，相當審慎。後來雖然秦德君多次向訪者張

〔註1〕刊於香港《廣角鏡》第 151 期，1985 年 4 月 16 日。
〔註2〕此信刊於《廣角鏡》第 152 期，1985 年 5 月 16 日。

揚文中類似說法，也並未引起多大的反響。而對某些人的趁機起哄，反倒鄙薄視之了。

我感到秦德君舊情未續心存憤懣，當然可以理解。但作爲「五四」前輩且處古稀之年，在故人謝世、死無對證情況下，仍以「記實」爲名，行攻訐之實，此舉顯然不妥。姑且不論文中標榜自己、貶抑逝者究竟動機爲何，即便從提供文壇史料計，則用誇大之詞、扭曲之筆所述的「事實」，可信程度到底多大？學術界普遍認爲：不加考釋、不但很難引以爲據，且易混淆視聽。因此予以澄清的呼聲此伏彼起。

筆者生來也晚，更非當事人和旁觀者。然而人世間一切事物，無不有邏輯發展的客觀規律。茅盾和秦德君及其關係亦不例外。舉凡與其思想、性格發展邏輯相悖謬者，很難說是事實；與背景史實相悖謬者尤然。至於如何評價，當然也有客觀標準。主觀隨意的解釋，是只會扭曲歷史的。

有鑑於此，幾年來我廣爲考釋，謹愼推究，力圖從社會歷史與時代文化心理以及諸多作品的大背景中追蹤尋迹。關於「政治上」是否動搖，如玉先生在他的《這是爲什麼——對〈我與茅盾的一段情〉的質疑》〔註3〕中，已經作出有力的駁論；本書首編亦有論述。近來獲得新證，更能說明問題。其一是中共中央 1928 年 10 月 9 日致中共日本東京市委函（此件底稿現存中央檔案館，並編入中共中央文件匯編中），其中說：「沈雁冰過去是一同志，但已脫離黨的生活一年餘，如他現在仍表現得好，要求恢復黨的生活時，你們可斟酌情況，經過重新介紹的手續，允其恢復黨籍。」這就推翻了茅盾是「叛徒」，並侵吞南昌起義巨款的誣陷。至於並未恢復黨籍，則因中共東京市委成員受日本警方注意先後返國，未及辦理。其二是找到了國民黨南京政府 1929 年的通緝中共領導人的《國民政府秘字第一號令》，及嘉興南湖黨史陳列館和南昌「八一」起義紀念館藏的國民黨浙江省政府和福建省政府轉發的這個通緝令，其內容完全相同。所列通緝名單均爲 193 人，沈雁冰名列第 57 位。這就推翻了他在流亡東京時還時時想當蔣介石秘書的誣陷。因此對茅盾的種種政治誹謗，勿需多說了。

這裡擬就秦德君文章（除《我和茅盾的一段情》外，她後來還發表了《櫻蜃》和「與沈衛威的對話錄」——長達數萬字！）的二、三兩點略加考釋，旨在去僞存眞，還歷史以本來面目。

〔註3〕此文刊於香港《廣角鏡》第 153 期，1985 年 6 月 16 日。

（一）

　　把作品當成作家懺悔身世、攻訐敵手、或真人真事實錄之作，這種陳腐文學觀念由來已久，雖歷百年而仍未絕迹。前兩者早有曹雪芹之與《紅樓夢》、魯迅之與《阿 Q 正傳》的有關評論為證，後者則秦德君所謂《虹》是寫胡蘭畦說即是一例。其實作品之構成，哪有這麼簡單？它不僅非一時一事所能醞鑄，有時還需傾一代或幾代人的實踐方能凝成。《虹》的創作，即屬後一類。

　　《虹》是茅盾塑造「時代女性」系列人物的集大成之作，它的思想積累達十年以上。它起始於「五四」前後茅盾加入婦女解放問題的理論探討。此後他這方面的一系列理論建樹都匯入《虹》的長期構思源流。《虹》是茅盾和魯迅等同輩「五四」作家繼西歐民主主義啟蒙作家如易卜生等之後，長期探索婦女解放道路的思想與文學的結晶。要理清《虹》的構成脈絡，必須索本求源，從「五四」時代形成的「易卜生命題」，所作的種種回答、所作的文學表現談起。

　　所謂「易卜生命題」，其核心內容是婦女解放與婦女的生活道路問題。最早是由《新青年》雜誌推出來的。早在 1915 年它的創刊號上，陳獨秀就譯了 Max O'Rell 的《婦人觀》，一卷三期又發表了陳獨秀著的《歐洲七女傑》一文，介紹了英國醫學家奈廷格爾、俄國革命黨人蘇菲亞、法國愛國英雄貞德、社會主義學者羅月、自由戰士羅蘭夫人等人的事迹。遂開張揚女性，追求女權，重視婦女解放問題之先河。此後《新青年》除譯介了小酒井光次《女性與科學》等文外，還於 1917 年二卷六期起闢「通信」專欄談「女子問題」。此專欄延續四、五期之久。同時另發表的重要論文還有：華蘭的《女子教育》（三卷一號）、高索素的《女子問題之大解決》、陳寶珍的《記中國女子婚姻與育兒問題》（均三卷三號）、吳曾蘭的《女權平議》（三卷四號）、劉延陵的《自由戀愛》（四卷一號）等。到 1918 年 6 月 15 日四卷六期推出的「易卜生專號」更掀起高潮，刊有胡適的《易卜生主義》、袁振英的《易卜生傳》、羅家倫、胡適合譯的《娜拉》（全劇），和陶復恭譯的《國民之敵》、吳弱男譯的《小愛友夫》（均係連載）。

　　胡適在詳細分析了易卜生的人生觀和創作中體現的社會觀與政治觀之後總結道：「易卜生的人生觀只是一個寫實主義。易卜生把家庭社會的實在情形都寫了出來，叫人看了動心，叫人看了覺得我們的家庭社會原來是如此黑暗

腐敗，叫人看了覺得家庭社會眞正不得不維新革命——這就是『易卜生主義』。」〔註4〕「五四」運動爆發後，作爲反封建重大課題之一，「易卜生主義」和婦女解放運動問題，曾引起極大的震動與關注。爲此《星期評論》1919 年7 月開闢了「女子解放從那裡做起」的專欄，廖仲愷、胡漢民、胡適、戴季陶等著名人士都著文參加討論。《新青年》則更繼續致力，發表了李大釗、魯迅等人的重要文章。此外發表重要文章的人，《新潮》上有羅家倫、葉紹鈞等，《少年中國》上有向警予、田漢、康白清等。大都主張把婦女解放放到反對封建制度大背景上，把婦女當成與男子同等的「人」來對待，解放應從自身做起，男子則予以幫助。爲此必須注意婦女教育，提倡婦女參政，切實解決就業、育兒等實際問題。其中最深刻的見解是李大釗提出來的。他從「現代民主主義精神」立論，先確定了下述立論基點：「一個共同生活組織中的人，無論是什麼種族、什麼屬性、什麼階級、什麼地域」，在「政治上、社會上、經濟上、教育上得一個均等的機會，去發展他們的個性，享有他們的權利」。由此出發來肯定「婦女參政運動」，確認婦女「在社會上也同男子一樣，有她們的地位，在生活上有她們的要求，在法律上有她們的權利，她們豈能久甘在男子的腳下受踐踏呢？」但李大釗作爲早期共產主義知識分子，他的最高明處，在於明確了「女權運動仍是帶著階級的性質。」他認爲：在政權機關中安放一兩個中產階級婦人作擺設，並不就能代表婦人解放的利益。「中產階級婦人的權利伸張，不能說是婦人全體的解放。」「婦人問題徹底解放的方法，一方面要合婦人全體的力量，去打破那男子專斷的社會制度；一方面還要合世界無產階級婦人的力量，去打破那有產階級（包括男女）專斷的社會制度。」〔註5〕

從 1919 年起，茅盾介入婦女解放問題的理論探討熱潮，並成爲研究婦女問題持續時間最久、理論建樹最豐的專家。建黨以後，特別是 1923 年中共上海兼區執委會成立，茅盾當選爲五人執行委員會成員和書記之後，他還兼任國民運動委員會委員長，和向警予同志共同分管婦女運動。遂又成爲婦女運動活動家與領導人之一。這爲他後來寫婦女問題小說，塑造「時代女性」形象系列，積累了豐厚的生活基礎。

開始茅盾尚未達到李大釗的思想高度。因爲他的婦女觀受瑞典資產階級

〔註 4〕參看《胡適文存》第 4 卷，上海亞東圖書館初版，1921 年。
〔註 5〕《戰後的婦人問題》，《新青年》第 6 卷第 2 號，1919 年 2 月 15 日。

民主主義婦女問題理論家愛倫凱（Ellen Key 1849～1926）的影響很大。她的《愛情與婚姻》、《愛情與倫理》、《母職的新生時代》等著作當時已風行世界。茅盾不僅據以立論並多處引證，還多次著文評介，甚至摘譯過她的許多著作。

這一切說明茅盾的思想與創作是以「五四」時期東西方文化大撞擊的思潮為廣闊背景的。既得益於「五四」及西方資產階級民主主義的時代進步性，也囿於其階級局限性。這使他此後不久就開始接受馬克思主義時，其超越自己及同代人的步履較為艱難。

1919 年，茅盾用佩韋的筆名發表了他第一篇婦女論文《解放的婦女與婦女的解放》〔註6〕。他鄭重宣布：「我是極力主張婦女解放的一人」，這「是根據人類平等的思想來的。」茅盾當時的立論之超人處，在於他估計形勢時頭腦十分清醒。他指出：「我們當前的問題，是解放的準備，和解放以後」。可以說，這個視野就是《虹》及其姊妹篇《霞》的藝術結構局的萌芽狀態，此文既出，遂一發而不可收。他持續著文，影響很大，成為致力鼓吹婦女解放最主要的理論家之一。僅收入《茅盾全集》第 14 卷 90 篇文章（寫於 1917～1922 年）中，婦女問題論文就占一半。第 15 卷所收 1923 年的 11 篇文章，全是論婦女問題的。此後隨著他直接介入政治運動而論題漸寬。但婦女問題始終是主要論題之一。粗略統計，到 20 年代末寫《虹》時止，他論婦女問題的文章近百篇。

這些文章集中談婦女解放道路與戀愛、婚姻、家庭問題。以 1920 年底為界，隨著他由一個革命民主主義者轉變為共產主義者，他對婦女問題的看法也有很大的變化。這種變化歷程及其內容，在《蝕》、《野薔薇》、《宿莽》及《虹》中的時代女性系列描寫中，有同步性的鮮明反映。

茅盾對婦女解放的總認識，是以「人的解放」為前提。他最初認為「婦女解放的真意義是叫婦女來做個『人』，不是叫婦女樣樣學到男子便算解放。」〔註7〕但是很快他就認識到婦女解放是和無產階級的解放以至全人類的徹底解放緊密相連的。他認為：「婦女問題的徹底解決，婦女的真正解放，須有待於社會組織之根本改造。把婦女問題作為一個單獨的問題來研究時，是徒勞

〔註 6〕刊於《婦女雜誌》第 5 卷第 11 號，1919 年 11 月 15 日，後收入《茅盾全集》第 14 卷，第 63～69 頁。

〔註 7〕《讀〈少年中國〉婦女號》，《婦女雜誌》第 6 卷第 1 號，1920 年 1 月 5 日，《茅盾全集》第 14 卷，第 90 頁。

無功的。」〔註8〕

　　但是，茅盾和魯迅等「五四」先驅者同樣，他對「解放」的認識，也經歷了從強調改造意識形態入手，到強調首先和最基本的是改造經濟基礎、上層建築——特別是社會政治制度入手的過程。開始他是這樣規劃婦女運動的：「我想中國現在社會中阻礙婦女的障壁，莫如男女的道德責任不同，一切惡制惡習，都由此起。」〔註9〕

　　因此，婦女問題該從改造倫理，改造兩性關係入手，就是從精神方面入手，那才合乎文化運動的眞意義。因此「我希望大家餉多做些社會上的事，少做些政治上的事。」也「不必定要從經濟獨立做起。」〔註10〕當然，這時他的主張還有自相矛盾處：有時他也講要先解決經濟權與政治地位問題。但從總體看，這時他受瑞典婦女理論家愛倫凱（茅盾在《愛倫凱的母性論》一文中對她作過系統介紹，見《茅盾全集》第14卷，初刊於1920年9月10日《東方雜誌》17卷17號）的影響太深了，對作爲社會問題之一的婦女問題的看法，顯然是本末倒置的。

　　但是1920年底他開始接受馬克思主義之後，情況發生了質的變化。他認識到「現代婦女運動的主要目標早已不是教育了。」〔註11〕婦女要改變自己所處的「奴隸地位，重要的前提還是改革環境！」「一面爲要求自身利益而奮鬥，一面爲改造環境而與同調的男性作政治運動了！」〔註12〕他反對把婦女看成一個「階級」去籠統地反對壓迫她們的被當作「另一階級」的男子，他認爲壓迫婦女的「過去的罪惡，是有產階級的男子造成，不是一切男子。」因此「過去的人類的罪惡，惟有由無產階級的男女共同努力去滌除他。」〔註13〕他開始考察並重視經濟條件，特別是在勞動中所處地位不同導致男女不平等

〔註8〕　《問題是原封不動地攔著》，《婦女雜誌》第17卷第1期，1931年1月1日，《茅盾全集》第15卷，第432頁。

〔註9〕　《評女子參政運動》，《解放與改造》第2卷第4號，1920年2月15日，《茅盾全集》第14卷，第124頁。

〔註10〕　《家庭服務與經濟獨立》，《婦女雜誌》第6卷第5號，1920年5月5日，《茅盾全集》第14卷，第138頁。

〔註11〕　《婦女教育運動概略》，《婦女雜誌》第9卷第1號，1923年1月，《茅盾全集》第15卷，第1頁。

〔註12〕　《現代女子的苦悶問題》，《新女性》第2卷第1號，1927年1月1日，《茅盾全集》第15卷，第309頁。

〔註13〕　《〈女子現今的地位怎樣〉按語》，《民國日報‧婦女評論》，1922年1月11日，《茅盾全集》第14卷，第311頁。

的事實。他認爲「農村社會內男女對於勞動有同樣的權利，然受舊禮教的遺毒，所以實際上婦女經濟上不能獨立」。「最先切要的事是打破舊禮教。因爲都市社會內男女對於勞動沒有同樣的權利」。所以「最先切要的事是改革現在的社會的經濟組織。」但他歸根結蒂認爲「什麼禮教等等，還是社會制度經濟組織的產兒。不把產生這產兒的社會制度和經濟組織改革過，而專從思想方面空論，效果很小」。〔註14〕特別是1925年發表的《新性道德的唯物史觀》一文，相當系統地論述了經濟、政治、思想道德三個因素相互間的辯證關係。因此也就端正了他對婦女運動方向、目的、途徑的認識。

　　與此相聯繫的是，他也端正了對婦女運動中堅力量的認識。1920年上半年，茅盾把婦女分成「(1)闊太太貴小姐；(2)中等詩禮（借用）人家的太太小姐；(3)貧苦人家靠勞動糊口的婦女。」他認爲貴族婦女自不待言，勞苦婦女又是「無知識的，沒思想的」，她們都「不能擔當婦女運動的重任」，「有希望的只是」「中等人家的太太和小姐」，必須由她們做「中堅」。〔註15〕後來他一度曾寄希望於城市職業婦女。但旋即被實踐擴大和糾正了自己的偏頗認識，認爲一方面要「努力從各階級各方面去找些覺悟的女性來，不要專注目於太太們小姐們和嬌養的女學生們！」另一方面又特別強調「快到民眾中間尋求覺悟的女性。」〔註16〕

　　於是，茅盾終於把婦女解放問題納入整個革命運動作本質的考察了。認識到「婦女問題的徹底解決，婦女的眞正解決，須有待於社會組織之根本改造。把婦女問題作爲一個單獨的問題來研究時，是徒勞而無功的」。因此他主張把「內除軍閥，外抗帝國主義，這兩個國民運動的口號」〔註17〕，作爲整個婦女運動總口號，在此之下再規劃婦女運動獨特的具體的目標。

　　顯然，從《蝕》到《虹》組成的「時代女性」系列，其產生的思想基礎及不同女性的思想性格發展，大都可以從上述簡單概括中追尋到成因與脈絡。換句話說：茅盾在其時代女性系列的塑造中，留下了自己思想發展的影

〔註14〕《婦女經濟獨立討論》，《民國日報・婦女評論》，1921年8月17日，《茅盾全集》第14卷，第246頁。
〔註15〕《怎樣才能使婦女運動有實力》，《婦女雜誌》第6卷第6號，1920年6月5日，《茅盾全集》第14卷，第144～146頁。
〔註16〕《〈婦女週報〉社評（一）》，《民國日報・婦女週報》第3號，1923年9月5日，《茅盾全集》第15卷，第51頁。
〔註17〕《〈婦女週報〉社評（五）》，《婦女週報》第44號，1924年7月16日，《茅盾全集》第15卷，第179頁。

子。而由《虹》到《霞》的整體構思，梅行素性格發展的前三個階段（《虹》）及其後的質變（《霞》），充分而完整地體現出茅盾及其同代思想先驅與文學先驅對婦女問題與婦女解放運動的認識的發展過程。而這些，早在茅盾認識胡蘭畦和秦德君、以及聽說胡蘭畦情況之前就生動而完整地形成著、發展著、變化著。

我認爲：茅盾論婦女解放問題的雜文，與其塑造婦女形象特別是時代女性系列的小說創作，這兩批成果相映生輝，是他貢獻給中國現代史與中國現代文學史的關於婦女解放問題的熠熠發光的「雙璧」。經營這項巨大工程的時間是以十年計的。豈是秦德君所講的關於胡蘭畦身世經歷的幾段故事包容得了的？

（二）

《虹》的創作準備是從回答「易卜生命題」發軔的。易卜生放棄其民族浪漫主義戲劇而從事現實主義社會戲劇創作，旨在從家庭與社會兩個方面揭露資本主義表面繁榮幸福實則醜惡腐朽的尖銳矛盾。被戲劇界稱爲「一對劇」的《娜拉》〔註18〕（1879 年作）和《群鬼》〔註19〕（1881 年作），從兩個不同側面，選取婦女道路作窗口，展示了上述矛盾。《娜拉》的主人公娜拉棄家出走，《群鬼》的主人公阿爾文太太棄家出走後又重回故家困守亡夫的家庭牢籠倍受煎熬，是從兩個方向相反的發展趨勢，提出一個共同問題：在男女不平等的社會制度裡，在愛情、婚姻與家庭悲劇中，如何解決婦女命運與生活道路問題。易卜生提出的爲反抗悲劇命運「棄家出走」與「無路可走」被迫返回家庭囚籠的路子，構成西方作家與中國作家兩個世紀來常寫不衰的「易卜生命題。」特別是娜拉那種精神，震動了中國社會。她否定虛僞的法律與僞善的宗教，公然向把女性當玩偶（她意識到「在家裡」她是父親的「泥娃娃女兒」；出嫁後她又是丈夫的「泥娃娃老婆」，是靠「要把戲過日子」）的社會進行大膽反抗。她公開宣布：「我首先是一個人！」要走眞正屬於自己的路。

在中國這片不同於瑞典資本主義社會的半封建半殖民地的國土上，魯迅首先提出了《娜拉走後怎樣？》的問題，並作出了著名的回答：

〔註18〕 現通譯《玩偶之家》。
〔註19〕 中譯本初刊於《新潮》第 1 卷第 5 期，1919 年 5 月 1 日。

但從事理上推想起來，娜拉或者也實在只有兩條路：不是墮落，就是回來。因為如果是一匹小鳥，則籠子裡固然不自由，而一出籠門，外面便又有鷹，有貓，以及別的什麼東西之類；倘使已經關得麻痺了翅子，忘卻了飛翔，也誠然是無路可以走。還有一條，就是餓死了，但餓死已經離開了生活，更無所謂問題，所以也不是什麼路。

人生最苦痛的是夢醒了無路可以走。⋯⋯

然而娜拉既然醒了，是很不容易回到夢境的，因此只得走；⋯⋯她除了覺醒了的心以外，還帶了什麼去？⋯⋯她還須更富有，提包裡有準備，直白地說，就是要有錢。

夢是好的；否則，錢是要緊的。

⋯⋯自由固不是錢所能買到的，但能為錢而賣掉。⋯⋯為準備不做傀儡起見，在目下的社會裡，經濟權就見得最要緊了。第一，在家應該先獲得男女平均的分配；第二，在社會應該獲得男女相等的勢力。可惜我不知道這權柄如何取得，單知道仍然要戰鬥；或者也許比要求參政權更要用劇烈的戰鬥。

　　　　　　　　——16 卷本《魯迅全集》第 1 卷，第 159～161 頁

魯迅在自己的小說創作中試圖回答這個問題。他寫了勞動婦女和知識婦女兩型。屬勞動婦女型的如《在酒樓上》的阿順，年輕輕地被父親主婚許給據說還不如一個偷雞賊的男人，遂憂憤「吐紅」而死。嫁出去的呢，或者如《明天》中的單四嫂子，死了男人又死了兒子，孤伶伶一個人在藍皮阿五之類地痞流氓的覬覦下，做她「見兒子」的「夢」。或者如《祝福》中的祥林嫂，一次次地嫁人，一次次地被賣；一次次地死夫喪子。等待著她的是死後被兩個死鬼男人「爭」，閻王只好把她鋸成兩半的命運。即便潑辣如《離婚》中的愛姑，在象徵封建勢力的「七大人」的「公斷」下，以「九十元」的貸價和那姘居著小寡婦的「小畜生」丈夫離婚之後，等待她的前途，又會比單四嫂子和祥林嫂好得了多少呢？

屬於知識婦女型的如《幸福的家庭》中嫁了「作家」組成「幸福的家庭」的「妻子」，戰亂與清貧折磨得她一雙明亮的眼睛變得陰淒淒，整天在「Ａ」形白菜堆和死蛇似的捆柴的稻草繩中討生活。至於自由戀愛結了婚之後，不能日日更新愛情，遂導致愛情枯竭；又經不住社會重壓，導致家庭破裂的《傷

逝》中的子君,離開小家庭重返那個她逃出來的舊家庭,去和「兒女的債主」的父親繼續困守,「她的命運」已被決定:只能是在「無愛的人間死滅」;而她,正是在易卜生和娜拉的鼓舞下從那個舊家闖出來的「五四」新女性。所以,在魯迅筆下,不論勞動婦女還是知識婦女,都面臨著「夢醒了無路可以走」的悲劇命運。

對魯迅的這種描寫,茅盾頗不滿足。在 1927 年寫的《魯迅論》中,他固然肯定其「描寫『老中國兒女』的思想和生活」從而使人「懍懍地反省自己的靈魂究竟已否全脫御了幾千年傳統的重擔」,也肯定《彷徨》中上邊提到的那些作品對「現代青年生活的描寫」所透露的「五四」精神和時代信息。但他同時認為:這「不是被壓迫者的引吭的絕叫,而是疲苶的宛轉的呻吟。」〔註20〕兩年後茅盾又在《讀〈倪煥之〉》中說這「也只能表現了『五四』時代青年生活的一角;因而也不能不使人感到不滿足。」〔註21〕茅盾所期待的是:把婦女道路、婦女命運放到大時代的革命洪流中去尋求總體的解決,而魯迅則無意提供他不可能提供的這樣的解決。

於是茅盾自 1927 年始,自己提筆去探尋解決「易卜生命題」的更為合理的答案。

應該特別指出,大革命失敗後的茅盾,正處在思想困惑期。革命信念他毫未動搖。但對當時右傾和「左」傾領導人鼓吹的所謂「革命出路」,他從根本上產生了懷疑;因為實踐證明他們吹起的只是一個一個花花綠綠的肥皂泡,不能解決實踐問題。那麼真正的出路究竟在哪裡?茅盾尚在探索而一時得不到答案。於是他按照自己獨特的習慣,每當處在困惑期,他便停下來認真思考;總結歷史的和個人的經歷,探求真正的出路。這一時期探求「易卜生命題」所寫的小說,明顯地打上了時代困惑與痛苦思索的痕迹。隨著他探索前進與思想的漸趨明晰,其小說也隨之豁然開朗了。

值得注意的是,茅盾作品盡量不讓女主人公進入新舊婚姻所構築的「家庭牢籠」。即便進入,她們也多屬不守「婦道」叛逆「閨」範的人物。《詩與散文》〔註22〕中新寡的桂少奶奶雖屬舊式婚姻的犧牲品,但在極端自私的青年丙的誘惑下,突破封建貞操觀念而在「實實在在的事兒」裡苦中求樂。當

〔註20〕《小說月報》第 18 卷第 11 號,1927 年 11 月。
〔註21〕《文學週報》第 8 卷第 20 期,1929 年 5 月 12 日。
〔註22〕初刊於 1928 年 12 月《大江》第 1 年第 3 期,初收入《野薔薇》。

地發現青年丙藉口她太「散文化」而始亂終棄，去追求「詩化」的表妹時，她以新的「征服」打「敗」丙後，就毅然踢開他！表現了舊式閨閣中也不乏「女強人」。表現出思想一旦解放，被壓迫的女性也同樣具有性格威力。反之，如果生性懦弱不求自我解放，即使自由結婚而囿於「婦道」，如《動搖》〔註23〕中的方太太，也不能不在「家庭牢籠」中眼睜睜看丈夫另有所矚而自食苦果。因此，茅盾讓筆下的女性都對沒有愛情的、追求權勢方面「門當戶對」的婚姻特別警惕。也因此，即便是革命落潮時退出時代漩渦而在家庭中尋求避風港與休憩所的時代女性，如《疊》〔註24〕中的韻女士，也不得不再次棄家出走。顯然茅盾的藝術構思有意識地把矛盾尖銳化了。作為一個滿懷革命憧憬投入時代大潮的新女性，妻妾成行的反動軍官的懷抱豈能是她恢復不平衡心態的寧靜的歸宿？儘管韻女士已是「繞樹三匝，無枝可依」的「鳥雀」，且處在「夢醒了無路可以走」的困境，也還要鼓動那尚未麻痺的翅膀，為解放自我而毅然奮飛。當然，在為自我解放而棄家出走的時代女性中，茅盾給《創造》〔註25〕中的嫻嫻安排了一個較為樂觀的前景，她似乎是處在渾渾噩噩狀態中，以較舊的閨秀的心態與君實結合的。君實當然不滿乎此，但他的「創造」啟迪了嫻嫻自我解放的意識之後，那「大步前闖」的衝擊，又使葉公好龍的君實難以消受而急思限制。但嫻嫻卻不肯半途止步，於是她就扔下君實先走一步了。茅盾說《創造》「還暗示了這樣的思想：『革命既經發動，就會一發而不可收』。」「它的前進是任何力量阻攔不了的。」〔註26〕這種象徵寓意我們從作品中很難看出。但小而言之，用於理解婦女解放，這個內涵則十分明顯。

　　然而《創造》只是象徵地而非具體地回答「易卜生命題」。嫻嫻走後的前景，茅盾似乎也感到渺茫。因此其後他把筆墨轉移到多方位探索形形色色的時代女性在婚前對生活道路的種種不同的執著追求上。許多作品表明茅盾的視點集中在自由戀愛的生活前景。借助深廣的文化背景描寫，一再揭示：在中國這片封建控制固若金湯的國土上，愛情追求不能不面臨著重重陷阱。首先是以女性為玩弄對象的炎涼世態，它甚至扭曲了如《一個女性》〔註27〕中

〔註23〕初刊於《小說月報》第 19 卷第 1～3 號，1928 年 1～3 月。
〔註24〕初刊於《新女性》第 4 卷第 4 號，1929 年 4 月，初收入《野薔薇》。
〔註25〕初刊於《東方雜誌》第 25 卷第 8 號，1928 年 4 月，初收入《野薔薇》。
〔註26〕《我走過的道路》中冊，第 11 頁。
〔註27〕初刊於《小說月報》第 19 卷第 11 號，1928 年 11 月，初收入《野薔薇》。

的楊瓊華那純潔的性格。殘酷的現實迫使她放棄了得自法國啓蒙主義思想家、哲學家盧騷的「復歸於自然」的信念，和以善良待人的態度；她藏過「眞我」，以「詐巧陰狠」的「假我」處世。即使這樣也未能維持「一鄉的女王」地位，於是作家引導人物的認識漸趨清醒：昔日包圍自己的那些「魔鬼」，其實不過是些「蛆蟲」！絕望使這朵美好的花過早地枯萎了！這就印證了《自殺》〔註 28〕和《幻滅》〔註 29〕中借助環小姐和靜女士所揭示的訓誡性主題：不能持重而輕率失身，其後果將是嚴重的：或者成了特務泄欲的對象（如靜女士）；或者爲封建自我意識所困，在心造的輿論譴責幻影中自戕（如環小姐）！

她們的悲劇也許就是茅盾寫另一些女強者們病態心理產生的根據；這也許就是《幻滅》中慧女士的男性報復主義和《動搖》中孫舞陽的「性享樂主義」形成的基礎。這種貌似積極實則消極的病態行爲，其實還不如《追求》〔註 30〕中的章秋柳和王女士的「獻身主義」：她們或爲助友，或爲「再來奮鬥」而克服貧困，相比之下有其較爲高尚的目的。

以上所述茅盾小說兩種類型的婦女解放之路的探索，其積極成果與其說是在「道路」本身，勿寧說是在昭示前進途中重重障礙的艱險性。後者的積極意義在於指出：依靠個人奮鬥無濟於事；即便是時代女性中之強者，也必須放棄個人奮鬥方式，克服革命落潮中的困惑與幻滅情懷，去尋找眞正意義的出路之所在。

如果我們把這些作品串起來看，可以作以下的美學估量：第一，作家總的出發點是把女性眞正當作與男子完全平等的人來看待；從她們身上發掘反對封建制度、反叛封建道德倫理觀念的人格力量。第二，大膽張揚她們蔑視封建貞操觀念，及以個性解放爲張力對待「性關係」的全新意識；有意識地揭示其與「五四」時代覺醒精神的歷史聯繫；並以過人的反道統的熱情與膽識，維護這種女性固有的權利。第三，這些女性不僅對男性中心主義給予極大衝擊，還以極大的蔑視對封建婚姻制度及其後盾——封建制度提出永久性的懷疑。上述三個特徵，正是她們被稱作「時代女性」的本質所在。「時代女性」系列的塑造，又是茅盾對中國現代文學史無可替代的一大

〔註28〕初刊於《小說月報》第 18 卷第 11 號，1927 年 11 月，初收入《野薔薇》。
〔註29〕初刊於《小說月報》第 18 卷第 9～10 號，1927 年 9～10 月。
〔註30〕初於《小說月報》第 19 卷第 6～9 號，1928 年 6～9 月。

貢獻。

　　但是，這些以寫「時代女性」群的種種生態爲軸心的小說，儘管對前人回答「易卜生命題」所作的建樹有所突破，然而尚未能開拓出全新的路。茅盾堅持的「婦女運動必須與社會革命、階級解放運動相結合，才能徹底求得婦女解放」的理論，在這些小說創作中並未得到充分的形象再現。

　　主要原因在於，他還沒有從大革命失敗後的幻滅情緒中得到徹底解脫。革命出路在哪裡的問題還未得到徹底解決。因此，在清理思想之同時，對「易卜生命題」，茅盾仍在孜孜不倦地探索著。

　　隨著茅盾對思想困惑的逐步清理，他對中國革命的眞正出路也日漸明確。反映到創作上，他就不滿足於《創造》式的象徵性暗示。而是調動他「五四」開始所作的全部思想的與生活的積累，醞釀著回答「易卜生命題」全新格局的新創作，這就是《虹》及它的未完成的姊妹篇《霞》。

（三）

　　《虹》的產生有其時代背景與文學背景。

　　1928 年頃，葉聖陶推出長篇力作《倪煥之》，立即引起茅盾的極大關注。1929 年 5 月 4 日，他完成了長篇論文《讀〈倪煥之〉》，〔註31〕給予了高度評價：

> 　　把一篇小說的時代安放在近十年的歷史過程中的，不能不說這是第一部；而有意地要表示一個人──一個富有革命性的小資產階級知識分子，怎樣地受十年來時代的壯潮所激蕩，怎樣地從鄉村到城市，從埋頭教育到群眾運動，從自由主義到集團主義，這《倪煥之》也不能不說是第一部。

聯繫到茅盾在《虹・跋》中所說：《虹》「欲爲中國近十年之壯劇，留一印痕。」〔註32〕可以說《虹》與《倪煥之》這兩部長篇是異曲同工之作。也不妨把《讀〈倪煥之〉》一文當作《虹》的創作動機的夫子自道。因為此文完成於《虹》構思完畢並動筆之初。其中提出的時代性標準和運用它對主人公倪煥之所作的剖析、評價，都和《虹》的主人公梅行素的性格構成有血緣關係。

〔註31〕初刊於《文學週報》第 8 卷第 20 期，1929 年 5 月 12 日。
〔註32〕1930 年 3 月上海開明書店初版的《虹》卷末。

茅盾在此文中首次提出文學的時代性標準。

> 一篇小說之有無時代性，並不能僅僅以是否描寫到時代空氣爲
> 滿足；連時代空氣都表現不出的作品，即使寫得很美麗，只不過成
> 爲資產階級文藝的玩意兒。所謂時代性，我以爲，在表現了時代空
> 氣而外，還應該有兩個要義：一是時代給予人們以怎樣的影響，二
> 是人們的集團的活力又怎樣地將時代推進了新方向，換言之，即是
> 怎樣地催促歷史進入了必然的新時代，再換一句話，即是怎樣地由
> 於人們的集團的活動而及早實現了歷史的必然。在這樣的意義下，
> 方是現代的新寫實派文學所要表現的時代性！
>
> ——《茅盾文藝雜論集》上冊，第 288 頁

茅盾寫《虹》的主人公梅行素的性格發展，明顯地體現著這新寫實派的時代
性要求，把她放到時代潮流前端推動其性格發展，並讓她和妨礙時代發展的
舊勢力始終處於對立地位，其性格發展的每一階段都貫串著新舊衝突，同時
她時時注意投身變革的新潮的濤頭，和時代的弄潮兒同步，雖然也時時面臨
時代新潮與自身舊的烙印的種種衝突，但總是在時代浪潮衝擊下主動地也相
當痛苦地經受著自我改造。茅盾興趣的這個熱點，可以解釋他評《倪煥之》
時對時代女性金佩璋陷入家庭瑣事而消蝕了鬥志的性格走向不感興趣，幾乎
傾全部注意力於倪煥之隨時代艱難前進的曲折行程，不能說葉聖陶這部力作
的創作經驗對茅盾沒有影響。但梅行素性格同時又是對倪煥之性格及其生活
道路的一種超越。由於葉聖陶無力把握置身革命潮中的倪煥之如何泅泳，只
好藉一場「腸窒扶斯」病結束了他的生命；而茅盾卻把自己及出身剝削階級
的同代共產黨人知識分子曲折艱難探索前進的革命征程，與婦女革命前驅者
崎嶇航程結合起來，匯聚成梅行素追隨中國革命大潮，趟出一條中國婦女徹
底解放之路。因此梅行素和倪煥之作爲中國 20 年代男女革命知識分子的兩個
典型，無異雙峰對峙，兩水分流，相映生輝地代表著「五四」青年隨時代彳
行前進的艱難航程。他們前面有一盞明燈，那就是茅盾所說「北歐運命女神
中間的一個很莊嚴地」引導他向前〔註33〕的那個方向針。

茅盾對「北歐運命女神」所指爲何，曾作過明確的解釋：

> 北歐的運命女神見北歐神話。當時用這個洋典故，寓意蓋在蘇
> 聯也。這也有點「順手牽羊」，因按歐洲人習慣，北歐實指斯坎的納

〔註33〕《從牯嶺到東京》，《小說月報》第 19 卷第 10 號，1928 年 10 月。

維亞半島。

——《覆莊鍾慶信》，文化藝術出版社版
《茅盾書信集》，第 196 頁

此信寫於 1961 年 6 月 15 日，當時茅盾顯然無法預見二十年後秦德君竟會以指引茅盾前進的「北歐運命女神」自居。故此信旨在記實。歷史也一再說明：茅盾這代革命者從大革命失敗後的困惑中能夠得到解脫而重振革命勇氣，社會主義蘇聯在當時代表的共產主義方向，無疑是唯一璀璨的指路燈塔。不僅是茅盾和他筆下的梅行素，就是同處幻滅失望之中的秦德君以及胡蘭畦，也都是借此助力重新奮起的。

迄今爲止，梅行素性格是二、三十年代之交產生的「時代女性群」中縱向開拓、橫向開拓與內向開拓最豐富、最具立體感、也最具內涵密度的一個。不能說這與「北歐運命女神」作爲人物的「底氣」無關。當然，這個性格首先是時代風雨與生活土壤萌發的新芽。茅盾爲此作了長期的生活積累。他自己從事婦女運動的直接體驗，他在建黨後與革命女戰友並肩作戰的種種閱歷，加上他的夫人孔德沚從事婦女運動結識的女性也和茅盾有多方面的接觸，這一切就是產生包括梅女士在內的「時代女性群」的豐厚生活積累。正是這些保證了這「群」中的每一位都有鮮明的個性，哪個和哪個性格上也沒有什麼雷同。

茅盾在《我走過的道路》中說：

　　至於梅女士，我是從當時中央軍事政治學校武漢分校女生隊中一個姓胡的，取爲部分的模型，此女生名中有一個蘭字，此即梅女士之所以成爲姓梅。

——《新文學史料》1981 年第 3 期，第 13 頁

茅盾當時任該校的政治教官，有條件了解胡的經歷。這段話也可從《胡蘭畦回憶錄》中得到印證。〔註 34〕但茅盾了解胡蘭畦的經歷也許更早。據胡蘭畦回憶，她早在 1924 年 6 月赴上海出席全國學聯代表大會時，由於兼負責考察上海女子工業社而住在該社，那時她就「認識了」茅盾的夫人「孔德沚、和陳望道教授的妻子吳庶五，她們都是女子工業社的股東。」〔註 35〕孔德沚當時從事婦女運動結識的女友既然成爲茅盾創作「時代女性群」的原型，胡蘭

〔註34〕參見《胡蘭畦回憶錄》上冊（1901～1936）九、十兩章。
〔註35〕同上書，第 69 頁。

畦當然也不例外。不過我們應該承認，秦德君繼上述茅盾的直接積累之後，在她和茅盾同居過程中補充提供了一些事例，這是完全可能的。因爲早在胡蘭畦離家出走抵重慶後她就結識了胡蘭畦。她還先於胡蘭畦到瀘洲川南師範任教並與胡一度同事。〔註 36〕兩個女友相互了解是當然的事。但茅盾僅汲取了胡蘭畦經歷中某些片斷，作爲故事梗概的部分構架。全書的藝術情節和人物性格則主要是茅盾獨立的藝術虛構。即便如此，茅盾所借用的材料也並非全部源於秦德君。這是顯而易見的。我們不必去一一分清。至於哪些是借用，哪些是虛構，事關作家形象思維過程的藝術建樹，下面倒打算順便作些對比研究。如果能順便澄清「貪天功爲己功」導致的問題，倒也有助於澄清文壇上歷時多年的無聊紛爭，也省得後人費工考證。

茅盾以自己的「時代性」標準爲梅女士確立的性格基調是雙重的：一方面「數千年來女性的遺傳在她心靈深處蠢動」；另方面「顛沛的經歷既已把她的生活凝成了新的型，而狂飆的『五四』也早已吹轉了她的思想的指針」，「她只能堅毅地壓住了消滅了傳統的根性，力求適應新的世界，新的人生。」而「五四」精神中固然包括了「毫無歧視地一體接受」的「個人主義、人道主義、社會主義、無政府主義，各色各樣互相衝突的思想」，其中就有「易卜生主義」的洗禮所形成的信念：「托爾斯泰和易卜生都是新的，因而也一定是好的。」她崇拜娜拉，但更崇拜林敦夫人。因爲林敦夫人是「爲了救人」能「將『性』作爲交換條件」的勇者，但娜拉做不到這一點，她難以忘懷自己是「女性」，而林敦夫人則「是忘記了自己是『女性』的女人！」這影響著梅女士的處世方針，也埋下她嫁柳遇春爲父還錢的種子。這一切都是鑄成梅女士「惟一的野心是征服環境，征服命運」，「因時制變地用戰士的精神往前衝」的性格主調的基因。「她準備獻身給更偉大的前程」。可見，茅盾給梅女士安排的性格起點，正是「五四」精神和「易卜生主義」相結合的產物。由此透出「五四」文學與西方文學的淵源關係。也衝破了胡蘭畦個人經歷的事實框架。

茅盾給梅女士前進路上安排了三大難關：家庭關、社會關、革命關，自然地構成其性格發展的三個階段。而她闖過第一關的思想動力，便包括了以民主主義爲核心的「易卜生主義」。

梅女士要闖的家庭關包括雙重的含義：其一是「在家從父」。「父親的目

〔註36〕參看上書，第 30～31、37 頁。

的是錢，人家也是利用錢來誘脅他」。她「賣身救父孝女」般地嫁給了柳遇春，而「犧牲了個人的自由意思」。其二是出嫁卻不「從夫」，而且以使其「人財兩失」的方法懲治這「靠金錢買肉體」者。辦法是棄家出走。這種林敦夫人般的行動卻是根據她自己的自由意志。梅女士用這種既屈從又反抗的充滿矛盾的獨特方式闖過了家庭關。這一行動既體現出「五四」時代女性思想解放的共性，又體現了梅行素「用戰士的精神往前衝」的獨特個性。作家一開始就把她寫成在時代狂潮衝擊中能主宰自己命運的強者。作家也寫她婚後幾乎被柔情所動，難以從「柳條牢籠」中自拔，這種神來之筆增加了性格的複雜性和真實性。

應該承認，寫性格發展的這一階段，茅盾確實較多地汲取了胡蘭畦婚姻經歷中部分素材，但這僅是用作部分故事梗概，而不是藝術情節。即便這樣，茅盾的創作也決非僅限於藝術情節的舖排和人物性格、人物關係的刻畫，而首先是創造與虛構：第一，胡蘭畦被母親嫁給她曾資助過的一個商人楊固之，為的是因此不會受虐待；而茅盾筆下的梅行素則是被貪財的父親嫁給姑表兄柳（此姓也許是由「楊」的對應字衍化出來的）遇春。這種修改旨在突出其買賣婚姻性質。第二，胡蘭畦不願嫁楊固之並非因其「相貌品德不好，而是因為他衣著雖然華麗，但倒吊起來肚裡也吐不出幾滴墨水。」〔註37〕梅行素不願嫁柳遇春一因其買賣婚姻性質，二因柳遇春自幼調戲過她的惡劣品質；三因（這是最重要的）她所愛的是其姨表兄韋玉。這些虛構揭示出買賣婚姻破壞了愛情這一悲劇性質。第三，胡蘭畦「有心拒婚」，但怕曾祖母和父親經受不住打擊而「於心不忍。」「明知這是鳥投樊籠，可是有什麼辦法呢？」〔註38〕

她是接受表親魏宣猷「先出嫁」後「用合法手段離開成都」的建議出嫁的。梅行素則抱著娜拉和林敦夫人的自主意識和犧牲精神，懷著使柳家「人財兩空」的報復目的，和打破封建貞操觀念的解放意識進「柳條牢籠」。〔註39〕而主動進「籠」使柳遇春「人財兩失」的主意，是梅女士自己想出、自己決定的。第四，胡蘭畦去重慶任教是由魏宣猷代為聯繫，並「巧妙地說服婆婆家，婆家也同意了」〔註40〕的；而梅行素則是自己設計逃出「柳條牢

〔註37〕《茅盾全集》第 2 卷，第 3～6、39、44～45 頁。
〔註38〕《胡蘭畦回憶錄》上冊（1901～1936 年），四川人民出版社，第 21～22 頁。
〔註39〕參看《茅盾全集》第 2 卷，第 47～49 頁。
〔註40〕《胡蘭畦回憶錄》上冊，第 23 頁。

籠」的。第五，幫助胡蘭畦的魏宣猷是她的遠親。但和她並無愛情關係。茅盾把魏宣猷一分為二：其一衍化為與她相愛的軟弱的托爾斯泰主義者姨表兄韋（魏的諧音）玉，其二衍化為同學兼女友徐綺君。他們分擔了魏的任務（徐促梅思想進步，幫其出走和謀職；韋則頂著魏的表親身分去當梅的戀人，他決定了梅願去重慶的動機，而且也是他病重返成都路上與梅女士「失之交臂」，回成都後去世）。

這一切舖排和虛構既使梅女士的秉性智慧反抗精神及內心複雜性遠遠超過了胡蘭畦；又使人物活動的環境更複雜，更真實，更具社會內容，因而兩者都更具典型性。茅盾的創造顯然是開拓性的。

茅盾給梅行素安排的第二大難關是社會關。這是回答「易卜生命題」的關鍵所在。魯迅所說「娜拉走後怎樣」所指首先在此。茅盾把梅女士的社會關剖為兩面：其一是安排她赴瀘州川南師範附小就業謀生以求經濟獨立；其二是把她置於軍閥惠師長魔爪下任家庭教師，艱難而頑強地維護自己的政治獨立與人格獨立。兩者都是嚴竣考驗而後者尤甚。兩者都借用了胡蘭畦經歷的軀殼，而虛構了事件進程的全部內涵。第一，他把胡先後在「川師」和瀘縣公學兩度任教及其曲折經過大大簡化，把視點集中在「川師」之內。第二，他降低了當時新潮流的格調，據《胡蘭畦回憶錄》載：「川師」的教育改革成就顯著，尤以惲代英任教務長後倡導新風、改革教學為最。就是胡任職瀘縣公學時，也曾艱苦創辦幼稚班，推行女子剪髮。此外她還參加了李求實等組織的馬克思主義研究會，這一切蔚成了一代新風。〔註41〕這些材料茅盾都捨棄不用。他反而寫「川師」教改名實不副；寫社會新潮則革新其名，守舊其實。所謂新潮人物多熱衷於婦姑勃谿、打情罵俏、任情縱欲、庸庸碌碌；而人品和教績卻一無足取。他們在惠師長統治下以施新政、倡新潮刁興沽名，實際上骨子裡仍是舊的。因此茅盾的描寫顯然是更為本質的把握，因此也更近於生活真實。

此外茅盾有意識地推遲了梅女士接觸共產黨、接觸馬克思主義的時間，為其性格發展的第三階段：過革命關，留下了餘地。而且早在寫第一階段時預先埋伏下黃因明這個人物作為張本，使梅女士上海時期的人際關係及介入革命主潮的背景更為豐滿。這樣，就更使作家給梅女士確定的性格追求（先求事業，次為謀生）和客觀環境大相徑庭。這和她潔身自好、狂狷孤傲的性

〔註41〕參看《胡蘭畦回憶錄》上冊第3章。

格也難以諧調。於是她「牢騷，煩悶，激怒」，感到「我的生活的圖畫上一切色彩都配錯了」。〔註42〕這種心態既是對新舊交雜性格弱點的尖銳批評，也是對梅女士性格弱點的尖銳剖析；個人和社會之矛盾的一個側面，遂借此得到生動展現。

　　梅行素當然不甘於久困此境，她之所以不怕惠師長的「花鳥使」楊瓊枝的引誘，敢於踏進惠府當家庭教師，一方面固屬冒險與好奇，一方面也為了擺脫平庸生活的困圍。在寫《虹》的前一年，茅盾在散文詩《霧》中寫道：「我自然也討厭寒風和冰雪。但和霧比較起來，我是寧願後者呵！寒風和冰雪的天氣能夠殺人，但也刺激人們活動起來奮鬥。霧，霧呀，只使你苦悶；使你頹唐闌珊。像陷在爛泥淖中，滿心想掙扎，可是無從著力呢！」〔註43〕茅盾這種心態，顯然和梅女士相通。而她代表的嚴肅奮戰的人生態度與那邊的庸庸噩噩的一群形成鮮明對比，褒揚梅女士之餘，對那一群也構成了反諷。

　　在《虹》中，茅盾沒有正面展開梅女士在惠府面臨的複雜矛盾，我在本書的下文將作出剖析，這段情節茅盾顯然壓縮刪削過。但從惠師長逼她做姨太太、楊瓊枝則以槍口相向的情節設計中可以窺知，她在「川帥」和惠府面臨的社會關的兩個側面，也就是魯迅所說娜拉走後將面臨鷹、貓的吞噬。茅盾正是利用這些社會衝突來揭示梅行素威武不能屈、富貴不能移、潔身自好、不染污泥、奮勇往前衝的性格。至此，梅女士較之出走的娜拉，在性格和女性人生道路的方向上，都有相當大的突破。茅盾取胡蘭畦經歷的軀殼僅僅是據以作故事的構架，而人物性格和人物關係的典型化工作則是依據時代動向與生活真實去重鑄人物、重鑄環境的開創性工作。這裡滲透的創作主體意識也完全是茅盾的而非秦德君的。

　　茅盾為梅行素生活道路設置的第三大關是革命關。在《虹》中，作家只來得及描寫出其第一個階段。在這裡出現一個很有意思的現象，即：茅盾利用胡蘭畦赴上海出席全國學生聯合會代表大會的生活基礎，讓梅女士也以同樣原因來到上海之後，從此就讓梅行素和她的原型胡蘭畦分道揚鑣了。原因是胡蘭畦後來投考了中央軍校武漢分校，再後來又去德國留學，這種經歷較為獨特，不能反映中國婦女求解放的一般道路。如果作家拘泥於原型，勢必

〔註42〕《茅盾全集》第 2 卷，第 125 頁。
〔註43〕《茅盾全集》第 11 卷，第 64 頁。

限制了典型人物的普遍意義與廣泛概括性。因此茅盾讓梅女士留在上海，置身於地下黨的外圍，在黨的指引下投身「五卅」運動。在與工農革命運動相結合的經歷中，讓她經受各種考驗，特別著重讓她經歷個人與革命集體的矛盾，從而引發她內心世界公與私、個人英雄主義與集體主義的深刻衝突，藉以克服其小資產階級意識。這是一切出身剝削階級的革命知識分子幾乎毫無例外，人人都要經歷的。

梅女士所過的革命關所概括的也是雙重內容：其一是革命知識分子與工農革命運動的結合；其二是革命的婦女解放運動與整個中國革命運動的結合。前者是知識分子的歷史必由之路；後者是婦女解放的歷史必由之路。這就徹底解決了中外作家幾經努力未能解決的「易卜生命題。」這是文學史上的一大突破。也是茅盾實現其主張的新寫實派文學的時代性要求的一大建樹。過去的文學史對此未能做出充分的評價。而今應該把它放在應得的位置了。

但是茅盾為此所作的藝術構思，不能不讓人物背負著過大的時代背景與政治場景，使形象的典型化塑造的內涵負荷過於沉重。為了使人物塑造避免抽象化、概念化，就必須保持和突出梅女士的鮮明個性。因此作家緊緊把握著她以個人奮鬥方式不顧一切往前衝的性格特徵，放筆寫她狷介孤傲、潑辣率直與熱情洋溢、神經過敏的心態特徵。如果說這對前兩個階段面臨家庭關解決婚姻問題，面臨社會關解決經濟獨立、政治獨立和人格獨立問題尚能從容裕如，那麼在過革命關時，面對以上海為中心的整個全國革命運動，梅女士的性格涵蓋力就顯得捉襟見肘了。這一狹窄的藝術視角起碼限制了對共產黨人領導的「五卅」運動的應有描寫。她對黨的認識上與組織觀念上的模糊，使得她眼裡的共產黨人奇詭怪誕、撲朔迷離。這也限制了茅盾施展他那如椽大筆，去渲染「五卅」時代那磅礡恢宏的革命氣勢。加上茅盾對黨的基礎工作者生活積累相對不足，因此梁剛夫、黃因明等共產黨員形象儘管比《動搖》中的李克較為豐滿，但總的看仍嫌單薄。這不僅是茅盾一個人的局限，當時蔣光慈等共產黨員作家都有此弱點。

不過有的評論者認為梅女士性格發展到第三階段顯得蒼白，我過去也曾持這種看法。但細細品味作品重在梅女士個人奮鬥過程的心理描寫的這一特點，就會覺得其實不然。梅女士個人奮鬥過程的內心體驗不僅複雜，而且豐富。她那以狂狷自信為特徵的個人英雄主義心態極富性格特徵與時代特徵。

再加上她和梁剛夫的愛情糾葛產生了極有特色的性格撞擊：過去梅女士在愛情婚姻方面一向穩操主動權，這次卻處處被動且患得患失，這更加透出置身革命潮中個性解放主義與集體主義兩種不同思想體系在感情層次裡顯示的差距，它引發出的人物內心觀照的極為生動的精神與情感的獨特光輝。在讀者面前能展開具有如此開闊的內心天地的形象，在 20 年代末的現代文學史人物畫廊中，幾乎是絕無僅有；即便從整個中國現代文學史看，也是不可多得的獨特個性。

這種藝術規定性的高明處還在於：它給梅女士過革命關的第二階段描寫，留下了充分的餘地。

在第一階段，梅女士儘管在「五卅」運動中走上街頭匯入時代洪流，但其動機很大程度上包括與梁剛夫等一決雌雄，在革命方面比個高低的個人英雄主義成分。《虹》發表於 1929 年 6～7 月《小說月報》20 卷 6～7 號，此前在該刊第 5 號的《最後一頁》中曾作預告，它引用了茅盾給鄭振鐸的信中談到《虹》的有關部分。此信現在已很難找到，現據該刊 5 號《最後一頁》中所引部分，全文摘引於下：

> 「虹」是一座橋，便是 Prosepine（春之女神）由此以出冥國，重到世間的那一座橋；「虹」又常見於傍晚，是黑夜前的幻美，然而易散；虹有迷人的魅力，然而本身是虛空的幻想。這些便是《虹》的命意：一個象徵主義的題目。從這點，你尚可想見《虹》在題材上，在思想上，都是「三部曲」以後將移轉到新方向的過渡；所謂新方向，便是那凝思甚久而終於不敢貿然下筆的《霞》。

這「象徵主義的題目」便是講當時的革命局勢及梅女士性格發展的兩重性，其中當然包括其局限性。對此茅盾在回憶錄中如此解釋：「我本來計劃，梅女士參加了五卅運動，還要參加 1927 年的大革命，但 1927 年當時的武漢，只是黑夜前的幻美，而且『易散』，此在政治形勢上，象徵著寧（蔣介石）漢（汪精衛）對峙只是『幻美』而且『易散』。在梅女士個人方面，她參加了革命，甚至於入黨（我預定她到武漢後申請入黨而且被吸收）；但這只是形式上是個共產黨員，精神上還是她自己掌握命運，個人勇往直前，不回頭。共產黨員這光榮的稱號，只是塗在梅女士身上的一種『幻美』。……所以《虹》又只是一座橋。思想情緒的純化（此在當時白色恐怖下用的暗語），指思想情緒的無產階級化，亦即小資產階級知識分子的思想改造。這是長期的，學到老，改

造到老。**轉移到新方向即指思想轉變的過程**。所謂凝思甚久而未敢貿然下筆的《霞》，是寫梅女士思想轉變的過程及其終於完成，《霞》將是《虹》的姊妹篇，在《霞》中，梅女士還要經過各種考驗，例如在白色恐怖下在南方從事黨的地下工作，被捕；被捕之日，某權勢人物見其貌美，即以爲妾或坐牢任梅女士二者擇一，梅女士寧願坐牢。在牢中受盡折磨，後來爲黨設法救出，轉移到西北某省仍做地下工作。霞有朝霞，繼朝霞而來的將是陽光燦爛，亦即梅女士通過了上述各種考驗。有晚霞，繼晚霞而來的，將是黃昏和黑夜，此在梅女士則爲通不過上述各種考驗，也即是她的思想改造似是而非，仍是『幻美』而已。」〔註44〕

由此可見，儘管茅盾藉梅女士指引了中國婦女解放運動及中國知識分子走上革命的歷史必由之路，但他對道路的曲折性與艱巨性，始終保持著清醒的認識。因此，梅女士的形象塑造雖因「人事變遷」，「回上海後即加入左聯忙別的了」，使《虹》的後半篇和《霞》均未完成〔註45〕，成爲中國現代文學史上的永久的憾事，但已完成的部分的典型意義已經具有方向性，且足以完備回答縱跨兩個世紀的「易卜生命題」了。而完成這一浩大藝術工程的茅盾的創造性勞動，已經成爲客觀存在的歷史事實，決非後人喋喋數語所能「掠美」或否定得了的。

當然，在歐化傾向與「爲藝術而藝術」傾向充斥文壇的今天，某些口味過於時髦的讀者很可能不喜歡茅盾小說的這種藝術走向。他們會認爲：「當一個作家對於他的描寫對象在理性上認識得太明晰，解剖得過於冷靜的時候，就有可能減少或失去那種活躍的、創造性的靈動神思，那種由陌生和朦朧而帶來的審美陶醉。」「這種力圖把政治意識滲透到生活的全部流程的文學觀念，雖然給了他以開闊的視野和雄放的胸襟，但同時也使他不可避免地縮小了文學和政治的距離，導致他在創作上的傾斜和風格上的單一。」〔註46〕其實這種說法簡直不像是經歷了近百年帝國主義侵略和幾千年階級壓迫的炎黃子孫的正視現實、直面人生的負責任的論述，倒像是來自另一個星球上也許不存在社會組織的「宇宙人」的囈語。茅盾恐怕比當今任何人都更了解西方學者的下述觀點：任何社會（包括社會主義）的改造都不能改變人的本性，

〔註44〕《新文學史料》1981 年第 2 期，第 11～12 頁。
〔註45〕同上，第 12 頁。
〔註46〕《文藝報》第 21 期第 2 版，1988 年 5 月 28 日。

人的本性的基礎是由人本主義的永恆不變的本質所構成。但是茅盾深知，即便是這種人本主義，也脫離不了社會和存在階級的社會中的階級關係。因此他引導梅女士尋求婦女解放和自我解放之路時，並不醉心於人性和原始生命力的虛無飄渺的探索。對於這個，在梅女士性格發展的第一階段曾經出現過，但在過社會關的第一階段，就碰得粉碎了！所以茅盾直面現實，扣緊受著三座大山壓迫，處於「五卅」到「大革命」特定時代狂飆衝擊的社會的人的梅女士的社會政治處境，只能從這個現實出發去探求她的政治道路和生活指針。這就和小市民的以至藝術至上主義的美學追求大相徑庭。因此茅盾也不會把梅女士以及她的讀者引向任憑其自發的生命力莽撞地闖蕩的個人奮鬥的路。這正是茅盾新寫實派的時代性美學原則的可貴之處。

（四）

行文至此，重要的問題只剩下兩點：其一是如何看待以真人真事為基礎和向別人借用故事情節進行創作的問題。其二是如何看待秦德君所謂「我和茅盾的一段情」問題。

前者是古已有之的事，並非自茅盾始。這種把聽來的故事或事件衍化為典型情節、孕育出人物和人物關係，以虛構成偉大作品的範例，在文學史上比比皆是。普希金的《黑桃皇后》的主題：「金錢的權力以其毀滅性的腐蝕力量摧殘了人類最高貴的、純潔的感情」是深刻的。但支撐作品這一主題的中心情節聖才爾曼「教打三張牌」的故事，是普希金從娜塔利亞·彼得羅夫娜·高利曾娜公爵夫人的孫子那兒聽來的。孫子打牌輸了，去向祖母要錢，她沒有給，卻拿出三張牌。那是聖才爾曼在巴黎教她的，現在她又教給了孫子。孫子如法炮製，果然，把輸的錢贏回來了。這個素材被普希金提煉加工，典型化的結果就是世界聞名的傑作《黑桃皇后》。

果戈理也曾給普希金寫信說：「勞駕給個情節罷，隨便什麼可笑的或者不可笑的，只要是純粹俄羅斯的笑話就行。」他的《欽差大臣》的題材動機，就是普希金提供的。那是兩個騙子冒充官員行騙的故事，到了果戈理手裡加以改造，就成了一部世界名劇。果戈理的《外套》的故事原型也是聽人說的一件事：一個小官吏丟了獵槍，果戈理把奢侈品換成了生活最必須的外套，就敷衍成一個扣人心弦的悲劇！本文一再提及的易卜生的《玩偶之家》的故事也是以聽來的真人真事為基礎。女主人公娜拉的原型是易卜生《布朗德》一

劇的熱心讀者勞拉・皮德生。她摹仿著寫了《布朗德的女兒們》，自稱爲《布朗德》續集，寄給易卜生，因而相識。她的頗具家長作風和大男子主義的丈夫患病無錢醫治和療養。勞拉私下借錢辦此事並僞造了保人簽字。她瞞著丈夫說是她得的稿費。後來易卜生聽說她丈夫爲此事暴跳如雷，勞拉受打擊後患精神病，她丈夫則斷然和她離了婚。據此易卜生創作了《玩偶之家》。

這裡關鍵有兩個問題：寫什麼和怎麼寫。作家的生活積累也如歷史的長河。它奔流而下，並不能預定在何處興風作浪，在何處匯成淺灘。但這些積累不斷在作家頭腦中醞釀發酵漸趨成熟。這好比是十月懷胎，只有尋求到適合的形式外殼，或感受到生活的呼喚作爲觸媒，這才能一朝分娩。因此，問題的關鍵，首先不在於寫什麼（就是「寫什麼」的問題，也得首先看作家如何運用素材、剪裁素材、改造素材和作了哪些虛構），而在於他怎麼寫。所以，把作品與其生活原型作對照研究，可以窺見作家形象思維勞績的堂奧。只有把兩者比較分析，才更能發現作家才能的高低，審美感受與審美表現力的高下。

秦德君說茅盾寫《虹》時生活積累已盡，是她講的胡蘭畦經歷導致了這部長篇問世。有的讀者被這說法所動，對《虹》的創作勞績的估價大大降低。無非因爲這些讀者和秦德君一樣，並不眞正懂得形象思維規律和作家典型化工作對創作的決定性意義。何況《虹》的生活積累和思想積累源遠流長。正如上文所說：即便茅盾對胡蘭畦的了解，也絕非單靠秦德君這一個來源。這一事實希望有助於澄清這個被人爲地攪亂了的問題。

至於秦德君所說的她和茅盾的這「一段情」，這是一個複雜而敏感的問題。秦文目的何在，其實不難窺知。無非是想利用部分讀者對兩性關係尚殘存的封建意識來敗壞茅公在他們心目中的聲譽。聯繫到秦德君近幾年所說的無中生有的攻擊茅公的話看，韋韜夫婦在《致〈廣角鏡〉社長信》中說它「是一篇挾私攻擊的文章」，也不是沒有道理。

作爲個人關係或個人品格評價，這個問題對文學史研究沒有多大意義。但把這「一段情」作爲打上鮮明時代烙印的歷史文化現象，則是一個意義不可忽視的研究課題。近幾年排除封建意識與極「左」思潮的工作大有收效，思想解放了的讀者與論者，曾從多方面探索歷史文化意識，我也想從這個視角接觸一下這個課題。

在包括魯迅、郭沫若、茅盾在內的「五四」文學先驅的生活與創作中，

存在著一個顯然的矛盾：作品中呼喚愛情婚姻自由，但個人生活中的愛情婚姻卻不自由；作品中張揚反對愛情婚姻中的舊倫理道德，但個人生活中卻不得不一定程度地屈從於舊倫理道德。這種現象，已經構成與西方發達資本主義國家極不相同的中國現代文學史上的一個十分奇特的文化現象與文學現象。迄今爲止，對這個問題才剛剛開始觸及。勿庸諱言，作爲新舊社會思潮大撞擊、新舊時代交替的陣痛期的時代產兒，即便偉大如魯迅、茅盾、郭沫若，其愛情與婚姻以及整個生活道路都不能不受舊社會制度之害。爲封建禮教、封建婚姻制度所圍，被迫屈從舊道德倫理規範，導致愛情與婚姻的終身痛苦，感情領域經受著終生折磨，這方面他們也無異於常人。

魯迅在家庭包辦下不得不和朱安女士完婚就是證明。他秉承母命，一是出於對慈母的感恩和愛；二是血管裡還存留著未清除盡的「服從就是『孝』」的舊倫理道德觀念。舊社會養育大的一個二十六歲的新青年，即便偉大如魯迅，也不能要求他的新意識純而又純。過去我們爲賢者諱，因此也不大提朱安，更不談魯迅曾屈從舊倫理道德觀念的這一局限。其實我們何必這樣？我們既應正視他的屈從，也應正視他的痛苦。他對許壽裳說：「這是母親給我的禮物，我只能好好供養它，愛情是我所不知道的。」〔註47〕這句話他在《隨感錄四十》中重複談過，而且作了闡發，「愛情是什麼東西，我也不知道。」「然而無愛情結婚的惡結果，卻連續不斷地進行。」「形式上的夫婦」，卻「都全不相關」，「但在女性一方面，本來也沒有罪，現在是作了舊習慣的犧牲。我們既然自覺著人類的道德，良心上不肯犯他們少的老的的罪行，又不能責備異性，只好陪著作一世犧牲，完結了四千年的舊帳。」「作一世犧牲，是萬分可怕的事；但血液究竟乾淨，聲音究竟醒而且眞。」「我們能夠大叫，是黃鶯便黃鶯般叫，是烏鴉便烏鴉般叫。」「我們還要叫出沒有愛的悲哀，叫出無所可愛的悲哀。」〔註48〕這是魯迅結婚十三個年頭之後所作的總結。也是他一生行爲的自述。他婚後四天即棄家東渡，一生和朱安相敬如賓，但感情相處卻如路人。魯迅對朱安唯一的一次表示不滿的話是，1914 年 11 月 18 日的日記中對朱安的來信所作的評價：「謬甚」。朱安也只有一次流露不滿的話：「老太太嫌我沒有兒子，大先生終年不同我講話，怎麼會生兒子呢？」在淒苦中魯迅終於還是另覓出路，和許廣平自由戀愛結成終生伴侶。朱安則陪伴婆母

〔註47〕《亡友魯迅印象記》，第 60 頁。
〔註48〕 16 卷本《魯迅全集》第 1 卷，第 322 頁。

了卻一生。我們當然不能責備魯迅不守夫道，正如同也不必苛責他屈從舊道德與朱安結合。

　　郭沫若也是在他 21 歲（1912 年）時由母親包辦草草完婚的，這婚事曾拖了四五年。保媒的本家嬸母把女方說得天花亂墜。郭沫若也存在慢慢教育她，愛情也「可以慢慢發生」的「機會主義」心理。及至新人出了轎，這才兜頭一盆水似的感到真是應了成都的一句俗話：「隔著布口袋買貓子，交訂要白的，拿回家去才是黑的」。郭沫若在婚後第五天（比魯迅多住一天）即坐船返回學校，他後來在回憶錄中反思道：「父母是徵求了我的同意的。」但是媒人誤我。「我的一生如果有應該懺悔的事，這要算最重大的一件。我始終詛咒我這件機會主義的誤人。」﹝註 49﹞郭沫若後來另有所就，這是大家都知道的事。而他的夫人張瓊華的命運悲劇和朱安酷似。她 1912 年出嫁，在沙灣郭宅一直獨居到 1952 年，之後移居樂山，於 1980 年結束了她 68 年寂寞、痛苦、守活寡的一生！

　　如果按舊道德倫理權衡，茅盾的操守較魯迅和郭沫若為「好」。

　　他是五歲時就由祖父包辦了婚姻，而且終生沒有改變過。他和魯迅相似，早年喪父，對慈母既愛且孝。他也是出於舊的道德倫理觀念，在被動的情況下漠然地結了婚，但茅盾對舊婚姻採取了積極的變革現狀的態度。婚後他多方幫助孔德沚提高文化，開闊視野，也努力去培植愛情。如果我們從茅盾為克服包辦婚姻造成的情感上和文化層次上的距離這一視角來讀他的短篇《創造》，未始不可以說這裡邊孕含著作家感情深處的某些隱痛和為改變它而作的努力和掙扎。孔德沚不識字，開始時思想也不夠開化。連名字都是茅盾起的。是茅盾的母親教她識字，在商務初期茅盾已在文壇嶄露頭角。孔德沚卻還剛上中學。此後她參加革命，入黨，都是在茅盾的幫助之下。當然這不是「創造」，但那改造和深造之良苦用心，在茅盾的作品與回憶錄中頗有蛛絲馬迹可尋。

　　和郭沫若不同，茅盾為人嚴謹，情感內向。他不善也不愛表現自我。愛情的苦悶與飢渴雖從未形諸筆端，但情感豐富如茅盾，這個隱秘是不難想像的。正如魯迅所說，他們這一代人是：「背著因襲的重擔，肩住了黑暗的閘門」，﹝註 50﹞為青年人作前驅鳴鑼開道的。他們身上不能不帶著殉道者的自我

﹝註 49﹞《少年時代·黑貓》，《沫若文集》第 6 卷，第 276～277 頁。
﹝註 50﹞16 卷本《魯迅全集》第 1 卷，第 130 頁。

犧牲的色彩，極難泄露其複雜的眞情和心態。

　　東渡日本的亡命生活，客觀環境和主觀心態都具有特殊的因素。生活的苦悶和時代苦悶相結合，漂流異國，孑然一身，他不僅經受著極大的情感寂寞，更重要的是大革命失敗導致的幻滅心境折磨著他，並和苦於看不清前景的焦灼情緒相結合，這一切反映著整整一代人的時代苦悶與病態心理。秦德君的出現使茅盾的生活需要、感情需要都產生了得到滿足的可能性。而秦德君又是孫舞陽般的「性解放者」和梅行素般的不顧一切向前衝的女性。因此，這「一段情」的產生就具有明顯的必然性。對茅盾說來，這也是個性解放的情感要求戰勝封建道德倫理觀念的一次突破。

　　但這又絕不僅僅是個人私生活上的一個偶然性的突破，它首先打上了明顯的時代烙印，強烈地反映著自「五四」到大革命失敗革命知識分子群體心理情感中強烈跳蕩著的時代浪潮的律動。

　　在「五四」時代和30年代，兩性關係的解放曾經被認爲是反封建的個性解放的革命行動的一部分。幾千年禮教形成的男女貞操觀念在當時破得相當徹底。因此「同居」並不被當作大逆不道的事。對此現象不結合時代思潮，就很難理解。1931年4月25日出版的左聯機關刊物《前哨》一卷一期關於「左聯五烈士」的《死難者專號》，在《被難同志傳略》中記載了五烈士的革命事迹。在「四，馮鏗」中描寫了她的下述經歷：「平日雖與同志同居，但誓不生育，用各種方法避免懷孕，恐妨礙工作，這到她死爲止，是成功了的。」當時的這一實錄，特別令人注意的有兩點：其一是馮鏗「與同志同居」有意避孕，至死前一直成功，是被當作馮鏗的革命事迹來評價的。其二是報導者那直言不諱、且不以爲忤的嚴肅態度與平淡語氣。兩者都生動地留下當時蔑視封建貞操觀念，以突破兩性關係常規爲反封建行爲的時代烙印。這種例子是很多的。郁達夫、沈從文、丁玲的作品中都有突出的反映。茅盾當時的許多作品也作了眞實的描述。樂黛雲同志概括道：「茅盾所寫的『時代女性』，對傳統的生活方式和傳統的道德教訓都作了徹底的否定。」「這對於幾千年來的社會秩序和壓迫婦女的道德鐐銬是一個強烈的反動和對抗。」它「更鮮明地表現在兩性關係之中。這些新女性首先打破了幾千年的男性中心思想，在兩性關係中以男性享樂爲主的舊觀念。」「她們公開提出性的享樂也是女性的權利，甚至誇張地把『性』作爲向男性報復的一種手段。」「她們徹底顛倒了過去男性爲主的秩序，誇張地採取主動」。樂黛雲還引了梅女士、孫舞陽、章

秋柳等人物的「夫子道道。」〔註51〕這些看法是有道理的。

　　而且在大革命失敗後，失望導致了苦悶、幻滅、頹廢情緒的泛濫。它與上述兩性關係的新觀念相結合。「人們瘋狂地尋覓肉的享樂，新奇的性欲的刺激。」靜女士就曾作過分析：「然而這就是煩悶的反映。在沉靜的空氣中，煩悶的反映是頹喪消極；在緊張的空氣中，是追尋感官的刺激。所謂『戀愛』遂成了神聖的解嘲。」〔註52〕

　　樂黛雲同志還指出：「這類現象和蘇聯十月革命後普遍流行的『杯水主義』頗有類似之處。」「從茅盾所描寫的婚姻戀愛這個角度，我們也能看到舊社會價值觀念的全面崩潰。在中國知識分子中長期存在的『情』和『禮』的衝突呈現了全然不同的局面，傳統的『禮』已經不再占有規範作用，『性』代替『情』在知識分子生活中占據重要地位，在兩性關係中，女性轉而採取主動。這些現象反映了中國知識分子生活和社會變動的一個獨特方面。茅盾的作品忠實記載了這些現象。他的貢獻是獨一無二的，不僅前無古人，後來也再沒有別的作品能如此大膽而創新地探索這一領域。」〔註53〕這些看法不僅可以當作對茅盾作品、茅盾與秦德君同居行為的深刻說明，就是用來作為理解當代青年和當代文學中兩性關係描寫的參照，也是別有見地的。

　　茅盾不是不食人間煙火的神，也不是不具七情六欲的佛，而是一個具有高度文學才情的物質的人。生當斯世，他不能揪住自己的頭髮撥離地球而不受時代浪潮與時代回流的衝擊。

　　何況，茅盾以及魯迅、郭沫若，作為新舊時代交替期的弄潮兒，他們對時代浪潮的感受力本來就超乎常人。

　　作為當事人和那個時代的過來人，應負的責任本是幫助今天的青年理解那段獨特的歷史和歷史的獨特性。即便不然，也大可不必化作個人間的恩恩怨怨在人已作古、死無對證情況下去算那筆冤孽帳。

　　郭沫若在自傳第一卷《少年時代》卷首寫了一首詩體前言，抄在下面以結束本文：

　　　　我的童年是封建社會向資本制度轉換的時代，

　　　　我現在把它從黑暗的石炭的坑底挖出土來。

〔註51〕　《中國現代文學論文集》，北京大學出版社，第188～189頁。
〔註52〕　《蝕》，《茅盾全集》第1卷，第71頁。
〔註53〕　《中國現代文學論文集》，第188～189頁。

我不是想學 Augustine〔註54〕和 Rousseau〔註55〕要表述什麼懺
悔，

我也不是想學 Goethe 和 Tolstoy〔註56〕要描寫什麼天才。

我寫的只是這樣的社會生出了這樣一個人，

或者也可以說有過這樣的人生在這樣的時代。

〔註54〕奧古斯丁（353～430），非洲迦太基人，中世紀哲學家，著有《懺悔錄》、《神
國》等書。

〔註55〕盧騷（1712～1776），法國哲學家、作家，著有《民約論》、《懺悔錄》等。

〔註56〕歌德和托爾斯泰。

（以上三條注文係《沫若文集》原注）

第五編　結構藝術論

布局謀篇的宏觀思想
—— 論茅盾小說的結構藝術

　　茅盾的小說，有很多特點。主要是：善於提煉並描寫重大題材；時代性、社會性、史詩性很鮮明的主題；尖銳複雜的社會矛盾，具有明顯的社會分析痕迹；善於描寫性格複雜、內心世界多層次側面的人物，並構成多組人物系列；藝術格局氣勢恢宏，婀娜多姿；文學語言犀利灑脫，色彩豐富多變等等。這些特點使他的作品著稱於中國與世界文壇，產生了深遠的文學史影響和重大的社會效果。這些建樹的構成因素很多，精湛的結構藝術則是其重要的藝術條件。

　　文學作品的藝術結構，就總體說是指作品的組織方式和內部構造；是作品各組成因素之間部分與部分、部分與整體的內部有機聯繫；是作品總的間架。對小說而言，它既包括情節與事件的時間順序、事件的空間的縱橫聯繫，也包括人物性格的漸進過程、行動方式、地位處境、人物關係，以及人物體系與各個人物和作品整體之間的內在聯繫。在中國，從南朝的劉勰到當代的茅盾；在俄國，從列夫·托爾斯泰到阿·托爾斯泰，縱跨十幾個世紀和不同民族，不同國度的這些作家，都曾用建築的構築方法來比喻文學作品的結構藝術。劉勰的提法是「若築室之須基構」。〔註1〕列夫·托爾斯泰的提法是「建築藝術。」〔註2〕阿·托爾斯泰的提法是「建築物的建築結構」〔註3〕。茅盾

〔註1〕　《文心雕龍》，人民文學出版社，第650頁。
〔註2〕　《致·謝·阿·拉欽斯基的信》，《文藝理論譯叢》57年第1期，第232～233頁。
〔註3〕　《阿·托爾斯泰論文學》，人民文學出版社，1980年版，第246～248頁。

的提法是「花園」的「格局」。〔註4〕劉勰和清代的李漁還把它比作「裁衣之待縫」和「縫衣」之「剪碎者的湊成」。〔註5〕古今中外的藝術大師和文藝理論大師所見略同，並非由於相互因襲，而是由於他們都發現了這文藝創作的客觀規律。他們的重視本身，說明了結構藝術在創作中的位置。

（一）

作為一個成熟的大作家，茅盾不僅重視其小說創作的結構藝術，而且通過長期的理論研究與創作實踐，形成了獨具特色的審美思想。把他的理論主張與創作實踐作宏觀地綜合考察，可以發現他一貫堅持的藝術原則。

首先就是在繼承民族傳統、汲取外來滋養的基礎上創造現代小說嶄新的結構藝術。

小說是文體學中的一個品種。但從文體學論，小說內部還可以界分。除了通常從篇幅上分長、中、短篇之外，還可以分為情節小說、人物小說、心理小說等等。後一種界分大體反映了小說發展的文體學歷史。情節小說最早出現；隨著封建社會的解體，資本主義的萌芽，人物小說占了上風。由於封建制度摧殘人性，所以資本主義萌芽的伴隨物人性、人格、人的感受等等作為個性解放思潮的基本內容，成為文學反映社會的核心問題。反映到小說文體中，以寫人物為中心的人物小說較之情節小說占了遠為大的比重。隨著現代科學、現代醫學理論的興起，心理學理論、特別是弗洛依德學說的提出，現代派小說和心理分析小說遂呈現了後來居上之勢。而且它又和資本主義沒落的世紀末情緒相結合，形成小說創作的複雜狀態。

與小說文體史的這三個階段相聯繫的，是三種基本藝術結構的形成，它們是：情節結構、人物結構和心理結構。在這三種基本結構方式中，又形成了許多複雜的結構技巧。

中國傳統小說結構藝術的發展，經歷了和西歐小說同步發展和產生「異步距離」的兩個階段。

中國小說和外國小說特別是西歐小說的結構藝術的發展，大體上都經歷了以故事情節為軸心安排藝術結構的情節結構階段，和以人物性格刻畫為軸心安排藝術結構的人物結構階段。不過西歐文學的發展速度較中國快。到了

〔註4〕《漫談文學的民族形式》，《茅盾評論文集》（上），第290～291頁。
〔註5〕《李笠翁曲話·結構第一·密針線》，中國戲劇出版社，第8頁。

近代和現代，由於文藝思潮與資本主義各個階段愈發展愈複雜的情勢相適應，又出現了其形形色色的新的文藝思潮；出現了與這些文藝思潮相適應的新小說；也出現了與這些新小說相適應的藝術結構的新形式。如心理結構、板塊結構、迴環結構等等。這都是超過了初級階段的單線結構而發展為複線型、輻射型、蛛網型的多種高級結構形式。失去同步發展速度之後，中國小說民族形式的結構藝術和外國的特別是西歐小說的結構藝術當然也就不同。這就勢必導致作家關於結構藝術的審美思想、構思原則和讀者的藝術欣賞習慣與審美心理情趣相應地也發生歧異；審美價值的觀念也就不同。

「五四」運動以後中國現代小說的勃興，既著重借鑑外國現代小說的結構藝術，也或多或少地繼承中國小說的民族傳統。茅盾的小說創作伊始於「五四」後期，他也隨著現代小說發展歷史作同步運動；但他又不同於別人，那就是他先具備了關於古今中外小說結構藝術相當充分的理論研究和理論準備作為指導思想，又有了較他先進一步的魯迅、葉聖陶、郁達夫等同代作家積累的將近十年的中外結合的實踐經驗作參考。所以他創作伊始就呈現出較為成熟、較能融匯中外小說結構藝術之特長的特點。

中國小說最早的胚芽是神話傳說。《山海經》、《穆天子傳》和屈原的《天問》中包含了大量的因子。它同時也見於史傳。在史傳著作中又包含了稍晚於神話的傳記小說雛形。《史記》、《漢書》都廣為包孕。後來分枝發展為講史小說和傳奇小說。神話和傳奇又是志怪小說的歷史淵源。此外志怪小說還源出於筆記，如魏晉南北朝的《搜神記》（晉‧干寶撰）、《續齊諧記》（梁‧吳均撰）等。筆記小說又開人性小說之先河。特別是在南朝宋臨川王劉義慶等著的《世說新語》中，頗多現代短篇小說的胚芽。這胚芽發展到唐代的傳奇、宋代的話本，才形成中國小說的鼎盛時期。有了這個階段，這才能有以神話和志怪小說為始祖的《西遊記》和《封神榜》；這才能有以講史話本為始祖的《三國演義》和《水滸傳》；這才能有以筆記和傳奇為始祖的《金瓶梅》和《紅樓夢》；這也才能有以志怪類筆記為始祖的《聊齋誌異》。總之，唐宋傳奇的鼎盛時期為明清小說的鼎盛高峰時期創造了歷史條件；民間文學為文人小說奠定了基礎。不過一直到晚清文學為止，中國傳統小說的結構藝術都是以寫事為主。除了《金瓶梅》、《紅樓夢》等少數名著以外，大都以故事情節為主，屬於情節結構藝術的階段。就是《金瓶梅》和《紅樓夢》等以人物為軸心的基本上屬於人物結構階段的作品，對故事情節的重視程度，也遠較西歐小說

爲甚。不過其情節多屬家務事、兒女情，沒有《三國演義》、《水滸傳》那種重大政治事件、驚險曲折的傳奇色彩作爲其故事情節的間架罷了。

與此相適應的，是形成了中國的小說美學。它主要反映在明清小說的評點著作中。像〔明〕李贄（李卓吾，1527～1602）的《水滸傳》評點，〔明〕葉晝（？～1624）的《水滸》、《三國》、《西遊》評點，〔明〕金聖歎（1608～1661）的《水滸》評點；毛宗崗（生卒年不詳）的《三國》評點，〔清〕張竹坡（約生活在康熙時代）的《金瓶梅》評點，〔清〕脂硯齋的《紅樓夢》評點等等。他們都對小說結構藝術作了理論概括。

這些評點家沒有留下系統的理論著作，他們的片言隻語屬於文學批評範圍，但其中不乏對中國小說美學包括傳統小說結構藝術特點的理論概括。從梁啓超起，理論概括性就較完整和系統。當代小說理論的系統性就更強了。其代表人物是茅盾和趙樹理。他們關於結構藝術的理論概括達到系統、精闢的階段。

趙樹理小說的民族特色最濃。他對民族傳統結構藝術的概括，包括以下內容：其一是「把描寫情景融化在敘述『故事』中」；其二是「從頭說起，接上去說」；其三是「用保留故事中的種種關節來吸引讀者」；其四是「在故事進展之後，直接與主題有關的應細，僅僅起補充或連接作用」的則粗；「在景物和人物的描寫中」、「讀者層最熟悉的」可粗，「較生疏的」要細。〔註6〕用茅盾更加精闢的概括語言來說，就是：「可分可合，疏密相間，似斷實聯」〔註7〕12 個字。他在談《水滸》的結構特點時以此爲例作了具體解釋：「第一，故事的發展，前後勾聯，一步緊一步，但又疏密相間，搖曳多姿。第二，善於運用變化錯綜的手法，避免平舖直敘。」〔註8〕這使我們聯想到元代散曲家喬孟符的話：「作樂府亦有法，曰鳳頭、豬肚、豹尾六字是也。大概起要美麗，中要浩蕩，結要響亮。尤貴在首尾貫穿，意思清新」。〔註9〕現代著名劇作家和導演焦菊隱關於民族戲劇結構的特點也有類似概括：「記得從前學古文的時候，老前輩們傳授過一句寫作的口訣說，文章要寫出『豹頭、熊腰、鳳尾。』」他認爲寫戲也要體現這民族形式的結構特點。並一一作

〔註6〕《〈三里灣〉寫作前後》，人民文學出版社《創作經驗漫談》，第20～25頁。
〔註7〕《漫談文學的民族形式》，人民文學出版社《茅盾評論文集》上冊，第290～291頁。
〔註8〕《鼓吹集》，作家出版社版，1959年，第23～24頁。
〔註9〕轉引自陶宗儀：《輟耕錄》，廣益書局，1914年版，第149～150頁。

了詳盡解釋。〔註 10〕有意思的是元代的喬孟符和當代的焦菊隱兩個大戲劇家都用豹和鳳作比喻，不過其頭尾的運用完全相反。但從其內容看，意思是相近的。

我這兒的引證超出了小說創作而包容了詩歌、散文、戲劇等領域，目的是想用這些領域結構藝術的民族特點與小說結構藝術的民族特點一致性，來印證茅盾的論述的科學性，和他的結構藝術的民族繼承性及其廣泛性。借此我們可以把握一個眉目，並且隨後我將在茅盾小說結構藝術的具體分析中追尋茅盾繼承民族傳統的明顯線索。由此看茅盾對繼承民族傳統藝術方面是何等重視。

但是茅盾並未把傳統的繼承當作桎梏。正相反，他的小說結構藝術既重「古為今用」，也重視「洋為中用」。他一開始就超越了情節結構階段，而把以人物為軸心的結構形式作為起點，不過他同時又堅持著高爾基的觀點：情節「即人物之間的聯繫、矛盾、同情、反感和一般的相互關係，——某種性格、典型的成長和構成的歷史」。〔註 11〕在這裡，茅盾找到了情節結構與人物結構交叉點與聯結點。在結構藝術中，情節依然是極為重要的因素，不過它是作為人物的「成長和構成的歷史」被有機地內在地納入結構整體之中。在這裡，軸心不是情節，而是人物。正像阿·托爾斯泰所說的：「結構，——這首先是指確定目的，確定中心人物，其次，才是確定其餘的人物，他們沿著階梯自上而下，環繞在中心人物的周圍。」〔註 12〕對照茅盾的《子夜》，情況不恰好是這樣嗎？茅盾的有些小說，甚至像阿·托爾斯泰所說的那樣：「結構的聯繫不是放在情節和人物的關係（相識）上，而是放在內在聯繫上。」這聯繫指的是「使得所寫的事情具有重大意義的那種東西」這就把主題思想的要求，放在更為吃重的地位。例如茅盾的中篇小說《多角關係》就是這樣，在這裡，這種「聯繫」就是蜘蛛網般的經濟關係，在經濟蕭條、企業倒閉的當時，這種經濟關係就是像「多米諾骨牌式」的「多角關係」。不過即或是在這樣特殊的結構形式中，茅盾也始終注意發揮情節結構的作用，注意運用他所概括的中國傳統小說結構藝術的「十二字」原則：「可分可合，疏密相間，

〔註 10〕　《焦菊隱戲劇論文集》，上海文藝出版社版，第 280～297 頁。
〔註 11〕　《和青年作家談話》，《高爾基文學論文選》，人民文學出版社版，1985 年，第 297 頁。
〔註 12〕　《向工人作家談談我的創作經驗》，《阿·托爾斯泰論文學》，人民文學出版社版，第 248 頁。

似斷實聯」的認真體現與貫徹。這個結構的聯繫不放在情節和人物上而放在
內在聯繫上的原則,和注重「可分可合,疏密相間,似斷實聯」的原則,從
《創造》起到《腐蝕》止,體現在把心理結構和情節結構有機地聯合成複合
結構的藝術實體裡。做到這點當然是很不容易的。

(二)

茅盾小說結構藝術的第二個基本原則,是堅持內容與形式相統一的原
則,他特別注意使結構整體形成辯證的內在的有機聯繫;特別注意發揮形式
對內容,藝術結構對小說藝術整體的能動作用。

1929 年 5 月 4 日,在寫了《蝕》和《從牯嶺到東京》之後,茅盾又寫了
長篇論文《讀〈倪煥之〉》。他這篇論文針對「左」的文藝思潮,並帶著答辯
性質和總結「五四」以來文藝運動和創作經驗的性質。在《讀〈倪煥之〉》裡,
茅盾不無感慨和諷喻地寫道:

> 「五卅」時代以後,或是「第四期的前夜」的新文學,而要有
> 燦爛的成績,必然地須先求內容與外形——即思想與技巧,兩方面
> 之均衡的發展與成熟。作家們應該覺悟到一點點耳食來的社會科學
> 常識是不夠的,也應該覺悟到僅僅用群眾大會時煽動的熱情的口吻
> 來做小說是不行的。準備獻身於新文藝的人須先準備好一個有組織
> 力,判斷力,能夠觀察分析的頭腦,而不是僅僅準備好一個被動的
> 傳聲的喇叭;他須先的確能夠自己去分析群眾的噪音,靜聆地下泉
> 的嘀響,然後組織成小說中人物的意識;他應該刻苦地磨煉他的技
> 術,應該揀自己最熟的事來描寫。

接著他回顧了一年前即 1928 年春天時候的情況,並且說:「我簡直不讚成那
時他們熱心的無產文藝——既不能表現無產階級的意識,也不能讓無產階級
看得懂,只是『賣膏藥式』的十八句江湖口訣那樣的標語口號式或廣告式的
無產文藝……」,這些文藝作品其實不僅是概念化、標語口號式的,在藝術結
構上也是公式化的。這前後「革命加戀愛」的作品就構成了小說創作公式化
的千篇一律的結構形式之一。這些作家不僅沒有深湛的思想認識,深厚的生
活積累,其實也沒有「刻苦地磨煉他的技術。」這是茅盾所不取的。

茅盾創作伊始,就作了較充分的結構藝術的「磨煉」。在寫小說之前,他
是從磨煉其散文結構藝術開始的。而其散文藝術的磨煉的重點則是力求內容

與形式相統一。茅盾小說創作之所以能起步不凡，一開始就寫三部曲，就因為此前他用了相當的時間，從不同角度磨煉了散文的結構藝術。這是他構築《蝕》三部曲那複雜多樣的藝術結構的重要基礎。可以毫不誇張地說，沒有寫小說之前構築多篇文藝散文的藝術結構的實踐鍛煉，就不可能出現《蝕》三部曲這樣的複雜多樣的結構藝術。之所以能形成複雜多樣、不盡統一的特點，這本身就是作家磨煉其小說結構藝術的具體反映；是他尋求複雜的思想內容及與其相適應的複雜的藝術結構的具體表現。而作家致力的焦點，正是內容與形式的統一，是對藝術結構最大、最強的能動作用的追求。

　　茅盾在 1927 年寫小說之前，已經有了五、六年的散文創作的實踐。茅盾的第一篇文學散文《一個女校給我的印象》〔註 13〕比較平常，但第二篇散文《一個青年的信札》〔註 14〕卻特別引人注目。通篇由七封信組成，集中刻畫了名叫涵虛的第一人稱「我」的忽冷忽熱、患得患失的小資產階級狂熱性格。事件圍繞他的鄉村之行的艷遇來展開。當他覺得受到伊的垂青，就覺得「這裡的一切都是神秘的，美的醉人的」，是「地上的樂園」，是「文明」、「幸福」的「人生」；當他的獻媚遭到冷遇，他又覺得這環境是「未開化的」，「文明人無法存身的野蠻世界」。這「人生」是該詛咒的，是「黑暗的，無望的。」連女子也「是虛偽得多」。作品通篇是著重描寫主人公帶著極大隨意性的主觀感情色彩很濃的心理活動，借此組成的心理結構。對刻畫主人公涵虛的性格來說，這個藝術結構是再恰當不過、再完美不過的了。作品在刻畫「我」的同時也粗線條地寫了「伊」──「我單戀的那姑娘」，描繪了獨特的自然環境和社會環境，通篇心理結構帶著濃烈的抒情性，和魯迅的《傷逝》的藝術結構有異曲同工之妙。因為書信連綴的結構和手記（類似日記但連續性又強於日記）的結構正好用來截取若干生活片斷和心理活動片斷，並重新組接編排，借以集中、凝煉、前後對比地表現人物性格和思想主題。所以能使內容和形式取得和諧的統一。這可以說是《腐蝕》心理結構色彩極濃的結構藝術的先聲。此後關於「五卅」的三篇散文《五月三十日的下午》、《「暴風雨」──五月三十一日》和《街角的一幕》，或截取生活片斷以寫人物，或截取若干場面以寫事件，或採用對話（類似獨幕劇）以刻畫性格，短小精悍的藝術結構都恰到好處地反映了大時代的一角，群眾運動浪潮中一朵人物性格之浪花。思

〔註13〕初刊於《民國時報‧婦女評論》第 54 期，1922 年 8 月 16 日。
〔註14〕初刊於《文學週報》第 165 期，1925 年 3 月 23 日。

想和藝術和諧統一，收到嚴謹簡練的藝術效果。此後在結構上特別值得注意的一篇散文是《大時代中一個無名小卒的雜記》。這是一篇奇文。全篇由小序和「一，垓下之圍」，「二、戀愛夢」三部分組成。「一」「二」兩部分又分別由「解題」和類似小序、前言的文字打頭。整篇文章的小序很像《腐蝕》，說「友人某甲」來訪時遺落下一本「見聞錄」，現選取幾則並加了題目發表。這當然是假託。「垓下之圍」是取古事以名今事，借韓信十面埋伏以圍楚霸王來形容國會代表「彈劾案」攻勢。全文共七段，前六段寫六次「彈劾」，用「勝利次數」的序號分段標出。第七段是結語。這個結構既便於分別揭露被彈劾的外交部、宣傳部、出版部、財政部和大會主席及正執行委員長的弊端、醜行，也便於一而貫之地揭露北洋軍閥卵翼之下所謂「國會」的黑暗腐朽。「戀愛夢」則是一段意識流般的文字。這種結構形式把零散的生活片斷剪輯後，又集中組接成能反映既定主題的藝術結構，使「似斷實續」的民族結構形式為反映現代生活與政治鬥爭起能動作用。內容與形式取得了獨特的統一。與此結構形式類似的是《嚴霜下的夢》，〔註15〕不過它的結構手段比較內在，用連續的夢境反映大革命前後的幾個浪潮。《叩門》〔註16〕又提煉出一種新的結構形式：它以叩門聲作介質，把思想和感情、想像與現實扭結成一體，以表達帶著濃厚象徵色彩的寓意和主題。《霧》和《賣豆腐的哨子》也屬於類似的結構形式。

總之，到寫《蝕》為止，茅盾已經創作和試用了近十種各不相同的散文體裁和藝術結構形式。一篇有一篇的獨特內容，一篇有一篇適合表現此獨特內容的結構形式。這些創作實踐使茅盾積累了使結構形式與思想內容有機統一，使之保持內在聯繫，使之可以能動地表達主題的純熟本領。1931年2月，茅盾在他的《宿莽·弁言》中說：「一個已經發表過若干作品的作家的困難問題也就是怎樣使自己不至於粘滯在自己所鑄成的既定的模型中。」後來茅盾又在1932年12月寫的《我的回顧》中說：「在我自己，則頗以為我這幾年沒有被自己最初鑄定的形式所套住。」〔註17〕其重要的原因之一就是堅持了內容和形式相統一原則。思想內容不同，藝術結構也就不同。當然，表達同一思想內容的藝結構可以有多種，茅盾的才華表現在：他最善於選擇和構築最

〔註15〕《小說月報》第6卷第2號，1928年2月5日。
〔註16〕《小說月報》第20卷第1號，1929年1月10日。
〔註17〕上述二文分別見大江書鋪初版《宿莽》和天馬書店初版的《茅盾自選集》。

佳的藝術結構。當然這又和茅盾結構藝術第三個原則密切攸關的，因爲他的
結構藝術首先是以生活爲源泉的。

（三）

　　茅盾結構藝術的第三個原則是把生活當作整個創作的唯一源泉。創作包
括思想和藝術兩方面。他認爲生活不僅是提煉思想、創作人物的源泉，而且
也是創作技巧的源泉。他始終堅持從生活中提煉藝術技巧的原則，他的作品
的藝術結構多半像移植花木時連根邊的泥土一起移入花盆那樣，當他從生活
中提煉出人物和主題時，同時也就從生活中提煉出相應的藝術結構的毛坯來
了。這不僅是保證內容與形式相統一的不二法門，也是保證藝術常新、創造
力不竭、形象思維永遠不遏止的最好的竅門。因爲生活素材和生活原型本來
就是內容與形式相統一的客觀存在，它原本就有其客觀存在的結構形式。而
生活源泉及其千姿百態的客觀存在的結構形式，是築構藝術結構形式的取之
不盡、用之不竭的源泉。有了這個源泉，只要善於提煉，其作品的結構形式
就不會僵化爲「既定的模型」，也不會發生千篇一律的雷同的事情。

　　談到藝術技巧和形式，人們總是強調向古今中外的文學遺產學習，向大
作家和經典作品學習。茅盾也常常強調這些。但是他總把向生活學習擺在最
重要的位置。

　　早在 1931 年他剛回國不久，他就指出：

　　　我們必須以辯證法爲武器，走到群眾中去，從血淋淋的鬥爭充
　　實我們的生活，燃旺我們的情感，從活的動的實生活中抽出我們的
　　創作的新技術。

　　　　　　　　　　　——《中國蘇維埃革命與普羅文學建設》，《文學
　　　　　　　　　　　　導報》第 1 卷第 8 期，1931 年 11 月 15 日

　　九年之後他在《戲劇春秋》雜誌社組織的關於民族形式問題座談會上發
言時又強調：

　　　建立中國的文藝的民族形式，要緊的是深入今日中國的民族現
　　實，向現實生活學習。因爲現實生活是主導的東西，只有根據現實
　　生活的需要，才能更正確地接受固有的遺產和外來的影響。

　　　　　　　　　　　——《在抗戰的逆流中·回憶錄二十七》，轉引
　　　　　　　　　　　　自《新文學史料》1985 年第 2 期，第 6 頁

又過三年之後茅盾又指出：「我們當然不否認前人的作品是我們技巧的一部分或甚至大部分來源」，所以「從一般的寫作經驗來看，技巧之獲得，第一步是讀前人的作品而得啓發，又進而融匯貫通，即由『摹仿』的階段而到了『脫胎』的階段，至此則在學習前人這個問題上似已盡了能事，過此欲再進一步，達到創造的階段，實在就是跳出前人的範圍，跨越了前人已有的成就，而開闢一新境界。」「可知在學習前人，盡取前人之所有而外，尤必有新的因素加了進去了。這新的因素是什麼？不是什麼神秘的東西，便是一個人的生活經驗。」因爲前人的經驗的最早淵源也是生活中來的。所以：「新形式和新技巧之創造與發展，不能僅恃前人的遺產，必須於活的現實生活中求之。」〔註18〕

他的《談描寫的技巧——大題小解之二》一文，通常是論述如何隨著生活與時代發展不斷更新與提煉與作技巧：

> 最初，人們從自然界的形形色色取得了描寫技術的基本法則。自然界之美之巧，被觀察學習而取以爲創造文藝作品之技巧——「文采與結構」的資本。其後，人們則又從人類所創造的生產工具、生產方式等等所謂「第二自然」，取得了規範，而使描寫技術更複雜更完備。結構上的緊密而有機化，色彩音響之人間化，都是要到近代機器工業發達以後才能有。現在我們的描寫技術和古人相比，最顯著的不同是古人富於靜的美，我們則富於動的美，古人「取法自然」，而我們則「近取諸身」。

——《茅盾論創作》，第 507 頁

茅盾例舉了未來派爲適應都市生活與機械工業的生產方式而革新描寫技術的努力，「但是他們的生活環境的客觀條件尚未具備」，所以他們努力的結果「不過等於小孩子在墻上畫個烏龜」。但茅盾又說：

> 生活（廣義的）限制了描寫技術，但生活也產生了描寫技術。
> 所以我們可以說：描寫技術無一成不變之理，它不可能超越時代，但也萬萬不應落在時代之後。

——同上，第 508 頁

茅盾的這些理論，具有極大的創見性，這既是對前人創作經驗的系統總結，

〔註18〕《雜談思想與技巧、學習與經驗》，重慶《文學修養》第 2 卷第 2 期，1943年 12 月 20 日，《茅盾論創作》，第 516～518 頁。

也是他的創作實踐的理論概括。而他的創作本身，就為他的這些理論提供了最雄辯的佐證。

理論，絕非空洞的教條，更不是什麼先驗的東西。它一方面是實踐經驗的昇華，另一方面又是客觀規律的抽象概括。但是客觀規律從來不是脫離現實客體的抽象存在；它歷來是表現在一個個具有獨特性的個性鮮明的客體的運動發展變化之中。我們只能從總結實踐經驗，總結現實客體的運動發展變化來尋求規律，這種規律的探求所得，才可能形成正確的理論。

我們幸運的是，許多文藝理論對文學規律的概括，都有絡繹而來的文學史上一個又一個大師的創作實踐來幫助我們。茅盾不同於這些藝術大師的是：他不僅提供了這樣的實踐，而且他本人就在總結出理論。他的結構藝術的理論原則是他豐滿的美學思想的一個側面。當然要掌握它還需要探討其創作實踐的具體內容。但這已經超出了本文命題的範圍。我將在另兩篇文章（《再論茅盾小說的結構藝術》、《三論茅盾小說的結構藝術》）中探討它們。

恢宏多姿的錦繡園林
—— 再論茅盾小說的結構藝術

　　一位土木建築工程師，如果只能畫出一種類型的建築藍圖，那不配稱為本質意義的工程師；作家如果只能設置一種類型的藝術間架，那也不配稱為本質意義的作家。既然藝術結構是從屬於思想內容並能動地為表達思想內容服務，那麼不同的思想內容絕不應該納入固定不變的同一結構模式中。何況，同一思想內容，也還可以被不同的藝術結構所反映所表達。這時候評論家就有事可做了，他可以客觀地評定什麼是反映這特定思想內容的最佳藝術結構；也可以衡量不同手筆其結構藝術水平的高低。既然現實生活有其豐富多彩、搖曳多姿的存在形式，勤於筆耕的作家也不必擔心才思枯竭；他可以結合著主題思想的提煉，同時從生活中提煉巧妙嚴謹的結構形式，精心構築其結構藝術。

　　茅盾是結構藝術的高級工程師，他從未被既定的模型所套住。他不斷追求，為特定作品設計出一座又一座精巧玲瓏的藝術結構的「花園」。每讀他一部作品，就像進入了一座結構別致的錦繡園林，亭臺樓閣、山石小溪，布置得井然有序，格局奇巧；行行且行行，你就會感到峰迴路轉，曲徑通幽，真是美不勝收！

　　工程師安排建築時，每設計一處就突出一處獨具的特點，但處處建築又都遵循著工程結構的客觀法則。這裡不僅體現著工程結構的一般規律，而且也有不同工程師的不同審美特點。一個高級工程師的建築藝術，總要呈現出其獨具的風格特色。茅盾小說琳琅滿目的結構形式也在共同的規律中呈現出區別，這裡滲透著作家的審美理想，也體現出其獨具的思想藝術情趣。

綜觀茅盾小說的藝術結構形式，可以發現幾種作者愛用的基本類型。在這些類型內部，其結構方法不盡相同，各有特色，但大的間架有共同之處。如果我們打破經院美學常用的藝術結構的表述方式，而發揮中國傳統美學的描述特點，即採用比喻手法形象化地表述抽象的文學現象，那麼我們不妨把茅盾的藝術結構主要類型作如下歸類的表述。第一，連環套式的單線結構，如《幻滅》、《一個女性》、《虹》等。第二，雙曲線式的拱形結構，如《動搖》、《創造》、《詩與散文》、《陀螺》、《農村三部曲》（《春蠶》、《秋收》、《殘冬》）等。第三，映襯對比的鼎足結構，如《色盲》、《路》、《三人行》等。第四，一幹千枝的榕樹型結構，如《子夜》、《林家舖子》等。第五，盤根錯節的蛛網式結構，如《多角關係》等。第六，交錯發展的多線結構，如《追求》、《霜葉紅似二月花》、《鍛煉》等。第七，人物型與心理型水乳交融的複合結構，如《自殺》、《曇》、《腐蝕》等。

以上只是擇要歸類，因為茅盾小說不僅僅這幾種結構形式，這只是幾種最基本的形式。而且，有的也很難歸類。因為它兼具兩種結構類型的特點，可以說是屬「蝙蝠」的：說它是鳥類，它卻有四隻腳；說它是獸類，它又有兩個翅膀。這裡只能按其主要特點歸類，其實存在著很大的邊緣地帶。事實上自從分類學形成以來，一直存在著邊緣學科，這是規律，我們的分類也難例外。

（一）

茅盾最早採用單線結構是在處女作《幻滅》裡。這是由展現小說的主題思想所決定的。這就是：圍繞著革命進程中小資產階級革命知識分子「幻滅——動搖——追求」和「追求——動搖——幻滅」的搖擺性。而且靜女士那不斷追求，不斷動搖幻滅的獨特性格，也只有在其性格發展的幾個階段：連環套式的性格發展歷程中，才能揭示得較為充分。於是，學潮中的昂奮為時不久，見到消極現象後即逃避到讀書中去；讀書的煩悶她又難耐，遂轉為愛情的追求；墮入愛情陷井後又思到政治漩渦中尋求解脫；政治漩渦的幾次衝擊回旋引起的幻滅感，又在熱戀中得到緩解；北伐高潮卻又衝破她愛情的小窩，她再次陷入難耐的幻滅與苦悶之中。這五六個波峰與波谷構成的起起伏伏，一環套一環，環環相扣，組成靜女士性格發展的鮮明軌迹，也築成《幻滅》連環套式單線結構的工程藍圖。此後寫的短篇《一個女性》與此類似，

但在未完成的《虹》中，這種結構形式的長處卻得到充分的發揮，其建築藝術也有長足的發展。

儘管茅盾一再聲明：「是《創造》而不是《虹》最早傳遞了他從幻滅中自拔，從消沉中振奮，從絕望中轉為希望與憧憬未來的信息；但由於隨後所寫的《自殺》與《追求》形成了進一步退兩步的「復歸」，使《創造》難以形成已經轉變方向的鮮明印象。因此，我仍把《虹》作為茅盾心靈發展的里程碑，這自有其無可辯駁的道理。這不僅因為《虹》雖稍嫌蒼白，但尚紮實地塑造了共產黨員和地下工作者梁剛夫、黃因明的正面形象（這些形象遠遠超過了李克）。儘管讀者對他們仍不滿足，但我們還是不要妄自菲薄罷，當車爾尼雪夫斯基的長篇《怎麼辦》塑造出拉赫美托夫的更加單薄、更顯蒼白的革命者形象時，全歐洲的革命文藝界都為他叫好，我們為什麼總要對自己的作家挑挑剔剔呢！而且更因為《虹》畢竟紮紮實實地、細緻而微地、極合邏輯地、真實可信地寫出了主人公梅行素那走上革命的艱難崎嶇、複雜激烈的生活道路與心靈歷程。如果說在起伏消長的革命浪濤中《蝕》寫的是消極的一群，那麼《虹》中的梅女士卻代表著瀕臨厄運，飽受衝擊，但始終保持著戰鬥的銳氣與勇往直前的「向前衝」性格的積極的一群。這兩個側面合二而一，才真實地代表著中國革命小資產階級及其知識分子的全貌。而梅女士瀕臨駭浪驚濤、曲折反覆的性格發展史，也只有連環套式的單線縱向發展的藝術結構才能有力地展示清楚。茅盾為《虹》選擇的這種藝術結構形式，也不單是被動的接受制約，而是能動地發揮作用。關於這個區別於《幻滅》的《虹》的結構特點，茅盾是這樣表述的：「這是我第一次寫人物性格有發展，而且是合於生活規律的有階段的逐漸的發展。」這個結構只是總庭園的一部分而非全部。因為《虹》沒有寫完，它還有其姊妹篇《霞》。這部續篇始終未曾動筆。現在茅公已經謝世，我們已永遠無法窺其全豹了。所幸臨終前茅盾在《我走過的道路》裡描述了梗概：「主人公也是女子，梅女士。她在『生活的學校』中經歷了許多驚濤駭浪，從一個嬌生慣養的小姐的狷介性格發展而成為堅強的反抗侮辱、壓迫的性格，終於走上革命的道路。」「原來的計劃，要從『五四』運動寫到一九二七年大革命，將這近十年的『壯劇』留一印痕，所以照預定計劃，主角梅女士將參加大革命。但是此書最後只寫到梅女士參加了五卅運動。」「我寫散文《虹》的時候還說：『虹一樣的希望也太使人傷心。』」但此長篇小說《虹》意義是積極的，主人公經過許多曲折，終於走上了革命

的道路。所以，這裡的《虹》取了希臘神話中墨耳庫里駕虹橋從冥國索回春之女神的意義。」「我把《虹》的原稿寄給《小說月報》主編鄭振鐸時附一信，其中有這樣的話：『虹』是一座橋，便是春之女神由此以出冥國，重到世間的那一座橋」；「虹又常見於傍晚，是黑夜前的幻美，然而易散；虹有迷人的魅力，然而本身是虛空的幻想。這些便是《虹》的命意：一個象徵主義的題目。從這點，你尚可以想見《虹》在題材上，在思想上，都是『三部曲』以後將轉移到新方向的過渡；所謂新方向，便是那凝思甚久而終於不敢冒然下筆的《霞》。」「這封象徵色彩的信，究竟是講些什麼呢？我本來計劃，梅女士參加了五卅運動，還要參加一九二七年的大革命，但一九二七年當時的武漢，只是黑暗前的幻美，而且易散。此在政治形勢上，象徵著寧（蔣介石）、漢（汪精衛）對峙只是『幻美』而且『易散』。在梅女士個人方面，她參加了革命，甚至於入黨（我預定她到武漢後申請入黨而且被吸收）；但這只是形式上是個共產黨員，精神上還是她自己掌握命運，個人勇往直前，不回頭。共產黨員這光榮的稱號，只是塗在梅女士身上的一種『幻美』」，「客觀現實反映到作家的頭腦，由作家加以形象化的，這就是文學作品。作家儘管力求客觀，然而他的思想情緒不能不在作品的人物身上留下烙印。梅女士思想情緒的複雜性和矛盾性，不能不說就是我寫《虹》的當時的思想情緒。當時我又自知此種思想情緒之有害，而尚未能廓清之而更進於純化，所以《虹》又只是一座橋。思想情緒之純化（此在當時白色恐怖下用的暗語），指思想情緒的無產階級化，亦即小資產階級知識分子的思想改造。這是長期的，學到老，改造到老。轉移到新方向即指思想傳變的過程。所謂凝思甚久而未敢貿然下筆的《霞》，是寫梅女士思想轉變的過程及其終於完成。《霞》將是《虹》的姐妹篇。在《霞》中梅女士還要經過各種考驗，例如在白色恐怖下在南方從事黨的地下工作，被捕；被捕之日，某權勢人物見其貌美，即以為妾或坐牢任梅女士二者擇一，梅女士寧願坐牢。在牢中受盡折磨，後來被黨設法救出，轉移到西北某省仍做地下工作。霞有朝霞，繼朝霞而來的將是陽光燦爛，亦即梅女士通過了上述種種考驗。有晚霞，繼晚霞而來的，將是黃昏和黑夜，此在梅女士則為通不過那些考驗，也即是她的思想改造似是而非，仍是『幻美』而已。」〔註1〕

　　以上我不惜篇幅的大量引證，無非是想顯示一個總的輪廓：為《虹》和

〔註1〕《我走過的道路》中冊，第36～38頁。

《霞》的象徵意義的主題所決定的藝術結構，儘管完成了不到三分之一，但就總體來看，即便寫完，也還屬於連環套式的單線結構形式。不過作者並沒有直線平推，而是曲折迴環地作了多方面的藝術處理，我們不妨把已經完成的藝術結構部分先按時間程序理順，然後再考察作者結構處理的成敗得失。

茅盾小說不同於曹禺，他不僅不故意隱去時代背景，而且還相當細緻地逐層點出歷史時間的不斷推移。這給我們提供了方便條件。由此我們知道了梅女士由十八歲到二十四歲這六七年間的大體經歷：

1919 年「五四」運動爆發了一個月後，父親給她和柳遇春訂了婚。

1920 年 9 月結婚，婚後三天即鬧翻回到娘家。

1921 年初舊曆春節前夕回到柳家。7 月騙柳遇春同去重慶，借機逃到同學徐綺君家。從此結束了性格發展的第一階段，在成都的階段。

1921 年秋季開學由重慶到瀘洲就任瀘洲師範教員。這當中她經歷了「忠山賞月」和「匿名信」引起的兩次軒然大波。

1922 年初離開瀘州師範就任惠師長（後升軍長兼四川省長）的家庭教師。「在這崎嶇的蜀道上磕碰到兩三年之久。」〔註 2〕這近三年（即一直到 1924 年 6、7 月間）的經歷，書中暗中一筆帶過。

1924 年 6、7 月間才得解脫，乘輪船過三峽抵上海。以出席全國學聯會議名義逗留三個月。這是梅女士在社會上艱難掙扎的性格發展第二階段。

1924 年居瀘期間得以結識共產黨員地下工作者梁剛夫和他的戰友——梅女士過去的鄰居、女友黃因明，在他們幫助下投身革命。

1925 年在「五卅」運動中她衝上街頭，「肩負起歷史的使命來。」〔註 3〕這兩年是她性格發展的第三階段，由自發反抗向自覺革命的轉化過渡階段。

作者的結構處理，首先是把握著梅女士自 1919 年到 1925 年這六、七年的生活經歷作為縱線。在第二章到第四章（1919 年「五四」運動到 1921 年 7 月間，地點在成都）中圍繞家庭婚姻與愛情糾葛寫梅女士經過「五四」運動的啟蒙，以其獨特的鬥爭方式，（替父捐軀還債，又以出走方式逃離「柳條牢籠」）與封建婚姻及封建家長制作自發鬥爭的過程。從第五章到七章（時間 1921 年 7 月到 1924 年 6、7 月間，地點在重慶——瀘州——成都。重慶極短，瀘

〔註 2〕見《茅盾文集》第 2 卷，第 191 頁。
〔註 3〕見《茅盾文集》第 2 卷，第 258 頁。

州稍長,成都雖更長但屬於「走暗場」的描寫方式,未作展開就輕輕帶過了)。
寫梅女士在社會上層和中下層摸、爬、滾、打的艱難歷程。他面臨兩條戰線,
一條是對付軍閥的欺凌侮辱與占有;一條是應付小知識分子階層的婦姑勃谿
的傾軋。兩相結合,使她經歷了半封建半殖民地中國社會的鬥爭,磨煉了她
冷靜、冷酷、堅毅、機敏、把定航向「往前衝」的性格。也增加了她對黑暗
社會的充分的本質的認識。她以民主主義、個人主義和個人英雄主義為動力,
以個人奮鬥的方式作自發的抗爭。如果說第二到第四章展現封建家庭和新式
學校,那麼第五章至第七章則從上層和中下層展示了黑暗的社會,展現出軍
界、政界和教育界形形色色、光怪陸離的殘酷人生。

這兩段是梅女士以「五四的覺醒」為起點自發鬥爭的個人奮鬥過程。經
歷了這段過程,脫離了這個苦海,她才有可能進入由自發的個人奮鬥向自覺
的進行集體主義的革命鬥爭階段過渡。但是,由於茅盾著重在寫這個歷史性
的具有強烈時代內容的轉變(這正是《虹》區別於《蝕》的契機和關鍵),所
以採取了獨特的結構處理手段:把 1924 年 6、7 月間脫離四川奔赴上海的航
行途中這個生活片斷抽出來獨立成章,且放在全書之首作為第一章,作為「總
序」。這在連環套式的單線結構整體上是一個打亂時空順序的非常措施。這不
同於本書多處運用的「意識流轉精神幻象」的藝術手法。這種打亂時空程序
的筆法是局部的,因而不是影響整體結構性的。這出川赴滬的航行中途,是
攔腰截出一段提前描述,然後以倒敘手法從頭寫起。這種吸取西歐小說筆法
以打亂連環套式的單線縱向結構形式的藝術處理,有其深刻的用意:第一,
它把梅女士生活道路的轉折點放到突出地位,造成個人生活道路的轉折趨
勢:藉以體現出知識分子與革命結合,與工農運動結合是歷史發展的必然趨
勢。這個氣勢很壯,視點很高,大有高層建瓴之勢。第二,沿江而下的景物
描寫,由川而滬的行程描寫,帶有濃厚的象徵寓意,「五四」時代我國老一輩
無產階級革命家如鄧小平、陳毅,老一輩革命文學家如郭沫若,都是這麼衝
出夔門,走上革命道路。兩者合一,有力地突出了作品的主題。因此,儘管
表面看來這一環與總的連環套結構是脫節的,但從結構藝術的思想內在性看
來,這是個極類似連接火車車廂的「詹天佑」部件,它不僅是環環相扣的,
而且是使結構總鏈條首尾呼應、首尾貫串、首尾咬結的契機;有了它,才有
第八章到第十章(1924 年 6、7 月間到 1925 年 5 月 31 日,地點在上海)的性
格發展新階段:由自發到自覺、由個人主義到集體主義的轉化過渡歷程。這

樣，對全書說雖是四個部分，對梅女士性格發展說仍是三個階段，從性格發展的本質特徵說則是兩個階段，即以本書第一章爲界的前期和中期（過渡期）兩個階級。此後的階段沒有寫出，而大綱提供的構思計劃過於粗疏，在此只好捨而不論了。

　　這四個部分都用螺絲釘擰得很緊，環和環互相糾結，所用的「螺絲釘」之一就是線索人物的使用。第一部分（第一章）的旅伴文太太一直貫串到第四部分（第八章）。第二部分的黃因明也一直連結著第四部分，而且僅次於梁剛夫占促使梅女士思想轉變的舉足輕重的地位。第三部分中的人物李無忌、徐自強，第二部分中的人物徐綺君也一直貫串到第四部分。這無異於把機械部件結成一體的「螺絲釘」，起著膠結粘合的作用。同時他們又是人物系列中的重要環節，如徐綺君、李無忌和徐自強，就分別在二、三、四部分中或從正面，或從反面促使梅的性格得到發展，是其性格發展的外部條件。正是這些次要人物構成了時代氣息很濃的典型環境：徐綺君之與「五四」精神、李無忌之與國家主義政治思潮、徐自強之與北伐軍及革命隊伍中的自由化傾向……等等。所以這些藝術結構中的亭臺樓閣，也都是連環套中一個個的環，都有機地套在梅女士這性格單線發展的生活道路與心靈歷程中。

　　全書沒有寫完，不僅缺了姊妹篇《霞》，而且《虹》中至少也缺三分之一以上即由「五卅」到大革命這重要的一段。此外，在全書結構中有一個「走暗場」的結構因素特別引人注目。這就是第八章結尾有一段濃度很大的話所包孕的內容。這是在 1921 年底 1922 年初寒假前夕梅女士向張逸芳宣布要到惠師長家就任家庭教師時作者以出乎尋常的評書式的交待筆法所寫的一段話：

> 　　她此時萬不料還要在這崎嶇的蜀道上磕撞至兩三年之久；也料不到她在家庭教師的職務上要分受戎馬倉皇的辛苦，並且當惠師長做了成都的主人翁時，她這家庭教師又成爲鑽營者的一個門徑；尤其料不到現在拉她去做家庭教師的好朋友楊小姐將來會拿手槍對她，這才倉皇離開四川完成了多年的宿願！
>
> ——《虹》，《茅盾文集》第 2 卷，第 191 頁

這百字左右的故事梗概如果展開描寫，足足可以支撐三至五章的篇幅。到目前爲止我們還得不到作家構思過程的背景材料來說明這段文字在藝術結構上的確切用意。作者晚年記錄中只說了未完成的部分，並未涉及到已完成的部

分中,有沒有像《子夜》那種緊縮了農村結構線索的類似內容。

我從全書布局和行文細作考察,覺得現有的《虹》多半也存在著刪節緊縮了的計劃中原擬展開的部分。我們從第五～第七章中有關惠師長的許多側筆交待中可以看出,書中布置了很多線索:第一,惠師長升爲軍長兼四川省長的政治圖謀;第二,他對梅女士所抱的野心,由此引起的楊小姐與梅女士持槍相向的衝突;第三,梅女士由家庭教師而成爲出席全國學聯會議代表的歷程;第四,這當中她與瀘州師範那群宵小的種種關係(包括所謂「鑽營者」的「門徑」,這一點我們從她離校前夕理化教員吳醒川含蓄地點破「匿名信」事件的政治背景中可窺見端倪)。如此等等。

這些構思線索在第一章中有過照應,如楊小姐拔刀相向,梅女士拒絕「誘惑」等等。如果作者不擬正面展開,布置線索就不必如此具體而游離於梅的性格並具有相對獨立的內容。也大可不必一反常態用茅盾小說中鮮見的評書筆法交待線索,預作伏筆。我覺得這段話實際上是寫作過程中刪節線索,緊縮結構留下的斧鑿痕迹。這段話提到的那些情節篇幅,即或不是作品預定結構中的組成部分,起碼也可能是藝術構思中原擬舖寫的計劃部分。可惜目前我們無法進一步了解《虹》的構思的原始過程,這個問題的解決恐怕有待於獲得更多的背景材料才好判定。

不過,即使略去這個枝蔓,也不考慮未完成的《虹》和《霞》的全部格局,單看茅盾在《虹》中所設計構築的藝術結構的恢宏格局,作爲連環套式的單線結構也是異乎尋常的複雜,其思想容量與濃度也超出一般的大。《蝕》在時間上大體和《虹》相連接(1926 年是個間隙),由此不難設想《虹》和《霞》全部寫成後的恢宏格局與磅礴氣勢。(思考及此令人有歷史的遺憾之感。)這和茅盾追求時代性、社會性的政治主張固然有關,也和他直面複雜現實的人生、追求以最小的篇幅來反映最大的內容等等美學思想以及創作個性也直接關聯。而他建黨前後直至大革命的社會經歷所作的生活積累,保證了他從容裕如地完成了這獨特的結構工程。

(二)

茅盾最早採用雙曲線式的拱形藝術結構始自《動搖》,這是由兩根交差於方羅蘭性格軸心的雙曲線組成。無獨有偶,在《動搖》之後寫的《詩與散文》的藝術結構也是由兩根交差的雙曲線所組成。只要把同是雙曲線拱形結構的

《創造》拿來比較就清楚了。

在《創造》裡，分別處於拱形結構兩級的是君實與嫻嫻，這裡人物比較單純。他們夫妻關係的「創造與被創造」的過程，構成小說單純平直的情節鏈條，而且被截成幾根若斷若續的生活片斷鑲嵌在君實的回憶描寫裡。心理衝突線索也存在著，不過它重合在君實與嫻嫻的那條「創造與被創造的歷史」情節線索裡，仍然是由情節雙曲線的兩極構成感情衝突的兩極。在這裡情節線索與感情衝突線索合二而一。在發展中相互聯合，所以這是一體化的結構。《詩與散文》則不同於《創造》，它更近於《動搖》。青年丙引誘桂少奶奶的線索雖也被截成斷片插在兩個性格的現實矛盾衝突裡。但是她們的不正常的關係史，由「詩」意的感覺轉化為「散文」的感覺，不單純是情節性質的，而且也是心理衝突性質的。因為對桂來說，由於被扯開了禮教的紗幕，她的行動隨之從羞羞答答轉化為熱辣辣與赤裸裸的肉欲飢渴和肉感追求。這反映到喜新厭舊的丙的心理感受中，就由「詩」的變成「散文」的了。但這心理衝突並不單純是丙和桂構成的雙曲線的兩個極，而且還存在著一種外在的東西，這就是表妹的插入——從情節規定看，也可以說這是丙的一廂情願的「單戀」，但被表妹意識到了（否則她何必寫那封道別而又拒絕丙來送別的信呢？）這樣表妹的存在就構成桂少奶奶熱戀生活的嚴重威脅。她們之間形成了實際存在的潛藏的矛盾。這又反映到丙那裡，就構成了丙的內心衝突與感情選擇的兩個極。這時表妹是「詩」的，桂由當初的「詩」的轉化為「散文」的。丙的感情篩選過程中的這種局勢，對桂大大不利。要不是表妹的斷然離去，嘎然結束了這場反映在丙的內心的感情角逐，桂的悲劇命運顯然將以被拋棄的更為悲慘的結局告終。有了表妹主動離去的因素，才使桂掌握了一度拋棄了丙的主動權。也因為表妹的離去，迫使丙又回過頭來死死抓住桂，從而使丙、桂之間的不正常關係出現了繼續維持的可能。這樣桂以拋棄丙達到報復之目的的行為才有力度。可見情節衝突與感情衝突這兩條雙曲線都重合交叉在丙身上。從這點說丙所處的軸心地位類似《動搖》中的方羅蘭。《詩與散文》的兩條交叉於一點的雙曲線式拱形藝術結構也類似《動搖》。它們構成了茅盾的雙曲線拱形結構的大類之中的一個小「部族」。這樣，在茅盾的雙曲線拱形結構的大類中就存在著兩個小部族，一個小「部族」是單一的雙曲線拱形結構，另一個小「部族」則是由情節雙曲線與感情雙曲線交叉組成的「複式雙曲線拱形」藝術結構。

不過我們不要誤以為，單一的雙曲線拱形的藝術結構所反映的思想內容就不如「複式雙曲線拱形結構」複雜。正如《虹》的單線結構其內容未必就比雙曲線拱式結構單純一樣，反映的內容是否單純，不光視結構線索是否單一，而且與作者如何運用，如何挖掘，以及挖掘的深廣程度大有關係。不妨以 30 年代初所寫的《農村三部曲》（《春蠶》、《秋收》、《殘冬》）來說明這個問題。

《農村三部曲》的「三部曲」形式與《蝕》不同，它不是次要人物相互勾連，主要人物另起爐灶，各有軸心，時間進程也互有交叉（《幻滅》的後半時間正是《動搖》的時間的全部）的較為鬆散的結構；而是時間進程完全連續銜接，主要人物貫串始終，主要人物老通寶與多多頭所占的主次地位隨時間的推移逐漸轉化，次要人物則陸續變換。這是一個完全有機的緊密聯繫著的藝術結構整體。它以老通寶和其小兒子多多頭所代表的新舊兩代農民兩條完全不同的生活道路的對比，安排雙曲線縱向發展的拱形結構的。三個短篇的題材各有重點，《春蠶》寫副業，《秋收》、《殘冬》寫農業。主題思想也各有側重。《春蠶》借養蠶業豐收成災的畸形社會現象揭露帝國主義和中國買辦資本主義摧殘農村使其破產的罪惡行徑。《秋收》寫穀賤傷農，對資本主義中間剝削予以揭露，並展示出農村騷動是「逼上梁山」的歷史必然規律。《殘冬》則對地主高利貸的殘酷剝削作了揭露。同時指出：農民運動由自發鬥爭轉向自覺鬥爭，由赤手空拳發展到武裝鬥爭，這體現出歷史的必然性。

《春蠶》的對比性雙曲線拱形結構，著重點放在生活態度與生活信仰的衝突對比上，其結構軸心是老通寶。多多頭作為對立面，在《春蠶》中只代表著一種傾向和信念，作品圍繞著如何養春蠶的物件線索和如何看人的人物線索逐層展開。在養蠶方面，物件線索的使用安排得起伏錯落。一方面老通寶相信安分守己是正路，安分守己的內容有兩條，其一是一切守祖宗之成法：蠶種只能用土種不能用洋種；種桑只能為養蠶，不能為賣葉，祖宗之成法可守不可變，守則成，變則敗。這是做人的規矩。但是這個規矩到底是否真正成而不敗，老通寶並無自信。因此儘管為上述這些事，他和兒子多多頭，兒媳四大娘，一邊固執地發生著衝突，一邊心裡也打鼓。作者用「大蒜頭」這個物件線索固然寫出極富民俗學意味的老通寶式的迷信，但更主要的是在對比結構中標誌著一種性格衝突的節奏感：老通寶對安分守己雖很堅信，但對是否必成又無信心。這種老一代農民安分守己的生活態度與人生道路，實際

上滋生著唯心主義的命定論觀。這本身就表明了其不足爲訓。多多頭則不僅不注意什麼蒜頭，他根本不讚成「安分守己」。他另有自己的哲學：幹是可以的，靠幹吃飯是不行的，既然暫時自己無法改變老父的生活態度，自己只好也樂得忙裡偷閑，苦中作樂。他的樂趣何在：我們可以荷花這個人物線索中求得答案。

荷花在作品中有獨立存在的生命力與價值，不單純是線索人物。但她兼具線索人物的身分且起人物線索的作用。因爲一方面如何看待荷花是老通寶與多多頭性格衝突的重要內容；老通寶從安分守己的保守觀念出發認爲荷花的身世、經歷、作風都逸出常規，因而是敗壞一切的白虎星。他敬鬼神而遠之地避之唯恐不及，當然怕小兒子招惹這個「騷貨」敗壞自己的門風和養蠶的運氣。多多頭則否定安分守己的祖宗成法，當然也否定如何看人的傳統觀念。儘管他不把荷花放在心上，但對她也不歧視且抱有同情。加之潑辣的六寶對荷花也懷有妒意而施加排斥，多多頭既不以爲意又不以爲然。於是他又願意倒行逆施，和荷花調調情而取得樂趣。這樂趣不單屬於異性相吸，而且也帶有對抗父道和抵制六寶之妒意的性質。這樣一來，荷花就連接著兩組情節結構，其一是介入父與子的衝突，其二是介入了多多頭與六寶之間的愛情嬉戲。而她和她那晦氣臉丈夫在養蠶上的成敗得失，如老通寶的大蒜頭那樣，也造成了情節發展的一種感情節奏；最後甚至導致衝突；她夜闖老通寶家的蠶房，對老通寶說這是破壞了運氣；對六寶說這是搶奪了情人。因此，在春蠶即將豐收，蠶農即將遭到豐收成災厄運的前夕，這一情節掀起了不小的波瀾：它在老通寶和六寶兩方面都激起強烈反響。老通寶罵兒子忤逆；六寶則罵荷花無恥。表面看來這似乎是喜劇，實際上這是一場深刻的悲劇：剝削階級千百年來造成的傳統觀念不僅幫了帝國主義入侵中國農村的忙，掩蓋了這個本質性矛盾；而且還一再挑起人民內部不應有的衝突，妨礙了他們的反帝意識和階級意識的覺醒，妨礙了他們團結一致共同對敵。

《春蠶》的雙曲線拱形結構和《創造》一樣，以兩個主要人物老通寶與多多頭爲兩極；但在兩極之間通了大蒜頭（物件線索）和荷花（人物線索）這兩根導線，使雙曲線拱形結構顯得特別豐滿而富節奏感。可見，儘管同屬雙曲線拱形結構，其共同性之中包孕著各自的特點。

到《秋收》裡，老通寶和多多頭這雙曲線拱形結構的兩極，發生了軸心的「位移」，即老通寶逐漸「淡出」，多多頭逐漸「淡入」，子取代了乃父居於

結構軸心的位置。不過《秋收》的結構形式又不同於《春蠶》，其情節鏈條的組合不是一條龍式的，而是「雙肚細腰葫蘆」狀的。類似《腐蝕》的「細腰蜂」式結構類型。即全篇由種地和吃大戶兩部分組成，當中仍由父與子的性格衝突來維持。但父與子的衝突內容也遞進發展：由生活態度、人生哲學的衝突轉為生活道路的更尖銳的衝突。在《秋收》裡多多頭不甘心於在父親的安分守己生活態度面前長久沉默，他把「持不同政見」的傾向化為組織自發反抗鬥爭的行動：他成了吃大戶的階級衝突的領袖人物。在他們由忤逆而叛逆的行動面前，老通寶不僅失去了「他控力」，而且也失去了「自控力」。他的生活哲學不僅引起全家以至全村人的懷疑，而他自己也懷疑起自己來了！四五十年辛苦掙了一分家當的他，素來只崇拜兩件東西：一是菩薩，一是健康。春蠶豐收成災使他面臨的殘酷現實是：對菩薩未必心誠則靈。對健康呢？春蠶豐收造成了他一場大病！他一生最大的顧慮是多多頭會不會是他父親和陳老爺當年殺的那個小「長毛」再世，現在搶米風潮乍起，他固然阻擋無力，唯其「仰仗那風潮」，「竟也沒有添上什麼新債。」他自己也再無不吃搶來的米做成的粥的勇氣。生米煮成熟飯之日，就是老通寶「安分守己」的生活道路大勢已去之時。農民的生活觀念、價值觀念都發生了根本變化：「現在又要種田了」，連「阿四和四大娘」都「覺得那就是強迫他們債臺再增高。」「春蠶的慘痛經驗作成了老通寶一場大病，現在這秋收的慘痛經驗便送了他一條命。當他斷氣的時候，舌頭已經僵硬不能說話，眼睛卻還是明朗朗的；他的眼睛看著多多頭似乎說：『真想不到你是對的！』」

　　表面看來，老通寶的死使《農村三部曲》的《雙曲線拱形結構》難以為繼，是否這就導致了結構「危機」？如果形式主義地或表面地看問題，情形似乎是這樣的。老通寶在作品中的歷史使命已經完成，忠實於生活真實的作家無法使他的生命繼續維持，老通寶的死使雙曲線拱形少一個「極」，似乎難以維持這個結構形體。但對生活和藝術都具深刻見解，都作過深刻挖掘的茅盾，從來不肯形式主義地或表面地看問題。顯然他早在寫《春蠶》與《秋收》時就考慮過這步難走的棋。但他心中有數，他筆下的這個雙曲線拱形結構始終一貫地能保持其藝術的生機。契機何在：在於老通寶作為一種普通的典型，他代表的那個思想傾向，處世哲學和人生道路，只要這個半封建半殖民地社會制度還存在，這種傾向、哲學與道路就會繼續下去。茅盾的藝術構思從老通寶的知己黃道士身上恢復了靈感，也為自己的雙曲線拱形結構找到了

生機。

　　黃道士與老通寶具有共同的封建迷信和宿命論思想。不同之處則是，他又強烈地希望改變苦難的厄運而不肯安分守己和循規蹈矩。於是他在屈從與叛逆中找到了獨特的生存形式：他也宣傳改朝換代的必然趨勢，被他歪曲了的生活實際上卻是正在勃興的共產黨領導下的農村土地革命所締造的紅色政權。但黃道士不能理解這些，因此他給它披上了傳統農民革命常常襲用的星宿下凡與真龍太子出世等等外衣。他的小有聰明之處在於借此謀得了自己的生路：讓三個草人代表人們受「血光之災」，一人一張紙條貼上去就索取五百錢的代價。他的愚昧的把戲的社會基礎是愚昧與愚蠢的村民那愚昧的宗權神秘觀念，它和落後的小生產個體經濟相連接。個體農民從本質上來講，靠他們自身無法擺脫這種觀念和統治。於是荷花、阿四和四大娘等等就成了黃道士的信徒而奉獻了血汗錢去上當受騙！

　　多多頭並未和黃道士代表的傳統觀念正面衝突，但卻和兄嫂的傳統家庭觀念發生了衝突。已死的老通寶的陰影不僅表現為黃道士的迷信勾當；而且更為本質也更為頑固地遺傳到大兒子阿四身上。多多頭主張不要再走安分守己種田的老路，阿四儘管認識到多多頭的反抗這未始不是一條出路，但人亡家破之感卻使他頗為躊躇，於是弟兄之間第一次正面爆發了性格衝突。

　　可見，茅盾實際上把老通寶所代表的雙曲線拱形結構的那個「極」一劈為二，分別由黃道士代表著宗教宿命論思想和由阿四代表著封建宗法性的家庭觀念，共同撐成一股結構線索，充當與多多頭這一「極」相對立的另一個「極」。於是《殘冬》的藝術結構形式，依然是由一個雙曲線拱形結構組成的「實體」。並不因老通寶的死去而有所改易。它反而因此一「變」而構成神來之筆！使這單一的雙曲線拱形結構顯出獨特的生機！《殘冬》的人物性格衝突，雖因此無法正面展開，卻採用了情節衝突方式來代替：多多頭一伙奪取「三甲聯合隊」的武裝並擊斃其隊長，同時又斥退黃道士所謂的「真命天子」——那個被「三甲聯合隊」捉住的可憐的孩子。作者用這雙管齊下的情節處理使雙曲線拱形結構形成《殘冬》的「合二而一」的藝術結構實體。從情節鏈條考察《殘冬》稍嫌鬆散，從精神實質與思想脈絡考察它實際上是「形散神不散」；因為老通寶所代表的封建迷信觀念「陰魂」不散，它的存在籠罩了《殘冬》的主題，也扭結著藝術結構的拱形雙曲線。其交合點仍然落在多多頭身上，完整地體現著一條 30 年代新式農民由自發反抗到自覺革命，由經濟

鬥爭轉入武裝鬥爭的正確生活道路。這從根本上擺脫了老通寶代表的老一代農民充滿著苦難仍然執迷不悟的舊的生活道路，開拓出一條嶄新的與「井岡山道路」相通的生活道路。可見這個藝術結構保證了兩條生活道路的衝突、對比、映照性的描寫並開拓了一個極富獨創性的藝術新天地！

（三）

茅盾首次採用映襯對比的鼎足結構是他的短篇《色盲》。它寫於完成《蝕》之後的 1929 年 3 月 3 日，是茅盾由東京遷往京都後第二個短篇。這也許是他篇幅最長的一個短篇，約二萬四千多字。所以然者，蓋《色盲》實際上是《蝕》的縮影。它披著愛情的外衣，立意在揭示主人公林白霜在封建官僚階級和新興資產階級之間的徘徊。因爲他是政治上的色盲。靜而觀之他分得清紅白黃色；動而觀之他只看見一片灰黑。茅盾的主觀創作意圖是借出身於封建官僚家庭的趙筠秋和出身於官僚資產階級家庭的李慧芳分別代表這兩個階級。寫林白霜在這兩個女性之間作愛情的選擇，實際上是寫他的階級立場的選擇。意在「表明這個政治上的色盲者終於想從投靠『新興資產階級』或者封建官僚以解除他的苦悶了。」〔註4〕

但是作者給作品和人物披上這一象徵性政治寓意的外衣，並未達到預期的目的。我們可以從中看到林白霜的苦悶、彷徨的政治色盲表現，但他在趙、李之間的愛情選擇，卻因趙筠秋和李慧芳兩個形象性格化程度較高，具有獨特的生命力表現爲愛情本身的選擇和戀愛觀與感情素質的變化；頂多還可以說這種選擇是思想傾向（其實更多的是感情傾向）的向背；這一切都沒超出愛情的範圍。因此象徵性政治寓意和愛情的三角關係成了兩張皮。

但是，不論這兩張皮是否能「合二而一」，這種主題和人物關係均係借助映襯對比的「鼎足」結構表現出來的。不論是政治選擇還是愛情角逐，林白霜都居於吃重的地位。正是由於這個原因，《色盲》寫作時期儘管早於《野薔薇》中最後的篇什，它仍未被收入以女性爲主角的《野薔薇》。

作者安排的鼎足結構，把趙筠秋和李慧芳放在了對比的地位，林白霜在兩位女士中間的猶疑搖擺，則借此顯示了他「無往而不動搖」的性格特徵。我們從而能發現一個極有趣的現象：鼎足三分的映襯對比關係，不僅顯示了趙筠秋和李慧芳分別接近於靜女士、方太太型和慧女士、孫舞陽型的時代女

〔註 4〕《我走過的道路》中冊，第 31 頁。

性特點，林白霜也充分暴露了政治上和愛情上的方羅蘭氣質。而且無獨有偶，他和方羅蘭同樣是偏愛「慧」型而遠離「靜」型的。不同的是：當方羅蘭熱衷於和孫舞陽邂逅，他憶及方太太時主要是出於良心與道德觀念的自我譴責；而林白霜則出於原來就有參加革命時那思想感情的共鳴作基礎。正如高爾基所說的那樣，他的理智傾向於未來，其感情仍是傾向於過去的。可見，鼎足結構的映襯對比作用不僅有助於揭示人物的個性特徵，而且有助於說明人物的思想感情傾向。如果作者寫象徵性寓意的主題的創作意圖得以實現，它也有助於展示作品的政治傾向的。

　　事實上這個作用雖未在《色盲》中得到充分發揮，卻在次年（1930）動筆，又次年（1931）完成的中篇小說《路》中發揮得相當充分。

　　《路》和《色盲》相比有其共同處，其一是都一定程度上存在著概念化傾向。其二，都是寫「革命加戀愛」的題材的，換作者的話說，都是披著戀愛的外衣以寫政治的。不過這裡又「同中有異」。首先《路》的戀愛外衣和革命內容取得了內在的統一，是一張皮而不是兩張皮。主人公火薪傳雖曾愛過工業資本家的女兒江蓉，但她那資產階級小姐作風和潔身自好、酷愛自由的火薪傳發生了內在的性格衝突。隨著他由懷疑主義、虛無主義傾向中逐步解脫，革命覺悟逐步提高，他對共產黨的向心力日益加大；站在黨的紅旗下諄諄善誘的杜若也就日益獲得了他的火熱的愛情。但杜若靠的並非肉感的誘惑，而是心靈的吸引。所以儘管火薪傳和林白霜都曾一度在靈與肉的衝突中搖擺過，但其最終的選擇標準是大有高下之分的。早在《路》剛剛出版的當時，評論家賀玉波就準確地指出：

　　　　在從前，茅盾是個描寫小資產階級的革命與戀愛的專家，在現
　　在〔註5〕，仍然是個描寫小資產階級的革命與戀愛的專家。不過在
　　「三部曲」裡所表現的革命，是帶著很重的灰色的感傷主義，而在
　　他的新著《路》裡，那種感傷主義是比較淡一點，稍稍滲混著前進
　　與光明的氣氛。
　　　　……
　　　　對於革命與戀愛同時感到幻滅，是他在「三部曲」裡所表現的
　　思想，對於戀愛感到幻滅，而對於革命則否，是他在《路》裡所表

〔註5〕這裡「從前」指茅盾在日本時的早期創作，「現在」指1930年回國後進入創作黃金時代的創作。

現的思想，這是很明顯的差別。這差別便足以證明他頹廢與感傷的
情調確已變淡，而思想確已走上了比較積極而正確的路。

　　　　　——《茅盾的〈路〉》，《茅盾論》，光華

　　　　　　書局，1933 年版，第 269～270 頁

這段話中，如果把「三部曲」一詞換上《色盲》，也是完全恰當的。《路》和
《色盲》「同中有異」的其次一點就是：火薪傳的政治道路的選擇是具體的行
動，而不像寫林白霜那樣，只停滯在象徵性描寫和心理刻畫上。因此革命方
面的描寫是「實體」性的而非虛擬的或虛幻的，因而是可觸摸的而並非意識
推理性或象徵寓意性的。

　　這兩部作品第三個共同點就是都採用了映襯對比的鼎足式結構。但這一
點中也「同中有異」：其一，《色盲》中鼎足結構是由三個人物即林白霜、趙
筠秋和李慧芳所構成。在《路》的鼎足結構中，鼎足三分的局面卻由具有共
同政治傾向的三組人物群體（學生）所構成。其占主體位置的是以火薪傳為
描寫軸心的中間偏左的進步小資產階級大學生群。這裡包括被捕的炳，以及
「秀才派」中包括彪等在內的一群。這一群隨著學生運動的開展，逐漸向另
一組人物群體即左派學生靠攏。左派學生以校內的杜若、熊，和校外的坐過
牢的雷（薪的中學同學）為代表。這股力量寫得隱隱約約。熊被捕後卻又有
杜若所說「和我同班的」「向來不響的一個人」來接替。這組人物是以地下黨
為領導核心的。由於火薪傳的政治傾向，不可能完全明白他們的共產黨員身
份。第三組人物群體就是以郁為「魔王」，以華為「先鋒打手」，以體育主任
為後臺，與訓育主任即總務長荊相勾結的反動流氓學生集團。這三個集團力
量「鼎足三分」的矛盾衝突，成為藝術結構的間架。在這三股力量及其代表
人物的衝突發展中形成小說的情節結構體系。展示著 1930 年「五・一」節後
中國大學生政治運動和生活道路的種種傾向。

　　茅盾在《路・法文版序》中說：「《路》的時代背景正是中國革命在一九
二七年由於蔣介石、汪精衛相繼背叛而使革命經過短時期的低潮而聲勢又復
大振的時期。當時，蔣軍與桂軍在兩湖（湖南省、湖北省）地區火拚；但兩
湖地區共產黨領導的工農武裝非常強大而活躍。這是在一九三○年，那時，
毛澤東也還在摸索中國革命的正確道路。」「當時蔣介石政權的白色恐怖日益
嚴重」，左聯五烈士剛剛被害，「然而當時中國青年是嚇不倒的，他們苦心探
求自己的出路與革命道路。」「我寫《路》時，正值五烈士被害前後，就想通

過作品，指示青年的出路。」這就是茅盾選擇映襯對比的鼎足結構藉以展示上述主題的原因和依據。

小說以火薪傳作為主體，讓他在兩次學生反抗鬥爭的失敗中逐步堅強起來，不僅擺脫了自身的懷疑主義與虛無主義，也擺脫了右翼學生勢力——「魔王團」的影響，逐步靠攏了革命。「雷」的名字的寓意當然是革命驚雷；杜若的姓名寓意典出「屈原《九歌・湘夫人》最後兩句『搴汀洲兮杜若，將以遺兮遠者。』據唐朝李善注：杜若是香草，遠者是高賢之士。」而火薪傳姓名的寓意典出《莊子・養生篇》：「指窮於為薪，火傳也，不知其盡也。」注家「謂傳火於薪，薪不盡，火亦終不滅也。」茅盾「借這個典故，還暗示了這樣的意思：革命之火已燃燒到了工農群眾，工農殺不盡，最後勝利是必然的。

作者的鼎足結構是雙重的，從政治運動著眼把薪置於左派學生與右派學生之間，從愛情抉擇著眼，把薪置於工業資本家女兒江蓉和地下黨員學生杜若之間，兩組對峙局面均重合於薪這個軸心人物身上，而以政治鬥爭為主線，以三角戀愛為副線，相輔相成地把政治傾向、思想傾向、感情傾向的選擇都提到「生活道路」的高度，並在這裡取得統一。在這裡的鼎足雖因蓉不屬於「魔王團」而產生一個「足」的位移，但就整體觀之，兩組鼎足是重合的，結構的重合保證了「革命加戀愛」題材的完整性，也保證了主題思想中政治道路選擇的統一性與完整性。愛情的抉擇服從於思想傾向政治道路的選擇，薪之性格描寫得到統一，革命加戀愛兩組情節就不會形成兩張皮。作品也有象徵寓意，主要表現在人物的姓名裡。

全書共十二章，情節布局大體是：第一章指出出路問題。第二至第六章寫學生反抗的第一次鬥爭。這時火薪傳是「秀才派」與「魔王團」的中間紐帶，本約定相互配合，結果「魔王團」被荊收買出賣了「秀才派」。使首次鬥爭以荊勾結公安局逮捕了炳而告終。第七章至第十二章寫第二次反抗鬥爭。在黨的指引下，薪克服了懷疑主義與虛無主義，他和中間偏左的學生群一起，匯合到黨領導的更堅決的反抗鬥爭中去。這次失敗促成了薪的更加堅定。他政治上的覺醒預示了新的鬥爭形勢終將形成。

這部中篇由於作者缺乏生活寫得稍嫌概念化，但從鼎足結構藝術來考察卻相當嚴謹凝重，首尾呼應。它不像《色盲》那樣說教氣濃而顯得拖遝。《路》的結構相當得體，寫作雖分兩次完篇，其結構設計顯然是一氣呵成。

晚於《路》的《三人行》是 1931 年 6 月至 11 月於上海寫成。茅盾說：「我寫小說，凡是寫得快的，就比較可觀；寫得慢的，就不行。《三人行》篇幅不比《路》多，寫的時間卻比《路》長。」「今天看來，我自以爲《路》還比較成功。《三人行》失敗的根本原因，我以爲是那個正面人物雲沒有寫好。」「《三人行》這書名，取自《論語‧述而》篇：『子曰：三人行，必有我師焉，擇其善者而從之，其不善者而改之』。」「瞿秋白在讀了《三人行》後對我說：『孔子說，三人行必有我師，而你這《三人行》是無我師焉。』」

「小說的主人公是三個。我有意把三個人物的世家定爲：一、破落的書香人家的子弟，此在書中爲許；二、快要破產的小商人的兒子，此在書中爲惠；三，有五十畝良田然而『一夜之間』成爲貧農的兒子雲。我有意地想用兩個反面人物（許與惠）來陪襯一個正面人物雲，然而結果我這寫作意圖並沒有達到。」〔註6〕除了雲沒有寫好外，還因爲作品缺乏內在的矛盾衝突。「《三人行》寫的是中學生。學生與學校當局沒有矛盾，沒有鬥爭；社會上的錯綜複雜的矛盾與鬥爭沒有反映到學校；學生們所忙的，就是自己畢業後的出路問題。這是構思時的一個老大的缺點。」〔註7〕當然生活積累不足也是重要原因，包括主要人物雲沒有寫好，也源於生活積累不足。

這也是映襯對比的鼎足結構缺乏內在的有機聯繫的原因所在。小說分章較細，《路》十二章，《三人行》篇幅少些卻分十八章，第一章至第六章集中寫許爲畢業後無出路而苦悶，兼寫了雲。但雲處在粗暴的指點、教育地位，並且從作品中看不出他比許何以高明的原因。第七章至第九章對比交叉著寫惠和許；這時許又處在批判、教育者地位。許在前六章中自顧不暇，這兒忽然成了包打天下的俠義主義者和吉訶德主義者。鬥爭焦點是拯救惠的「童養婢」秋菊以及許的學生小招弟。因救後者許用暗殺手段未遂身死。死後被政府誣爲共產黨鬧事元凶並搜捕餘黨。第十章至十四章寫雲，交叉對比著寫惠。雲因許的「黨羽」罪被捕。父親捨了那五十畝命根子地贖出了許。許逃往上海途中在船上遇惠，遂批判惠的虛無主義且說要與他作不妥協的鬥爭。第十五章至第十八章著重寫惠，又照應到開篇處與許演出戀愛悲劇的馨。由於惠指點她可以背離丈夫，爲覓情夫而使馨落入開篇出現過的少爺足球迷李之手。由於馨兩次揭露了惠，全書以惠受刺激而發瘋告終。

〔註6〕《我走過的道路》中冊，第 69〜70 頁。
〔註7〕《我走過的道路》中冊，第 71 頁。

從以上梗概中可見茅盾採用了兩兩對比，交叉突出的辦法，處理其鼎式結構。三個人輪流組成對比關係，被組織在通篇結構中。除了生活出路與人生道路這條貫縱線外，還用許與馨的愛情悲劇把他們兩個當事人以及從旁指導、干預的雲和惠組織了進去。但是由於小說缺乏中心事件和集中展示性格的矛盾衝突，不僅使全書鬆散凌亂；而且使人物性格的發展變化顯得失據。有時顯得奇詭怪誕。如許的突變為吉訶德主義者和以暗殺手段治惡者；如惠的突然發狂；馨的突然接受嫁丈夫（雲的主意）和找外遇（惠的主意），以及雲指導批判別人振振有詞，處理自己的事情卻軟弱無力。這些都未能從情節結構中得到有力的展示。可見失去生活依據的思想和藝術，同樣是無源之水，終將枯竭的。

（四）

有了以上三種類型的由單純到複雜的藝術結構設計經驗作基礎，茅盾的結構藝術水平已達到爐火純青的境地。於是在 30 年代這一創作黃金時代，出現了榕樹般一幹千枝型結構。這可以《子夜》、《林家舖子》兩篇力作爲代表。

在文學史上常常出現貌似偶然的巧合。《子夜》創作之前茅盾結構藝術的成熟和他政治上的成熟以及生活積累、生活閱歷方面的成熟相伴而生，同時出現。在政治上，茅盾經過大革命失敗後的幻滅期，經過在日本的兩年的思想恢復期，又經過 1930 年回國後一段重新認識中國革命與中國社會的清醒的一度幾乎是置身事外的冷靜觀察與思考；他對中國革命的歷史、現狀與前景已經有了深刻的比較成熟的認識。具備了這種認識，也就具備了回答托派，藝術地揭示中國社會與中國革命性質的條件。此外，茅盾回國後逐漸有了新的生活積累。茅盾是從生活基層逐漸上來的。他出身於鄉鎮，成長在學校，工作在出版界，戰鬥在工農運動當中，但卻更新於領導層。及至他捲入鬥爭漩渦潛在基層鬥爭裡（這可從 1925 年領導商務罷工算起），他已來不及從文學創作角度冷靜地觀察社會。1930 年則不相同，他患眼疾後混迹於上海各階層，他相對保持了冷靜觀察、冷眼旁觀的「超脫」地位。這對一個作家說來是寶貴的。觀察所得，有的是生活實感，如他在盧鑑泉表叔家對工業界、金融界、商務界和投機界中諸色人等有廣泛深入的接觸；有的屬於宏觀研究，這就包括蔣、馮、閻中原大戰及其國際背景，包括世界經濟危機波及

中國，外資鯨吞民族工業，資本家加緊剝削工人，並把損失轉嫁到農村，遂導致農村進一步破產這一系列大魚吃小魚、小魚吃蝦米的社會現象。階級的民族的矛盾，包括蘇維埃政權的建立，各革命根據地的發展危及蔣政權；這一切是對大好形勢的深刻的感知。「積累這些材料、加以消化，寫一部白色的都市和赤色的農村的交響曲的小說的想法」〔註8〕已經形成。繼之，以這部小說參與關於中國社會性質的論戰的創作動機也就形成。生活、思想、藝術這三個條件綜合的結果，就使《子夜》基本主題提煉成功，也使空前規模的藝術結構逐步凝成。起關鍵作用的是提煉出宏觀度很高的主題思想；這就是：「（一）民族工業在帝國主義經濟侵略的壓迫下，在世界經濟恐慌的影響下，在農村破產的環境下，為要自保，使用更加殘酷的手段加緊對工人階級的剝削；（二）因此引起了工人階級的經濟的政治的鬥爭；（三）當時的南北大戰，農村經濟破產以及農民暴動又加深了民族工業的恐慌。」這是互為因果的。「所要回答的，只是一個問題，即是回答了托派：中國並沒有走向資本主義發展的道路，中國在帝國主義的壓迫下，是更加殖民地化了。中國民族資產階級中雖有些如法蘭西資產階級性格的人，但是因為 1930 年半殖民地的中國不同於 18 世紀的法國，因此中國民族資產階級的前途是非常暗淡的。在這樣的基礎上產生了中國民族資產階級的動搖性。當時，他們的『出路』是兩條：（一）投降帝國主義，走向買辦化；（二）與封建勢力妥協。他們終於走了這兩條路。」〔註9〕

這是一個宏大的思想框架，需要格局相當大的藝術結構和人物體系來包容它。為了形象地揭示這個主題思想，茅盾調兵遣將提煉了一大批人物。他三次重新安排過藝術結構：最早的「都市──農村交響曲」的都市部分就要寫三部：第一部分叫《棉紗》「側重在工業；第二部分是《證券》」，側重在公債投機市場。「第三部分《標金》」則側重在金融事業的「附庸」化。「貫穿於此中的一個人就是《棉紗》中廠主之老弟。」〔註10〕這個結構必然導致農村交響曲也要寫三部曲，農村和城市還要保持有機的聯繫，以作者當時的生活積累與精力、物力，都是辦不到的。

於是壓縮計劃：「不寫三部曲而寫以城市為中心的長篇。」其基本輪廓即

〔註 8〕 《我走過的道路》中冊，第 91 頁。
〔註 9〕 《〈子夜〉是怎樣寫成的》，《茅盾論創作》，第 59～60 頁。
〔註 10〕 《我走過的道路》中冊，第 93～96 頁。

現在存留於《我走過的道路》中的《〈子夜〉提要》描寫的格局。這時主要人物已經命名爲吳蓀甫、趙伯韜等。其藝術結構的特點是把人物關係概括爲兩大集團：「吳蓀甫爲主要人物之工業資本家團體」和「趙伯韜之爲主要人物之銀行資本家集團」。其他人物均圍繞這兩大集團。「棉紗」（工業）「證券」（公債）和「標金」（金融）各條線索枝葉婆娑地交叉伸展，均滋生在吳蓀甫這個中心人物和吳與趙之間這個基本衝突的「主幹」上。至此，一幹千枝纏繞糾結的榕樹型藝術結構已經初具規模了。這個結構體制固然做到枝繁葉茂了，但是顯得過分枝蔓；既易使筆力分散，作者生活素材「庫存」又感不足。於是決定再次壓縮計劃。主要的當然是更爲徹底地收縮農村線索，但更多的工作量卻是刪荑枝葉，突出主幹。當然，有所刪荑，也就有所增添。其總的情況茅盾自己大體上作了概括。其要點是：一、刪除了「與各次交易所交鋒有密切關係的戰爭形勢的變幻」部分；二、去掉了資產階級兩集團更爲激烈的鬥爭手段：綁架、暗殺、通緝；三、壓縮了罷工的次數，去掉了趙伯韜鼓動罷工的描寫；四、簡化了對立三路線（黨內、工潮內）的描寫和反映；五、精簡了一大批人物，如軍火買辦、政客、報館老板、航商、礦商、惡霸、流氓、左翼作家等；六、有些人物的活動（如張素素的多角戀愛變遷史），人物之間的關係（如愛情關係）也都有所簡化。

增加了兩部分，主要是：一、集中描寫了屠維岳這個人物，使之成爲控制裕華紗廠的吳蓀甫的影子；二、加進了馮雲卿父女一家兩口。現在留下的第十章、第十一章、第十二章、第十三章、第十六章、第十八章和第十九章的寫作大綱，就是成書時作爲寫作依據所使用的大綱，和成品對比，是比較接近的。

幾經調整寫成的《子夜》的藝術結構，其規模仍然是恢宏磅礡的。它圍繞著三條主線，兩條副線，以及主線之下舖展開的十條以上的支線，相互糾結纏繞，密織在吳蓀甫性格發展、吳蓀甫與趙伯韜多次決鬥終致慘敗的結構主幹上。

三條主線就是公債投機、工業興辦、農村動亂。最後一條原與城市（包括工業與公債市場）並行，現在一剪再剪留下了孤零零的第四章，但是作爲時代背景，工農紅軍和紅色政權不斷發起的農村包圍城市的攻勢仍是一條貫穿線，在《子夜》裡無異是個加劇矛盾衝突的起動器。因此仍應歸在主線之列。其下包括兩條支線，其一當然是農村游擊隊及工農紅軍這條斷斷續續的

政治襯景線索；其二是雙橋鎮的費小鬍子代吳蓀甫經營的根據地「雙橋王國」以及蟄居於此的曾滄海、曾家駒父子。曾滄海作為本書三種類型地主之一固然不可忽視，曾家駒在農民暴動中作案後來到吳府並被安插到裕華紗廠，插手工人運動，其作用是增加工廠、農村兩條線索的聯繫性。

興辦工業這條主線相當複雜。首先是吳蓀甫的工業基地裕華紗廠。這裡就包括五條支線。首先吳蓀甫廠子的哼哈二將：屠維岳和莫幹丞構成了嫡系走狗中一組對立面。其次是黃色工會中的兩派：屠維岳重用的桂長林派和與屠、桂為敵的錢葆生派。第三則是地下黨領導的工人群眾。地下黨中又有立三路線的執行者、反對派與真正執行黨的正確路線者。這樣，僅裕華廠下面就有五條支線在矛盾衝突著。裕華之外就是吳蓀甫和他的「戰友」孫吉人（他自己辦有交通運輸業）與王和甫，他們伙同杜竹齋組成益中公司，一方面包下了八個小廠，另方面先後鯨吞了陳君宜的綢廠和朱吟秋的絲廠。為朱吟秋的絲廠，吳蓀甫和趙伯韜很有幾次較量。在杜竹齋的配合下，吳勝趙敗。但趙之失敗又是一計：借此擱死吳的不小的資本，削弱了公債角逐的實力。此外附著於工業線索上的還有一個支線：即在最早的提綱中占極突出地位，成書時有所壓縮的周仲偉及其火柴廠。他的工人和吳蓀甫的工人中有親屬關係，又在罷工中相互配合。周仲偉又和吳蓀甫先後把廠分別出頂給日商和英商。可以說周仲偉又和朱吟秋以及屠維岳這三人物都是吳蓀甫的影子。這是取法於中國傳統小說結構線索與人物描寫的技法，設置於總結構中起映襯比照作用的線索和人物。這樣附著於興辦工業主線的支線就有九條之多！

第三條也是最重要的一條主線是公債市場。我說它「最重要」，一是因為它是縱貫全書的情節主幹，《子夜》寫 1930 年兩個半月的時間內，吳蓀甫、趙伯韜和杜竹齋三巨頭分化組合，幾聚幾離。這一切錯綜複雜交織的關係，勾心鬥角的矛盾，基本上都積聚在三巨頭的三次公債角逐中。本書第一章至第七章寫第一次角逐是「笑裡藏刀」式的合作「多頭」。時間是 5 月份。在蔣閻馮大戰中買通閻、馮軍撤退使多頭致勝，趙借此甜頭「引蛇出洞」，把吳蓀甫的工業資本引到投機市場上去。第十章至第十二章寫第二次角逐，這是吳、杜聯盟和趙鬥法。時間是六月份趙做多頭，吳做空頭，開始時由於紅軍攻擊岳州，桂軍走長沙，蔣軍失利，致使吳蓀甫先占上風。但隨即桂軍退出長沙，紅軍退回贛邊，蔣軍占了上風。吳蓀甫處此不利局面也改作多頭。但

在北線閻軍全部出動，蔣軍敗退、趙伯韜改作空頭遂擊敗吳蓀甫。使他損失七八萬之多。第十七章至十九章寫第三次角逐，這是 7 月份的一次最後決戰，因杜竹齋倒戈，配合了趙，故以吳蓀甫的慘敗告終。在這條主線上附著三條支線。第一，吳蓀甫的經紀人陸匡時及其投機於吳、趙之間的寡婦兒媳陸玉英。第二是在吳、趙之間當「兩面人」的經紀人韓孟翔與「賽金花」式的女人徐曼麗。第三條支線則是海上寓公馮雲卿和他的《戰友》何愼庵與李壯飛。馮雲卿爲投機致勝接受了何愼庵的「鑽狗洞」戰術，把女兒白送給趙伯韜玩弄。由於女兒的「失職」弄巧成拙，結果是「賠了夫人又折兵」。如果把游離於也附著於工業和公債市場的金融資本家杜竹齋及其妻吳芙芳、其子杜新籜、其弟杜學詩也當作似斷實聯的支線，那麼公債市場這頭的支線也就有四條之多。

三條主線之外還有兩條副線。一條是在最初的計劃中頗居重要地位的政界與軍事戰線，現在殘留下來了一位政客，即是吳蓀甫益中公司的成員之一汪派政客唐雲山，和分別屬於汪派和蔣派的軍官雷鳴與黃奮（外號黃大炮）。另一條副線則是在書中占篇幅頗多，作用也比較複雜的被茅公稱之爲「新儒林外史」的一群。這裡面頭緒紛繁。大體可歸爲兩類：第一類是吳的清客和幫閑與幫忙者如經濟學教授李玉亭、律師秋準和丁醫生等。第二類是吳的親戚及與親戚有種種關連（如正談戀愛）的張素素、林佩珊、范博文等。

這樣，《子夜》就有三條主線及其附著的十五條支線，再加上兩條副線。連主線帶支線再加上副線共有十七條之多，這一切均糾纏密結與附著在吳蓀甫性格發展及吳、趙鬥法的主幹上。這樣，《子夜》的藝術結構就像一棵枝葉婆娑、枝條虬盤的大榕樹（榕樹主幹上有附枝，《子夜》的副線類之）。它挺拔傲岸，兀立於中國現代文學史的結構藝壇。氣勢恢宏，格局巍然！既吸取了西歐小說結構藝術的現代化技巧，又兼具中國傳統小說的民族化特點。《子夜》出版不久，朱明即在 1983 年 4 月的《出版消息》發表的《讀〈子夜〉》一文中指出：久居中國的巴克夫人〔註11〕，曾斷言中國新小說的收獲，將是中國舊小說與西洋小說的結晶品。在我們不同場合上，這話也可以說是對的。「而茅盾的作品，便是走在這條路上的東西。」「茅盾的作品，的確是比較已能得著這一方的長處。」〔註12〕

〔註11〕 巴克夫人即將《水滸》譯成英文的賽珍珠。
〔註12〕 《茅盾研究論集》，天津人民出版社版，第 160～161 頁。

　　《子夜》的結構特點不僅表現在多條線索的剪輯編排、穿插糾結上，而且表現在把各條線索上的人物都納入相互關聯的情節衝突中，從發展情態上展示其獨特的性格，這就使藝術結構為人物的行動提供了保證。而民族化的小說筆法之特點之一，就是情節的豐富性和人物性格發展的行動性。這是古典小說美學中一條重要的結構原則。《子夜》之所以被稱為大眾化的作品，其結構藝術的大眾化傾向，是重要的原因。

　　為了達到這個目的，茅盾面臨著一個難度相當大的課題，這麼多的線索，幾乎囊括整個中國社會的各階層的這麼複雜的人物系列，怎麼能組織到一起，又怎麼緊緊圍繞者吳蓀甫這個軸心，並推動軸心人物吳蓀甫由剛強到虛弱，由躊躇滿志到心灰意賴，一無所成的性格發展進程呢？茅盾牢牢記著生活是創作的源泉，也是藝術技巧的源泉這一重要的美學原理。他從生活開掘中輕輕巧巧地解決了這個問題。第一，把握住買辦資本吞併民族工業資本的基本手法是把工業資本吸引到投機市場的「引蛇出洞」策略。這是茅盾在盧表叔的客廳裡時時聽到的殘酷事實。他把這提煉為吳、趙鬥法情節衝突和性格衝突的動因，乘機把興辦工業和公債投機兩大主線擰結起來，從此產生了即便是吳蓀甫本人也身不由己的密不可分的關係。第二，他把握了公債市場上勝敗之道決定於戰爭勝敗這個契機，用來處理人物描寫、情節描寫與典型環境描寫的內在聯繫。政局和戰爭遂成為《子夜》的心臟動脈體系，心臟的搏動決定脈搏的輻射跳動，環境與人物、情節遂形成有機的「脈衝」關係。第三，作者從中國半封建、半殖民地的城鄉關係，七大姑、八大姨的親族關係，人與人之間的朋友關係，二、三十年代方興未艾的「戀愛」與「濫愛」關係，以及資產階級情趣低下「愛」與「利」可作交易的腐敗的兩性關係中，提煉出許多線索人物充當結構總體中的人物線索，或當作從人物關係中展示人物性格的契機。舉例來說：吳、杜兩巨頭之間是郎舅關係。但在關鍵時刻吳依重杜，杜卻出賣了吳。借此展示溫情脈脈的紗幕籠罩下赤裸裸的金錢關係；也提供了小說由高潮向結局轉化的契機。杜之子杜新籜又和吳的小姨子林佩珊構成互相玩弄的兩性關係。這挖了林的舊好范博文的牆角。范博文被迫注目於吳蓀甫的阿妹四小姐。這一切打破了林佩瑤的計劃：拿妹子補報舊情人雷參謀。而雷參謀又是吳蓀甫在軍界提供情報的「內線」。雷鳴和黃奮是軍內蔣、汪對立派的代表。這一條線就牽一髮而動全身，形成蜘蛛網狀的脈衝結構。再如吳蓀甫的表親張素素一度和李玉亭有戀愛史，李玉亭奔走於吳、

趙之間，是個穿線人物。吳蓀甫的遠親陸匡時是吳的經紀人；他的寡媳劉玉英卻是趙伯韜的姘頭。由此劉和徐曼麗及自己的同學馮眉卿發生利害衝突。馮眉卿鈎連著馮雲卿那個「團伙」。劉玉英和情敵徐曼麗則又在吳、趙之間穿梭般投機取利。徐的背後又牽著帝國主義關係。這又是一條蛛網般牽一髮而動全身的脈衝結構。類似的情況可舉很多。如屠維岳是吳府的遠親，他身後牽著工廠那頭複雜的一群，其中包括曾家駒又通著吳蓀甫的「雙橋王國」。在下層社會情況亦復如此。例如工人朱桂英在廠的活動通著地下黨，地下黨內又有立三路線派、取消派和正確路線派。朱桂英的弟弟小三又通向「紅頭火柴」周仲偉的廠。這個廠和吳蓀甫及其益中公司以及日商又發生了關係。這又是一條蛛網式的牽一髮而動全身的脈衝結構。

　　凡此種種，都像「人體的經絡」般的無形的線索，螺釘般地對藝術結構整體與部件起著擰結固定作用；電線般地起著輸送心理活動信息、推動性格發展與性格衝突信息、情節發展與情節波瀾的信息等等作用。這大大增加《子夜》藝術結構的內在聯繫的有機性與牢固程度。這一切使整個作品渾然天成，天衣無縫。這些藝術成就的神來之筆使第四章農村騷動的游離性顯得微不足道。即使這個游離成分，也因爲又與公債市場、軍事形勢和政局、與吳蓀甫的裕華紗廠都有千絲萬縷的聯繫，加之「雙橋王國」又是吳的發跡基地和經濟基地，所以這游離程度，也是十分有限的。茅盾之所以一再提及，除了他要求自己甚高之外，和他原擬寫「農村──城市交響曲」的計劃大大削減而產生的遺憾情緒大有關係。這也是人之常情，且不論這樣大規模的令人引起歷史遺憾之感的大砍大殺，即或是「敝帚自珍」心情，不也是可以理解的嗎？

　　如是說《子夜》是長篇小說中運用「一幹千枝纏繞糾結的榕樹形藝術結構」的力作，那麼《林家舖子》則是短篇中運用此結構的力作。這兩部作品的結構可稱得上「異曲同工」。

　　而且《林家舖子》創作的動因也始於《子夜》的創作過程。不過其主題思想的定型則是 1932 年「一‧二八」上海抗戰不久，茅盾回故鄉獲得新的感受之後。茅盾告訴我們：「還在研究《子夜》的素材如何取捨時，就注意到：小市鎮的小商人不論如何會做生意，但在國民黨這大魚吃小魚、小魚吃蝦米的社會裡，只有破產倒閉這一條路；那時他就有把這素材單獨寫一篇小說的想法。」按照這個主意，《林家舖子》的主題和結構將會較後來的格局單純，但是「一‧二八」之後回到故鄉，茅盾有了新的生活積累和感受。這不僅僅

如《故鄉雜記》所記，取得了「兩腳活動新聞報」這個小商人作爲林先生的原型，而且更重要的是擴展了主題思想的鏡角；「『一・二八』後的這次還鄉，使我在作品中加強了日本侵略者這魔影，以及國民黨的貪官污吏如何利用民眾的抗日熱情而大發橫材。」「國民黨是不想抗日的，對於民眾的抗日救亡運動從來是限制和鎮壓。他們自己大賣日貨，當民眾自發起來抵制日貨時，他們卻又借抵制日貨之名來敲詐小商人，或沒收他們的日貨，轉手之間，勾通了大商戶，又把日貨充作國貨大賣而特賣。國民黨的腐敗已到了這步田地！這就是《林家舖子》的主題。」〔註 13〕這個主題的充實，導致《林家舖子》藝術結構的複雜化。

因爲這使小說增多了線索；第一，是日寇侵華戰爭激起學生爲主的抵制日貨運動──這對林家舖子是個很大的衝擊；第二，是國民黨反動派爲發國難財對林家舖子的壓榨和逼迫。這裡又包括兩條線索，一是國民黨黨部；一是國民黨政府。與《子夜》的藝術結構相比，這兩條線索實際上增加了負荷。此外，《林家舖子》寫的是流通過程而不是生產過程的矛盾。林先生作爲一個小店老板，手下的店員不過三、五人，作者因之失去了寫勞資衝突以至工人運動的展開情節衝突、揭示人物性格的手段。加之作品又是個短篇，也不能像《子夜》那麼從容舖展。《子夜》還具有公債投機等安排結構的優越條件。因此，總的說《林家舖子》的結構安排有其更加困難之處。

但是結構藝術的高級工程師茅盾既然一向堅持從生活中提煉藝術技巧的原則，再困難的藝術課題也難不倒他。他的竅門在於從生活源泉中作深入開掘，於是他發現並運用了題材的特點：流通過程中小商店老板的獨特處境。他一方面要成批進貨，這就給上海高升號收帳客人這個形象以發揮能動作用的機會：他把「一・二八」戰爭造成的貨源危機、追索貨款的壓力，輕而易舉地加到林先生的身上。這條「銀根」吃緊、貨源難以爲繼的商業危機的絞索，產生了一系列連鎖反應。由這個「因」，帶出了另外兩個「果」：其一是唯其貨源難以爲繼，就加速了對門那家更大的商號裕昌祥「挖底貨」的陰謀的進行。於是勾結官府、施放流言，作爲又一條線索，捆在林先生的脖子上。其二是由於上海客人「坐索」欠帳，恒源錢莊也來效法，不僅不肯再借新款，反而在林家舖子來「貼現」的時候「雁過拔毛」式地扣下了款！這就造成了第三條絞索。這兩條橫枝逸出的線索，是茅公的神來之筆。看起來舉重若輕，

─────────────

〔註13〕《我走過的道路》中冊，第 132 頁。

實際若沒有深厚的生活底蘊，很難把同行競爭，錢莊勒索這兩條相當吃重的線索結構到情節總體上去而又如此節省筆墨。後者是側筆渲染，前者是順筆輕抹，一個裕昌祥掌櫃（吳先生），一個錢莊癆病鬼經理，兩個人物各出場一次，就把林先生牢牢捆住，不好動彈手腳了！也是抓住商品流通的特點，茅盾從銷路落筆把線通到農村。由於帝國主義經濟摧殘導致農村破產，作為林先生「衣食父母」的農民買不起貨，農村的代銷商也就交不起貨款。這就不僅是收不起貨款、收不起欠帳問題，而且是商品銷路阻滯的致命問題。加上農村革命的興起也帶來一定的衝擊，這一切又是一條絞索。這樣，作者就把流通渠道從上海通到鎮上，又從鎮上通到農村，集中揭露了由於日寇入侵破壞了工商業流通過程的正確渠道，加劇了大魚吃小魚的殘酷鬥爭，這就強有力地顯示出林家舖子為代表的 30 年代中小商業終致破產的必然性。這種必然性通過藝術結構上的這條條絞索，啟發讀者作深入思考，帝國主義侵略這個元凶，也就難逃歷史的譴責了！

　　國民黨反動派黨政勢力的摧殘，以及抗日運動特別是抵制日貨帶來的衝擊，這幾條線索設計穿插得更為巧妙。作者虛構了林小姐這個人物，林先生的原型「兩腳活動新聞報」是有妻有母無子女的，作者把其母改為其女，這一改引出了藝術結構上的妙手文章！因為林小姐是個舉足輕重的牽線人物：第一，她是抵制日貨運動中林家舖子裡第一個也是最直接的感受者。她的衣服問題不僅是個政治問題，而且是個嚴重的經濟問題；不僅反映出堂堂林老板給女兒添不起衣裳的窘境，而且關涉到舖子裡存貨的國籍問題。文學史上常常有這種巧妙異常的設計，茅盾筆下的林小姐的衣裳問題使我們很容易聯想到魯迅筆下《風波》中七斤和趙七爺的辮子問題。一條辮子也不僅僅是經濟問題（七斤不能再撐船危及一家人的經濟收入），而且也是與張勳復辟有關的政治問題。這兩個細節，堪稱中國現代文學史上的「雙璧」！第二，林小姐成為國民黨黨部陳麻子和商業局卜局長矚目的對象。這不僅反映了 30 年代官僚競娶洋學生的時代感極強的時髦現象（關於這，茅盾在《蝕》和《虹》中描寫過多次），而且有機地鈎連進兩個相當吃重的矛盾。一個矛盾是黨部和政府對小商業的摧殘，這個矛盾的提煉是揭穿日本帝國主義和揭露國民黨的主題思想這兩大基本成分之一。一個黨棍陳麻子，一個政客卜局長，為謀林小姐，為摧殘林家舖子，他們那無所不用其極的手段真是可謂花樣翻新！另一個矛盾則是乘機反映了在爭風吃醋的表象掩蓋下邊包含的黨、政矛盾，這

是不折不扣的狗咬狗的鬥爭。第三，借助林小姐婚姻問題恰當地處理了在當時社會條件下，在林家舖子這種小商業的獨特環境中的勞資關係問題。從這兒引出壽生這另一個在作品中舉足輕重的人物。作者令人折服的是：作品沒有寫吳蓀甫面臨的那種勞資衝突。林先生的舖子裡，掌櫃的和三個伙計兩個學徒的關係不僅和衷共濟，壽生還成了未來的女婿。作者還有精彩的神來之筆！他借助寫林大娘的令人敬重的道德觀念：「『寧願粗食布衣為人妻，不願錦衣玉食作人妾』的高尚的傳統心理」〔註14〕輕輕巧巧地處理了林小姐的終身大事：不為陳麻子的淫威所屈，不為卜局長的富貴所動，毅然把女兒許給店員壽生為妻。這個情節設計建國初和「文革」中都曾被非難為「階級調和論」。其實這種看法在生活上十分無知，在理論上十分愚昧；作為小資產階級上層人物的林先生和工人階級之一的店員壽生之間，怎麼就不可能結為秦晉？這種人民內部的階級關係為什麼就不可以調和？這種極「左」思潮的刁難，絲毫無損於作品的藝術價值，因為它相當巧妙而又相當令人信服地解決了林小姐的帶有濃厚的政治性，包孕著國民黨黨政要人和小商人的矛盾，小商店中店主與雇員的階級關係等問題。

但是，從結構整體看，不論壽生多麼重要，林小姐這個牽線人物處理得多麼輕巧，他們在《林家舖子》中並不占軸心地位。真正占軸心地位的是林先生，從思想內容上看，他是日寇侵略、國民黨壓榨、同行大魚吃小魚的吞噬的對象；從結構上看，他處於從上海到農村這條商品流通線上存在的各種矛盾的焦點；也是圍繞林小姐的婚姻問題上牽連黨、政要人，下貫通本店店員壽生這又一條線索上種種矛盾的焦點。這種種矛盾構成的六條線索，都擰在林先生的脖子上。一直到林家舖子倒閉、林先生逃走為止，它在全書是貫穿始終的。在這裡，我們又一次看到一幹千枝纏繞糾結的榕樹型的藝術結構形式。它和《子夜》的結構，同中有異，大同小異，各有特色，極盡異曲同工之妙。

（五）

盤根錯節的蜘蛛網式的藝術結構，也是茅盾根據生活本身自然形態的結構形式典型提煉出來的。其代表作品是《多角關係》。

〔註14〕吳奔星：《茅盾小說講話》，泥土社版，第 159 頁。此話出自該書所附茅盾致吳奔星的信。

　　《多角關係》寫於 1935 年秋後，是茅盾回到烏鎮住在用《子夜》稿費修建的新居書房裡寫的唯一的一部作品，作者說：「還是寫的工商界的題材，不過地點不在上海，而是在附近的一個大鎮。故事發生在年關前〔註 15〕的半天時間裡。在經濟危機的襲擊下鎮上的大小工商業者都過不了年關，於是展開了一場多角的爾虞我詐、你死我活的搏鬥。當然真正遭殃的是工人和小商業者。這篇東西可以說是寫失敗的，人物不突出、材料也不突出。那時已經沒有新的材料了，又沒有整段時間靜下來像《子夜》那樣地搜集材料，體驗生活，以及構思和創作，沒有那樣的條件，形勢發展了，我成了個打雜的忙人。」〔註 16〕

　　「人物不突出」是正確的，因為被人物之間的「多角關係」牽著走了。「材料不突出」倒也未必，因為迄今為止，還只有茅盾從經濟危機的「多角關係」角度分析了 30 年代中國社會的畸形矛盾。何況小說的結構是很獨特的：它從現實生活中「多米諾骨牌」式的企業倒閉現象中作深刻剖析，設計出牽一髮而動全身的、盤根錯節的蛛網結構，來反映縱橫交織的社會經濟矛盾，客觀地揭露了帝國主義經濟入侵摧殘了民族工商業所造成的惡果。它不僅是《子夜》的姊妹篇，也是《林家舖子》的姊妹篇。以長、中、短三個作品組成內容有內在共同性的姊妹篇，古今中外文學史上，這種現象尚屬罕見。

　　1941 年 1 月 11 日重慶《新華日報》登了一則廣告：說《多角關係》「這個中篇可以算是《子夜》的續篇。寫的是一九三四年年關的金融恐慌，與《子夜》一般的真實生動。故事是四五組人物中間的債務糾紛——廠主欠了銀行與工人的錢，工人又欠房飯錢，這樣的『多角關係』表現出農村經濟破產與金融停滯的雙重的嚴重性，故事是發生於下午到晚上六七小時內的，動作很緊張，從結構上說，可以說是作者所寫中篇小說之最嚴密者。作者特別用了通俗的文筆，希望從知識分子的讀者中擴充到一般讀者。」這段概括和評價是中肯的。

　　作者從盤根錯節的蛛網結構中確定了四個軸心點，從其重要性和所占篇幅權衡，依次為：第一，大資本家唐子嘉；第二，小資本家李惠康；第三，

〔註 15〕據《茅盾文集》第 4 卷第 10 頁有張「本年份——民國二十三年」的帳單，由此可知事情發生在 1934 年底～1935 年初。

〔註 16〕《我走過的道路》中冊，第 296 頁。

中等商人朱潤身；第四，工人黃阿祥。為了加強這個「多角關係」和蛛網結構的緊密性，作者還設置了唐子嘉的兒子唐愼卿玩弄女性的「多角關係」。這是從屬於唐子嘉這個軸心點的。其作用是把唐、李兩家經濟糾葛，增加上起聯結作用的兒女冤仇的粘合劑。

作品的人物有主次之分，但主要人物唐子嘉也難於構成情節軸心來展開重重矛盾。因此他不同於《子夜》和《林家舖子》：枝蔓的情節既缺乏藉以存身的「主幹」，情節的鏈條也時斷時續，很難始終連貫。從人物布局看，茅盾根據「多角關係」的特點，採用了類似《儒林外史》那種「全書無主幹，僅驅使各種人物，行列而來，事與其來俱起，亦與其去俱訖」〔註17〕的方法。不同的是，有上面四個人物作為「多角關係」的集結點。從而使得「節」雖「錯」落，「根」得以「盤」。蛛網也有結，中心點處蜘蛛居之。這四個人物就是交結在一起的四張網上的四個蜘蛛。不過他們不是「個體戶」的蜘蛛，而是「群居」的蜘蛛。他們的「群居」並非和平共處，茅盾把他們之間的多角關係稱之為「錘子吃釘子，釘子吃木頭。」〔註18〕這也是一種與大魚吃小魚相類的社會關係。

作品的布局是從唐愼卿玩弄女性的次要的「多角關係」入筆，從他要錢玩上海單刀切入了唐家的經濟拮据困境。接著就把本書四個集結點中最大的一個——唐子嘉面臨的「多角關係」提到情節發展中心，用十章的篇幅交錯展開唐家父子各有特色的多角關係網中的重重矛盾。如果說第一章是個引子，那麼第二章就是一個總綱。它通過一張帳單，把唐子嘉因年底「銀根」吃緊，在上海無法過關，只好回鄉躲債，回來後又面臨著新的困境，集中地推到讀者面前。

這個帳單提供了一個奇怪的畸形現象。從帳單上看，「人欠」唐子嘉者共約九萬六、七千元。唐子嘉「欠人」共約二十七萬元。如果收支相抵，他淨「欠人」十七萬元左右。但他的資產即便不算現款和太太的私蓄（有的說約十萬元左右，有的說約五、六萬元），他也擁有財產七十三萬元左右。以此資產押二十萬元還債，是綽綽有餘的，何止於如此狼狽？但狼狽的原因也很簡單，這就是「人欠」的要不回來，「欠人」的人家非要不可。裕豐、泰昌兩個錢莊倒閉又使他生財無道。他的房租和地租也收不上來，用資產抵押現款錢

〔註17〕 魯迅：《中國小說史略》，10卷本《魯迅全集》第8卷，第182頁。
〔註18〕 《茅盾文集》第4卷，第103頁。

莊又不幹。於是他的日子無法維持。這人為地造成了他過不了年關的因素有二，一個是帝國主義經濟入侵摧毀了國民經濟命脈，搞亂了工商業生產和流通渠道的正常運轉。另一個則是面臨這種經濟危機人人都有危機感，欠人的不肯償還，人欠的拼命追逼，加之又有人乘機從中漁利；於是富裕的唐子嘉也被逼得走投無路。小說第二章開列的這總綱式的帳單，是《多角關係》總結構中「多角關係」網的鳥瞰圖，它典型地反映 1934 年頃中國半封建半殖民地城市社會的畸形發展。

有了這個鳥瞰，作者就沿著線索一一展開「多角關係」的緊張而又嚴重的局面。其辦法是抓住蛛網結構的四個集結點，沿著「輻射」方向使種種社會矛盾逐一展現。

作者首先抓住唐子嘉這個第一號的「多角關係」集結點，展開他這根情節主線所結上去的三根支線。第一條支線是由於日本絲織業的競爭和國內大魚吃小魚的鬥爭，使得華光綢廠產品滯銷，資金無法周轉而宣告破產。這就激化了以本廠工人兼房客黃阿祥為代表的工人階級和資產階級的矛盾。他欠黃阿祥他們三個月的工資和遣散費。只好以滯銷的產品綢一批來頂替。黃欠他三個月的房租，但用綢頂租他卻拒絕收。類似的這種問題激化了勞資關係，終於導致工人包圍唐宅，唐不得不又連夜逃回上海；而上海那兒本來就有逼得他逃回鎮上躲避的另一組「多角關係」；於是「蛛網」結構中的唐子嘉這個集結點便既是起點，又是終點；沿著網絲所繞的圈子，無非是個「惡性的循環」。

第二條情節支線是唐子嘉和朱潤身之間的矛盾。朱潤身是在唐子嘉的華光綢廠入股一千五百元的小股東。廠子一倒，唐當然欠了朱的錢；在這裡朱是債主，唐是債戶。但朱潤身又是三個綢店的世襲經理。由於商品滯銷，收不回本息，他又欠華光廠主唐子嘉四萬元的貨款。這就使債主和債戶易了位。唐成了債主，朱卻成了債戶了。唐子嘉於是行使主動權，硬逼朱潤身在債臺高築、銷路阻滯的情況下再代銷八十箱綢。這就使他的三家綢店至遲在端午節前都擱淺壓死。他這祖傳的經理也得滾蛋！這條支線反映了生產與流通、工業與商業之間經濟危機的惡性循環。

第三條支線是在唐子嘉和李惠康之間展開。北大街的洋貨舖老板李惠康的太太在唐子嘉的立大當舖中有一千元股金。當舖倒閉後，李來索債；他軟硬兼施、死皮賴臉，好不容易才擠出兩張房契作為抵押品。但李惠康作為「多

角關係」的第二號集結點，在蛛網結構中也面臨著一系列矛盾，首先是他欠貨款達四、五處之多：張客人與戴淑青是老客戶，紫棠方臉和戴眼鏡的兩個是新客戶；特別厲害的是戴假水獺帽子的老客戶，他最是難纏。不還貨款的嚴重結局當然就是斷絕貨源。此外他還欠「包飯作」的飯金。這使他的商店有斷炊的危險。加之他也吃了裕豐、泰昌兩家錢莊的倒帳，他的局面更加玩不轉。唯一的財源是唐子嘉，但要來的兩張房契哪個客戶都不肯要；萬般無奈他就想尋短見。但絕處逢生的是他意外地發現了唐子嘉兒子唐慎卿玩弄女性的「多角關係」的重要一環是他的女兒李桂英。桂英失身懷孕後唐慎卿又有月娥作新歡。李惠康窮途末路也顧不得臉皮，只好抓住唐慎卿作「押頭」混過這一關。

於是矛盾又回到「多角關係」的第一個集結點唐子嘉身上；但唐子嘉在工人包圍下早已隻身逃去，又哪裡顧得上兒子呢！

這樣，我們從唐子嘉、李惠康、朱潤身、黃阿祥四個大小不等的蛛網結構的集結點出發作逐層深入的分析，我們恰好沿著蛛網結構作了一次循環性的巡禮。於是我們發現：這一切情節糾葛突出了一個特點，在這裡，幾乎每一個人都是債主，同時又都是債戶。他們處在 30 年代中期半封建半殖民地中國社會複雜的「多角關係」裡，矛盾重重，處境困難，有如一團亂麻，誰也撕扯不開，其出路只有一條：破產。作者借此提出一個尖銳問題：這是怎麼造成的呢？這就把罪魁禍首帝國主義和官僚資本主義推到前面，接受人民的審判。

茅盾從複雜紛紜、光怪陸離的社會現實中居高臨下，燭微洞幽，發現了其盤根錯節的內在關係，他成竹在胸、有條不紊地把這一切集結到小說的蛛網結構裡。他布置了唐子嘉這條主線，上通上海，下通農村，又以李惠康為主、包括朱潤身、黃阿祥在內的三條線盤繞其間，組成小說橫截面和橫向聯繫的蛛網結構情節體系。從而把人物、情節和環境描寫一體化，組成現實生活實實存在著的有機聯繫結構中的「多角關係」。它不僅僅是經濟關係，而且也集中了民族關係、階級關係和階級內部的階層關係；又集中了工業、商業、服務行業的各種關係。為了使小說結構粘結得更加緊密，作者把唐子嘉兒子唐慎卿玩弄女性造成的月娥、李桂英的三角關係作粘合劑，借唐家的父子關係使粘合劑化合到藝術結構的有機部件上去。就使蛛網結構體系聯結得更加緊密。在這兒我們發現了與《子夜》藝術結構手段的共同之處：從生活中提

煉技巧的又一神來之筆。

（六）

茅盾運用交錯發展的多線結構始自《蝕》三部曲的最後一部《追求》。此後很長一段時間沒有再用。到了 40 年代，先後在《霜葉紅似二月花》和《鍛煉》這兩部大規模的預計寫成「多部曲」的長篇中連連採用。原因是這種藝術結構容量最大，能夠反映相當廣闊、相當紛繁的生活與事件，也便於描寫眾多的人物。

和《虹》一樣，寫於 1942 年的長篇《霜葉紅似二月花》也是一部未完的工程。作者「本來打算寫從『五四』到 1927 年這一時期的政治、社會和思想的大變動，想在總的方面指出這時期革命雖遭挫折，反革命雖暫時占了上風，但革命必然取得最後勝利；書中一些主要人物，如出身於地主階級和小資產階級的青年知識分子，最初（在 1927 年國民黨叛變以前）都是很『左』的，宛然像是真正的革命黨人，可是考驗的結果，他們或者消極了，或者投向反動陣營了。如果拿霜葉作比，這些假左派，雖然比真的紅花還要紅些，究竟是冒充的。『似』而已，非真也。再如果拿 1927 年以後反革命勢力暫時占了上風的情況來看，他們（反革命）得勢的時期不會太長，正如霜葉，不久還是要凋落。」〔註 19〕

現在寫成的部分僅是「五四」後的一年光景〔註 20〕，離 1927 年尚遠，和寫到「五卅」運動的《虹》比，所差更多。但除知道解放後作者續寫有三、四萬字新稿外，此外的格局不詳，因而全貌無從推斷。從現有的人物考察，合乎作者所說的「出身於地主階級和小資產階級的青年知識分子」條件的兩類人，一類是錢良材、黃和光、張恂如，及正上學的許靜英；一類是年紀更輕的一群如王伯申的次女王有蓉、次子王民治、馮退庵的侄兒馮梅生、侄女馮秋芳，朱行健之女朱克成、義子朱競新。這些人物在作品中的表現都難於據此說誰會成為作者所說的的「左」派。因此我們無法像判斷《虹》的未完成部分的那樣來判斷《霜葉紅似二月花》藝術結構的性質和類型。我們只能

〔註 19〕《霜葉紅似二月花・新版後記》，《茅盾文集》第 6 卷，第 258 頁。

〔註 20〕關於故事的時間，一直有兩種觀點，一說是辛亥革命到「五四」運動，一說是「五四」以後的；我則認為是 1923 年到 1924 年之交；作者自己說是「五四」上一年，後又改「五四」前後。據此書的續寫稿可以斷定：事件發生在 1924 年。

就已完成的篇章論，它顯然屬於交錯發展的多線藝術結構。

作品有個中心事件，有幾個相對說來是主要的人物。這從作者自述的故事梗概中可以看出。作者在《秋潦・解題》中說：

> 故事梗概如下：「五四」運動的上一年，江西某縣城內，兩派的紳縉爲了爭奪善堂公款的管理權而發生了暗鬥：地主兼充善堂董事的趙守義不肯放棄善堂公款的支配權，而又不肯揭除僞君子的假面具，於是一面多方延宕，一面尋找對方——惠利輪船公司主人王伯申的弱點，指使同黨借題與王伯申爲難，意要王伯申知難而退。恰好那時秋潦爲患，王伯申的小火輪航行的路線上，有些地勢低洼的村莊被小火輪激水沖塌了堤岸。淹沒禾田，大爲農民所反對，趙即指使同黨借此煽動農民用暴力阻止輪船的行駛，藉以窘迫王伯申。但同時，受害的村莊中有錢家莊的大地主錢良材，卻是一位頭腦清楚，急公好義，而且在縣裡有地位，在鄉里負人望的人物。他不贊成王伯申那樣不顧農民利益，堅要照常行駛小火輪，而亦不贊成趙守義那樣煽弄農民，借題以報私怨。他特地從鄉下進城去，打算用公正合理的方案來解決這個有關農民收成的問題，不幸他的努力歸於失敗。他只好趕回鄉下去。就他的能力所及，在他的村莊上謀補救了。

> ——見 1943 年 1 月 22 日《時事新報・青光》，《秋潦》是
> 該書的後五章。前九章刊於 1942 年《文藝陣地》
> 八卷一號至四號。後五章即連載於《青光》副刊

從這個梗概中可以看到小說的矛盾衝突雙方在大地主趙守義和資本家王伯申之間圍繞善堂經費和輪船淹沒農田兩個事件展開的。主要人物除趙、王外還有居間調停的錢良材。但實際上小說的結構既不單是圍繞這兩個事件，也不單是圍繞王、趙這兩個人物。而是安排了幾組「人物群體」。每個「人物群體」都構成了一條線索，有的線索還包括一條以上的支線，這許多「人物群體」主線及支線有時平行推進，只有很少的情況下才集中糾結。這種結構形式比《追求》更爲複雜，其形式頗近於《紅樓夢》；既無中心事件也無中心情節體系，只是圍繞幾個主要人物或人物關係把幾條情節鏈條時斷時續地聯結在一起。這麼多頭緒寫來能井然有序，方法是採用傳統的說書藝術常用的「花開兩朵、單表一枝」的手段，使人物和人物群體絡繹而來，魚貫而入地

向前推進。

不妨先從人物關係群體入手來概括分析，然後再從布局安排上看其情節情況。

第一組人物群體是由張、黃、錢三家以親族血緣關係聯結的。在這組大的人物群體中，張、黃、錢三家又各自成一小的人物群體。現在留下的老一代代表人物張老太太（類似《紅樓夢》中的賈母）是個大的血緣親族人物群體的軸心人物。張家、黃家是這組人物群體中兩支沒落的封建舊勢力，他們兩家由老太太的孫女張婉卿與黃和光的婚姻維持著更親密的關係。從屬於這一勢力的還有許靜英（他是已去世的「軒表哥」的女兒），而許靜英早就和已婚的張恂如（張家第三代）熱戀，卻又被提親給錢良材「續弦」。這是一組關係錯綜的愛情婚姻悲劇，帶有《紅樓夢》和《家》、《春》、《秋》中愛情悲劇的同一性質。在這一組人物群體中，錢良材及其亡父錢俊人（由老太太的女兒瑞姑太太和錢俊人兩夫妻維持著親密的關係）占有特殊的位置，這是自維新變法以來一直站在新派立場的地主階級中的一支革新派。瑞姑太太的嗣子錢良材子繼父業，「托爾斯泰」般地立志農村改革。

在這組人物群體中，作者著力對比描寫了錢良材、張恂如與黃和光這三個男性人物，並以適當的筆墨對比地寫了三個女性：鳳姐式的人物張婉卿（黃和光之妻）、寶釵式人物恂少奶奶（寶珠）和帶有一定林黛玉氣質的許靜英。這是兩組「五四」時代的「三人行」，各自代表了同中有異，異中有同的人生道路。寫這組男性的「三人行」，著重就從他們對待事業的態度作對比。寫這組女性的「三人行」則著重對比其婚姻遭際。這六個人各有各的不幸；封建制度把他們中的絕大部分弄成了「多餘的人」。

這一大組「人物群體」系列，除了錢良材之外，基本上游離於王伯申和趙守義的尖銳矛盾之外。在書中具有獨立的思想意義。儘管茅盾在《秋潦‧解題》中沒有就這組「人物群體」的思想意義作多少概括說明，但從布局比重上可以看出作者重視的態度。這部小說共十四章，作者用一、二、三、四、六、九、十、十一、十二、十四共十章的篇幅來寫他們。其中九至十二章寫錢良材，其餘各章交錯地寫張、黃兩家。就篇幅論，他們所占地位顯然是在王伯申和趙守義之上的。

王伯申（惠利輪船公司經理）和趙守義（善堂董事）各以自己的私人勢力構成兩組「人物群體」。王伯申代表了新興資產階級勢力，趙守義則代表沒

落的地主階級勢力。這兩大集團圍繞著善堂經費和輪船公司航行帶來的河道淤積問題展開的一系列衝突，構成敵對關係。由此還節外生枝地引出貧民習藝所問題、占學校空場堆煤問題、王伯申勾結軍警打死小老虎問題、趙守義霸占姜錦生土地問題等等糾葛。其實質是封建沒落的地主階級與新興資產階級在政治、經濟等方面的較量與角逐。他們又矛盾又勾結的複雜關係，在「五四」前後很有典型意義，因為它深刻地反映了中國社會的性質，在壓制人民方面他們的利益卻是一致的；當他們幾經角逐後又幕後言和，真正受害的只剩下農民階級！

由王伯申、趙守義為首形成的兩組小的人物群體集聚成一組大的人物群體；由張、黃、錢這三家形成的三組小的人物群體集聚成又一組大的人物群體；這兩大組大的人物群體構成《霜葉紅似二月花》的藝術結構的兩個極，它們各自獨立平行發展，又相互聯結交錯發展。

作者在這兩大組人物群體之間發掘出不少的內在聯繫：其一是王伯申之父王老相生前和張家發生過墳地之爭。這件事的性質和王伯申——趙守義之爭的性質類似，也是新興資產階級取代沒落的地主階級這一歷史發展進程中帶必然性的階級鬥爭。其二是錢良材置身於王、趙之間企圖調停。但是這位「托爾斯泰」式的紳士根本調和不了兩大階級之間的矛盾。

在這兩大組「人物群體」之外還有一個獨特的存在，那就是維新派遺老朱行健。他在作品中兼有雙重身份；歷史的見證人和結構線索的牽線人。他幫助錢良材聯結兩大人物群體的關係。作為維新派的代表，他的存在給作品打上了鮮明的時代烙印。

這一切人物群體集中反映那個時代的複雜的階級關係和社會結構層次，反映了時代、歷史發展的動向。兩群體又集中反映了中國社會由封建主義向資本主義過渡的總體趨勢，展示出後者取代前者的歷史必然要求和實際上這一要求在中國不可能實現的悲劇性。由於封建勢力歷史悠久、根深蒂固，這個過渡將持續很久。作者藉張、黃、錢三家的興衰消長反映了封建勢力資本主義化的漸變過程；而趙守義和王伯申之間的矛盾則反映了這一轉化過程中必然存在的對抗性衝突。這一對抗性衝突竟然能夠調和，朱行健和錢良材的折中斡旋居然也能緩衝矛盾，這就典型地反映出中國資本主義轉化的不徹底性。這正是中國社會的歷史特點。

我們這裡概括的「人物群體」只是擇其大端，事實上在每一組「人物群

體」內部，都有一大批居次要地位的下屬人物，都貫穿在其家庭內部的種種
糾葛（特別是婚姻糾葛、愛情糾葛、兩性關係糾葛等等）中。這麼龐大的「人
物群體」系列是怎麼組織在小說結構總體中去的呢？

全書共十四章，作者用了足足兩章（第一章、第二章）的篇幅借寫張、
黃兩家的家務事、兒女情以及茶館裡的偶然際會來介紹人物，布置情節線索。
不僅反映了各「人物群體」的概貌，而且把趙守義、王伯申之間的矛盾衝突
逐漸交代清楚。在此基礎上才集中筆力，用三、四章的篇幅分別把張、黃兩
家內部的複雜關係（特別是婚姻的不幸）具體揭出。這四章的描寫重點表面
看似乎著重寫黃、張、錢三家，其實處處都用側筆兼及王伯申、趙守義的矛
盾，可見情節鋪排的辦法是「你中有我，我中有你」，時而交錯推進，時而平
行延伸，呈波浪式地情節發展趨勢。

對另一大組人物群體的結構處理也是用穿插推進方式。如第五章、第七
章分別介紹趙守義和王伯申，這就使衝突雙方「對圓了陣角」。但當中穿插的
第六章卻是張恂如和表妹許靜英的愛情悲劇。這忙裡偷閑的穿插筆法，仍然
保持著多條線索平行推進交錯發展的結構方式。第八章表面上是集中寫朱行
健，實際上也用暗寫方式側面牽動王、趙衝突徐緩地發展。九、十、十一、
十二等章表面上放下其餘線索單表錢良材，實際上也頗注意用側筆勾勒王、
趙鬥爭的持續推進。從結構布局看，仍然是「你中有我，我中有你。」

第十三章集中寫了王、趙衝突的高潮：小曹莊的衝突。第十四章寫婉小
姐抱養錢永順的女兒，這貌似閑筆的一章實際上交待了小說矛盾衝突的結
局：趙、王幕後作了交易，握手言和，倒霉的則是農民自己！本章最終以寫
錢良材、張恂如和黃和光無路可走，無事可幹的苦悶作結，實際上把一切矛
盾都提到社會制度是根本問題的高度：既反映了歷史發展的曲折前進的情
勢，又指出不徹底改變社會制度，社會進步是不可能的。

《霜葉紅似二月花》具有相當豐富、一下子難以全面概括的複雜主題。
它是由張、黃、錢三家反映的「五四」時代社會風情畫和趙、王兩家在剝削
階級之間的階級矛盾，以及他們和人民群眾之間的階級壓迫的矛盾這兩大情
節體系，共同反映出來的。這一切借助茅盾提煉的多條線索有時交錯推進、
有時平行推進的藝術結構，採用「你中有我，我中有你」的方式波浪式地向
前發展，才能把這麼多的「人物群體」構成的中國社會各階級剖析圖，形象
地再現在一部篇幅有限的長篇裡。而「花開兩朵，單表一枝」的傳統評書手

法的運用，使作者能夠從容不迫地娓娓道來，使情節峰回路轉，曲徑通幽。茅盾在這部長篇裡，不僅借鑑了《紅樓夢》的結構藝術，而且借鑑了民族傳統小說的一切藝術技巧，把它和西歐小說技巧（如心理描寫等）結合起來，因此這顯然是一部吸取外國文學滋養並能徹底民族化的優秀華章。從小說藝術和結構來看，這是繼《子夜》之後達到的又一個高峰。它和40年代民族形式與文藝民族化大討論的宏觀背景大有關係。

《鍛煉》的藝術結構也是採用交錯發展的多線索結構方式。不同於《霜葉紅似二月花》的是：其藝術結構所概括的社會場景寬闊得多，深廣得多，立體化程度也相應地要高得多。

《鍛煉》的前身是《走上崗位》，它雖然是胚胎規模，但格局過於狹窄，其契機落在國華機械製造廠因日寇侵略上海不得不內遷的基點上。作者大規模反映抗日戰爭初期我國社會政治鬥爭與抗日愛國運動空前高漲的創作意圖難以實施，加以此書的寫作的政治環境使作者的政治見解難於傾吐，作者受捆縛的筆難於直抒胸臆，發表此作的刊物也不能允許真正愛國主義政治傾向得以渲泄。因此茅公在邊寫邊連載續作過程中，同時對已刊出的部分所作的五、六處重大補充，全是革命政治傾向更為鮮明的對賣國反共傾向的猛烈攻擊。但這無補於全書總傾向的根本改觀〔註21〕，因此茅公對此中篇很不喜歡，生前一直反對結集出版。同時，作者另起爐灶草擬了洋洋大觀的「五部曲」的寫作計劃。其第一部已經寫成，這就是《鍛煉》。不料因全國解放，作者需趕到北京參與籌備全國政治協商會議而綴筆。此後，公務繁忙，社會活動極多，雖留下了長達數千字的「五部曲」寫作大綱，但全書終未能續！1980年和1981年其第一部《鍛煉》分別由香港和大陸出單行本時，茅公抽取《走上崗位》的兩章納入此書，並作《小序》透露了「五部曲」的大綱的基本內容。這一方面表明作者晚年仍無意把《走上崗位》結集出版的決心，另一方面使我們得以窺見《鍛煉》突破《走上崗位》狹小場景後其藝術結構設想的恢宏格局。「各部的人物大致即第一部《鍛煉》的人物，稍有增添。這五部連貫的小說，企圖把從抗戰開始至『慘勝』前後的八年中的重大政治、經濟、民主與反民主、特務活動與反特鬥爭等等，作個全面的描寫。」〔註22〕由於參照

〔註21〕《茅盾全集》第七卷收《走上崗位》時係根據作者手稿發排，因此包括了連載後作者改寫增補的全部文字。

〔註22〕《鍛煉·小序》，《茅盾全集》第7卷，第342～343頁。

《鍛煉》五部曲的寫作大綱，我們就可以推斷，全書完成後，其藝術結構總體乃然是交錯發展的多線型結構。〔註23〕

　　《鍛煉》的第一部結構主體以《走上崗位》爲基礎，圍繞國華機械製造廠在「八一三」上海抗戰失敗後不得不內遷這條主線作總設計。作者把嚴氏昆仲所走的三條不同的生活道路及其政治上的根本分歧作爲反映抗戰初期複雜的政治鬥爭的間架，全面概括了共產黨、國民黨和漢奸集團所代表的三條不同性質的政治道路，以及由此決定的犬齒交錯、盤根錯節的複雜鬥爭。這樣，《鍛煉》就大大突破了《子夜》的政治格局，由寫中國民族資產階級的歷史命運進而寫整個中華民族的歷史命運。不僅在《子夜》結構中未充分描寫的工人生活在此得到充分的反映，而且《子夜》被砍掉的農村線索在《鍛煉》中也全面鋪開。此外它還把《子夜》中當作背景材料的軍事形勢具體化，形象地從堅持上海抗日的總指揮官張軍長（其模特兒顯然是第九集團軍司令官張治中）一直寫到一個連隊，寫到傷兵醫院，此外作者把《腐蝕》中所寫居於幕後的蔣派和汪派兩股政治勢力加以升格，從一般小特務升格爲具有簡任官身份的政客階層，這就把蔣、敵、僞合流的政治發展趨勢伸向國民黨投降派的上層。作品還相當規模地反映了黨領導下的抗日愛國力量的空前高漲，寫出了他們那大義凜然的浩然正氣。這樣，從《子夜》到《第一階段的故事》再到《腐蝕》，三部書分別概括的政治、經濟、意識形態領域，以及階級矛盾、民族矛盾相交織的社會場景，在《鍛煉》裡得到了集大成式的總概括。這種宏觀規模的磅礴氣勢與恢宏格局，最充分地體現了茅盾的創作個性與藝術結構功力。

　　全書共二十七章，直接圍繞遷廠鬥爭的篇幅就占了八章，相對說來構成全書的情節主線。這條主線的格局規模大體和《子夜》相當，但人物形象特別是工人形象塑造遠遠超過了《子夜》的江平。這條線索集結著兩組矛盾：其一是工人的抗日愛國精神與資本家、庶務、工頭、工賊的營私謀利行爲的對照的描寫和衝突的展開，沿著此線塑造了周阿梅、蕭長林、歪面孔等工人形象，也塑造了周爲新總工程師和唐濟成助理技師等知識分子形象，前者是茅盾筆下未出現過的形象，後者即唐濟成不僅未出現過，而且從描寫推測，這很可能是個地下黨員形象。其二則是反映在嚴伯謙、嚴仲平和嚴季眞之間的眞遷廠與假遷廠的矛盾。在後一矛盾裡潛藏著抗戰與投降兩條道路的鬥爭

〔註23〕參看本書所附《〈鍛煉〉人物結構圖》，第460頁。

以及漢奸蔣特相互勾結鎮壓抗日愛國活動的鬥爭。因此，這條線索又和抗日愛國反特鬥爭線索緊密相連。而嚴氏昆仲這組形象代表了三種不同的道路，嚴伯謙是國民黨上層反動政客；嚴仲平是搖擺性較大但遠較吳蓀甫進步的愛國民族資本家；嚴季眞則是與資產階級家庭走著兩條路的革命的愛國的知識分子形象。

抗日愛國活動的線索上居軸心地位的人物是陳克明和嚴季眞。陳克明的身份沒有點出，但顯然是黨的地下工作者。他以《團結》週刊爲陣地影響、團結抗日愛國力量，因而遭到國民黨當局的迫害。他往下團結了嚴季眞、嚴潔修叔侄（侄女）、蘇子培、蘇辛佳父女所代表的愛國知識分子，通過他們影響和團結著愛國工人和軍民；往上通著淞滬抗戰的最高指揮官，顯然是以當時堅持上海抗戰的十九集團軍總司令張治中爲模特兒塑造的張軍長形象，而和漢奸胡清泉、蔣政權反動官僚嚴伯謙所代表的蔣、汪勢力居敵對地位。他還要和右翼文人、《團結》編輯部內的崔道生等作又團結又鬥爭的統戰工作。以他爲軸心構成小說的革命進步勢力的人物群體。

蔣特、漢奸兩股勢力自成線索，蔣特人物群體以貓臉人胡秘書爲軸心，包括王科長和被拉下水的羅求知（蘇辛佳的姨表兄，其父羅任甫是大華製造廠經理，與嚴仲平合作，其追求者殷美林則是大漢奸胡清泉的孀媳），他們一方面摧殘著陳克明的《團結》週刊，一方面逮捕鎮壓著蘇辛佳、嚴潔修等抗日愛國群眾。而蔣政權的代表人物嚴伯謙又和漢奸胡清泉（公開身份是德國在華興辦的亨寶洋行華方經理，實質勾結日本侵略軍。他在留日時也和在留日的陳克明是老朋友，陳現住他的家中）暗中勾結，反映了並預示著汪僞和蔣政權未來的「合流」。如果說老一輩的嚴氏昆仲和陳克明、蘇子培及漢奸胡清泉分別代表著共產黨、國民黨和漢奸勢力的複雜對峙局勢，那麼小字輩的年青一代以蘇辛佳、嚴潔修、趙克久和羅求知這一組由同學、親友關係連結的人物同樣反映著這種對立關係。趙克久是個重要的牽線人物，從作者留下的大綱看，他的活動在後幾部分中還有較多的發展。在第一部中他連結著城市的愛國青年群，連結著他的家鄉農村，還聯結著國民黨軍隊。他父親趙樸齋作爲鎮長和商會會長謝林甫等代表著農村中上層社會。趙克久自己則因爲過境部隊駐防關係先是參與宣傳活動，隨後加入了部隊。從而展開了一個連隊的人物群體，劉連長、梁連長、周副官、錢科長、孫排長、小陶、小陸等等。而孫排長受傷時和貓臉人小特務頭子胡秘書有過衝突性的

際遇，他在蘇子培主持的傷兵醫院中又代表傷員和院方的腐朽勢力作過鬥爭。在後幾部書中他還有更慘的不幸：其留在農村的妻子被霸占的悲劇命運。再加上陳克明在本書結尾深入滬戰指揮部和張軍長的交往以及蘇子培主持的傷兵醫院，這樣國民黨軍隊系統又構成一個茅盾從未直接描寫過的人物群體。

這樣我們可以發現，《鍛煉》描寫了五組以上的人物群體：以嚴氏昆仲為軸心連結的三個人物群體是：嚴仲平的國華廠的愛國技術人員和工人群眾以及其對立面工賊、工頭、資方代表的人物群體；以嚴伯謙為軸心的蔣、偽勾結的反動上層社會與特務政治的人物群體；和以嚴季真為牽線人連結著的抗日愛國力量的人物群體；此外則還有以嚴家的小姐嚴潔修的同學趙克久為軸心所聯繫的鄉鎮社會人物群體（這個群體以趙家三代人為核心，應該提到，趙家的徐少奶奶在後幾部中占有非常吃重的地位，大綱中作了相當詳盡的總體設計）。以及他聯結著的軍隊上層，再加上蘇子培的傷兵醫院，組成了由上到下的軍隊人物群體。

這五組以上的人物群體各各自成線索，在全書結構總體中各踞一方，分別活動，齊頭並進，穿插在全書的整體結構中。具體情況是一、二、十三、十四、十五、二十二、二十三、二十四、二十五章共九章的篇幅集中寫抗日愛國活動；一、二、六、十一等章集中寫特務政治暴行；六、十二、十六、二十四等章寫蔣偽勾結、漢奸橫行的醜劇；七、八、九、十和二十五、二十六、二十七等章則寫鄉鎮社會和軍隊的基層以至上層的情形。

茅盾手中只有一枝筆，但這枝如椽大筆神威無窮：花開兩朵，單表一枝；草蛇灰線，前後呼應；你中有我，我中有你；交錯穿插，渾然天成！組成至今為止，中國現代文學史長篇小說中最為複雜的藝術結構。為我們描繪了抗戰初期中國城鄉各階級、各階層、各個社會角落、形形色色人物群相的縱橫交織的社會圖景，從而使中國抗戰初期民族矛盾上升，階級矛盾雖漸下降但仍激烈進行的多重矛盾，交織在五十多個人物的活動裡和二十一萬字的篇幅中。

可以設想，如果這部「五部曲」全部寫成，一部抗日戰爭史，必將悉收書中。然而時代既不作美，歷史又過於無情，遂使此書的恢宏藍圖終未實現，成為中國現代文學史上最大的憾事之一！

（七）

在茅盾的結構藝術發展過程中，20 年代末呈現出的是「內向」化的結構趨勢。即以人物性格的歷史爲縱線，著重挖掘人物內心世界及其對外界環境的種種感應。因此這時的多數小說都重於心理描寫，其藝術結構也帶有明顯的心理因素。到了 30 年代，其藝術結構明顯地「外向」化了，即著重描寫人物和環境的衝突，著重描寫社會生活的複雜性。因此作品結構中很少帶有心理因素，而以情節結構和人物結構爲軸心。到了 40 年代寫《腐蝕》時，不僅回到「內向」化藝術結構中去，而且整個結構布局都集中在人物內心世界的深入開掘；並且以主要人物作爲生活直接體驗者，借助主人公趙惠明的主觀感受角度來表現生活。外界生活的一切世相均以人物內心之投影的形式得到反映。它不再保持那不依人物主觀意願爲轉移的現實生活的客觀存在形態；除了開頭假託以作者口氣寫的前言外，我們發現不了敘述者的任何蹤迹；一切生活現實在作品中的反映，都受第一人稱「我」——趙惠明的感情色彩所左右，帶有被主觀意識改造過了的生活直接體驗者的主觀意識的印記。這在茅盾的結構藝術中是異乎尋常的。

因爲茅盾寫《腐蝕》時，突破了一向不「帶熱地」使用材料的原則，被皖南事變激怒到憤不可遏程度的作家茅盾急於盡快地作出反映。他在事變發生後幾個月的時間內，就以長篇小說形式作出反映，抨擊蔣政權的反革命陰謀，揭露充滿罪惡的特務政治。故而藝術上必須尋求突破。

茅盾深諳「不入虎穴，焉得虎子」的道理，爲了揭露特務政治，他決定放下自己熟悉的許多重大歷史政治題材，去寫自己不熟悉的特務巢穴。從而在產生皖南事變的社會政治根源方面作宏觀的縱深開掘。

於是他把皖南事變本身推到政治襯景上去，反而把特務巢窟的罪惡活動推到前沿，並且借助趙惠明這個小特務的心靈的鏡子，折射出黑暗的內幕。作者充分利用他對西歐現代派心理小說及其藝術手法極爲熟悉的特長，採用趙惠明的「日記」的形式，借助「日記體」突出個人，強調自我，渲泄趙惠明個人與周圍環境的既同流合污，又具有不可調和之矛盾，並產生詛咒一切，仇視一切情緒的心理狀態。把這一切以赤裸裸的直接現實性真切地端到讀者面前。於是個人感情渲泄的心理分析小說結構就成爲《腐蝕》結構藝術的主體形式。這就把醉生夢死、朝不保夕、人人自危、人人互戕的罪惡生活引起的罪惡的病態心理，「脈衝」式地凝聚成小說心理結構的基本形式，逼真地扣

動讀者心扉。

　　這種心理小說結構形式在藝術技巧上雖然明顯地借鑑了現代主義，但其創作方法卻是茅盾一貫堅持的現實主義；因爲心理結構主體中包孕著現實主義情節結構與人物結構的基因。表現爲它遵循著典型環境制約典型性格的現實主義原則，並且按照馬克思主義理論要求辦事。即把環境與人物描寫提到特定的歷史範圍之內，去形象地再現其基本的歷史聯繫：它是怎麼在特定歷史條件下產生的；又怎樣依據生活的邏輯發展的；因此作品中敵、友、我三方的面貌，儘管經過趙惠明主觀意識的過濾，仍能保持清晰的歷史眞實性。可見茅盾借鑑西歐現代派小說技巧特別是結構技巧時，不是像西歐現代主義那樣是爲了徹底否定現實主義傳統；反之，他倒是把現代派心理小說結構技巧融化在現實主義小說的結構原理裡；使小說鮮明的時代性不因趙惠明心理意識的過濾而失去生活的眞實性和歷史的眞實性。反之，倒是趙惠明的心靈歷程與思想發展，受客觀環境的歷史邏輯力量的極大衝擊與推動，使她呈現出從人性異化到人性復歸的思想轉變的可喜趨勢；借此反映出歷史發展的強大推動力。

　　小說情節結構因素呈雙曲線式，即以蔣政權和汪僞漢奸政權的合流爲一方，以共產黨領導下的地下工作者的抗日愛國活動爲另一方，織成雙曲線拱形結構的兩個「極」。如果小說的場景再拉得開闊一些，有可能構成鼎足型結構，但作品著重寫汪僞派遣的舜英、松生夫婦到國統區與蔣政權與蔣匪特務作「合流」的幕後交易，因此勢必把蔣汪合流組成一體，成爲雙曲線拱型結構的一個「極」。這和蔣、敵、僞合流的當時政治趨勢相一致，是比較得體的。而以小昭、萍、E 等地下工作者人物群體組成雙曲線拱形結構的另一個「極」，則顯示出抗戰中期皖南事變前後國共兩黨又聯合又鬥爭的複雜關係。

　　兩「極」對立的連結方法是雙重的，其一是靠趙惠明和小昭的同居關係的聚散離合來維持；其二是借助萍、趙惠明和舜英三個時代女性由同學關係分化發展爲蔣系、汪系和共產黨系統這四十年代的「三人行」，對比地維繫著情節結構因素的對立統一關係。

　　由於蔣特汪僞這個「極」的內部組成極爲複雜，作者還挖掘了陳胖與 G 的矛盾，小蓉和趙惠明圍繞著與 G 的兩性關係發生的衝突。後一衝突的爆發導致陳胖對趙的拉攏。陳胖又和趙惠明的同學汪僞漢奸舜英夫婦作幕後交

易，因而和趙惠明又保持特殊的若即若離的關係。

情節結構因素儘管如此複雜錯綜，相伏相依，卻呈現出千條大河歸東海的總體趨勢：即借助於趙惠明的日記這一假託，納入日記體的心理分析藝術結構總體裡。主人公趙惠明面臨著上述複雜的民族矛盾與階級矛盾交織，以及國、共、汪三派政治力量的角逐，在特務巢穴內部的尖銳反映，她當然經受著極大的衝擊。她的「自訟、自解嘲、自己的辯護等等」，頗類似西歐現代派心理小說常用的「人格分裂」手法，即把第一人稱「我」一分爲二，展示其性格發展過程中的矛盾心理。

趙惠明是心理結構的主體與軸心，由她聯結著情節結構因素的兩個「極」。兩個對立的「極」的相排斥、相衝突，又成爲推動著趙惠明心理意識與政治立場和性格發展的動力。但是無產階級革命作家茅盾從世界觀與政治立場上與西歐現化派心理小說作家的質的區別性在於：他不是引導主人公「惡向」發展，導致消極、頹廢與自我毀滅，而是在敵、我、友的複雜衝突中引導小特務趙惠明經歷由人性異化到人性復歸的思想意識覺醒的向善的心靈歷程。

於是造成了《腐蝕》藝術結構的另一個特點：包含情節結構的心理結構主體呈現爲「細腰蜂」型的藝術結構形態。茅盾「原來的計劃是：寫到小昭被害，本書就結束。」〔註24〕但讀者和編者均要求續寫。於是就寫了趙惠明被派到大學區的經歷：通過拯救 N 而力求自拔的心靈歷程，展現出趙惠明的浪子回頭的悔改趨勢。N 是趙惠明的影子和前身，茅盾原無意於寫此一段，否則小說開篇將從趙惠明的身世寫起。但本書未直接寫人性異化過程而寫已經異化了的趙惠明的人性復歸歷程。現在寫 N，旨在映襯趙惠明的向善傾向和自拔過程。這是當時時代的要求，也是「給出路」政策在《腐蝕》中的反映。於是「細腰蜂」式的藝術結構特點，實際上打上了明顯的時代的烙印。

事實上「細腰蜂」主體部分除 F 和趙惠明延伸連結部分外，一切線索均已結束：這裡包括 R 處長領導下 G 和小蓉爲一方，陳胖等爲另一方的狗咬狗的鬥爭；希強、松生、舜英與陳胖相勾結所反映的「蔣敵僞」合流；黨的地下工作者小昭的犧牲、E 和萍的轉移；趙惠明在夾縫中的絕處逢生，挨了一槍、被調到大學區。這些情節線索已經完成了使命。茅盾一向搞的是有頭無尾、嘎然而止的開放性結構。現在要「續貂」，就不得不取藝術結構的封閉性，即

〔註24〕《腐蝕・後記》。

給趙惠明安排一個「大團圓」的結局。而「細腰蜂」的腹部（後半）因此也要重起爐灶，舖排新的情節。這裡有圍繞 N 而爭風吃醋的 F 和老表之間的鬥爭，和趙爲救 N 所安排的「智鬥」。趙的這一行爲帶有自我犧牲的向善追求；她給她自己找到一個較爲光明的前景。

不過由於趙惠明的性格發展的完整性，情節結構因素的似斷實續就顯得無足輕重。「細腰蜂」結構特點豐富了茅盾的結構藝術，給他的以心理結構爲主體，情節結構爲附著的結構藝術，增添了新的內容。

借助複雜的情節結構因素納入心理結構之中的複合結構的設計，把趙惠明個人的心理感受和時代社會矛盾衝突的反映，「立體交叉橋」般地多層次化了，把這個原較單純進步的姑娘人性異化的過程和她魔窟自拔的「人性復歸」過程寫得入木三分。使民族矛盾和階級矛盾交織的社會現實在其心靈中的投影，反映出相當具體鮮明的時代性。這使得她的心理發展層次呈多維空間形式，開拓出心理結構藝術的深厚的生活容量和反映人物內心世界多層次性的藝術功能。這是茅盾小說結構藝術的又一次重大的突破。

（八）

作家的創作經驗，有時比蹩腳的理論不知要高明多少倍。因爲其創造性的發揮是無限的。

在上邊的探討中，我只涉及了茅盾的同一部作品其藝術整體統一的一般形態；而未涉及其同一部作品的藝術結構呈多樣化、多型號的特殊形態。而《蝕》就屬於後一種情況。如果把這三部曲的三個中篇分別單獨考察，其各自的形態是整體統一的。但把三個中篇所組合成的長篇小說《蝕》作整體考察，就可以發現，其藝術結構並不統一，而是呈多樣化、多型號的複雜組合形態。

這種情況，古今中外文學史上均屬罕見，它出現在茅盾小說創作的初期。那時茅盾頭腦中毫無框框，他好像在一張白紙上畫自己的第一幅工程藍圖；其所規劃的《蝕》的藝術結構，具有縱情探索，不拘一格的創新特徵。

因此，有必要對此作單獨的探討，也許會吸取到新的教益。

寫《蝕》以前茅盾並未想當作家，當時他從事編輯和理論批評及翻譯工作已十年有餘，其眞正的事業是黨領導下的政治運動。大革命失敗後的特殊環境與處境才使他提起了筆。寫小說的材料「『無意中』積累得頗多」，但「並

不是爲了存心要寫小說」，儘管這種創作衝動已經折磨了他兩年。也因爲這個原因，動筆時儘管處於妻子病榻旁一張小桌的簡陋條件，然而「凝神片刻，便覺得自己已經不在這個斗室，便看見無數人物撲面而來。」茅盾把這種凝神奮筆的創作形態叫做「信筆所之，寫完就算。」照理說，十年以上的理論批評與編輯工作積累了無數經驗，他頭腦中的條條框框也夠多了。爲什麼到他創作時不爲所拘呢？這裡茅盾提供了一條寶貴經驗：文藝創作的基本出發點是生活，即便是藝術技巧，也首先源於生活，並要遵循生活發展的邏輯和原則。

我們且看他布局謀篇時反覆考慮的兩個方案：一個是寫二十多萬字的長篇；另一個是寫成「七萬字左右的三個中篇。」「寫第二篇時乃用第一篇的人物，使三篇成爲斷而能續。」最後他採用了第二方案。但寫到《動搖》時卻放棄了「斷而能續」和人物統一的要求，他「不能不另用新人」，只有幾個次要人物如史俊、李克、王詩陶等則在兩篇或三篇中出場。三部曲各自的主要人物以及主體情節，到另一篇中則宛如天中神龍，見首不見尾了。這寫法頗近於魯迅總結的《儒林外史》的筆法，換句話說可稱爲「召之即來，來之能戰；揮之即去，了無蹤迹。」茅盾的這種做法首先是從生活出發的。其好處是眞實，並能服從於表達主題。其缺點則是「結構的鬆散」。一年之後他不無遺憾地說：「如果在最初加以詳細的計劃，使這三篇用同樣的人物，使事實銜接，成爲可離可合的三篇，或者要好些。這結構上的缺點，我是深切地自覺的。」巴金所寫晚於《蝕》的《激流》三部曲就是用了人物結構均統一的即茅盾所謂「要好些」的寫法。茅盾說過；「我永遠自己不滿足，我永遠『追求』著。」這個出發點使他對《蝕》的結構所責過苛了。他自己似乎也意識到這點：否則爲什麼要在「要好些」之前冠以「或者」二字呢？

實際上在藝術構思中他碰到了預先設計的藝術結構方案與表達主題思想、「最用心描寫的」「人物的個性」這二者之間的矛盾。茅盾積十多年理論批評與編輯、譯介工作的豐富經驗，他當然深諳形式服從內容和內容與形式必須有機統一的道理。於是他毅然放棄了預想，重新作了藝術結構設計。正所謂塞翁失馬，焉知非福。這福是爲後來者造的：它使我們見識了作爲三部曲在結構藝術上追求多樣化、多型號的獨特實踐。其好處是突破了結構嚴謹、結構要統一的單一化要求和程式。如果在現實主義相當正統並占了絕對支配地位的當時，現實主義理論家茅盾理所當然地要過苛地要求自己，那麼從具

有多樣化藝術口味的讀者說來，從今天我們的藝術視野遠較當年開闊的文藝現實需要說來，對《蝕》的結構藝術的評價，完全有必要重新估量。

茅盾筆下的「時代女性」系列，首先是從《蝕》的開篇《幻滅》伊始的。它提供了靜女士型和慧女士型兩種不同「型」的時代女性形象。茅盾更欣賞慧女士型。因此《動搖》中的孫舞陽、《追求》中的章秋柳以及稍次寫的《虹》中的梅女士都和慧有血緣關係而占了吃重的地位，但在《幻滅》中，更吃重的倒是靜女士。慧的性格開展儘管比較潑辣跳蕩，然而她們宛如合跳雙人芭蕾，慧的回旋舞步無不緊緊圍繞靜女士這個軸心。《幻滅》的結構線索，總的說採用了傳統小說的主導觀念：即以人物性格發展和縱向情節線索的舖展衍化為基幹的。這樣，由靜女士性格發展曲折歷程為縱線的單線平推型的結構方式，就成為《幻滅》藝術結構的基本特徵。

在運用單線平推型結構藝術時，茅盾的創作個性已初露端倪，其特點是：第一，把人物特別是主要人物靜女士安排到從「五卅」到「北伐」，而以大革命高潮為主的廣闊時代背景中。儘管靜女士被置於革命漩渦之外，並因其內向性格導致的對革命洪流的離心力大於向心力，而多半處於漩渦之外；因此也使得革命壯潮的典型環境描寫，僅僅是藝術結構總體的一張襯景。即便如此，茅盾的《幻滅》藝術結構的展開從開端到結局，依託這一藝術結構展開的靜女士的性格發展，均較同代作家作品的社會分析色彩更濃，從而也更具時代性與社會性。

小說的開端伊始於靜女士「五卅」潮中初感幻滅遂冷卻了熱情而閉門讀書，為暗探抱素所騙並陷於嚴重的幻滅之中（前七章）。小說的發展由兩個波瀾組成。第一個波瀾（第八章）是託病住院偶遇黃興華醫士，通過他受到北伐勝利進軍的時代氣氛的鼓舞而重新振奮了革命情緒。第二個波瀾較為恢宏（九～十一章）：包括了靜女士由上海來到武漢投身革命後幾易「工作」幾度幻滅的心靈歷程。以這兩個波瀾為舖墊推向高潮（十二～十三章）：與強猛的熱戀。而結局（十四章）則是這次熱戀以強的重返前線轉化為空虛告終。靜女士陷入更大的幻滅之中。表面看來小說的布局是寫靜女士的不斷追求，不斷幻滅；實際上是寫「時代女性」們與時代浪潮若即若離的社會衝突。因之這個結構就包孕了濃度頗大的社會蘊含和時代內容。第二，茅盾設置的藝術結構立體感縱深感特強。他是以把人物作為一切社會關係之總和以顯示其社會本質為己任的。因此就借助人物廣泛的社會聯繫，頗具歷史感地對比觀照

了種種社會世態與人物群相，眾星捧月似地寫了靜，也相映生輝地寫了一群
人物特別是一群時代女性（如慧、王詩陶、趙赤珠等）。他們性格迥異，經歷
懸殊，人生道路也各各不同。這一切各具獨立的意義，但從結構總體宏觀，
又對靜女士性格起著對比映襯作用。

茅盾的創作個性帶來的以上兩個特點把《幻滅》的極易流於單薄的單線
平推型藝術結構搞得相當充實豐滿。它首次顯示了茅盾長篇結構藝術的過人
才華。

茅盾說寫《幻滅》是「信筆所之」，寫《動搖》卻是「有意爲之」。誠
然，《動搖》不論主題思想之深刻，人物關係之複雜，情節體系之錯綜，還是
藝術結構的恢宏嚴謹，都預示了《子夜》即將到來的先兆。儘管「《幻滅》後
半部的時間正是《動搖》全部的時間」，但在《幻滅》中被當作襯景的大革命
與北伐，卻被推到前臺，其主人公方羅蘭和胡國光就在其中邂逅、聯結、衝
突。他們不像靜女士那樣置身漩渦之外，而是顛倒掙扎於漩渦之中。因此，
兩部中篇重起爐灶安排人物體系及藝術結構，就不僅因爲時間的重迭──如
茅盾所說的那樣，《幻滅》時間的後半正是《動搖》時間的全部；而首先是因
爲題材、主題、人物、環境、特別是事件衝突的正面性與人物矛盾的直接
性，決非單線平推型藝術結構所能包容。由於方羅蘭與胡國光處於矛盾衝突
和事件聯結的兩極，他們各代表大革命中獨特的政治勢力，因此茅盾就設計
了雙峰對峙、兩水分流、雙曲線型的藝術結構。而以方羅蘭與方太太及孫舞
陽的「三角關係」爲經緯把大革命時武漢地區社會矛盾蜘蛛網般地縱橫交織
在一起，創造出又一種獨特的藝術結構。由於方羅蘭處於這兩組關係網的連
結處，所以他較胡國光更爲吃重，相對說來在結構體系裡占著軸心與契機的
位置。這首先是因他那無往而不動搖的性格突出地展現著《動搖》的主題。
可見作家仍嚴守著內容決定形式的基本前提。方羅蘭所處的縣黨部領導位置
使運動的一張一弛都衝擊著他的生活和神經，太太和情人的隱隱的衝突也具
有同樣的衝擊波作用。這就使《動搖》與《幻滅》在略帶心理結構因素方面
具備了共同性：方羅蘭和靜女士的心理動態時時對藝術結構的組織設置起制
約作用，在這兒伏下了十年以後設計《腐蝕》的那種基本上屬於心理藝術結
構的種子；從中讓我們看到了茅盾結構藝術的發展運行軌迹。胡國光這一
「極」也帶著明顯的心理結構的印記。這一切加在一起，使《動搖》儘管是
著重寫波濤洶湧的大革命運動，但事件不僅未埋沒了人物，倒恰恰是事件的

衝擊導致的人物心靈投影，使人物在事件中活動時，心理活動更加細緻而
微，性格發展更加紮實而深。儘管讀者面臨的是澎湃洶湧的大海，給他們印
象最深並奪去其全部注意力的卻仍是在濤頭嬉戲爭鬥的魚龍。這說明作爲結
構藝術高級工程師的茅盾儘管通過《幻滅》試了一次筆，豐厚的生活積累、
理論修養和文學造詣卻使他短期內即能作出重大突破。他還把史俊和李克從
學校正式推到社會，推到政治舞臺先後充當那從藝術角度看帶某種「客串
性」的政治事件的主角。他們一先一後戲劇性地捲入方羅蘭、胡國光的性格
衝突和當地兩股力量不斷決鬥的矛盾中去，其所採取的不同方針，使方、胡
的政治地位如同立足激浪中的小舟之上，或起或伏地兩度失去平衡。藉此反
映了左、中、右幾股政治力量在大革命中的起伏消長，而且也把方、胡各占
一「極」的雙曲線藝術結構纏繞加固得更爲嚴緊密實；並且也使本來若即若
離的《蝕》三部曲的前兩部中篇之間的鬆散聯繫結紮得稍爲緊密。正是在這
裡留下了茅盾最初打算把三部曲搞成一個統一人物體系、統一結構形式的長
篇小說的印記。

　　這個辦法同樣用在聯結《動搖》與《追求》這另兩部中篇上。這與在《動
搖》中以極不顯眼的王詩陶爲核心的那組「三角」關係取代了李克和史俊起
同一作用。不過由於《追求》採用了多線索平行交錯推進的藝術結構，因而
王詩陶們也就不可能像李克、史俊之於《動搖》、之於方、羅關係那樣起多方
面的直接作用。因此《動搖》與《追求》的結構聯繫，較之它與《幻滅》的
結構聯繫更加鬆散了。《追求》中的心理結構因素較《動搖》的比重爲大，因
而更近於《幻滅》。因爲它把張曼青、王仲昭、章秋柳、史循這四個人物所代
表的四種同中有異、異中有同的生活道路，納入大革命失敗後左右著他們的
幻滅情緒與不甘寂寞仍在追求掙扎的努力之中。不加強心理結構因素，而仍
依靠事件的推進，已不可能（事實上也不存在這種條件）更好地展示人物性
格發展的進程。所以茅盾除了用朋友關係和結社「事件」（假如說這可以稱得
上是「事件」和話）把他們聯結在一起以外，就只能用章秋柳這個「無事忙」
式的人物的「桃色」關係，和從《幻滅》留下來的王詩陶等的時斷時續的線
頭，來綁紮三個中篇和《追求》四個各自獨立發展的結構部件了。

　　儘管如此，如果我們不是作表層觀察，而是作深層觀察，如果我們不是
從現象著眼，而是從實質探究，那麼這四個人物的四條同中有異、異中有同
的人生道路，實際上也就是《追求》的藝術結構的四條縱向情節貫串線。它

們有合有分，相互糾結，蜘蛛網般地把貌似鬆散的這部中篇膠合在一起。他們（它們）之間存在著相當鮮明的性格對比作用。這種別具一格的藝術結構類型，我想稱它為多線索平行交錯推進的藝術結構。也許有人會稱它為「板塊」結構。我想這不妥當。茹志鵑的《剪輯錯了的故事》是明顯的板塊結構，其人物、事件、情節等等安排的「隨意性」在作品中所占的支配地位，和《追求》的四條線索緊密聯結對比的結構形式顯然不同。這樣多線索平行交錯推進的結構形式在寫《蝕》之後不久茅盾又用過一次。那就是他自認為寫失敗了的中篇《三人行》。不過《三人行》的三條情節貫串線之間的糾結較之《追求》更為嚴密，人物的「分散行動」的自由較之「統一行動」也少得多了。

　　至此，我們有條件總地提出兩個問題。茅盾自認為《蝕》三部曲結構鬆散，所指究竟是什麼？其不足是否真的那麼大？從以上的分析可以看出，他所謂的結構鬆散，主要指三部中篇之間的結構關係而言。分開看各部中篇本身，結構不僅不鬆散，而且相當嚴謹。那麼三部曲相互之間是否鬆散到僅靠幾個次要人物蜘絲馬迹、藕斷絲連地略具聯繫呢？這又不然。如果我們不是狹隘地把文學作品的藝術結構僅僅理解為純技巧性的東西，而是像茅盾那樣，把它看作作品的「間架」，是思想內容與藝術形式相統一地把作品的主題思想、人物體系、故事情節、矛盾衝突等等有機地統一在這個「間架」裡，從而把作品的思想脈絡和藝術線索的內在聯繫當作有機體作宏觀分析，那麼，《蝕》三部曲的整體結構還有次要人物連結關係以外的兩大結構線索統一著三部曲整體。其一是：有一條人生道路面面觀的縱向貫串線勾連著它們。這和文學研究會「為人生」的藝術主張又有內在的關係。茅盾作為文學研究會的主要代表人物，創作伊始就注意貫徹這個主張，它自然而然地融匯在《蝕》的結構藝術裡。其二，把人物的命運，把許多種人生道路統統納入社會大革命、生活大動蕩的宏觀歷史激流裡展示其各自的時代位置。對人物的褒貶，自然也頗具歷史感地潛藏在這裡。這就使得起結構線索作用的次要人物所代表的傾向，和各個中篇主要人物的傾向，作為社會生態發展史的內在統一的有機體，潛藏在藝術結構的深層聯繫裡。於是這形形色色的諸般人生，就是時代的也是社會的，其主幹就是下面所引的茅盾關於《蝕》的這段自白：

　　　　我那時早已決定要寫現代青年在革命壯潮中所經過的三個時

期：(1)革命前夕的亢昂興奮和革命既到面前時的幻滅；(2)革命鬥
爭劇烈時的動搖；(3)幻滅動搖後不甘寂寞尚思作最後之追求。

這樣，書名所稱的《幻滅》、《動搖》、《追求》和人物的「追求」、「動搖」、「幻
滅」二者反覆地逆向循環所構成的思想貫串線，實際上和藝術結構的縱橫交
織的貫串線隱而不顯地有機結合成一體。有鑑於此，我主張，不要把《蝕》
的結構藝術估價太低！

現實主義的總體設計
—— 三論茅盾小說的結構藝術

　　文學作品的藝術技巧，雖然是一種可以獨立存在的藝術實體成份；但是，就像人體組成那樣，無論是神經系統、經絡體系，還是骨骼結構、肢體布局，在自成格局的獨立性之外，還有其對人身整體的必然的依附性質。文學作品藝術技巧也是這樣。它的整體依附性，主要是兩點：其一是依附其所反映的主體——現實生活；其二，則是依附其服務的對象——作品的思想內容。因此，作為現實生活及其在文學作品中的反映的思想內容，對藝術形式及其組成部分的藝術技巧，帶有很大的制約性。

　　另一方面，從生活中提煉出思想內容的過程，實際上也就是為特定思想內容尋求其外在表現形式的過程。這個過程受作家的美學思想和他依據這一美學思想所確定的創作方法所支配。從同一生活中提煉出的同一思想，完全可以被同一作家或不同作家運用不同的創作方法加以反映；其結果則是寫出表現形式不盡相同或完全不同的作品。因此，不同的創作方法對反映同一生活同一內容的作品的技巧選用，帶有極大的制約性和決定性。特別是文學作品的結構藝術，作為形式構成因素，其對生活、思想與創作方法有更大的依附性。

　　在各種創作方法中，現實主義創作方法對藝術結構的要求更嚴。因為現實主義的基本特徵之一，就是其藝術真實性非常嚴格地依賴於生活的真實性；這裡所謂的生活真實性，不僅僅指的是本質真實（因為其他創作方法例如浪漫主義的創作方法也要求其藝術真實建築在生活本質真實的基礎上），而且也包括了以生活本來的真實面目（包括思想內容、也包括再現生活的形式）

來反映生活的嚴格要求。

茅盾作爲中國現代文學史上現實主義文學的一代宗師，始終自覺地信守這些基本原則。他的結構藝術，具有明顯的現實主義藝術特徵；同時又因他的思想追求和美學追求在不同的歷史階段具有不盡相同的內容，其結構藝術的現實主義特徵，也具有明顯的階段性。

（一）

文學創作的演變過程，取決於許多複雜因素。其演變的速度，因之也較爲緩慢；過渡期相應地比較長。任何企圖以年度標界的辦法都易流於簡單化。所以我們界標茅盾小說創作，也宜採用大體分段原則；並且承認「你中有我，我中有你」的「互見」現象。此外還得聲明一點，茅盾的小說成就，其長篇遠遠超過短篇，因此分期理所當然要著重考慮長期的特徵。

總體看來，茅盾小說創作從 20 年代末到 40 年代末這二十多年的實踐歷程，可劃分爲三個時期，20 年代末到 30 年代初爲創作前期；主要作品有《蝕》、《虹》、《野薔薇》、《宿莽》（其中的短篇小說）和《路》、《三人行》等。30 年代初到抗日戰爭爆發前後爲創作中期；主要作品有《子夜》、《春蠶》、《林家舖子》、《多角關係》、《少年印刷工》、《泡沫》、《煙雲集》等。抗戰爆發後到 40 年代末爲創作後期；代表作品有《第一階段的故事》、《腐蝕》、《霜葉紅似二月花》、《走上崗位》、《委屈》、《鍛鍊》等。

創作前期的描寫重點是人生道路；創作中期的描寫重點是社會問題；創作後期的描寫重點是政治鬥爭。

創作前期的描寫重點之所以是人生道路，這是沿著文學研究會的「爲人生的藝術」主張發展下來的。這一主張，有其歷史的和時代的原因與根據。在中國共產黨成立之前，反封建鬥爭早已自發地進行。早在工農革命運動高漲之前，出身於小資產階級甚至剝削階級家庭的革命知識分子作爲時代的先覺者，已經從事著以民主與科學爲戰鬥綱領的反帝反封建鬥爭。由於自身的階級局限和世界觀局限，也由於工農運動尙不成熟的歷史局限，儘管「五四」之後中國共產黨繼之成立，但中國革命的歷史道路和中國革命知識分子的歷史必由之路問題，還是一個尙待長期實踐摸索的時代歷史課題。「夢醒了無路可走」的問題，以至尙不能認識歷史必由之路的問題，在 20 年代，仍然是持續多年的時代課題。不僅茅盾，包括魯迅（如他的《在酒樓上》、《孤獨者》、

《傷逝》）、葉聖陶（如他的《倪煥之》）、郁達夫（如他的《沉淪》、《春風沉醉的晚上》）等，也大都以極大的努力從事這一歷史課題的文學反映。茅盾這一時期以革命知識分子的人生道路問題為主題的上述作品，也許是最為集中地形象概括了在人生道路上摸索前進的形形色色的知識分子的何去何從問題。《蝕》和《野薔薇》以及《宿莽》中的小說部分，都集中寫了「夢醒了無路可走」的共同主題。以《創造》為先聲，到了《虹》、《路》和《三人行》，則對「夢醒了」走什麼路問題，試圖作出合乎歷史客觀規律的馬克思主義的正確回答。然而由「無路可走」到「走上正路」，人們面臨著兩大嚴峻的課題：其一是如何與革命運動以及工農群眾相結合；其二是相應地如何改造主觀世界。這是一個脫胎換骨的深刻變革。

　　這一時期茅盾的小說創造還存在一個有意思的現象，就是反映現實與表現自我的關係問題。早在 20 年代前半，茅盾就大力倡導以「實地觀察」與「客觀描寫」為特徵的現實主義。創作伊始，他也一再強調忠實於客觀真實。但在這時的作品中卻含有明顯的「表現自我」的痕迹。這個痕迹是大革命失敗後的時代烙印；也是茅盾自己消極地總結經驗教訓後形成的幻滅情緒與消極悲觀的個人心態。這種個人心態和小資產階級革命青年面臨的「夢醒了無路可走」的人生課題得到結合，使茅盾的幻滅感和消極悲觀的個人心態在作品主人公身上找到了自我表現的依附體。不僅作者一再承認的《追求》中的消極格調屬於他個人的，而且我們在《動搖》中的方羅蘭、《色盲》中的林白霜身上，也能找到茅盾個人的特定的心態與當時的氣質。

　　以上兩方面內容在早期創作藝術結構上的反映，集中凝成為以下幾個特點：其一，是幾乎無例外地寫小資產階級知識分子參加或追隨革命歷程中充滿坎坷的社會經歷；這也是人生道路上的艱難歷程。其二，是以這樣的主人公的人生道路作為藝術結構的軸心：或者截取其生活的橫剖面為主，把其人生途程的縱線歷程截成片斷穿插於橫斷面的描寫之中，部分作品如《一個女性》、《虹》、《路》和《三人行》，則採用人生道路的縱線結構。但無論哪一種結構，大都屬於以人物為軸心的人物結構。只有《泥濘》和少數幾篇歷史小說，採用了情節結構。其三，人物結構也好，情節結構也好，絕大部分的結構體制都很單純；大多包孕著由人物內心世界的縱向展示和作者表現自我的情緒基因所決定的心理結構因素。其四，這種人物結構為主，心理結構因素為輔的結構藝術，多以不同的人生道路的發展情勢，組成小說情節發展的結

構體系。這裡又有兩種情況，在《創造》和《虹》以前，其小說的對比性結構著重於展示同一性質的人生道路及其發展的不同形態，如《幻滅》、《動搖》、《追求》。隨著作家思想發生變化，由「北歐女神作先導」引導作者克服了幻滅情緒，看清了革命前景，其小說的對比性結構安排，就由同一性質的人生道路不同發展形態的對比，轉為著重對比不同性質的人生道路；甚至對比地寫人生道路性質的轉化，如《陀螺》、《虹》、《路》、《三人行》。然而無論哪種對比性結構設置，其人物道路的縱線展示和橫向對比，大都深入到人物發展的心靈歷程，使人物性主體結構包孕著心理性結構因素。這種心理結構因素不是「楔入」的，而是有機滲透性的。這就使藝術結構具有渾然天成的有機複合性。

到了創作中期，茅盾小說由人生道路轉向著重反映社會問題；特別是著重深入反映社會經濟形態及其與民族矛盾及階級矛盾的關係。換言之，是從民族矛盾與階級矛盾相交織的社會矛盾中，揭示社會經濟形態的進一步殖民地化，是多麼嚴重地危及到中國社會、中華民族，以至我們國家的生死存亡。《子夜》、《農村三部曲》、《林家舖子》、《多角關係》等等，大都具有這種性質。在早期創作中，這些因素只是作為襯景存在於人生道路的展示和不同人生道路的對比結構中。這種襯景有時偶爾也被推為前景，如《動搖》就是，但多數情況仍屬襯景。到了創作中期，這種襯景不僅被推到前臺，而且構成推動人物性格發展的矛盾衝突；形成了以事件為中心的情節結構。因為這時，單純的人物結構已滿足不了這種高負荷的思想內容的需要。於是，前期作品偶然出現的情節結構基因，就成為中期經常採用的形式。

為了反映半封建半殖民地的中國社會的複雜經濟關係及其衍生的多元性政治矛盾，人物為主的人物結構就不能不讓位給反映多重矛盾的多線索複合式的情節結構。但是茅盾小說並未回到中國古典小說那種以故事情節為主體的民族傳統的單一的繼承中去；而是把吸取西歐小說以人物為中心的傳統，和民族化的重情節的小說傳統結合起來。在情節是性格發展的歷史這一基本原則下，使人物統帥情節；人物是情節結構的軸心；人物群體是多線索複合情節結構的軸心。這就出現了《農村三部曲》的雙曲線拱形結構，《子夜》和《林家舖子》的一幹千枝多線索榕樹型結構，和《多角關係》的盤根錯節的蛛網式結構。尤其是一幹多枝的多線索結構和盤根錯節的蛛網式結構，最能反映這一時期茅盾小說大容量宏觀概括性結構藝術的美學特點。

　　心理描寫依然常用，但由於描寫視野的擴大，描寫視角的多變，事件紛紜複雜的程度較高，一向喜愛滲入心理結構因素的茅盾也許一時還未摸索出成熟的新的「滲入」方式，因此中期的小說藝術結構中，基本上沒有有機地滲入心理結構因素。也許由於這個原因，精神幻象手法的採用率相對增加，人物心理視景的作用也就更大了。

　　到了創作後期，由於小說的視景由經濟形態擴大到整個社會政治鬥爭的廣泛的宏觀概括，以一個主要人物控制全部結構的局面多數情況下已經無法攝盡作品的宏觀廣闊視景了。經過了《第一階段的故事》的失敗嘗試之後，茅盾成功地設計了適應反映複雜生活、反映複雜思想內容的新的藝術結構形式：這就是交錯發展的多線索結構與人物型、情節型與心理型水乳交融而以心理結構為主體的複合結構的出現。前者如《霜葉紅似二月花》、《鍛煉》，後者如《腐蝕》。這兩種結構形式的特點是：第一、政治領域、經濟領域和意識形態領域的多層次社會結構，均在小說藝術結構的包容之中。第二，相應地形成了兩組以上的人物群體，使小說人物體系由單一中心發展為多中心。第三，這勢必導致多線索，而且是人物線索、事件線索綜合運用的多線索複合性藝術結構。第四、一向為茅盾所重視的心理結構因素重新出現，或者加大了比重。如《霜葉紅似二月花》就從張恂如、黃和光、張婉卿，特別是錢良材等幾個人物著眼，使心理結構因素折射到相應的人物各自牽動的情節線索與情節結構上去。這就留下了多重性的心理結構因素的投影。或者像《腐蝕》那樣心理因素躍居比人物結構因素、情節結構因素更為吃重的主導地位。心理結構因素的重新出現與比重加大，使情節發展帶有濃厚的心理體驗色彩。小說的主觀色彩濃了，情緒感染作用也就大大加強了。這種加濃了的主觀色彩又不同於前期；因為它主要的不是作者的主觀色彩，而是人物的主觀色彩。它還給人以線索頭緒雖多，寫來從容不迫的舒適感和徐緩感；標誌著結構藝術已臻爐火純青的最高美學境界。

　　不論進入到哪個階段，茅盾的小說藝術結構均以生活的本來面目和客觀存在形態的方式出現。即或是心理結構占了主導地位的《腐蝕》，我們也沒有類似現代派心理小說那種雲遮霧罩，失卻生活本來面貌的感覺。在這裡，「物」並未「與神遊」，但藝術效果卻給人以「物與神遊」之感。主觀心理並未任意支配客觀世界，但實際上主觀心理也帶有很大的籠罩典型環境的支配控制作用。不僅《腐蝕》如此，就是《霜葉紅似二月花》有關張恂如，張婉卿，特

別是錢良材的篇章，心理心境對客觀物境描寫的支配控制作用，也顯得十分鮮明。

儘管如此，小說中的人物、人物關係、生活環境與時代歷史場景等等，雖打上了心理體驗主體的主觀色彩，卻並未完全幻化或溶化到人物的主觀心理之中，而依然保持著客觀世界的真實性。現實生活在這裡是以保持本色爲前提，具備著心理控制的承受性。一切信守著現實主義原則，一切保持著嚴謹的現實主義特徵。正是在這裡，高超的藝術結構分外顯示出作家結構藝術的出神入化和鬼斧神工！

縱觀 20 年代末到 40 年代末的二十多年的藝術結構工程，還可以看出茅盾從攝取社會之一角到從容裕如地攝入社會全景、反映整個社會多層結構的輝煌進展。二十年來，茅盾的結構藝術經歷了由微觀概括到宏觀概括的突飛猛進的發展。他從宏觀多層次結構著眼，從微觀的具體線索的描寫落筆，導致縱橫結合、宏觀與微觀相得益彰的藝術境界的出現。說明茅盾已經成了設計複雜工程精密構圖的結構藝術的高級工程師。他已經由必然王國達到自由王國的更高境界。

（二）

在結構藝術的技巧運用上，茅盾也嚴格遵循現實主義原則。

他雖然不像葉聖陶那樣採取冷諦人生的態度，而是毫不隱晦自己的政治傾向性，但他比葉聖陶更爲隱蔽地潛藏在整個藝術結構之後。他像技藝高超的總導演和舞臺總監督，在處理劇本、驅遣演員（茅盾的演員當然是小說中的人物）和進行舞臺調度時傾注了一切心血，滲入了全部傾向；但當幕布拉開、戲劇開場時，他卻絕對信守非劇中人絕不出場的原則。他不僅不像傳統的說書人和西歐小說中好發議論的作者那樣介入情節，說理評論，預作交待，事後總結；更不採取中國傳統小說常用的詩詞、「贊曰」、引子，結句等結構手段；甚至他也迴避由作者或作者的影子出現的第一人稱的結構方法。除了《腐蝕》因特殊需要以中心人物趙惠明作第一人稱外，連人物自身的第一人稱也不採用。也是除了《腐蝕》出於特殊需要全書有作者出面說話，小說前冠以屬情節體系有機成分的序之外，其他作品連與情節有關的序也沒有。由此可見茅盾迴避以作者身分出現於作品之中以起結構作用的絕對超脫態度；其超脫的程度，雖魯迅也難以企及。

　　所以然者，都是出於一個動機：讓作品以生活的本來面貌出現，讓讀者直接和人物與情節打交道。這是浪漫主義作家無論如何也做不到的。茅盾是徹底的現實主義者，他相信生活固有的精神能量。他給自己限定的責任，就是以精心構築的保持生活本來面目的藝術結構，發揮其感動以至教育讀者的作用。

　　但是，在整個藝術結構中，作者又無處不在。其表現形式是：以一個無所不知、無所不察的敘述者借助故事情節和人物形象的描寫讓事件說話；讓人物說話；讓人物關係說話；讓時代的歷史的環境說話。他自己則好像一個高超的電影攝影師和剪輯師。他締造了一個又一個視象鏡頭，又以充滿主觀色彩的蒙太奇手法把它組接成「一次過」的影片拷貝。當讀者按照他的意圖把目光投向銀幕，完全讓攝影師和剪輯師牽著自己的喜怒哀樂走，卻只知有劇中人物而不知有操縱劇中人物的攝影師與剪輯師的存在。

　　這樣一種導演、舞臺監督、攝影師、剪輯師式的工作方式，典型地反映出茅盾現實主義結構藝術的美學追求與藝術特色。

　　但這絕非說藝術結構中作者努力隱蔽自己的態度就是純客觀性而排除了作者的思想感情的傾向。不錯，作者常常宣稱：他完全排除了自己的主觀，嚴格注意讓生活眞實直面讀者。但這是不符合實際的。在《蝕》的總結構中，其展示的生活視角僅及暫時處於中間狀態和落後狀態的革命小資產階級知識分子；卻不給走在時代前沿的先進的革命者以存身的地盤。李克是唯一比較革命的；但他具有極大的模糊性。他宛如天半神龍，見首不見尾。很難說他就是眞正的革命者形象。反之，當作家結束了幻滅時代而投身北歐女神懷抱之後，他的作品中先進知識分子甚至革命者的形象，在結構總體中始終起著推動人物思想發展的作用；因而實際上也推動著矛盾衝突與故事情節向前發展。如《虹》中梁剛夫、黃因明之對梅行素；《路》中雷和杜若之對火薪傳。前後兩種情況各從一「極」說明了表現相反而結論相同的一點：作者的思想感情傾向，不僅不因結構藝術中作者的隱蔽態度而受到影響，而且正因爲作者的態度隱蔽了，他就能充分利用作品結構中多種渠道而不是利用作者介入的單一渠道流露其主觀傾向性。論者和讀者一向認爲茅盾既同情吳蓀甫，也同情趙惠明；但作者在書中從未出面對他和她表示過一次同情；一切主觀同情傾向均隱沒在結構手段的運用之中。這種把傾向隱蔽在結構之後的技巧，典型地表現出結構藝術的現實主義特徵。

如果我們可以把上述特點稱之為結構藝術中作者態度的隱蔽性，那麼我們也可以把茅盾小說開端的特點稱作全局性或宏觀性。在中國傳統小說中，其開端部分往往用各種方法宣示作品藝術結構的總體布局。例如《三國演義》第一回至第五回集中寫漢室衰則黃巾起而奸臣興；為平黃巾、除奸臣而群雄起；群雄並起相互紛爭；逐步兼并才導致鼎足三分之勢成。在這五回中蜀、魏、吳的主要人物次第出場，為全書的總體布局奠定了牢固基礎。《水滸傳》比《三國演義》開端布局的全局性和宏觀性更為鮮明。第一回「張天師祈禱瘟疫，洪太尉誤走妖魔」，採用「一次性」方法把三十六天罡、七十二地煞化成為一百單八將的情節作了總體性交待。這就把下文一個人物一個人物各自獨成格局的鬆散結構攏在一起；形散而神不散；各個人物歷史的「分說」都是第一回的「總說」安排就了的。「西遊記」稍有不同的是，全書人物都圍繞孫悟空轉。所以開端先寫孫悟空的身世，足足用了八回的篇幅。但這八回絕非單寫一個悟空，而是把天宮和佛國兩個神仙世界的結構框架作了總體交待。因為這一宗教結構與小說主題思想的核心內容密切攸關；不預作交待就達不到宏觀性、全局性的結構要求。有了這八回，再寫俗世界的第九回至第十二回，亦即分別寫唐僧的身世和唐太宗派人取經的緣由。至此神的布局和人的布局才完成了宏觀性、全局性的安排。此後那些「妖」的布局，只要一一道來也就行了。《紅樓夢》又是一種方法，它用第一回空空道人與頑石的因由作引子，以第二回「冷子興演說榮國府」作情節結構和人物譜系的總綱，以第五回「賈寶玉神遊太虛境」作人物體系的總線索。這一切也是全局性、宏觀性的開端布局。

茅盾繼承了中國傳統小說開端布局的總體性、全局性、宏觀性原則；用現實主義創作方法濾掉那種浪漫主義甚至象徵主義的結構成分；採用西歐小說總體布局的現實主義結構技巧，形成了自己的以全局性、宏觀性為特徵的現實主義結構方法。他在作品的開端，作總體性的安排，包括安排事件，布置情節線索，引出主要人物甚至大部分人物，交待時代背景，等等。

通常都提到《子夜》利用吳老太爺的入殮儀式引出主要人物，安排主要線索作為這方面的例證，這當然是對的。但是人們往往只提到這個方法與托爾斯泰的關係，即《戰爭與和平》利用寫舞會引導人物出場的結構布局的技巧；而忽略了茅盾對上述中國傳統小說這一全局性、宏觀性結構布局技巧的師承關係。顯然這是不全面的。事實上茅盾的許多小說都是這樣做的。如

《路》利用一至三章的篇幅圍繞「出路」問題介紹主要人物及其面臨的政治衝突與三角戀愛糾葛；而這政治、愛情的線索是本書兩條基本結構線索。《三人行》與《路》相似。《多角關係》略有不同，它是在第一章中利用唐愼卿玩弄女性「總提」唐、李（惠卿）兩家；在第二章中利用唐子嘉的債務單，「總提」全書的多角關係，以體現開端布局的總體性和宏觀性的。《第一階段的故事》利用第一章「上海市中心區之一夕」看焰火晚會，引導主要人物上場；利用第二章「民族工業家何耀先」介紹全書基本矛盾和中心人物。《腐蝕》是先介紹趙惠明和小蓉的爭風吃醋糾紛引出特務內部的組織結構與重重矛盾。再次第引出代表日僑和代表共產黨地下工作者的兩條線索。《霜葉紅似二月花》和《鍛煉》則分別利用瑞姑太太回府和蘇辛佳被捕，或小或大的兩件事，介紹人物和布置結構線索的。這一切一無例外地都藝術地巧妙地在開端對全書總體作全局性和宏觀性結構布局。

茅盾之所以重視開端布局的宏觀性和全局性，當然是從現實主義地眞實地本質地再現生活的本來面貌和固有的眞實內蘊出發的。

現實主義地再現生活，不僅要在結構藝術中作宏觀總體反映，而且要求作宏觀總體反映時，充分體現歷史發展和時代潮流的本質特徵。這就牽扯到藝術結構如何反映典型環境的重要問題了。

列寧指出：「在分析任何一個社會問題時，馬克思主義理論的絕對要求，就是要把問題提到一定的歷史範圍之內。」〔註1〕他又說：「最可靠、最必需、最重要的，就是不要忘記基本的歷史聯繫，要看某種現象在歷史上怎樣產生，在發展中經過了哪些主要階段，並根據它的這種發展去考察它現在是怎樣的。」〔註2〕茅盾的現實主義是在馬克思主義指導下的革命現實主義。因此茅盾就不同於有些作家；他特別重視作品的歷史淵源和時代性。在現代文學史上，不少作家，包括曹禺的作品在內，都小心地不和具體時代、具體歷史政治事件相連；而注重人物和情節的永久性追求。事實上這是一種誤解。文學作品的永久性，絕非脫離特定歷史時代即能奏效的。它首先取決於反映生活的眞實性深度、歷史性高度和形象化程度。這三者是衡量文學作品典型化的基本尺度。只有典型化極爲充分的作品，才具有更大的歷史永久性。阿 Q 之所以走向世界而列入公認的帶有歷史永久性的典型畫廊，失去了辛亥革命前

〔註1〕《列寧選集》第2卷，第512頁。
〔註2〕《列寧選集》第29卷，第430頁。

後半封建半殖民地中國社會的時代性和歷史性，其思想特徵、精神特徵、心理特徵，豈非成了無源之水，無本之木，怎麼能具有永久性？在魯迅研究中，那種努力把阿 Q 及其精神勝利法說成脫離特定時代、特定歷史環境、特定階段性與民族性的論著，儘管他們也努力證明阿 Q 是永久性的不朽典型，恰恰是這種努力把阿 Q 當成了抽象精神、抽象品質的「外套」式的空架子，因而活活扼殺了阿 Q 的生命的永久性！

茅盾當然深深懂得時代性歷史環境的具體性是人物典型化的不可忽略的前提。所以他一再告誡青年作者要把人物和環境統統放在自己全視角的觀照之中。他的作品的結構布局總是依託於特定時代，依託於特定時代的特定歷史事件；其人物線索和情節線索以至於物件線索，也深深植根於時代與社會的土壤之中。他往往有意識地在作品中交待四種襯景。其一是事件發生的歷史年代、時代環境、階級關係甚至民族關係，還包括了社會風土人情。其運用的手段或是借助歷史事件，如《第一階段的故事》一開始寫 1937 年 7 月 7 日發生的蘆溝橋事變和故事開場「七月初的天氣」裡上海「市政府十週年紀念慶祝典禮」。或是借助有時代特徵的具體事物，如《春蠶》開頭寫老通寶的棉襖與他所仇恨的內河小火輪。其二則是人物及人物家族的身世歷史。如《腐蝕》中寫趙惠明曾參加過戰地服務，寫她母親在家庭中的不幸遭際；《霜葉紅似二月花》寫張（張恂如的祖父）王（王伯申之父王老相）兩家的墳地之爭；已過世的錢良材之父錢俊人和現仍健在的朱行健在戊戌變法當時的擁護維新的歷史情況，它在現實生活中留下的遺跡等等。其三則是不僅交待而且反覆描寫具有階級的民族的地方色彩的社會關係。如《春蠶》中寫老通寶和陳老爺的關係；他們族上和「長毛」（太平天國）的關係，老通寶認為多多頭可能是被殺的「小長毛」託生的以及由於養蠶的迷信風習存在，把人與人的關係（如對荷花）複雜化了等等。如《霜葉紅似二月花》因小火輪駛行過程危及農田，疏浚河道又涉及善堂的公款管理，遂醞成王、趙鬥爭；並引出趙守義幕後策劃小曹莊農民砸船，王伯申幕後操縱軍警彈壓又釀成命案（小老虎被槍殺）等等。前者（《春蠶》）構成了作品結構的心理線索，後者（《霜葉紅似二月花》）則構成作品結構的中心事件和情節體系核心，以及維繫幾組人物群體的事件線索。其四則是前面多次提到的利用人物間親族血緣關係、愛情婚姻與兩性關係以及朋友、同事關係作連結情節結構、人物結構、人物群體結構等結構線索和結構手段。這個問題在《子夜》、《霜葉紅似二月花》、《第一

階段的故事》、《鍛煉》等作品中特別清楚。而這也和以上其他三種結構手段同樣，是以生活真實為基礎，並從現實生活特點中提煉出來的。這當然也是具有現實主義精神的茅盾獨具慧眼的創造，獨闢蹊徑的開拓了。

（三）

茅盾小說現實主義結構藝術最突出的特徵，是對高密度、大容量的刻意追求。如果說在中國現代文學史上，丁玲是竭力追求人物性格複雜性的作家，那麼茅盾就是竭力追求反映生活複雜性的成就最大的作家。在這裡，我不得不接觸並試圖剖析茅盾自己常常說過的一個現象：他的短篇小說常常是壓縮了的中篇。在這裡我還可以補充一句：他的中篇小說常常是壓縮了的長篇。

首先，茅盾自己就有一種心理：「那時候，我覺得所有自己熟悉的題材都是恰配做長篇，無從剪短似的。雖然知道短篇小說的作法和長篇不同，短篇小說應該是橫截面的寫法，因而同一的題材可以寫成長篇，也可以寫成短篇；但那時候我笨手笨腳，總嫌幾千字的短篇裡容納不下複雜的題材。」〔註3〕其實這並非藝術上的幼稚所致，而是基於對人生，對現實，對文學使命的一種認識。這種認識即使在寫完上述那段話的十二年之後，即 1945 年，仍然保持著歷史性感慨與對現實的審美感受。他不無遺憾地寫道：

> 人生如大海，出海愈遠，然後愈感得其浩淼無邊。昨日僅窺見了複雜世相之一角，則瞿然自以為得之，今日既由一角而幾幾及見全面，這才嗒然自失，覺得終究還是井底之蛙。倘不肯即此自滿，而又不甘到此止步，那麼，如何由此更進，使我之認識，自平面而進於立體，這是緊要的一關。
>
> ——《回顧》，重慶《新華日報》，1945 年 6 月 24 日

其實這種充滿遺憾，力爭主動地認識和反映生活的緊迫感，在創作伊始他就有了；其淵源是由他的現實主義文學思想與文藝社會使命感派生出來的：

> 現在已經不是把小說當作消遣品的時代了。因而一個做小說的人不但須有廣博的生活經驗，亦必須有一個訓練過的頭腦能夠分析那複雜的社會現象；尤其是我們這轉變中的社會，非得認真研究過社會科學的人每每不能把它分析得正確。而社會對於我們作家的迫

〔註 3〕《我的回顧》，《茅盾論創作》，第 8～9 頁。

切要求，也就是那社會現象的正確而有爲的反映！

——《我的回顧》，《茅盾自選集》，天馬書
店版，1933 年。著重號爲引者所加

這種革命的文學使命感導致茅盾現實主義的典型觀的形成；其基本精神
是：

> 如果看到了一事一物具有所謂「故事性」或典型性而馬上提筆
> 寫一個短篇，也許可以寫得很動人，但不能保證一定耐人咀嚼，
> 即具有深刻的思想性。在橫的方面，如果對於社會生活的各個環節
> 茫無所知，在縱的方面，如果對於社會發展的方向看不清楚，那
> 麼，你就很少可能在複雜的社會現象中恰好地選取了最有代表性、
> 典型性的，即是具有深刻的思想性的一事一物，作爲短篇小說的題
> 材。

——《茅盾選集·自序》，1952 年

因此，茅盾要求自己對生活具有過人的認識深度與廣度，他反映生活時
養成了社會分析的習慣。文學的革命使命感形成了他獨特的美學觀和創作個
性，也決定了他現實主義的結構藝術的特點：高濃度、大容量、多線索；寫
情節要概括階級矛盾、民族矛盾相交織的時代生活；寫人物則要具身世感，
社會關係的多層次性，寫人物關係要橫向延伸，盡量包括經濟的、政治的、
意識形態的基本層次；縱向延伸則力爭展示歷史源流與發展前景。

幾乎每一部（或篇）茅盾小說的藝術結構，都是一幅社會結構解剖圖。
在 20 年代後半的創作初期；他的長篇雖偶有社會全景的總體攝取，如《動搖》
和《虹》；但多數作品還是截取社會一角或人生片斷作縱深剖析。其最集中的
題材，當然是革命小資產階級知識分子生活道路的一個或幾個橫截面。但麻
雀雖小五臟俱全；作者把握住牽一髮而動全身的社會生活複雜的內在聯繫
性，從特寫鏡頭折射出大全景。即使像《自殺》這樣格局極爲狹小的結構，
寫的僅僅是環小姐關在屋子裡思前想後的重重憂思終致自戕，也著重從兩性
關係的道德觀念入手，展開了民主主義的道德觀與封建主義道德觀的激烈衝
突；揭示出這種衝突的曲折複雜性：即便是「五四」運動以後，反映到時代
新女性環小姐的頭腦中，節操觀念的封建性也超過了民主性。其壓倒一切的
威力導致環小姐的自殺結局。環境雖然是在環小姐的閨房，其反思卻充滿了
帶血腥味的兩種社會意識形態和道德觀念的鬥爭；鬥爭結局的悲劇性，說明

了反封建任務的嚴重性與長期性。

在格局較大的作品中，茅盾就不像《自殺》那樣，以展示人物的心理層次爲滿足；而是盡可能廣闊地展示社會結構的多斷面、多層次。到了 30 年代，他從橫斷面的社會層次的形象再現，發展到縱剖面的社會層次的形象再現。不僅《子夜》、《多角關係》如此，就是短篇小說也力爭反映出社會結構的縱深感。如《當舖前》僅限於寫王阿大當「當」的一次微不足道的人物行動。但是借助要「當」的那個包袱所容的衣物的描寫，就展示了王阿大一家的悲劇歷史和不幸命運；形象地描繪出圍繞反對小火輪戽水沖壞農田事件的階級衝突和流血鬥爭。這種心理回憶和代替報曉雞的小火輪笛鳴聲的氛圍描寫相結合，橫向與縱向相結合地把作品的結構觸角，延伸到深廣的生活土壤的底層。

茅盾小說藝術結構的立體感，不僅表現在展現社會發展的縱深感很強的表層立體結構，或心理層次立體結構的形象再現中，而且表現在二者的有機結合中。例如 1935 年 5 月寫的全文共六章的短篇小說《大鼻子的故事》，只寫了一個「三毛」式的流浪兒童「大鼻子」，卻地地道道是「一二・八」抗戰之後，「七・七」事變之前上海社會的一個縮影。它歷史地描繪了「大鼻子」的身世；掃描了上海三百萬人口（這句話小說重複多次）的階級組織和階層構成；著重映現了上海灘頭流浪者階層生活的喜怒哀樂；最後還把鏡頭引向街頭示威遊行所概括的抗日青年救亡圖存的愛國運動；以及在此推動下「大鼻子」樸素的階級意識、民族意識的萌動和覺醒。這裡社會生活的結構層次和流浪兒童心理的結構層次有機交織，借心理結構層次反映社會結構層次，以組成小說藝術結構的基本骨架。從而保證了短篇小說藝術結構的凝縮性。如果展開舖寫，很顯然其藝術結構規模絕不亞於中篇兒童小說《少年印刷工》。

高密度、大容量的社會結構層次與心理結構層次的追求，面臨著如何凝聚緊縮的結構藝術難題。茅盾的辦法是靠人物性格或人物群體的軸心作用，把社會生活面的舖展加以收攏。由於緊緊把握了「人是社會的人，是社會關係的總和」這一馬克思主義的人性觀，也就易於發現和運用社會層面與軸心人物的相互制約關係。例如中篇《多角關係》中抓住了以唐子嘉、李惠康和朱潤身爲軸心形成的三組人物群體，舖開了盤根錯節的「多角關係」，多角關係的展開有了軸心的制約作用，就可以舖而不散。三個軸心又有主次，把握

住唐子嘉這「軸心之軸心」，全書的「多角關係」就形成了蛛網結構。千絲萬縷地布成天羅地網。有這個「小小諸葛亮，坐在中軍帳」，那麼，這天羅地網即使由千軍萬馬組成，也能布成難以攻克、難以打散的「八卦陣」。所以《多角關係》儘管具有密度較大的長篇規模，卻放在一個中篇的「容量」中。其結構容量之大，結構包孕力之強，由此可見。

在容量大、層次複雜的壓縮了的中篇或短篇中，怎麼才能使結構不致鬆散？茅盾的辦法是打破中國傳統小說的布局觀念；既不維持「大團圓」的結局，也不追求有頭有尾的結構原則。儘管茅盾小說的開端布置得相當紛繁而又周嚴，但其結局卻不追求「件件有交待、事事有結局」的貪多求全原則。除了少數例外，他的結構一般採取開放性原則，而抨擊封閉性原則。他的線索雖多，卻不從頭說起。而是隨著結構安排的整體需要嚴加剪裁。有時有頭無尾，有時有尾無頭，有時則掐頭去尾取中間。茅盾是斷斷續續、有斷有續、若斷若續地處理結構線索的聖手。他不怕斷，也不怕剪短。斷有斷的處理法，短有短的處理法。其總原則是採用「草蛇灰線，伏脈萬里」和「天半神龍，見首不見尾」的傳統小說結構技法與西歐小說結構技法相結合的原則。既可節省篇幅，又可舖展線索，擴大描寫面。既舖得開，又收得攏。一切以寫人達意為度。不是結構藝術的大手筆，很難在剪不斷、理還亂的複雜生活與複雜人物關係面前，保持指揮若定，從容裕如如茅盾這樣的藝術家風度：這往往又是恢宏磅礴、吞吐宇宙的認識生活能力與形象地再現生活的本領所決定。

有了高密度、大容量地「正確而有為」地反映生活全部複雜性的美學追求，又有了恢宏磅礴、吞吐宇宙的認識生活、形象地再現生活的藝術功力，也就有了茅盾的創作個性。靠這個創作個性主宰結構藝術，當然能主宰和駕馭鬼斧神工、渾然天成的結構工程。

當然茅盾也有力不從心的時候。儘管他有力量把長篇壓縮成中篇，把中篇凝聚成短篇的結構藝術功力，卻無法解決自己選定的一切命題。當生活積累不足的時候，過於龐大的胃口，無法取得足夠的生活食糧來填充；所以在二十多年的創作生涯中，茅盾因生活積累不足不得不「勒緊褲帶」的事時時發生。但這「勒緊褲帶」修改結構工程藍圖的原因，在於生活積累不足；而不是結構藝術的功力不足，無法駕馭龐大複雜的藝術結構工程。茅盾寧肯把長篇壓成中篇，把中篇壓成短篇；也不肯把短篇拉成中篇，把中篇拉成長篇。

他寧肯忍痛讓未完工的藝術結構工程或者緊縮，或者大殺大砍以至「下馬」；也不肯放鬆其高密度、大容量的美學追求。因為他從未敢忘卻文學的社會意義與社會使命！

　　由此我們不僅可以找到茅盾的短篇小說或中篇小說為什麼會是壓縮了的中篇或壓縮了的長篇的答案，而且還可以從結構藝術的獨特視角，去把握茅盾無往而不追求現實主義的創作個性特徵。

附：茅盾部分小說結構圖

《子夜》藝術結構線索圖

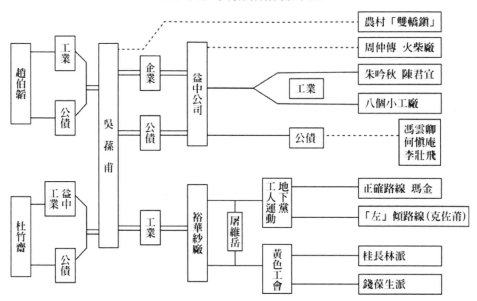

《多角關係》的「多角關係」示意圖（一九三四年年關前的危局）

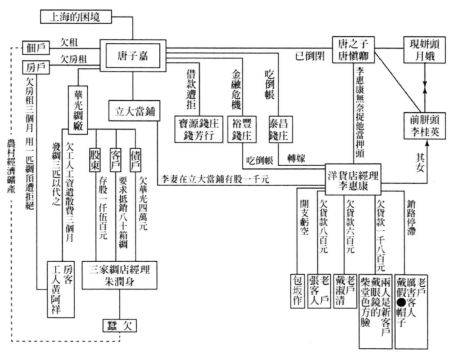

《霜葉紅似二月花》人物關係圖解

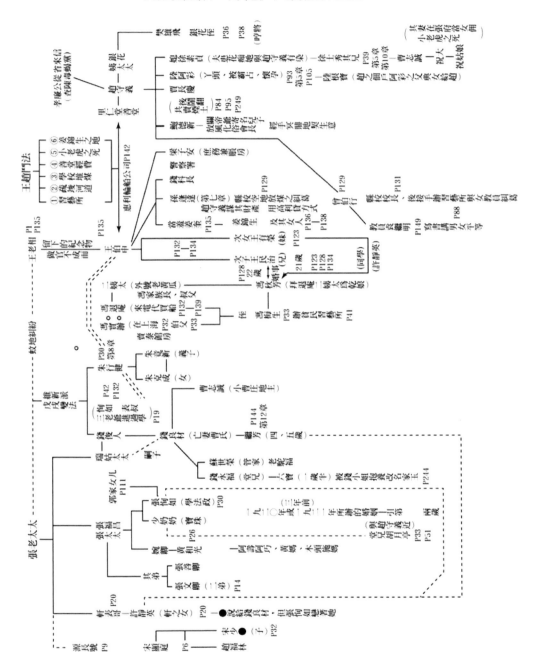

《鍛鍊》人物結構圖（此書首部約寫 50 多個人物）

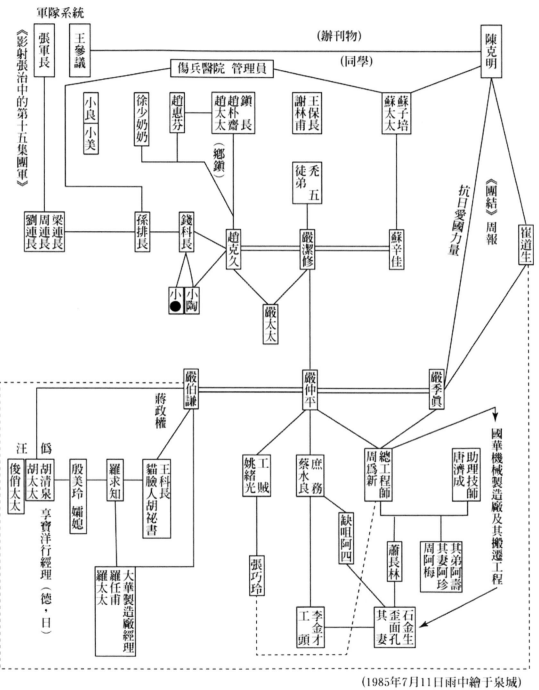

(1985年7月11日雨中繪于泉城)

第六編　茅盾研究論

藝術探索與政治偏見間的徘徊傾斜
—— 評夏志清的《中國現代小說史》茅盾專章

　　美籍華裔學者夏志清先生的英文著作《中國現代小說史》，自 1961 年由耶魯大學出版以來已經二十多年了。〔註1〕此書的中譯本 1979 年由香港友聯出版社有限公司出版，至今也有兩年多了。這部書不僅在國際上流傳頗廣，在我國也有一定的影響。

　　夏著在美國的重要貢獻，首先是較系統地介紹了中國現代文學及其歷史發展。由於大家都知道的原因，以前美國讀者對中國現代文學相當隔膜。儘管夏氏持反共觀點，評論作家作品及文學史現象時使夏著受到很大局限；但夏氏占有的材料比較豐富，敘述文學史實較爲翔實，立論也不乏獨到的見解。它對中國現代文學的反封建的革命民主主義精神，反帝的愛國主義精神，追求民主、自由、個性解放和人道主義的奮鬥精神，不少地方作了肯定。作者的視野比較開闊，評論所及，既有魯迅、郭沫若、茅盾等世界聞名的大作家，也有目前已不大爲國內青年所知的如張愛玲、錢鍾書等小說作家；對周作人、沈從文等在中國長期受到批判或冷漠的作家，也放在論述範圍之中。儘管夏氏對他們的文學史地位的評價有明顯的失當之處，但從廣泛深入研究中國現代文學史的角度看，這種努力也大有裨益。注意從縱橫兩個方面探索作家所受影響的源流，所起作用的大小，也使作者開闊的視野得以深化。在作家作品評價方面，也有其獨到的見解。即以茅盾專章和書中其它

〔註1〕本文寫於 1982 年初，故所說時間及情況均從當時著眼；今天讀來，要考慮這點。爲保持歷史面貌，故未作修改。

地方涉及茅盾時所闡述的意見論，就很有精闢中肯之處。書中對茅盾文學史地位的總評價，對茅盾所作的多方面文學貢獻的論述，對茅盾創作準備的分析，對茅盾創作風格的概括，都有公允精到的見地。例如談到茅盾的理論批評的建樹時，夏氏說茅盾「是從事當代文學批評最有眼光的一位」〔註2〕。談到茅盾創作成就的原因時，夏志清說：「與同期作家比較，在他奠定寫作事業之前，他在寫作技巧和生活體驗兩方面均曾痛下苦功」（119頁）。夏志清還把茅盾早期作品的基調特色概括為「絢爛中帶有哀傷」（137頁）。這些論述都是比較精闢的。

可惜，夏志清先生的政治偏見局限了他的學術探討，一遇到革命作家及其創作所具有的無產階級傾向，所體現的馬克思主義思想，他就失卻了嚴肅的學者應有的科學態度，偏頗之見與武斷之語時有所見。夏志清先生是強調「探求真理」而反對「訴諸感情」的。他曾批評茅盾確立馬克思主義世界觀後，其作品「已不復見先前那種真誠的語調了。」（131頁）其實，因為政治偏見而失卻真誠的語調的不是矛盾，恰恰是夏先生自己。他不僅在藝術探索和政治偏見中徘徊彷徨，而且往往在科學態度和政治傾向、感情色彩中傾斜到後一方面。這樣，儘管這部著作的確有不少有益的建樹，但決掩蓋不了其學術見解和藝術剖析上的諸多謬誤。對此給以辨析，是必要的。

夏志清先生闡述其著史的原則和他所用的標準時說：「一個文學史，如果要寫得有價值，得有獨到之處，不能因政治或宗教的立場而有任何偏差。」（425頁）他又說：「我所用的批評標準，全以作品的文學價值為原則。」（427頁）這些話本來體現了持平公允的立場和原則，如果真能付諸實施，定會寫出一部更具科學價值的著述。可惜事情並非如此，因為夏氏緊接著又這樣寫道：「雖然我在書裡討論了有代表性的共產黨作家，並對共產黨在文藝界的巨大影響力作詳細的交代，可是我的目標是反駁（而不是肯定）他們對中國現代小說的看法。」（427頁）可見，當政治偏見和藝術探索發生衝突時，夏氏斷然違背了自己關於「不能因政治或宗教的立場而有任何偏差」的治史原則。

夏氏否定作家作品時動輒說「這是宣傳」。事實上夏氏並不一般地反對宣傳；他只是反對宣傳共產黨，宣傳無產階級，宣傳馬克思主義。至於宣傳「反

〔註2〕《中國現代小說史》，香港友聯出版社中譯本，第137頁。以下引用此書，只在引文中注明頁數，不注書名及版本。

共」，宣傳對無產階級作家及其作品的否定與貶低，他不僅並不反對，而且自己在書中就身體力行，全力以赴。評價作家作品時，夏氏的習慣性思路是以作家的思想轉變為線，一旦那個作家呈現出無產階級傾向，他就連政治帶藝術統統加以否定。他認為包括魯迅、茅盾這些大作家在內，當他們世界觀發生變化之後，其「創作力」也「消失」（44頁）了。

這種情況，使我們想起了毛澤東同志的一段話：「我們不但否認抽象的絕對不變的政治標準，也否認抽象的絕對不變的藝術標準，各個階級社會中的各個階級都有不同的政治標準和不同的藝術標準。但是任何階級社會中的任何階級，總是以政治標準放在第一位，以藝術標準放在第二位的。」儘管有人至今仍不同意這一段話，然而我認為這一段話起碼對夏志清先生學術研究傾向來說是完全適合的。

夏著洋洋大觀，非一篇論文所能涉獵。本文僅就茅盾專章及書中其他涉及茅盾的偏頗謬誤之處，擇要探討，以就教於海內外廣大讀者和夏志清先生。

（一）

怎麼認識與評價茅盾創作的思想藝術傾向，怎麼認識茅盾創作的思想傾向和中國共產黨所堅持的文藝的政治方向之間的關係，在這個問題上，夏志清先生和我們之間存在著根本分歧。因此，對茅盾的評價就很不一致。弄清這些問題，是帶全局性的關鍵問題。

第一，夏氏評價茅盾早期創作時認為，它所體現的傾向與中國共產黨的文藝方向或者沒有什麼關係，或者存在矛盾，或者甚至攻擊了共產黨領導的工農運動的「暴政」。夏氏認為這體現了茅盾真正的發自內心的傾向，對此倍加推崇。這種觀點在評《蝕》和《虹》時體現得最為充分。

夏氏寫道：「《幻滅》和《動搖》那班年輕大學生」「的失意消沉不單說明了舊社會的罪惡，同時亦說明了如果不是以仁愛和智慧作基礎，那麼一切極端的政治行動是無濟於事的。」他在引用了方羅蘭攻擊工農革命運動的話後進一步發揮說：「儘管茅盾筆下把方羅蘭貶成弱者，可是，通過他對這個主角內心矛盾和痛苦的描寫，卻使我們體會到暴政可惡這個不容置辯的真理。」在分析完《追求》後夏氏又說：「《蝕》超越了一般說教主義的陳腔濫調，在這本作品裡，我們處處看到作品認識到人力無法勝天這回事。」夏氏認為：《蝕》所體現的茅盾的看法「和共產主義的基本信條互相抵觸，因此三部曲

一出版就受到共產黨文學批評家的攻擊。」夏氏非常欣賞這種所謂的「不一致」，說「茅盾雖身爲共產黨同路人，但寫本書時卻站在小說家的立場，說了小說家應說的話。答覆那些攻擊時，他只能說他的三部曲只是一部客觀的當代史，只要符合這原則，他自己的思想是否正確，不容批評家質問。」（124～126頁）

夏氏這些評價是否合乎實際，是否有些道理呢？答案顯然是否定的。看樣子夏氏寫此書時，他並不知道下述情況：茅盾是中國現代文學史上第一個共產黨員作家。早在建黨前夕他就加入了共產主義小組，是黨成立時的第一批黨員之一。儘管當時他的文學思想還存在著非無產階級的東西，但在文藝的政治方向上他和黨是一致的。早在1923年，當共產黨人所辦的《中國青年》雜誌發表了黨的早期政治活動家惲代英的文章，批評文學創作中脫離「民族獨立與民主革命運動」的政治方向，而陷入唯美主義、頹廢傾向中去時，茅盾就立即著文給予支持。他指出：「現在這種政局和社會不是空想的感傷主義的和逃世的思想所能改革的。」他要求作家「從空想的樓閣中跑出來，看看你周圍的現實狀況，並把代英君的抗議想一想」〔註3〕。這些思想和《蝕》中批評小資產階級知識青年對革命的不切實際的幻想，以及革命失敗後那種消極、頹廢、幻滅情緒的政治思想傾向，顯然是一脈相承的。到了1925年，茅盾發表了第一篇系統論述無產階級文藝思想的長篇論文《論無產階級藝術》，更加系統地論述了馬克思主義的文藝方向。這些論述和中國共產黨建黨以來逐步倡導的文藝的政治方向是一致的，這些，在《蝕》中都有所體現。

在夏氏一再稱道的《蝕》三部曲及其第一部《幻滅》中，茅盾的主觀政治傾向並非如夏氏所說，是站在靜與慧一邊來稱道與「捕捉小資產階級的良知」。作者固然肯定了她們追求革命的熱情，但對這兩位女士的曲折的不盡相同的生活道路，卻持批評的而非贊頌的態度。

茅盾雖然也批評了革命內部某些陰暗面，但他明顯地否定了那種與革命時代、革命潮流格格不入的政治態度。《蝕》的藝術成就，恰恰是通過其藝術描寫，在善意地批評這種傾向過程中表達出來的。這種同藝術傾向完全統一的思想傾向，即便今天看來，和黨的文學原則也是一致的。這種一致性恰恰是夏氏很想否定的。《動搖》的政治傾向也並非如夏氏所說：是借助方羅蘭之口去攻擊什麼黨所領導的工農運動的「暴政可惡。」作者固然沿著方羅蘭的

〔註3〕《雜感·讀代英的〈八股〉》，《茅盾文藝雜論集》上集，第155～157頁。

性格邏輯寫了他那段指摘黨領導工農運動的話，但作者對方羅蘭及其那段話所體現的「動搖」情緒，恰恰作了尖銳的批判，而毫無與之共鳴的意思。因此，這部中篇就不可能、事實上也根本沒有像夏氏所希望的那樣，「使我們體會到暴政可惡這個不容置辯的眞理」。更不可能「對今日生活在大陸的中國人說來，應當比當年出版時更見政治上的重要性。」（124 頁）所以，被夏氏稱作「身爲共產黨同路人」的作者茅盾，雖然如夏氏所說，「寫本書時」確實「站在小說家的立場，說了小說家應說的話。」但茅盾的「小說家的立場」和「話」，恰恰是批判方羅蘭的。作品中李克對方羅蘭的否定雖不徹底，但仍在一定程度上代表了作家的否定態度；這和夏氏的「肯定」顯然南轅北轍。《追求》中的幻滅情緒倒是作家自己的。但在作品中，茅盾及其描寫的人物，對此情緒一邊發泄，一邊也在作自我批評。此後，茅盾自己曾多次對《蝕》所流露的幻滅情緒作了自我批評；並且認爲正是這些錯誤思想限制了《蝕》的藝術成就。他說他寫此書時「情緒忽而高亢灼熱，忽而跌下去，冰一般冷。」使得作品「有一層極厚的悲觀色彩」，使「綿綿幽怨和激昂奮發的調子同時並在。」〔註 4〕作家這些與創作實際完全一致的自剖，恰好推翻了夏氏所持的茅盾創作的政治傾向及其藝術成就與黨的文藝方向並不一致的論點。至於《蝕》發表後受到「批評」，這是事實。但決非如夏氏所說的那麼簡單。1928 年在「革命文學」論爭過程中，茅盾確實受到一部分黨員作家的批評和攻擊，對此應作具體分析。有些同志出於「左」傾幼稚病的原因，對茅盾反對標語口號化、主張寫小資產階級的看法的批評，顯然是錯誤的。對茅盾不贊成把蘇聯的某些政治口號硬搬到中國的意見所作的批評，也是沒有道理的。對《蝕》的批評，則有正確之處。茅盾在《蝕》的創作中之所以流露出消極情緒，一方面是對革命主流估計不足；另一方面則是對以蔣介石爲代表的國民黨右派僞裝革命及其叛變革命的行爲，以及對黨內右傾機會主義路線和革命過程中產生的左傾盲動錯誤缺乏更爲本質的認識；對陰暗面估計過大，對光明前景認識不足。這些情緒受到批評，是應該的。但茅盾這些錯誤認識，並非他對黨領導的中國革命發生了根本性的動搖。茅盾當時就說：「靜女士在革命上也感到了一般人所感得的幻滅，但不是動搖！」關於自己的傾向，茅盾說過同樣的話。同時，在寫於 1928 年的同一篇文章中，茅盾還說過：「悲觀頹喪的色彩應該消滅了，一味的狂減口號也大可不必再繼續下去

〔註 4〕《從牯嶺到東京》，《茅盾全集》，第 36 頁。

了，我們要有蘇生的精神，堅定的勇敢的看定了現實，大踏步往前走，然而也不流於魯莽暴躁。」〔註5〕正是在這個認識的基礎上，茅盾利用東渡日本之機，清理了思想，振作了精神，寫出了思想傾向藝術傾向均較正確的長篇小說《虹》。

夏氏對《虹》寫梅女士性格發展一、二階段的部分是推崇備至的。但對其性格發展第三階段，則頗多微詞。他說：「相比之下，描述中國接受馬克思主義洗禮前夕的第三部分，就遜色多了。」「作者在這一部分裡加強了宣傳的調子，使小說的真實性消弱多了。」「在最後一部分裡，無論在思想上或情緒上的描敘，已不復見先前那種真誠的語調了。」《虹》寫梅女士思想發展的前兩個階段，的確表現了夏氏所說的種種長處，寫梅女士性格發展的第三階段，的確也有短處。但其短處並不在於作家的思想傾向和黨的傾向的一致性，也不是因為加強了宣傳的調子，而在於作家對這類人物的這種思想轉變其生活積累不足。因此，相形之下，生活積累更豐富的梅女士性格發展前兩段的描寫，就更有光彩。然而，寫梅女士在「五卅」工潮中一方面熱情登場表演「時代的壯劇」，一方面又因感到梁剛夫搞地下活動有時對自己「保密」而激起不滿。她從個人英雄主義出發，想幹出驚天動地的事業向梁剛夫顯示一下自己的革命熱情與能力。這種描寫不正和性格發展前兩個階段的描寫同樣真誠，同樣真實，同樣「蘊藏著個人深厚的情感，與寫實的底子」嗎？可見《虹》的思想傾向全書是一致的；倒是夏氏從他反共的立場出發，把直接描寫梅女士與工農運動結合的階段（即第三部分），和未與工農結合時小資產階級情感十分濃厚的階段（即所謂一、二部分），人為地作了割裂，並把它套在自己一向堅持的肯定創作的小資產階級傾向、而否定創作的無產階級傾向的模子裡，於是梅女士性格被分割成兩個人，《虹》也被腰斬為成敗參半、前好後糟的兩個部分。在這個基礎上來妄評茅盾在《虹》中前半語調真誠，後半則失卻「真誠的語調」，「真實性消弱多了」，這些結論只能使人感到是帶著政治偏見得出來的，因而也是靠不住的。

第二、夏氏認為，茅盾作品大凡其題材與主題和「共產黨奪權鬥爭無關」的就寫得好，反之就是「拘泥於自己擔上的公開宣傳任務」，其作品就是失敗的。例如，儘管《腐蝕》和《霜葉紅似二月花》的藝術成就各有千秋，而思想性、戰鬥性前者還勝於後者，夏氏卻貶低《腐蝕》而抬高《霜葉紅似二月

〔註5〕《從牯嶺到東京》，《茅盾論創作》，第36頁。

花》。認為後者的「成就堪與《虹》和《蝕》最好的部分相比擬」，而「《腐蝕》是一本寫得很糟的書。」問題的癥結在於夏氏認為前者「和共黨的奪權鬥爭並沒有什麼大痛癢」，後者則寫的是「一場黨派政治的惡鬥。」（305頁）出於同樣的原因，儘管《霜葉紅似二月花》一書沒有寫完，儘管其後部分茅盾僅僅提出一個藝術構思的設想，對此，夏氏卻在其著作的具體行文中，流露出反感了。基於上述夏氏的那個老觀點：認為茅盾的真正的政治傾向和他自己承擔的「宣傳任務」傾向很不一致，於是斷言：「隨著共產中國文藝氛圍的改變，茅盾如果繼續這樣寫第二、三部的話，未免太笨，而《霜葉紅似二月花》遂永遠成為一塊精彩的片斷了。」（306頁）

　　其實夏氏對《霜葉紅似二月花》的判斷是有疏漏的。因為作品對地主階級代表人物趙守義和對資產階級代表人物王伯申們的暴露是不遺餘力的。對農民騷動的描寫，儘管批評了其缺乏自覺，缺乏策略，因此墮入地主、資產階級幕後言和毂中而成了犧牲品，但對農民自發反抗的正義性，對其正義行為顯示的力量，作家分明表示了熱情支持的鮮明態度。這些描寫與夏氏所謂「刻畫農民的愚昧和固執，既不太過滑稽，也不太過惹人同情」的評價，顯然存在著不小的距離。正是在這些地方體現了作家的思想傾向，這也是茅盾為後文寫「共黨奪權鬥爭」（姑且暫借夏氏的話一用）所作的準備。因此，從作家續寫此書的創作構思所顯示的政治傾向性看，《霜葉紅似二月花》作為整體，其主觀思想傾向是一致的。夏氏說：「從《腐蝕》和《霜葉紅似二月花》，我們總算在一場黨派政治的惡鬥過後，呼吸到一點春天景色的清新之氣。」顯然，這種評價是夏氏弄錯了作品的歷史背景。這部長篇的故事發生在辛亥革命和「五四」以後，主要是1923年到1924年頃，這從作品的具體描寫中可以判斷。小說第二章裡維新派人物之一朱行健跟張恂如談話中，曾提到「五、六年前」維新派重要人物錢俊人和他談話時說過：「從戊戌算來，也有二十年了。」錢俊人是從戊戌變法說到談話當時的。戊戌變法是1898年。由此下推二十年，則這場談話應該是在1918年，再加上朱行健追憶這場談話時相距又是五、六年，那麼，朱行健追憶往事的時間應該是1923年或1924年。這正是小說中故事發生過程的主要時間，此前的事都用追憶方式補敘。而在1923年至1924年，國共兩黨之間還談不上夏氏所謂的「黨派政治的惡鬥」。於是夏氏立論的前提就站不住了，其他的推論也就動搖。因為既然故事並非如夏氏所說「發生在1926年」，而是發生在1923年或1924年，這時中國共

產黨成立不久，它的總書記陳獨秀不爲這個江浙一帶的小縣城裡的人所知，就並不奇怪了。當時的國民黨是在孫中山領導之下，並且實行了第一次國共合作，建立了國共兩黨的統一陣線。儘管國民黨右翼勢力仍在排斥共產黨，但總的形勢是以合作建立統一陣線爲標誌的。因此，茅盾在長篇中雖然寫了「孝廉公」從省裡來信查問縣裡有沒有陳獨秀的黨徒，但在這個江浙縣城裡陳獨秀並不爲人所知，這裡也反映不出「黨派政治的惡鬥」。這些都是理所當然，眞實可信的。茅盾之所以能「放開手去發展書中的情節和人物」，其原因並不如夏氏所說，是因爲小說的主題「和共黨的奪權鬥爭並沒有什麼大痛癢所致」，更不能說明茅盾的政治傾向背離了黨的方針；而只說明茅盾作爲一個現實主義作家，是多麼忠實於生活的眞實和時代的特點。在這裡，茅盾作品的現實主義眞實性和作家的革命傾向性是統一的而不是矛盾的。以「和共黨奪權鬥爭並沒有什麼大痛癢」的論點來解釋茅盾的「放開手去發展書中的情節和人物」，其實說明不了什麼問題。

夏氏在另一種場合，亦即當作品寫了「和共黨奪權鬥爭」有「大痛癢」的時候，他對這類作品的政治與藝術的分析倒是連在一起，一筆抹煞的。最典型的例子是夏氏對《腐蝕》的徹底否定。儘管他口頭上聲稱特別厭棄「黨派政治的惡鬥」，但他的專著有不少地方充滿了「黨派政治的惡鬥」氣息而離開了學術立場。他認爲《腐蝕》「是一本寫得很糟的書」，「風格不統一，日記的形式也處理得不適切。無論是女主角的回憶，或者日記所載的日常瑣事，均引不起讀者的興趣。」夏氏特別否定作品借助「有毒的昆蟲，貪婪的野獸，害人的妖魔鬼怪」等比喻象徵性描寫對「狐鬼滿路」的蔣記國民黨政權所作的揭露。夏氏甚至拋開學術，從政治上站出來直接指責茅盾：「在《腐蝕》一書中，茅盾巧妙地利用了國民黨政權最受非議的一面。因爲國民黨在抗戰期間，爲了打擊共產黨，不惜採用了特務手段。這種愚昧的措施，當然應該受指責。可是，一個公平的，眞正關懷中國的幸福的小說家，更不應當忽視共產黨所採用的更有效、更惡毒的手段，包括秘密警察所用的一整套法寶，如思想控制、製造輿論、破壞抗戰行動，以及最後席捲整個中國大陸等。」（305頁）在這段話中，他對國民黨殺人越貨的特務政治是那樣輕描淡寫；而攻擊共產黨時又是那樣無中生有，違背起碼的歷史眞實，充滿了那麼濃厚的憤憤不平之情。令人很難相信這段文字是出自一個自稱「不能因政治或宗教的立場而有任何偏差」的學者之手，更令人難以相信這是出自一位厭棄「黨派政

治的惡鬥」的美國教授之手。在《腐蝕》問世的那個年代，中國共產黨領導的陝甘寧邊區，不僅是與秘密警察特務政治絕緣的最民主的地區，是全國抗日愛國運動與建立廣泛統一戰線的核心地區。也是全國人民都心向往之，全世界人民都給予支持和讚揚的地區。有哪一件事能證明夏氏所謂「破壞抗戰行動」的論點呢？夏先生對待所謂國共「黨派政治的惡鬥」，爲什麼這樣厚彼薄此，不僅不再在藝術探討中間徘徊彷徨，反而一邊倒地「傾斜」致此呢？他這樣地不贊成共產黨領導廣大人民解放了全中國的「席捲整個中國大陸」，那麼夏氏眞正希望的是蔣介石的國民黨政權（亦即夏氏所說「秘密警察代表了極權暴政的形式」）永遠在中國統治下去嗎？

　　夏氏對《腐蝕》藝術成就的否定，同樣顯示了不公平的態度。這種不公平是源於其政治偏見，服從於政治上否定此書的需要的。《腐蝕》之寫女性，是沿著《蝕》開創的兩個女性形象系列發展下來的。作爲日記體小說，茅盾充分發揮了他善於描寫女性心理的長處，手法之多樣，比《蝕》、比《虹》均不遜色。日記體小說反映生活幅度本來有極大的局限。但《腐蝕》卻在限制極大的日記體小說中反映了較之《幻滅》與《追求》更爲廣闊的社會場景，寫了較之《幻滅》多得多的人物形象。僅此數端，就足以說明《腐蝕》比《虹》在藝術上的長足發展，怎麼好不加分析地用幾句抽象空洞的話就一筆抹煞了呢？

　　至於夏氏對《腐蝕》中關於昆蟲、野獸、妖魔、鬼怪的比喻和象徵描寫的非難，那就更難站住腳。因爲作品借此揭露「狐鬼滿路」的蔣政權特務統治以及蔣敵僞合流的反動路線，這一切無論從政治角度看，還是從藝術角度看，或是從思想內容同藝術形式的結合的角度看，都是作品的長處，而非其短處。首先，這些描寫是體現女主人公趙惠明從其特務生活經驗出發產生的本能的敏感。其次，這也是對當時反動統治占上風的政治局勢與政局轉折關頭的政治氛圍的準確、生動而又具鮮明政治傾向性的形象概括。這些恰恰是作品的成就而並非敗筆。

　　第三，按照夏氏的說法，似乎茅盾內心的政治傾向和他的創作的藝術傾向之間存在著矛盾。因爲夏氏認爲茅盾主觀上存在著游離甚至反對共產黨的政治傾向而有另外的政治見解。在夏氏看來，茅盾這種政治見解既符合生活眞實，又符合夏氏本人的政治口味。但在另一方面，夏氏又認爲，客觀上茅盾還要承擔「共黨宣傳」任務而不得不作違心的、也是違背生活眞實的描寫，

因而也就違背了夏氏本人那要求「客觀」、要求「眞實」、要求「藝術性」的「口味」。這就是說：茅盾的無產階級創作傾向是違背自己眞實意願的。處在眞實意願與黨所要求的政治傾向之間的茅盾，其創作常常是違心的，不眞實，不客觀，因而也就是沒有藝術性的。夏氏的這個意思，有時說得相當明確。如說：「茅盾與張天翼，高踞在其他作家之上，然而他們最佳的作品，卻蘊藏著個人深厚的情感，與寫實的底子，與小說裡面宣傳共產主義的片斷是搭不上多少關係的。」（428頁）又如：「茅盾在中共大陸，發表了很多文章和演說，重申毛澤東文藝路線，不過自己卻聰明得很，不再發表任何文藝創作。」（308頁）夏氏立論常常自相矛盾。且不說茅盾解放後新寫的《茅盾詩詞》等作品，不能隨意排除在「文藝創作」之外；就以夏氏對茅盾抗戰時期文學創作傾向的評價來說，他就很難自圓其說。夏氏一方面寫道：「抗戰期間，茅盾毫無疑問是中共作家中的首席小說家。他得以保持這一地位，主要因爲是住在香港和國府統治地區，可以不管延安方面的指令，繼續寫他小資產階級的小說，捕捉小資產階級的良知。」（301頁）但另一方面，他在評價抗戰時期茅盾寫於「香港和國府統治區」，並且根據夏氏的定義，也應算是「捕捉小資產階級的良知」的長篇《第一階段的故事》時，夏氏卻又說：「它是配合了『統一戰線』，歌頌全民覺醒日本侵略而寫。不過共產黨式的教條仍甚顯著。」（302頁）這又是怎麼一會事？難道寫《第一階段的故事》時，「延安方面的指令」忽然又能飛越千山萬水，來到茅盾身邊？難道在夏氏看來，在世界上竟有既可違背「中共」的「指令」（姑且暫借夏氏的用語），又能保持「中共作家中的首席地位」這樣的咄咄怪事嗎？難道眞的像夏氏所說，作家創作的思想傾向和其追求的生活眞實、藝術眞實之間，就這樣的不能統一，以致他非違背主觀意願、使藝術屈從於政治不可嗎？難道茅盾眞是這樣一個在政治與藝術的夾縫中求生存而竟又能取得如此輝煌的思想藝術成就的作家嗎？由此可見，即便眞如夏氏所說，茅盾那些確實合乎「捕捉小資產階級的良知」標準的作品，只要其政治傾向是無產階級的，也同樣在夏氏的否定之列。對此他毫不徇情。事實上，我在前邊和夏氏商榷的許多有關茅盾作品的評價問題，所舉的例證，以及夏先生非難茅盾時所舉例證與所作的評價，都充分說明茅盾既不是表裡不一的作家，又不是和中國共產黨離心離德的文人。這個問題實際上用不著再加論證了。

（二）

　　夏志清先生在其論著中，否定了茅盾大規模地反映中國社會及其歷史發展創作努力與創作成就；否定了茅盾作品的「社會分析」的特點，特別是否定茅盾創作最高成就的標誌：他的代表作《子夜》；雖未把它貶得一錢不值，但把《子夜》放到連《蝕》、《虹》和《霜葉紅似二月花》都不如的相當次要的地位，稱之爲「失敗之作。」夏氏寫道：「茅盾的野心──要給中國社會來一個全盤的檢討──說明一點：作者愈來愈『科學』（馬克思主義式的和自然主義式的）了。在他以後的創作生命中，除了偶爾一兩個例外，他再也擺不脫這個迷障。」（136 頁）。說茅盾的創作「要給中國社會來一個全盤的檢討」，這個論斷頗有見地。但說這是什麼「迷障」，顯然不妥。縱觀茅盾的全部創作，明顯地具有「史詩」的性質。《霜葉紅似二月花》反映了辛亥革命、「五四」以來特別是 1923 年到 1924 年前後地主階級和資產階級之間，資產階級、地主階級和農民階級之間複雜尖銳的社會矛盾。《虹》反映了從「五四」運動到「五卅」運動中國社會的激烈變革。《蝕》反映了從「五卅」運動到北伐戰爭，再到「四一二」反革命政變的劇烈、複雜、曲折、波浪起伏的社會革命。《三人行》和《路》反映了大革命失敗後在蔣介石法西斯政權統治下青年學生要民主、爭自由、尋求革命出路的鬥爭。《子夜》和與它有關的《當舖前》、《農村三部曲》、《林家舖子》以及《多角關係》等中篇、短篇則大規模地反映了 30 年代前半期中國社會階級矛盾與民族矛盾相交織的複雜的社會場景與廣闊的時代畫卷。《第一階段的故事》、《鍛煉》反映了抗戰初期特別是上海「一二八」抗戰以來，民族矛盾開始上升爲主要矛盾後民族矛盾與階級矛盾相交織的複雜現實，以及抗日救亡浪潮席捲華夏的時代壯劇。而《腐蝕》反映了皖南事變前後在蔣介石統治下大後方狐鬼滿路、人妖顛倒的黑暗現實。《劫後拾遺》反映了「香港戰爭」前後時代動盪潮中的生活插曲。《清明前後》則反映抗戰勝利前夕中國人民雖在艱苦奮鬥，但那「專搶桌子底下的骨頭，舐刀口上的鮮血的人們」卻仍在演出中國歷史上最黑暗的醜劇。茅盾的一系列短篇小說和散文也各從一個側面反映了上述的社會鬥爭現實與歷史發展場景。一言以蔽之，自辛亥革命以降到解放戰爭揭幕，中國社會幾十年的民族鬥爭、階級鬥爭的歷史，均在茅盾作品的觀照之中。茅盾以小資產階級、民族資產階級爲描寫重點，全面概括了中國社會各階級在時代洪流中的種種動向。茅盾的壯志宏圖，確如夏氏所說，正是「要給中國社會來一個全盤的檢討」；確

如夏氏所說。茅盾「愈來愈科學」，愈來愈「馬克思主義式的」了。但這又有什麼不好呢？

事實上，古往今來凡是偉大的作家，其作品大都帶有全盤檢討社會歷史動向的性質。這正是他們彌足珍貴之處。想當年恩格斯正是從這個立足點出發，熱情歌頌了巴爾扎克的功績。恩格斯著重肯定的正是巴爾扎克從現實主義出發，形象地對社會歷史作全盤檢討而得出合乎歷史發展規律的結論。這種檢討歷史所得的結論，甚至違背了巴爾扎克的主觀感情傾向與政治立場。茅盾的努力與巴爾扎克基本一致，所不同的是他不需要違背其主觀感情傾向與政治立場，因為茅盾是「馬克思主義式」的，因為他「愈來愈科學」，以致主觀傾向和社會發展本質傾向能達到完全的一致。顯然，夏氏所指責的這一點，恰恰是茅盾創作能取得輝煌成就的重要原因。

夏氏非難茅盾創作「愈來愈科學」的問題，和歷來引起非議的茅盾創作的「社會分析」特色問題，其實是密切相關的。對所謂「社會分析」特點加以否定，有的人是從「概念化」角度，有的人是從「形象思維過程應排斥邏輯思維」的角度。而夏氏則多了一條更站不住腳的理由：他不贊成茅盾提煉生活、概括生活時所持的馬克思主義立場。其實，茅盾小說反映現實生活以「社會分析」為基礎，始自夏氏肯定的處女作《蝕》，其中《動搖》體現得尤為明顯，對此夏氏並未否定。因此說茅盾的「社會分析」是個缺點，夏氏是另有所指。即便拋開夏氏否定作家的馬克思主義立場的這種政治偏見不談，所謂「愈來愈科學」與「社會分析」特點是否就該斥之為概念化呢？包括茅盾在內的作家的形象思維過程又是否應該而且可能排斥邏輯思維呢？

茅盾的創作道路上的確存在過「概念化」的失敗教訓。但其形象思維過程中伴隨著邏輯思維，並且其邏輯思維也好，形象思維也好，均接受其馬克思主義世界觀的制約，這些都不僅無可厚非，而且是一個無產階級作家必然遵循的客觀規律與共同歷程，是帶普遍性的問題。因為任何作家其形象思維過程總是伴隨著邏輯思維，二者是水乳交融、自然地結合著進行，要分也分不開的。寫完《蝕》後，茅盾檢討了自己雖想藝術地忠實於生活真實，但卻在消極的錯誤的情緒支配下過分看重了生活中的陰暗面，而忽視了「肯定的正面人物」。「待到憬然猛醒而深悔昨日之非」時，他得出了這樣一個結論：「一個作家的思想情緒對於他從生活經驗中選取怎樣的題材和人物常常是有決定

性的」。〔註6〕於是他把失敗的經驗提到理論的高度總結說：「一個做小說的人不但須有廣博的生活經驗，亦必須有一個訓練過的頭腦能夠分析那複雜的社會現象；尤其是我們這轉變中的社會，非得認眞研究過社會科學的人每每不能把它分析得正確。而社會對於我們的作家的迫切要求，也就是那社會現象的正確而有爲的反映！」〔註7〕這些看法，茅盾在很多文章中，特別是在他系統地總結自己的創作實踐經驗的小書《創作的準備》中，曾反覆論述、反覆強調過。此後，他在「很少接觸青年學生；既沒有『體驗』，也缺乏『觀察』」的情況下寫了《三人行》和《路》。這兩個中篇雖在藝術上也有建樹，但是的確存在著「概念化」的毛病。於是茅盾更進一步作了另一方面的總結：「徒有革命的立場而缺乏鬥爭的生活，不能有成功的作品。」〔註8〕

「但更深刻地認識到這個眞理，則在寫作《子夜》以後。」《子夜》的教訓在於：「由於我們生長在舊社會中，故憑觀察亦就可以描寫舊社會的人物，但要描寫鬥爭中的工人群眾則首先你必須在他們中間生活過，否則，不論你『第二手』材料如何多而且好，你還是不能寫得有血有肉的。」如果從這種角度批評茅盾作品「愈來愈科學」，而這「科學」指的是抽象化概念化，那麼這和茅盾的創作實際與上述的自我總結完全一致，是站得住腳的。可見問題的關鍵在於創作是否有充分的生活依據，在於作品是否能形象地本質地概括生活，在於其人物塑造是否充分形象化、個性化、典型化。如果能達到這些要求，那麼，其社會分析愈充分、愈深刻、「愈科學」、愈「馬克思主義化」，就愈好。事實上任何現實主義的偉大作家，其作品在形象地反映生活時，總是以充分的社會分析爲依據的。

夏氏立論的主導方面顯然並非指此。他所否定的，主要是作家對社會現實作本質的歷史的馬克思主義的概括，以展示歷史發展的本質動向——正是這一創作實踐體現了茅盾的鮮明的無產階級文藝傾向。夏氏的政治偏見在他否定《子夜》的論述中表現得非常明顯。例如他指責茅盾在《子夜》中失卻了「作爲一個熱情的藝術家的眞面目。他在本書的表現，僅是按照馬克思主義的觀點給上海畫張社會百態圖而已。讀此書時，我們很容易就發現到書中的人物，幾乎可以說都定了型的，是注定了要受馬克思主義者詆毀的那種醜

〔註6〕　《茅盾選集·自序》，《茅盾論創作》，第20～21頁。
〔註7〕　《我的回顧》，《茅盾論創作》，第8頁。
〔註8〕　《茅盾選集·自序》，《茅盾論創作》，第20～21頁。

化人物。即使主角吳蓀甫（一個頗具粗線條的人物）亦不例外：他的道德面的刻畫無法與方羅蘭或梅女士可比。不但吳蓀甫一個人如此，我們可以說整本書都如此：儘管《子夜》包羅的人物和事件之大之廣，乃近代中國小說少見的一本，但它對該社會和人物道德面的探索，卻狹窄得很。」夏氏又說，《子夜》對「社會經濟的資料的運用」都是「死的、本身無用的」，缺乏「有創作性的想象力」（136 頁）的組合而使之「活」起來。夏氏還指責茅盾在《子夜》中「同情心範圍縮小了」，說「茅盾的小說家感情，已經惡俗化了」。（132 頁）據此，夏氏作了宣判：《子夜》「是失敗之作。」

說《子夜》是按照馬克思主義的觀點給上海畫社會百態圖，這是不錯的。因為文學的使命就是真實地形象地反映社會現實。以馬克思主義為指導畫社會百態圖，就能更本質地反映現實。因為馬克思主義的精髓在於對具體問題作具體分析，這和創作上的現實主義在精神實質上完全一致。茅盾把握了這一精髓，通過深入生活，觀察體驗，的確占有了大量社會資料。但他運用這些資料作典型提煉，作形象概括時，卻是具有創造力而非「缺乏創造力」的；他筆下的材料是活的，有用的，而並非「死」的，「本身無用的」。無論《子夜》概括的公債市場上吳蓀甫與趙伯韜的鬥法，還是他在工業戰線上既與帝國主義、買辦資產階級作生死搏鬥，又向工人階級作殘酷壓榨，都活生生地反映了 30 年代初期民族矛盾與階級矛盾相交織的活生生的現實，都具有濃厚的時代氛圍。這正是被夏氏稱為社會百態圖的東西。對此應該肯定而不能否定。何況《子夜》的成就決不僅此。因為它塑造了近百個栩栩如生的人物形象，有的人物是現代文學史上的不朽的典型。這些典型和夏氏所說的「定型化」毫無共同之處。

夏氏所說的書中人物的「定型化」，無非是指作家塑造人物典型時，借助生動的個性，鮮明地體現了包括人物特定的階級性在內的共性。夏氏所說的對人物的「詆毀」，無非是指塑造反面人物時作家流露的政治傾向性。而如果對反面人物流露否定的傾向就可以認為作家是在「醜化人物」，那麼，難道說我們所要求的典型人物就只能是被頂禮膜拜的偶像嗎？難道說世界文學史上曾經出現過失卻了以階級性為核心的共性而又能單獨存在的個性嗎？即以夏氏倍加稱讚的《蝕》中的靜女士和《虹》中的梅女士（當然夏氏又否定梅女士性格發展的第三階段的描寫）而論，其小資產階級兩重性就借助生動的個性描寫體現得非常鮮明，個性與共性結合得相當內在。至於說描寫反面人物

而流露出作家鮮明的否定性的政治傾向，那是任何作家都不例外的正常現象。正如夏氏在評價老通寶時特別欣賞其蒙昧、馴順與保守一樣，任何作家（包括批評家）都不可能不從其階級立場出發，以其獨具的審美觀點通過人物性格的刻畫對其筆下的人物作美學評價。因此，茅盾對其筆下人物如吳蓀甫等身上那醜惡的東西作種種鞭撻，這不僅無可厚非，而且勢出必然。這與「醜化人物」不可同日而語，更非什麼「詆毀」。何況，當矛盾描寫吳蓀甫在趙伯韜及帝國主義分子的魔爪下拚命掙扎著繼續辦民族工業時，分明流露出作家的強烈同情，又怎能說茅盾失卻了「熱情的藝術家的眞面目」，「同情心範圍縮小了」，「小說家的感情，惡俗化了」呢？

　　至於說《子夜》對吳蓀甫及其他人物的「道德面的探索狹窄得很」，以致「無法與方羅蘭或梅女士可比」，那也不符合作品的實際。僅以吳蓀甫與杜竹齋的關係描寫爲例，就能說明問題。茅盾一方面寫吳蓀甫在同行中的競爭和公債市場上的肉搏中，從不遵守什麼「道德」，制約他的行動的唯一準則是對金錢的追逐。但另一方面，茅盾卻寫吳蓀甫在處理家庭關係中，有時尚能恪守封建道德。正是從這點出發，吳蓀甫才在公債市場的決戰前夕把公債鬥法形勢向姐夫杜竹齋和盤托出以求支援，杜竹齋卻見利忘義，倒戈相向，導致吳蓀甫全軍覆沒！茅盾寫吳蓀甫的「開門揖盜」正是從廣泛的「道德面的探索」角度，寫人與人之間赤裸裸的金錢關係破壞了以封建道德爲核心的溫情脈脈的骨肉至親的家庭關係。這種道德探索的精彩篇章，在《子夜》裡俯拾皆是：吳蓀甫夫妻的同床異夢，趙伯韜玩弄女人的黃色交易，「新儒林外史」中那一群資產階級、小資產階級青年男女以金錢爲背景構成的所謂愛情糾葛與性的玩弄，李玉亭、劉玉英、徐曼麗之流在吳、趙鬥法中的朝秦暮楚，馮雲卿以「詩禮傳家」的家庭內部圍繞金錢追逐所形成的商品化關係，無一不是從道德與金錢的矛盾角度作廣泛的道德探索的。這些探索遠較《蝕》和《虹》爲寬，爲深，這是一目了然的。至於茅盾筆下工人家庭中雖窮困相守仍然能相濡以沫，相依爲命，共同作艱難的掙扎。罷工工人雖面臨血濺紗廠之危局卻仍然精誠團結，持續奮鬥，抗爭到底。這些無產階級道德面貌的生動展現，更是《蝕》和《虹》所難以企及的。又怎能說《子夜》的道德面探索狹窄得很，甚至無法與《蝕》、《虹》相比呢？不過，與《蝕》與《虹》的道德探索相較，《子夜》有個顯著的區別：那就是茅盾深刻挖掘了金錢與道德的尖銳對立。爲了追逐金錢，什麼道德倫理，在剝削階級人物如趙伯韜、吳蓀甫、杜

竹齋看來，都是一錢不值的。可見《子夜》的道德探索面，不僅寬了，而且大大加深了。對此，夏氏本不應片面否定，而應熱情肯定的。因為，正是在這些地方，充分顯示出茅盾小說的「社會分析」特點的思想深度和藝術魅力；顯示出茅盾那「熱情的藝術家的真面目」；其「同情心範圍」不是縮小了而是擴大了；顯示出其「小說家的感情」不僅不是「惡俗化」了，而是更高尚、更淨化了。

所以，說「《子夜》是失敗之作」，這無論如何站不住腳。《子夜》作為茅盾的最高成就，其文學史地位是動搖不了的。

（三）

行文至此，我還不得不再次涉及夏氏所謂的追求「文學價值」。例如夏氏相當推崇諷刺藝術。在談到《子夜》的諷刺藝術時夏氏寫道：「漫畫式的諷刺原是文學上一種正宗技巧，我們不能僅因懷疑它為共黨宣傳（像在本書中）便抹殺它的原有價值。如果我們小心不讓它破壞本書的悲劇氣氛，那麼我們相信一部馬克思思想為中心的諷刺資產階級生活的小說，可以與以儒家觀點或基督教觀點而寫成的小說寫得一樣好，問題的關鍵在作者的觀察力是否夠敏銳，以及隨之而來的愛憎是否真實。就以諷刺而言，茅盾在《子夜》的表現可說是完全失敗的，因為他對書中資產階級所表現的輕蔑態度，給人輕飄飄的感覺，看不出一點由衷的憎恨。在《蝕》、《虹》的書裡，因為茅盾對中產階級的態度還拿不定主意的緣故，顯示出一種近乎自我折磨的真誠。在《子夜》裡他就不同了。他好像站得高高在上，對他筆下的中產階級分子，不屑一顧，因此，也就難怪這些角色變成舞臺上的傀儡，不時打諢取鬧，談情說愛，一無意思。」（133～134頁）這一段話的自相矛盾之處是顯而易見的。因為表面上夏氏既主張作者應對中產階級「由衷地憎恨」，但他卻又很讚賞茅盾在《蝕》與《虹》中「對中產階級的態度還拿不定主意」；而對《子夜》中作者拿定主意批判鞭撻中產階級時所流露的「由衷的憎恨」的「真誠」描寫，對其否定資產階級反動本性的「輕蔑態度」又橫加指責。這究竟是怎麼一會事呢？顯然夏氏說這段話是言不由衷的。因為統觀夏氏對茅盾小說諷刺藝術的評價，凡是諷刺封建地主階級的筆墨，他大都評價較高，予以讚揚；凡是諷刺了資產階級和國民黨反動派的筆墨即便確實深刻精彩，夏氏也予以否定。例如在上文中夏氏既說「就諷刺而言，茅盾在《子夜》的表現可說是完

全失敗的」，但對《子夜》諷刺吳老太爺及四小姐惠芳的篇章卻很讚賞，說這「證明作者在寫作上有很高的造詣和想像力的。」（136 頁）夏氏還談到了《子夜》之寫曾滄海、馮雲卿，並說「茅盾的諷刺手法，用在頭腦封建的角色上是較為成功的。」（134 頁）顯然，夏氏只允許作者諷刺封建階級，而不喜歡作者把諷刺的烈火引向資產階級及其政治上的代表。這種藝術評價上的兩把尺子，很難談到公正，很難據以判定文學價值。又如夏氏是反對文學作品對社會作全盤探討，反對作品《愈來愈科學》的。但他有時又離開這個前提，反而否定文學作品的美學感染作用，而強調訴諸理智。他說：「關於信仰的選擇問題，艾略特曾經肯定了理智是重於情感的。由於共產主義知識理論基礎的膚淺，因此共產作家對讀者的一貫戰略是『訴諸情感』，尤其訴諸小資產階級的罪惡感——情感一動，他們就難冷靜地去探求真理了。」夏氏以《虹》中寫梅女士在梁剛夫的感召下的思想轉變為例，在這裡夏氏「忘記」了自己一向把茅盾作品的「失敗」歸之為「鼓吹共產主義思想」，而自相矛盾地說：「《虹》結尾的失敗並非由於茅盾鼓吹共產主義思想，而是他無法像在這小說的前半部中用寫實的和細膩的心理手法去為這種思想辯護。」由此出發，夏氏還進一步否定「自蔣光慈以還，所有中國革命小說都幾乎千篇一律地出現」像梁剛夫「這樣的一個英雄人物」（131 頁）；反對用這種人物從感情上去感召梅女士這樣的轉變中的人物。在這裡夏氏從文學的情感作用和文學的塑造正面英雄形象兩個角度把自己引進了「迷障」。

其實，文學「訴諸情感」的美學作用，並非始於「共產作家」，更非「共產作家」為克服「理論基礎的膚淺」不得已而「訴諸情感」。只要翻翻文學發展的歷史，就不難明白。早在古希臘時期，亞里士多德就用「感覺著更大的愉快」和「通過憐憫和恐懼以完成」「某種嚴重、完整」的「情感的渲洩」來區分喜劇與悲劇﹝註9﹞。到了 19 世紀，別林斯基作了更為透徹的論述：「詩人的道德箴言和訓誡只能減弱他的感染力，而對於詩人說來，唯有感染力是必要而生效的東西。」﹝註10﹞可見，訴諸感情並非共產作家「膚淺」或「低能」的表現，而是他們繼承了文學的美感作用的傳統，充分把握了文學特色和規律並自覺運用它來反映生活的必然結果。事實上在文學史上不乏非「共產作家」而重視文學的美學感染作用，因而常常「訴諸情感」的範例。從一定意

﹝註9﹞《詩學》，新文藝出版社，1953 年版，第 9、17 頁。
﹝註10﹞《別林斯基論文學》，新文藝出版社，1958 年版，第 4 頁。

義上說，一部成功的作品，「訴諸情感」的美學感染力愈強，其作品的藝術魅力也愈大。這一點被古往今來無數經典作家的創作實踐一再地證實過。

至於夏氏對描寫無產階級英雄人物的非難，更是沒有道理的。因為任何階級的英雄人物，包括無產階級的英雄人物在內，都是現實生活中的客觀存在。文學既然要眞實地反映生活現實，就必不可少地要寫英雄人物。任何階級的作家均遵循這一規律，不獨無產階級作家然。無產階級英雄人物（如梁剛夫）之對於其他階級人物包括小資階級人物（如梅女士）的思想吸引力與情感感染力，也是客觀存在的無法動搖的規律。並非「共產作家」人為的杜撰。如果說「自蔣光慈以還，所有中國革命小說都幾乎千篇一律地出現」像梁剛夫「這樣一個英雄人物」，這固然與作家的無產階級傾向性有關，但他們首先是以生活眞實為基礎，並非平空的捏造。至於這些英雄人物感染了其他階級的人物，其他階級的人物受了無產階級英雄人物的吸引與感染而傾向革命，不正是無產階級優越於其他階級的表現麼？這在生活中被千百萬人的客觀行動無數次地重複者，證實著。茅盾寫梅女士受梁剛夫的感染、吸引，不過是這千百萬次重覆行動的一種反映，實乃出於必然，並非茅盾強迫，這又有什麼可以責怪的呢？

其實眞正應該受責怪的倒是夏氏自己。他出於某種政治偏見，儘管在論著中說「不能因政治或宗教的立場而有任何偏差」，並強調自己「所用的批評標準，全以作品的文學價值為原則」，到頭來他卻違背了自己的「宣言」，而時時在藝術探索與政治偏見之間徘徊，甚至經常傾斜到政治偏見的歧路上去，這才導致違背一般文藝規律和文學基本原理的某些片面結論的出現。這實在令人遺憾。以夏志清先生這樣著名的專家學者，竟也難免被政治偏見引到學術探討的窄胡同中去，竊以為是不可取的。因此，不揣冒昧，願以管窺之見就教於夏志清先生及海內外的同行。不當之處，極盼指正。

撥開雲遮霧罩　恢復廬山眞貌
—— 評近些年茅盾研究中的某些觀點

中國現代文學史學科主要奠基人王瑤先生臨終前在中國現代文學研究學會的一次理事會上說過一段語重心長的話：

> 老、中、青三代人在學術面前人人平等。青年同志提出新想法，要鼓勵他們向新的方向努力，作出成果就好，否則也要淘汰。但是不能有「取而代之」的心態。學術研究是靠一代人乃至幾代人的共同努力來推進的。

——《中國現代文學研究叢刊》90 年 2 期，300～301 頁

顯然，這些話是有感而發的。對新時期新人輩出，建樹頗豐，先生熱情嘉許；對個別年青學者以張揚新潮爲名，推倒前人，否定一切的態度，先生嚴肅批評。而「學術研究是靠一代人乃至幾代人的共同努力來推進的」這一遺言，則既體現出學術研究的科學規律，又反映了時代與歷史對學界的期待與呼喚；它催人奮進，也促人反思。

這使我聯想到前些年由南到北，一片「重寫文學史」聲所導致的後果。應運而生的文章中固然也有「向新的方向努力」的成果；然而恕我直言，也頗多以「『取而代之』的心態」寫出的終將被「淘汰」的贗品。後者顯然違背了王瑤先生上述遺言所揭示的規律；無怪乎連想當年唯新是騖、以現代派小說創作著稱的施蟄存老人，也著文提出了異議。

倡導「重寫文學史」的理論根據是：文學觀點的每一次深刻變化，都將導致重寫一次文學史。其實這並非中國人的創見，而是不折不扣的舶來品。西方美學的奠基者之一姚斯就以接受美學新觀念爲據，提出了「重寫文學史」

的命題。在建立其「重寫文學史」的方法論之同時，還列出七個論題。姚斯的這一觀點 70 年代已在西歐衰微。80 年代初香港大學又主辦過以「重寫文學史」為主題的國際性學術討論會。1986 年美國哈佛大學還出版了以取代羅‧斯皮勒主編的《美國文學史》為目的的《重寫美國文學史》。〔註1〕

我國 80 年代末才提出的「重寫文學史」，其實是步西方的後塵；其理論（「文學觀念的每一次深刻變化，都將導致重寫文學史」）也是從西方搬來的；並沒有什麼發展或創新。但這取自西方的理論，其實是站不住腳的。

因為文學史的任務起碼是兩個，一是真實地、本質地、規律性地把握與描繪文學發展歷史的本來面貌與情態；一是作出客觀的、歷史唯物主義的科學的評價。兩者都受已成為客觀存在的已逝的文學歷史這一不以人的主觀意志為轉移的客觀條件的制約，而不能從主觀意願出發，作隨意性的「重鑄」或編造。這和「重寫文學史」倡導者以觀念為出發點，是大相徑庭的。如果後者的理論能夠成立，則撰寫文學史的首要依據，就變成了發生深刻變革的「文學觀念」，而非不依人的意志為轉移的已成客觀存在的文學歷史事實。則歷史，包括已逝的文學歷史在內，豈不就失卻了其客觀存在的固有內涵，也失去了這內涵所包孕的客觀真理性及其運動規律的必然取向了嗎？難道真的如人所說，歷史，包括文學歷史在內，成了任人打扮的小姑娘了嗎？

何況，發生變革的新觀念，不一定就是沿著由錯誤而正確、由浮淺而深入的走向發展的；有時還適得其反。前些時候西學東漸，「新說」迭起，其中有不少就是這樣，這已是人所共知的客觀事實。

因此，我可以毫不猶豫地同意，在不同觀念支配下，可以寫出不同的文學史；但我更加毫不猶豫地確認：在錯誤與浮淺的文學觀念支配下，完全可能把文學史寫得更糟。前些年否定魯迅、郭沫若、茅盾、趙樹理成風，就是突出的例子。這些做法背離了尊重文學歷史及其固有價值的客觀存在性與不依人的主觀意願為轉移的屬性這一文學史家必須具備的實事求是的科學態度。而離開了歷史唯物論的根本立場，唯心史觀就將乘虛而入。迄今為止，按照這種「新觀念」、「新方法」「重寫」的文學史新著尚未見出版過一部。所以然者，與此恐怕大有關係。限於篇幅，我不可能就此前提出的這種種「新論」一一探討，僅能借斑窺豹，就前些時候否定茅盾的某些「新潮」觀點，提出些商榷意見。

〔註 1〕參看錢中文：《文學原理‧發展論》，第 369 頁。

（一）

　　近些年茅盾研究格局有了很大的開拓，不少年青學者加入這支隊伍，並作出程度不同的貢獻。但也不必諱言，個別的年青同行的某些立論也未必公允。下面，我將提出商榷意見的這些論文的作者（他們當中，有的無緣謀面，有的是我的忘年交），也是其中的一部分。王瑤先生的鼓勵與鞭策，我想也適用於他們。

　　這些作者及其文章，對茅盾及其作品的態度並不完全一致。有的是基本肯定之餘，提出的否定意見有些偏頗；也有的持基本否定的態度。他們據以立論的美學觀，也有性質上的差異。有的人總的美學觀是科學的，但其局部觀點有問題；其茅盾評價方面個別觀點有偏頗，則源於其錯誤的美學觀。本文無意對他們的美學觀和其茅盾研究論著作總體評價。我的目的是：對他們文章中某些觀點提些商榷意見；然而重點還在正面闡述我的看法，以期在爭鳴中對茅盾及其作品，較接近其盧山眞面目，並較合乎歷史唯物主義的科學的文學史評價。因此，並不是以偏概全：這是要首先加以說明的。

　　汪輝同志在《關於〈子夜〉的幾個問題》〔註2〕中認為：「茅盾傳統」及其以《子夜》為代表所創立的「社會剖析小說」「範式」，「構成了對『五四』文學傳統的一次重要的背逆」。他認為魯迅是代表「五四」傳統的，因此這茅盾傳統及《子夜》範式，也是對魯迅傳統的「背離」、「拋棄」、「歪曲」和「片面的發展」。

　　這個評價如果能成立，顯然茅盾作為「五四」新文學奠基人與開拓者之一的歷史地位與文學史評價的根基，就將發生動搖。因此，這個評價是非同小可的！

　　論者從以下四個方面論證其上述歷史評價：一、這「範式」「呈現出的政治意識形態的明晰性、系統性」，「大大強化了文學的意識形態的論辯性。」這就「背逆」了「五四」文學「源於個人對生活和自我的直覺觀察」所形成的「對社會的或深刻或潛淺的理解」，「在意識形態上」所處的「模糊、混沌的狀態」，從而形成的「個人性」、「模糊性、混沌性」；及與其「相伴而生」的「對待現實的態度上呈現出的批判性與茫然性的二重趨向」。二、這「範式」「呈現出客觀的、非情感的特徵」與「超越個人經驗的特徵。」它「力圖

〔註2〕刊《中國現代文學研究叢刊》89年第1期，本節引文均係此篇，不一一注出了。

消解作家的個人性和主觀性」，後者是源於「強調主體的經驗結構在主客觀關係中的重要性。」這「範式」還力圖消解「從個體的立場來揭示社會的不合理性」，導致「個體情感的充分發揮」，所形成的「情感性。」三、這「範式」具有「反映現實的『整體性』，『時事性』和『共時性』特徵，它「在『必然性』的名義下突出了一種作為既現實又神秘的絕對力量」。在它面前「個體只能是一種匐伏」其下的「可憐而被動的玩偶」。這特點與古代的「天命論」相類似，說明茅盾是個「環境決定論者」。它「忽視了人的能動力量，從而具有機械性質」。它「導致宿命論和主體性的喪失」「恰恰又和五四文學所自覺反叛的傳統相聯繫」。當然也就和「五四」文學的反叛精神相「背逆」。四、這「範式」「把現實的力量絕對化和神秘化之後」，就使「隱伏於現實與環境中的『規律』與『必然性』成了冥冥之中控制一切的『命運』」，「使得小說具有了古希臘命運悲劇的特點」。即「在承認『命運』的絕對權威性的前提下表現失敗的英雄。」於是形成了與傳統「民族文化心理」相通的期待：「把改變命運的期待集中於集智慧、經驗與鐵腕於一身的力量型的英雄。」這「範式」一直影響了當代文學的《喬廠長上任記》與《新星》，通向「兩結合」創作方法；從而「構成了」對「注目於普通的小人物」、「反權威、反專制、反英雄傾向」的「五四文學的背逆。」也「不由自主地偏離他的明確的階級立場。」

　　儘管論者列出了上述看起來比較複雜的「四大表現」，然而稍加集中，問題和分歧卻顯得簡單而明晰，它集中於兩點：一、什麼是本質意義上的「五四」文學傳統？二、如果可以把「茅盾傳統」及其代表作《子夜》當作「範式」，論者的四點論證是否合乎茅盾的實際，是否能夠成立？明乎此，才能確定，究竟茅盾是繼承並發展了「五四」文學傳統，還是「背逆」了這個傳統。此外也可以明確，論者對「五四」文學傳統的理解與概括，是否站得住。

　　「五四」運動既是政治革命運動，也是包括文學革命運動在內的文化革命運動。因此，講到「五四」文學傳統，就不能夠脫離「五四」文化革命傳統和「五四」政治革命傳統。在這些重大問題面前，不同的意識形態的對立，歷來有強烈的反映。我們只能站在馬克思列寧主義、毛澤東思想的立場，對此作出科學的回答。這也就是早在五十年前毛澤東同志在《新民主主義論》中所作的經歷了長期歷史考驗證明其仍然正確的科學結論：「五四運動是反帝國主義的運動，又是反封建的運動。五四運動的傑出的歷史意義，在於它帶

著爲辛亥革命還不曾有的姿態，這就是徹底地不妥協地反帝國主義和徹底地不妥協地反封建主義」。它是「當時無產階級世界革命的一部分」。「五四」運動是在無產階級及其科學世界觀共產主義思想領導和指導之下，在其開始是「共產主義的知識分子、革命的小資產階級知識分子和資產階級知識分子（他們是當時運動中的右翼）三部分人的統一戰線的革命運動」。「六三」以後則有「廣大的無產階級、小資產階級和資產階級參加」。「五四運動所進行的文化革命則是徹底地反對封建文化的運動」，「當時以反對舊道德提倡新道德、反對舊文學提倡新文學，爲文化革命的兩大旗幟」，「它提出了『平民文學』口號」：這，就是「五四」政治革命傳統、文化革命傳統和「五四」文學革命傳統的馬克思主義的科學概括。

　　毛澤東同志對「五四」文學傳統的總體概括顯然是，共產主義思想領導下的徹底的不妥協的反帝反封建精神。正是從這個立足點出發，他才作出對魯迅的著名評價：「而魯迅，就是這個文化新軍的最偉大的和最英勇的旗手。魯迅是中國文化革命的主將，他不但是偉大的文學家，而且是偉大的思想家和偉大的革命家。魯迅的骨頭是最硬的，他沒有絲毫的奴顏和媚骨，這是殖民地半殖民地人民最可寶貴的性格。魯迅是在文化戰線上，代表全民族的大多數，向著敵人衝鋒陷陣的最正確、最勇敢、最堅決、最忠實、最熱忱的空前的民族英雄。魯迅的方向，就是中華民族新文化的方向」。因此，魯迅經得住國民黨反動派長期的文化「圍剿」的考驗，「而共產主義者魯迅，卻正是在這一『圍剿』中成了中國文化革命的偉人」。這正是魯迅後期對「五四」精神的繼承與發展所導致的必然結果。因此以接受共產主義思想領導爲前提，由革命民主主義發展到共產主義，這是包括魯迅在內的一切繼承與發揚「五四」革命精神與「五四」文學革命傳統的革命文學家的共同的歷史道路。

　　從這個前提出發，我們來對照汪輝同志上述的「茅盾背逆五四文學傳統」論，考察他列舉的理由，就不難發現，他所指出的在這一系列修飾語限定下的這四點，不論是觀點還是材料，都實在是不像樣子：既沒有對「五四」文學傳統作本質概括，也沒有就此作出科學界定。它連共產主義思想領導下的徹底地反帝、反封建的革命精神與民主與科學（即所謂的「德先生」與「賽先生」）的精神的邊兒，都沒有沾多少！

　　因此，我們有必要本著實事求是的態度，就這四個方面的內涵，作些具

體分析。分析所得，可歸納爲以下三點：一、與「五四」革命精神與「五四」文學傳統多少有點關係的部分：所謂「反專制」、「反叛舊傳統」及其相應的「批判性」屬之。但這裡說得過分籠統，缺乏對其本質屬性的必要界定。這些抽象的提法用在封建社會中農民的革命反抗運動身上，用在人民性較強的古代文人文學與民間文學上，大都能適用，更不用說孫中山領導的舊民主主義革命及那一時期相應產生的革命民主主義文學了。因此，這不足以說明「五四文學傳統」的新質。說「茅盾傳統」、「《子夜》範式」「背逆了」這「反專制」、「反叛舊傳統」，認爲它缺乏相應的「批判性」，就更是冤哉枉也了！且不說茅盾從「爲人生」到「爲無產階級」的理論主張與全部創作，就是被稱爲「範式」的《子夜》，也恰恰正是反帝、反封建、反對買辦勢力，支持工農革命，同情民族資本家的因愛國、求生存慘遭的厄運，並熱切呼喚「子夜」過後那黎明時光的到來。連當時的「檢查老爺」都「用硃筆」批道：「二十萬言長篇創作，描寫帝國主義者以重量資本操縱我金融之情形」，既「譏刺本黨」，又「鼓吹階級鬥爭」。〔註 3〕從或一側面證明了這部長篇繼承並發展了「五四文學傳統」的徹底的反帝、反封建的革命精神；怎麼到了我們的論者筆下，反倒成了「背逆」「反專制」、「反叛舊傳統」的「五四文學傳統」了呢？

　　二、是與「五四」文學傳統風馬牛不相及的部分，如所謂「模糊性」、「混沌性」、「茫然性」等等。與此相反，「五四」文學的優良傳統在反帝、反封建，倡導民主與科學精神，鼓吹文學革命方面，不僅不「模糊」，不「混沌」，不「茫然」，反而旗幟鮮明，方向明確。眾所公認，能代表「五四」文學傳統的是陳獨秀的《文學革命論》。這篇文章就「高張『文化革命軍』大旗」，「旗上大書特書吾革命軍三大主義：曰，推倒雕琢的阿諛的貴族文學，建設平易的抒情的國民文學；曰，推倒陳腐的古典文學（筆者按：這不是上述論者所籠統的提出的「反對舊傳統」），建立新鮮的立誠的寫實文學；曰，推倒迂晦的艱澀的山林文學，建立了明瞭的（筆者按：這哪裡有一點兒「模糊性」？）通俗的社會文學。」〔註 4〕還有，眾所公認，最能代表「五四」文學傳統的是魯迅的小說，魯迅就說自己寫小說是「聽將令」、「寫遵命文學」的：「我所遵奉的，是那時革命的前驅者的命令」，「決不是皇上的聖旨，也不是金元和眞

〔註 3〕晦庵：《書話》，北京出版社版，1962 年，第 47～48 頁。
〔註 4〕《獨秀文存》，安徽人民出版社版，1987 年，第 95～98 頁。

的指揮刀。」〔註 5〕這一切和所謂「模糊性」、「混沌性」、「茫然性」，不也是毫不相干，甚至鮮明對立的嗎？

三、與「五四」文學傳統有一定關係，但不能代表全局的部分。如所謂「個人性」、「主觀性」、「情感性」等等。論者所謂的這幾個「性」，其實是指作品體現的個人色彩、主觀傾向、創作個性等等屬於創作主體性的東西。這是任何時代的傑出作家及其傑出作品皆具的共性，不獨「五四」文學然；更不能當作「五四」文學傳統「獨具」的東西。而且，就是在「五四」文學傳統中，其體現「個人性」、「主觀性」、「情感性」的方式，不同作家、不同流派、甚至同一流派中的不同作家，其表現均不可能相同。例如創造社作家群較爲直露、強烈和鮮明；文學研究會與「語絲派」作家群則較爲內在、冷靜和潛隱。這種審美表現方式的差異，具有跨時代的共性而非時代特性。不能稱之爲「五四」文學傳統的特性，「背叛」與否更談不上！

綜合以上三方面內容可以發現：上述論者從根本上迴避了作爲「新民主主義革命分水嶺」的「五四」革命運動與「五四」文學傳統的接受無產階級與共產主義思想領導，屬於世界無產階級革命之一部分的這個根本屬性。而他所羅列的那四個方面的表現或特徵，恰恰屬於資產階級民主主義思想體系與審美美觀的範疇。於是我們找到了分歧的癥結所在：上述論者據以重新評價茅盾的「文學新觀念」，原來是遠比馬克思主義的文學觀念陳舊得多的舊觀念；無怪乎它把抨擊的重點，集中到以下幾點，即所謂「茅盾傳統」和「《子夜》範式」所「呈現出的政治意識形態的明晰性、系統性」，「大大強化了文學的意識形態的論辯性」，以及茅盾在「五四」的領導思想共產主義思想指導下賦予自己的「社會剖析小說」的「客觀性、整體性」和「時事性」（其實應該說，這是指的「時代性」）特徵。

然而恰恰在堅持與發揚以共產主義思想爲指導，「聽將令」、「寫遵命文學」方面，茅盾最接近魯迅所代表的眞正的「五四」文學傳統。因爲這是「五四」運動區分舊民主主義革命與新民主主義革命的界標。作爲「五四」文學的領導思想的共產主義，經歷了由主導因素轉化爲領導全局的思想體系的發展過程。其突出的表現，首先就是它引導了一大批作家經歷了由革命民主主義到共產主義的世界觀質變。魯迅如此，郭沫若如此，茅盾亦復如此。（茅盾不僅是其中完成轉變最早的一位，而且也是現代文學史上第一位共產黨員作家。）

〔註 5〕《魯迅全集》第 4 卷，人民文學出版社版，1981 年，第 456 頁。

與此相應，一大批作家的作品，也發生了突變。有些作家甚至在其世界觀未經質變之前，其創作就呈現了明顯的突變的苗頭。在魯迅，是從前期雜文發展到後期雜文，由《吶喊》、《彷徨》與《故事新編》的前半，發展到《故事新編》後半的《理水》、《非攻》等作品；在郭沫若，是以《女神》到《恢復》；在老舍，是從《老張的哲學》到《駱駝祥子》和《四世同堂》；在丁玲，是從《莎菲女士日記》到《太陽照在桑乾河上》；在何其芳，是從《預言》到《夜歌和白天的歌》；這一切發展和變化，都體現了對「五四」文學傳統的繼承與發展，而不是什麼「背叛」！

這種轉變不僅沒有「消解作家的個人性和主觀性」，更不是什麼「非情感特徵」。即便有的作家身上出現了所謂「超越個人經驗的特徵」，那也是以個人經驗為基礎，並汲取了集體的階級的共同體驗，所達到的自我超越的更高級階段。這就使得上述一切屬於作家主體性內容的各種因素，具備了更強的擁抱生活、擁抱客體的能力。主體性與生活客體性的辯證統一與有機結合，使作家及其作品得到了昇華與超越。所以，由「五四」文學傳統發展為後期魯迅和寫《子夜》時的茅盾所代表的「左翼文學」的無產階級文學新傳統，這不是什麼「背逆」，而是文學思潮歷史發展過程中的螺旋性上升！

（二）

針對茅盾顯著的文學史地位，某些論者給他「重寫」出了這樣的「歷史評價」：認為茅盾相當一部分作品，包括其代表作《春蠶》、《林家舖子》特別是《子夜》，其創作方法是與「四人幫」搞的那套「三結合」、「三突出」創作原則相通的「主題先行」論。其中以藍棣之同志的意見為最激烈。他的重評《子夜》的論文，乾脆以《一分高級形式的社會文件》〔註6〕作正標題，這就把茅盾及其代表作從文學領域中劃了出去；因此，這不是重評文學史地位問題，而是取消其文學資格的問題。這種否定，相當徹底！

藍棣之同志的最尖銳的意見是認為：《子夜》的創作表明，「茅盾意識深處對文學的蔑視和對文學尊嚴的褻瀆」。其「主題展示建立在對藝術作品功能的誤解上」。表現之一是「強調正確『觀念』對創作的指導」，「因此很缺乏作家的『主體性』」，「是一部以嚴謹的客觀性、『科學性』，社會科學的觀察分析，代替了創作中的個人思想情緒和早期浪漫蒂克（小資產階級對現實的空想和

〔註6〕刊《上海文論》1989年第3期，本節引文未注出處者均出此作。

革命狂熱性等等）的帶有古典傾向的作品」。它「正與胡風後來的主體性理論形成對立」。它「缺乏時空的超越意識，過於急功近利，是一部缺乏魅力與恒久啟示的政治小說。」

藍棣之同志的文章包含了許多值得商榷的觀點：一、它把作家確立科學的世界觀與作家從事創作的主體性對立起來；把作家在創作的典型提煉過程中對生活作客觀的、科學的分析與「個人思想情緒」對立起來。言外之意是否是說：作家的主體意識與其長期社會實踐過程中逐步形成的世界觀沒有關係；如果這樣，那作家以其科學的世界觀為指導分析生活、進行典型提煉過程中的種種情感活動，和形象思維過程中迸發的激情，也都不是「個人思想情緒」了！人的長期社會實踐、文學實踐所形成的高級精神活動與意識形態現象，是可以或能夠這麼簡單化地、人為地割裂嗎？按照論者的這種割裂剔除，則剩下的似乎只有其十分看重的「小資產階級的空想和革命狂熱性等等」了！其實，連這一點，也是和作家的世界觀難以分開的！二、它把主體性與作品描寫的現實生活的客體性對立起來；把作家主體意識和形成這一主體意識的客觀實踐與客觀存在依據，人為地對立起來；它又把現在與未來對立起來；把文學的現實主義與未來世界將對它作一定確認的歷史意義對立起來；此外，它還把文學的急功近利性與時空的超越意識對立起來。這就從根本上背離了一切以時間、地點、條件為轉移的辯證唯物主義與歷史唯物主義基點；也就抹煞了文學的現實性、時代性內容；使之成為「超越時空」，不食人間煙火的怪東西。而這一切所導致的結果，不能不是抹煞文學與政治的關係，否定馬克思主義世界觀對創作的指導作用。這是顯而易見的。

文章對茅盾所作的第二個評斷，是說茅盾「把文學看成工具」；把「社會與經濟學家」和「黨的政治領導人」當作「潛在的讀者」；因此就把《子夜》寫成了「一分高級形式的社會文件。」

奇怪的是，藍棣之同志儘管這麼徹底地否定了茅盾，我卻未發現他否定魯迅。如果真的是這樣，他實際上處在自相矛盾的境地。因為魯迅成為共產主義者之後，其思想，其雜文，甚至後期的歷史小說，大都與茅盾相通。而且魯迅還毫不含糊地說過：「一切文藝，是宣傳，只要你一給人看。即使個人主義的作品，一寫出，就有宣傳的可能，除非你不作文，不開口。那麼，用於革命，作為工具之一種，自然也可以的。」不過魯迅也同時強調說：「但我

以為一切文藝是宣傳，而一切宣傳卻並非全是文藝。」〔註7〕這一點魯迅也與茅盾相通，類似的觀點，在茅盾的文章中隨處可見。及至他創作小說，怎麼竟會違背其理論主張，把《子夜》寫成「高級形式的社會文件」呢？

而且這裡的「高級形式」究竟是指「文學形式」，抑或是非文學形式？論文中除指明某某章節是寫「偉大主題」外，還指明了某某章節屬於「充滿魅力」的體現了「感情記憶」的部分。而這些，是論者的神聖的文學殿堂所能容許的。既然這樣，又怎能把矛盾的小說，包括代表作《子夜》劃得出去呢？至於「潛在的讀者」一說，更難以成立。作品既然是寫給人看，除了作者之外，誰都是站在明處的讀者而非潛在的讀者，只要你喜歡看，就有權當讀者。「黨的政治領導人」和「社會與經濟學家」們也擁有同等的權利。然而誰又擁有剝奪他們這種權利的權利呢？同時，誰又有權剝奪作家把政治家、革命家當成讀者的權利呢？歷史上不乏政治家對作家及其作品「反映很熱烈」，評價也極高的範例：恩格斯說他從巴爾扎克的作品中「所學到的東西」「比從當時所有專門歷史學家、經濟學家和統計學家的全部著作中合攏起來所學到的還要多。」列寧則稱托爾斯泰是「俄國革命的鏡子」。這當然不是偉大作家的恥辱，反倒是他們的榮耀。我們難道能據此說他們「把文學當工具」，或是當作說它是什麼「高級形式的社會文件」的反證嗎？

無獨有偶，徐循華同志的文章〔註8〕很多地方也和藍棣之同志相認同。她認為茅盾構建的「《子夜》模式──主要包括『主題的先行化創作原則』，『人物觀念化的塑造方法』以及『鬥爭化的情節結構法』──對它以後的長篇小說的影響是深遠的。」她認為從《子夜》始，包括周立波的《暴風驟雨》、丁玲的《太陽照在桑乾河上》等等，與「茅盾結成『同一戰壕的戰友』。」所形成的「觀念化的『英雄人物』論從理論上為日後臭名昭著的『三突出』原則」「廓清了障礙。」

批評茅盾的小說是「主題先行」者，最早的文章當推吳組湘先生寫於1953年，近年來才發表的《談〈春蠶〉──兼談茅盾的創作方法及其藝術特點》。他的概括是：「茅盾先生這樣先有主題思想，而後再去找生活，找題材。這是

〔註7〕《魯迅全集》第4卷，人民文學出版社，1981年，第84頁。
〔註8〕徐循華同志發表了兩篇文章，一是《對中國現當代長篇小說的一個形式考察──關於〈子夜〉模式》，刊《上海文論》89年第3期；一是《誘惑與困境──重讀〈子夜〉》，刊《中國現代文學研究叢刊》89年第1期；本文凡引她的文章，均見此兩文。

由理性到感性，而後表現出來。」〔註9〕近年來某些論者多承襲了吳先生的觀點，但他們走得更遠，甚至頗有把文革前和文革中所謂的「主題先行」論以及「領導出思想，群眾出生活，作家出技巧」的「『三結合』創作方法」拿來「套」茅盾者。現在又來了個「為『三突出』原則」「廓清了障礙」的新帽子！然而這都是些過窄的鞋子或過小的帽子，與茅盾的實際相去甚遠！

其實「正宗」的茅盾的「主題先行」論，是他本人自己提出來的。茅盾早在 1942 年秋，在《談「人物描寫」》〔註10〕一文中就寫道：「創作先有主題呢？還是先有人物？從主題的命義上講，它是在人物之前就有了的。譬如打算描寫社會現象中的這麼一種現象，這麼一個方面，當然包括我們對於這種現象的看法和見解，是先有了這個主題，才來寫的。可是事實上，在創作的過程中，構思的過程中，也不一定這麼呆板。我們在構思過程或創作過程中，只想到主題，而沒有想到人物，也是不會有的。譬如寫抗戰開始時的現象，一般是先有了對這種現象的見解和看法，這種現象自然不會是抽象的，一定會連帶到人物，雖不明顯，總先有了幾成影子；進一步把和那主題有連帶關係的人物，更詳細的分析起來，那麼人物的影子在作家的腦子裡就更加明顯起來。不過也有些例外，先有一個非常明顯的人物在腦子裡，再從這個人物的身上想出許多事情，再確定了主題。所以在理論上講起來，應該是主題在先。但實際上也不老是這樣的。差不多在主題已經很成熟的時候，人物十之八九也已經有了。至少主要的人物已經有了七八成的樣子。」

茅盾這裡總結了自己的實踐經驗，也概括了別人的經驗。他系統完整地談了生活、主題、人物在形象思維過程中的關係與形成次第：一、積累生活與形成主題，是先有生活積累，在積累過程中才形成「對這種現象的見解和看法」，主題則是在這些見解與看法之基礎上提煉出來的。因此，實際上倒是生活先行，主題後「行」。可見藍棣之等同志所謂「先有主題思想，而後再去找生活，找題材」，以及「作品的主題很明確，但非生活所暗示，而是作家的抽象觀念」，「而寫《子夜》時，黨或黨的社會科學家已經提供了『正確』的觀點，作家只要把這個觀點當作作品主題，形象化，通俗化，科學化就行了」云云，都是既違背茅盾的理論，也不符合茅盾創作之實踐的。二、茅盾的所謂「主題先行」，是和人物的典型化相對而言的。這裡他提供了三類情

〔註9〕《中國現代文學研究叢刊》1984 年第 4 期。
〔註10〕刊桂林《青年文藝》第 1 卷第 1 期，以下引文見《茅盾論創作》，第 525 頁。

況，其一是積累生活中，對生活的「見解和看法」的形成（這還不是主題本身，而是形成主題的基礎）是先於人物的。其二是二者差不多同時形成，作家賴以形成「見解和看法」的生活「現象自然不會是抽象的，一定會連帶到人物」，因此主題的提煉和人物的塑造大體上是拔出了蘿蔔帶上了泥，人物也有個八九成、六七成了！其三是人物在先，「再從這個人物的身上想出許多事情，再確定主題。」〔註 11〕對茅盾談得如此明確的二、三點，以「主題先行」的帽子扣茅盾的論者們，不約而同地諱莫如深，隻字不提！難道這實事求是嗎？

這裡涉及到茅盾對文學史上現實主義創作方法兩種基本類型的認識、論述、汲取、應用等等屬於審美表現原則的大問題。寫完《蝕》後，茅盾確認道：「左拉因為要做小說，才去經驗人生；（筆者按：這只是大致的表達主導情態的說法，實際上此前的左拉已經有了很長的人生經歷。所謂『才去』，是指其補充生活積累之不足而言的。）托爾斯泰則是經驗了人生以後才來做小說。」（筆者按：這又是大致的表達主導情態的說法，實際上托爾斯泰寫作過程中也有補充生活積累之不足的時候。）「我愛左拉，我亦愛托爾斯泰。」「到我自己來試作小說時，我卻更近於托爾斯泰了。」〔註 12〕

論者幾乎公認，《蝕》的創作方式是「托爾斯泰式」的，但上述否定茅盾的論者認為《子夜》、《春蠶》、《林家舖子》的創作方式卻是「左拉式」的。對此，我很難苟同，因為它不符合實際。根據茅盾這批作品的形象思維過程，我不只一次論證過：茅盾是把「托爾斯泰方式」與「左拉方式」結合起來，而且是以「托爾斯泰方式」為主的。在這批作品中，茅盾投入了他青少年時代的故鄉生活體驗、商務時期的上海生活體驗和北伐戰爭時期的武漢生活體驗。只是在 30 年代初回上海後構思這些作品時，才有意識地補充了原始生活積累之不足。翻開《茅盾全集》第 11 卷，我們可以從 1933 年至 1934 年上述小說構思、寫作過程前後，茅盾的下述散文中，找到其生活積累許多的原生態記錄。如《故鄉雜記》、《冥屋》、《秋的公園》、《老鄉紳》、《在公園裡》、《春來了》、《「現代化」的話》、《香市》、《我的學化學的朋友》、《鄉村雜景》、《陌生人》、《談迷信之類》、《上海》、《上海大年夜》、《桑樹》、《大旱》、《人造絲》、《戽水》、《舊帳簿》、《上海——大都市之一》、《交易所速寫》……在這些散

〔註 11〕 《談「人物描寫」》，《茅盾論創作》，第 525 頁。
〔註 12〕 《從牯嶺到東京》，《茅盾論創作》，上海文藝出版社版，1980 年，第 28 頁。

文中，尤其是長篇散文《故鄉雜記》、《上海——大都市之一》中，還應該加上茅盾據左拉長篇小說《太太們的樂園》改編的長篇散文《百貨商店》，以及短篇散文《桑樹》、《人造絲》，這裡邊或有其人物原型的素描，或有其生活素材的速記，或有其主題構思的痕迹，或有其時代背景的實錄，在在都留下《子夜》、《春蠶》、《林家舖子》依照茅盾以上關於生活、主題、人物之關係的論述進行形象思維過程的鮮明印記。如林先生之與《故鄉雜記》中的「活動『兩腳新聞報』」，老通寶之與《故鄉雜記》中的「丫姑老爺」和《桑樹》中的「黃財發」，從原型到典型的形象構成軌迹，不是十分鮮明嗎？尤其是吳蓀甫，人所公認是茅盾以其當銀行家的表叔盧鑑泉爲原型塑造的。而茅盾對盧表叔的了解，始自少年時代；到寫《子夜》時止，終歷了故鄉、北京、上海三個階段的跟蹤觀察研究。以這麼雄厚的生活積累爲基礎，怎麼能說是「人物觀念化的塑造方法」呢？更妙的是，在責備茅盾寫吳蓀甫是「觀念化」而不是根據「感情記憶」，更缺乏自我表現的主體意識和激情時，藍棣之同志又說：「從深層心理看，吳蓀甫就是茅盾！」「在吳蓀甫這個形象裡，無意之中多少寄託了一點茅盾政治境況與文壇境況。從政治上說，他處在教條主義與取消派之間，從文學上說，他處在激進的創造社，太陽社與落伍的作家群之間，——你看，這是不是多少有些像吳蓀甫被夾在買辦金融資本家與工農運動之間呢？」原來我們的批評家和「重寫文學史」者，是這麼分析文學作品的！無怪乎他們一看到茅盾說他寫《子夜》的直接動因之一是要回答托派，就說《子夜》是寫給「黨的政治領導人」和「政治經濟學家」看的由「抽象概念」演化成的「高級形式的社會文件」；原來這些結論的產生，是「沾上點邊兒就算數，沾不上邊兒也算數」，既用不著據實論證，也沒打算接受理論與實踐的檢驗！這麼著形成「新觀念」，當然容易得很了！

沿著這種奇特的思維方式、立論方式與行文方式去研究另一位研究茅盾的論者徐循華同志的茅盾的「主題先行」論和「左」傾思潮中形成的「領導出思想、群眾出生活、作家出技巧」的所謂「三結合」的創作方法，並和「四人幫」搞的所謂「三突出」原則掛起鈎來等觀點與方法，就不難理解了！由此再去看她把所謂「《子夜》模式」當作「網」，把《太陽照在桑乾河上》、《暴風驟雨》、《創業史》、《山鄉巨變》、《上海的早晨》、《李自成》、《喬廠長上任記》、《沉重的翅膀》、《芙蓉鎮》、《冬天裡的春天》、《東方》、《許茂和她的女兒們》、《將軍吟》、《新星》等作品一網打進去，都當作「主題先行」論的標

本，並由此得出所謂「中國的長篇小說缺乏形式感」的結論，對我們說來，也就見怪不怪了！

拉這麼一張大「網」，目的是什麼？徐循華同志下邊的話說得很明白：「直到晚年，茅盾還諄諄教導人們要用唯物辯證法的矛盾規律指導自己去觀察生活、分析生活，要反覆地將自己的生活感受去印證矛盾的對立統一規律從而使之符合辯證觀點。讓理性去駕馭感性的體驗，讓政治的激情統領審美的感性衝動，這是中國作家小說創作的一大通病，也是他們審美素質匱乏的表現」。可見，在她看來，創作只能「跟著感覺走」！不僅得排除唯物辯證法的世界觀與方法論，就連「政治的激情」、「理性的意念」也通通要不得！這就是這位論者的「文學本體論」！

（三）

給茅盾「重寫」的又一個歷史評價，也是徐循華同志作出的。她以反對「機械唯物論」為前提，反對據說是茅盾作品提供的「二元對立模式」。徐循華同志說茅盾「從政治觀念出發」「戴上『階級』的濾色鏡與『鬥爭』的變色鏡，在作品中偽造生活」，形成了「藝術思維機制」的「生硬的『二元對立』的模式」。這是「簡單化、機械化了的辯證法觀念，將整個混沌無序、奇奧複雜的現象世界，簡單地納入兩兩相對的最基本的有序的『二元』程序中，新與舊、正與反、唯物與唯心、非此即彼，先進與落後，革命與反革命，『不是西風壓倒東風，就是東風壓倒西風』，非『我』即『敵』。世界如此簡單：一切都源於類似這樣的『二元』的『鬥爭』，就如一盤圍棋，只有『黑』與『白』兩子的拚殺互吞。」

這番話包含著一系列成問題的觀念：一、面對著描寫階級社會的作品，卻厭棄作家的階級觀點與階級分析方法。二、片面強調主體意識、內心感受、情感記憶，無視生活的客觀性和表現生活時運用辯證唯物論的能動的反映論，並稱之為「機械論」。三、只強調「藝術世界」與「現實世界」的區別，而抹煞「藝術世界」的構建是以「現實世界」為基礎這一更為本質的方面。但茅盾的革命現實主義的創作是以辯證唯物論能動的反映論對待生活，以階級觀點與階級分析方法面對階級社會的現實與本質的。他一向把其藝術真實性的追求建築在生活的本質真實性基礎上，在二者的辯證統一中體現自己的革命傾向性。這就和歷來的資產階級哲學觀、政治觀、審美觀發生了根本

對立。

　　他的《子夜》及與其相關的《春蠶》、《林家舖子》、《多角關係》等作品構建的「藝術世界」，是以 30 年代半封建半殖民地的江浙地區特別是上海十里洋場爲特定生活依據的。借助從這一「現實世界」概括而成的「藝術世界」，來揭示生活底蘊；旨在啓示讀者正確地選擇人生道路，以實現其人生價值。這是茅盾幾十年一貫堅持的從「爲人生的藝術」到「爲無產階級的藝術」這一文學主張和審美觀的能動體現。

　　包括《子夜》在內，茅盾的許多小說對社會生活、時代動向、人際關係的描寫，都是以生活眞實爲依據的。他的描寫，決非如上述論者所作的那種表述，是什麼「黑」「白」兩子的「拼殺互吞」；而是 30 年代初半封建、半殖民地中國上海與江浙農村多元構成的現實矛盾的典型概括。即：帝國主義、買辦勢力、封建主義相互勾結（當然他們之間也相互矛盾），實現其對中國的工農大眾與城市小資產階級的壓迫與剝削。投靠了三大敵人後的民族資產階級，則一方面與工農大眾有矛盾；另一方面也和三大敵人有矛盾。上述各敵對勢力之間，人民內部各階級、各階層之間，也充滿了不同質、不同表現形式的矛盾。而每個階級、階層的人物形象內心，也充滿打上時代烙印的矛盾。這種種生活現象儘管不是「混沌無序」（生活作爲客觀存在，總有規律與秩序可尋，把「混沌無序」強加於生活本身，是毫無根據的），但卻名副其實地是「奇奧複雜」的：共同形成了 30 年代初民族矛盾與階級矛盾相交織，民族矛盾開始上升爲主導方面的特定時代現實。

　　這一切在人物關係描寫中得到了完美而充分的體現。不僅民族關係、階級關係形成了多元對立局面，就是在特定階級內部，也存在階級差異性和階層與階層之間的「多角」關係。即如《子夜》中李玉亭感受到的「吳蓀甫扼住了朱吟秋的咽喉，趙伯韜又從後面抓住了吳蓀甫的頭髮，他們拚命角鬥，不管旁動有人操刀伺隙等著」的描寫，就反映了民族的與階級的以及階層之間的多角矛盾在人物關係中的複雜糾結。儘管李玉亭（《子夜》中的人物）的這種感受有些「簡單化」，作品實際的具體描寫則複雜得多，充分體現了諸般社會矛盾的多元性、多層次性和多面性。

　　許多人物的面目和內心世界，也是多層次、多側面的，決不是如上所說的「二元對立」，更不是「內心分裂」式的「二元對立」的「簡單化」的內心衝突。即如都市女性徐曼麗、劉玉英、馮眉卿這一組，或林佩瑤、林佩珊、

張素素、四小姐這另一組；再如知識分子（即茅盾所說的「新『儒林外史』」）群相中那一組男性如李玉亭、杜新籜、范博文、吳芝生等等；每個人物都有每個人物的複雜性。其人際關係、人生態度是複雜的；內心世界是複雜的；其政治的、社會的、民族立場的屬性更是複雜的。試問他們中的每一個，該歸入「二元對立」的那一類？

何況，不論「新與舊、正與反、唯物與唯心」，還是「先進與落後、革命與反革命」、「我與敵」，其存在形式與組合方式都非平行的或平列的，而是交叉的立體化的多元組合。如果落實到《子夜》或茅盾筆下任何一個作品中稍微展開了性格描寫的人物身上，就幾乎毫無例外地表明，一人兼具多種特徵，這些特徵「奇奧複雜」地交織在性格的內心深層，並以不同時空條件下的不同行動方式展示出來。這種多層次、多側面、多方位、多特徵的「元」，其相互交錯、相互融匯、你中有我、我中有他、他中也有你的「奇奧複雜」的內心世界與人際關係描寫，怎麼能歸結為「新與舊、正與反、唯物與唯心」，或「先進與落後、革命與反革命」的所謂「二元對立」的模式之中呢？又怎麼能是「非此即彼」、「不是西風壓倒東風，就是東風壓倒西風」？到底是茅盾筆下充滿動態性、相當立體化的「藝術世界」屬於「簡單化、幾械化」、「只有『黑』與『白』兩子的拚殺互吞」的「二元對立模式」呢？還是上述否定茅盾的論者主觀杜撰的所謂「只有『黑』與『白』兩子拚殺互吞」的「二元對立模式」曲解了茅盾，故意把他創造的「奇奧複雜」的「藝術世界」「簡單化」「模式化」了呢？

王曉明同志也為茅盾「重寫」了一個「歷史評價」〔註13〕：存在著「兩個彼此對立的茅盾」，政治家和文學家的茅盾其「靈魂分裂為兩半」。他認定文學家的茅盾或茅盾靈魂中屬於文學家的那一半，「屈從於政治家茅盾」或「屈從於靈魂中屬於政治家的那一半」。這個觀點的淵源可以追溯到美籍華裔學者夏志清 50 年代就提出了的「茅盾雙重人格論」。不過王曉明同志作了較具體充分的展開與發揮，因此離茅盾的實際情況就更遠；他的觀點又得到藍棣之同志的呼應與支持。

其一，王曉明同志既說小說家茅盾「面對虛構世界」對政治能持「比較超脫的態度」；又說政治家茅盾只是把文學當作「發泄」政治失意時的「幻滅

〔註13〕見《中國現代文學研究叢刊》1988 年第 1 期所載題為《一個引人深思的矛盾——論茅盾的小說創作》一文。

情緒」的「出口」。他「惋惜」茅盾具有「文學天賦」「卻沒有建立起皈依文學的誠心」；他「擔心」茅盾會不會在無意中輕慢了文學，遭到藝術女神的拒絕呢？在我看來，其實茅盾並沒有「輕慢了文學」而「遭到藝術女神的拒絕」，倒是這位論者「編創」了「兩個對立的茅盾」和「茅盾的靈魂分裂爲二」等「神話」替「藝術女神」「拒絕」了茅盾。藍棣之同志甚至說茅盾在政治上「受到壓抑」，「政治才能不能得到施展，轉而在文學創作上找尋施展政治才能抱負的機會。」這個說法較之「兩個對立的茅盾」說更加聳人聽聞！

實際情況恰恰相反：在茅盾那裡，政治與文學的關係從未產生對立，一向是辯證統一的。不錯，他集革命家、文學家於一身，但二者絲毫不存在誰「屈從」於誰的問題；正像著名的詩人與評論家張光年在茅盾誕辰九十週年紀念大會上所作報告的題目所說：茅盾是「文學家與革命家的完美結合。」不錯，在茅盾心目中和他的畢生實踐裡，文學活動與政治活動「本就是相互聯繫的事」，的確「都同樣能滿足他改造社會的內心熱忱。」然而從魯迅、茅盾到巴金、老舍，哪個作家不是如此？哪個具愛國立場的作家是在國家民族面臨生死存亡關頭，只「面對虛構世界」，對政治卻持「超脫態度」的？難道說他們都是兩個自我「對立」和「靈魂一分兩半」者嗎？

顯然，是上述論者人爲地把茅盾「一分爲二」，「對立」了茅盾，「分裂」了他的「靈魂」；茅盾自身並不存在「對立」或「分裂」，他畢其一生的文學道路證明，確如張光年所說，是「文學家與革命家的完美結合」。他不否認其從事文學有政治目的。也確實身體力行參與了「改造文壇」的工作。但他沒有以政治取代藝術，更沒有「輕慢了藝術女神」。他從登上文壇起，就「建立起皈依文學的誠心。」並爲此多方面艱苦奮鬥，充實與磨煉自己的文學素質。他從中國古代文學與西方文學兩個參照系上實現其「必須窮本溯原，作一番系統研究」的恢宏浩繁的文學積累工程，這才能縱橫博覽，取精用宏；使自己的創作在博採人類文化與文學的精髓基礎上實現藝術獨創性。而且在動筆寫小說之前，他還通過過一系列散文創作練了筆。在中國現代文學史上，有幾位作家能像芽盾這樣，以如此艱巨的藝術積累實現他對藝術女神的虔誠？

當然，在處理文學與政治之關係問題上，他不是沒有失誤，他從其《路》和《三人行》的這種失誤中，就總結出徒有革命立場而缺乏鬥爭的生活，不能有成功的作品。正如他從《蝕》的失誤中總結出的另一個經驗教訓：「一個

作家的思想情緒對於他從生活經驗中選取怎樣的題材和人物常常是有決定性的」〔註14〕兩者同樣，都說明了茅盾對藝術何其虔誠！而論者卻以「政治家與文學家的對立」苛責其政治與藝術相當統一的《蝕》與《子夜》，能認為這是嚴肅而實事求是的判斷嗎？

不錯，政治家的茅盾以其高瞻遠矚的思想視野與豐富複雜的生活閱歷充實著文學家茅盾的審美感受和審美表現。這正是其創作個性的突出特徵。最能反映其創作個性特徵者，也許是茅盾下述的言論：「偉大的作家，不但是一個藝術家，而且同時是思想家——在現代，並且同時一定是不倦的戰士。他的作品，不但反映了現實，而且針對著他那時代的人生問題和思想問題，他提出了解答。」茅盾突出地強調：「他的作品的藝術方面，除了他獨創的部分而外，還凝結著他從前時代的文化遺產中提煉得來的精髓。」〔註15〕這既是他關於文學與政治、文學與思想、文學與時代之關係的辯證理解，也是其創作原則的夫子自道。其頗受某些論者之青睞的《蝕》如此，其倍受攻擊的《子夜》何嘗不如此？我們不是一向堅持作家應有獨具的主體意識嗎？為什麼對茅盾這頗具時代特色的獨特的主體意識，卻採取大加貶斥的不承認主義呢？

其二，從「兩個茅盾的對立」論和「靈魂分裂」論出發，不僅斷言茅盾「一直到結束自己的創作生涯，都沒能夠」從這種「深刻的矛盾中拔出腳來」，而且還接過夏志清的「茅盾的創作力枯竭」論加以引申，說茅盾「解放後乾脆寫不出作品來」。

這又背離了茅盾一生文學道路的基本事實。茅盾六十五年的文學生涯，是沿著下述軌迹發展的：

$$\text{理論批評（創作）} < \begin{matrix} \text{創 \quad 作} \\ \text{理論批評} \end{matrix} > \text{理論批評（創作）}$$

具體地說，商務十年時期是以理論批評為主的，兼有散文創作，其中也不乏佳作，但不占主導地位。1927 年後到解放前，創作和理論批評並重，各自形成高峰。顯示出前一段從古代文學傳統、西方文學傳統兩方面都「窮本溯源，作一番系統研究」建立起相互比照的參照系這一恢宏浩繁的文學積累系統工

〔註14〕 《茅盾選集‧自序》，《茅盾論創作》，上海文藝出版社，1980 年，第 20 頁。
〔註15〕 《創作的準備》，《茅盾論創作》，第 451～452 頁。

程，以及借散文試筆，所形成的巨大優越性。建國以後，由於擔負國家文化領導工作，文聯與作協的文學領導工作，以及世界和平運動等涉外工作，占去他主要的時間與精力；他無法深入生活，爲反映新生活積累素材。據他的兒子韋韜同志回憶，茅盾常說：「我不能深入生活，就沒法寫新東西，有時候爲此也很心煩。想多些時間下去。現在只能寫些舊東西，利用零星時間搞點評論。」其實茅盾的評論，是對當代文學的跟蹤研究。既有系統的評論文章（多集中在《鼓吹集》、《鼓吹續集》、《讀書雜記》和「文革」後出版的《茅盾評論文集》、《茅盾文藝評論集》及《茅盾新作》裡），也有《夜讀偶記》、《關於歷史和歷史劇》這樣的「史論性」宏篇鉅製。這時期他寶刀不老，不斷有舊體詩詞和散文等新的創作，而且還有幾部未能問世的大著作，決非如論者所說：因爲「捆在政治上」「別無選擇」並導致「創作力衰竭」。下面，不妨披露一些具體的材料。〔註16〕

1951 年他應公安部長羅瑞卿同志的要求，寫了一個肅反題材的電影文學劇本，他的忘年交趙明同志曾爲他提供過材料。劇本寫好後組織了兩次座談會，與會者認爲儘管內容很好，但因茅公不熟悉電影藝術規律，本子難以拍攝，又沒有人肯改編「大作家」的原作。此外茅盾也不熟悉當代青年的生活。一向自律很嚴的茅盾就把它擱置起來。這個本子，「文革」中毀掉了！

於是茅盾決定仍轉向自己熟悉的生活，運用自己熟悉的形式。1955 年，打算寫一部反映資產階級社會主義改造經歷的長篇小說。爲此曾到上海深入調查，周而復特地向茅公介紹了情況。當時茅盾兼職很多，在工作夾縫中無法實現這個大計劃。1955 年 1 月 6 日，他致書周總理，要求「在最近將來請一個短時期的寫作假」，先把過去陸續記下來的整理出來，寫成大綱。「如果大綱可用，那時再請給假」。「以便專心創作。」〔註17〕茅盾 1959 年 3 月 2 日《致中國青年報社編輯部》的信中說：「我的小說稿子還是去年秋和你社一位同志說過的那種情況：擱在那裡，未曾續寫，也沒有加以修改。原因是去年秋天有些事情」，「同時身體又不好」。〔註18〕指的就是這部長篇。當時寫了好幾萬字。後在「文革中茅公因處境困難，親自把手稿「弄掉了」！

到了 1973 年以後，他的處境稍有好轉，就接受了兒子韋韜的建議：「目

〔註16〕以下提到的未發表的作品情況，均屬韋韜同志提供，在此向他表示謝意。
〔註17〕《茅盾書信集》，百花文藝出版社版，1987 年，第 402 頁。
〔註18〕《茅盾書信集》，浙江文藝出版社版，1984 年，第 232 頁。

前現實題材不好寫，歷史題材還是可以寫的」。遂著手續寫《霜葉紅似二月花》。其寫作計劃，後來在《我走過的道路》中有詳細的介紹，現在不妨簡介茅公留下的四萬多字遺稿的內容。《霜葉紅似二月花》原書到第十四章爲止。茅盾的續作計劃爲十三章。現在留下的稿子包括「第十五章梗概」、「第十五章大綱片斷（含「婉小姐處理家產」、「婉小姐智激錢良材」等）、「第十六章梗概」、「第十六章大綱片斷」（含「馮梅生夫婦談秋芳婚事」等三節）、「第十七章大綱——錢良材在黃府賭酒」、「第十八章梗概」、「第十八章大綱（部分）」（含「王民治的婚事」等兩節）以及「第十八章以後各章的梗概及片斷」（含「北伐軍入城」等約九章）。這共約十三章的大綱，初步描出了《霜葉紅似二月花》第二部的基本輪廓。大綱不是用邏輯語言而是用半文半白的語言形象地敘述了故事情節、人物性格與結構框架的梗概。它居高臨下，相當宏觀地勾勒出從大革命到「四一二」政變的歷史，內容包括：一、錢良材參加了國民黨，因比較「左」傾，被蔣介石「清洗」，後到了北京。二、增寫了一個與錢良材關係密切、一起戰鬥的革命新女性張今覺。她是犧牲了的一個師政治部主任的太太，也是國民黨左派，其性格與婉卿相類，表現得相當堅強；是在書中占有很重要的地位的新角色。

此後，『文革』形勢又有逆轉，加上茅盾覺得時隔幾十年，文筆風格不大像舊作，遂又擱置下來。這些遺墨珍藏在韋韜處，在適當的時候，我們將能一瞻風采。

這一切未竟計劃和所謂的遺墨，證明了直到晚年茅盾始終保持著旺盛的創作活力，而其洋洋大觀的回憶錄《我走過的道路》，也時時迸發出文學的火花。從以上情況可以看出：茅盾建國後的創作建樹未能更上一層樓的原因，一是囿於沒機會深入生活，二是囿於浩繁的行政工作。隨著年事漸高，身體條件也帶來局限，遂造成了旺盛的創作力與實現其價值的客觀條件之間的矛盾。這是殊令人惋惜的。但是不面對這一真實情況，反而在「創作力衰竭」等不實之詞上節外生枝，這無助於文學史真實面貌的科學而準確的展現。

（四）

新時期十多年的文學潮流，和改革開放的大潮相對應，有了長足的發展，但在東西方文化思潮、文學思潮大撞擊的宏觀背景下，意識形態形勢一度發生逆轉的局面，也不必諱言。

在現代文學史研究領域，這種現象竟率先出現。其起於青萍之末的風頭，是美籍華裔學者夏志清著的《中國現代小說史》，1979 年港版中譯本旋即流傳於大陸。此作在夏氏有意識地宣傳反共思想的支配下，從否定共產主義思想對「五四」文化革命的指導作用開始，歪曲了「五四」革命傳統，否定了共產黨領導下的包括「左翼」文學、解放區文學在內的無產階級文學潮流誕生、發展、壯大的歷史。其否定的矛頭，首先指向魯迅、茅盾、郭沫若等無產階級革命文學的執牛耳的大師。影響所及，早在 80 年代初就匯成否定魯迅的社會思潮。夏氏在否定無產階級文學之同時，把胡適、周作人所代表的資產階級文學奉為「五四」文學「正宗」，把其後出現的沈從文、張愛玲等作家抬到魯迅、茅盾、郭沫若、巴金、老舍、曹禺之上，企圖從根本上改變中國現代文學史的面貌；旨在造成一種印象：中國現代文學史的主流不是無產階級革命文學思潮，而是資產階級民主主義的以至反動的文學思潮。夏志清完成這一企圖的理論武器，主要是虛偽的「藝術至上主義」的資產階級美學觀。其攻擊以魯迅、茅盾、郭沫若為代表的革命文學的焦點，是文藝與政治的關係。夏氏把這些大師的無產階級文學傾向一律歪曲為「共黨宣傳」，並以其世界觀發生質變為界，抽象肯定其前期，具體否定其轉變後該時期的全部文學建樹。他還以「人格分裂」、「言不由衷」等說法歪曲這些大師後期創作中實在無法否定的東西。關於這部書和否定魯迅的社會思潮的反動傾向與觀點，拙著《新時期文學思潮論》〔註 19〕上編所收在當時曾陸續發表過的五篇文章中曾有所批評。夏氏的《中國現代小說史》與大股湧進的現代派美學思潮及其哲學基礎的影響不可低估，在以「重寫文學史」為標榜的相當一部分論文中，就有明顯的反映。例如率先倡導「重寫文學史」的《上海文論》，在其所闢專欄中，不僅每一篇文章否定一位革命作家，而且不允許不同意見在刊物上爭鳴。首當其衝的就是《在延安文藝座談會上的講話》影響下奠定了文壇地位的趙樹理、柳青、郭小川、楊沫等作家；「五四」時登上文壇又次第匯入無產階級文學大潮中去的郭沫若、丁玲、何其芳等作家亦未能倖免。為否定茅盾及其扛鼎之作《子夜》，該刊竟破例同時發表兩篇文章提出否定意見（其中就包括本文與之展開商榷的文章在內）；這在該專欄也幾乎是絕無僅有的。

應該指出的是，一個時期以來，文學創作中的歐化傾向，特別是否定傳

〔註 19〕中國廣播電視出版社初版，1990 年 5 月。

統思潮，與理論批評、文學史研究中的相應取向，是相伴而生的；是同一社會思潮、文學思潮的反映。在新與舊的衝突掩蓋下，實質上存在著以資產階級美學觀否定無產階級美學觀的原則性論爭。茅盾研究領域存在的分歧，有的是具體學術觀點之爭；有的則是兩種對立的美學觀相互撞擊的反映。後者的焦點，集中在文學與政治之關係上邊；如否定茅盾的無產階級政治立場，否定其作品的革命性，時代性傾向等等。實質上是以「藝術至上主義」和「純文學」的「超脫」態度為依傍，來否定茅盾的馬克思主義美學觀，否定其創作與理論批評諸方面的無產階級傾向性。由此推而廣之，還對茅盾的文學活動接受黨的領導，積極為人民革命事業特別是反帝反封建鬥爭所起的促進作用加以非議。而這些恰恰是茅盾的文學遺產中的精華部分。他們否定茅盾時所使用的所謂「文學新觀念」，其實是早已有之的資產階級民主主義美學觀中比較陳舊的老東西。當然，新與舊不能與正確和錯誤劃等號。但這些過了時的資產階級民主主義審美觀念中，不少成分是錯的。這些美學觀念與無產階級的審美觀當然會格格不入，以此來衡量茅盾及其作品，持否定態度是很自然的。這當然是可以理解的。但卻是難以苟同的。

難以理解的是，這些論者在持不同觀點之餘，還經常在文學史實、作品實際等方面離開實事求是的歷史唯物主義立場和尊重歷史、尊重客觀存在的文學史家應有的態度。同時，他們的批評標準又時時落入嚴家炎同志在其《中國現代小說流派史》一書附錄中所批評的「異元批評」或「夸元批評」的臼槽。比如離開了茅盾是革命現實主義作家這一根本史實，採用包括現代派、特別是其中的表現派的標尺，來衡量其作品，當然難免出「以尺論斤」的笑話。

此外還有一種令人難以苟同的態度與方法，即：一味地標新立異下判斷，卻不作起碼的分析，和必要的論證。從行文中看，作者既沒有作理論界定的意思，也沒有接受實踐與歷史檢驗的意思；這很難說是嚴謹的學者應有的科學態度。

應該說，一個時期以來的意識形態格局的整體性混亂，衝擊了文學史研究，其中包括衝擊了茅盾研究在內。這並非出人意外的現象。在這股歐風西雨思潮襲擊下，茅盾及其作品受到些衝擊，不是他的問題，而是他的殊榮。這從另一個方面證明和確認了茅盾及其作品的文學地位及其重要性；當然也無損於這些地位與重要性的繼續被確認。

由於青年學子對已逝的歷史、已逝的文學史現象不很了解，很容易被某些雲遮霧罩的觀點所左右，因而不了解茅盾及其作品的盧山眞面目。針對某些失誤的觀點和失實的論述提出商榷，是我們無法推卸的責任。

限於作者的水平，本文也許存在另外的失誤；應該同樣接受歷史的檢驗與學者讀者的指正。至於尙能站得住腳的意見，提出來不過是旨在求眞和求實，毫無失敬或不尊重對方的意思。令人欣慰的是，目前已逐漸恢復了百家爭鳴的正常氣氛，希望它能進一步完善和發展下去。

後　記

　　我研究茅盾始於 50 年代初。開始時蓽路藍縷，但完全出於認同與愛好；繼因教學所需，才逐漸舖開，全方位地放到整個時代與文學思潮環境中考察，並初具規模。新時期參加《茅盾全集》編輯工作後，得以通讀茅公的全部遺著和相當一部分手稿，避免了瞎子摸象的局限，形成了較爲宏觀，較有系統的認識。

　　「文革」前的許多論文、講稿，包括在我的導師川島先生指導下寫的學年論文《論〈子夜〉的主要人物——吳蓀甫》在內，十年浩劫中被付之一炬！那時也許我受自蔡元培先生起形成的北京大學校風之薰陶關係，在文字形成後，不願即交出去，總想沉一沉，冷一冷，以求繼續昇華。所以那些論文、講稿，均未發表。而今卻隻字無存了。「四人幫」當政時有許多「發明創造」，逼人以「灰燼」的形式處理論著，即其一例。當年學步的經歷，已經塵封日久了。現在手頭的或發表的文字，都是新時期所寫。包括一部分單篇論文，和四部論著：即已陸續出版的《茅盾作品淺論》、《茅盾散文欣賞》，和不久前完成的《茅盾評傳》，以及這部《茅盾的藝術世界》。

　　使我有機會把這部《茅盾的藝術世界》奉獻給讀者的，是青島出版社。我有幸出生在三國名將太史慈的故鄉山東黃縣（如今改名爲龍口市，這實在失卻古色古香，具民族色彩的這個古城的光澤，是令人十分遺憾的）；青島是我的第二故鄉；我在青島生活與學習長達七八年之久。當時曾以初生犢兒不識虎的年青人的熱情與朝氣，在這個美麗的海濱城市，開始了散文和話劇的寫作嘗試。不用說我的世界觀也是在這翠綠的充滿生機的琴崗上奠基。那是一個新舊交替的社會歷史轉折期。共和國第一代大學生隊伍的青島支隊，就

從這裡起步。在四十年前那激動人心的時刻，我們告別了大海，奔向全國各地升學深造。而今這些人兩鬢染霜，大都成為參天大樹與國家棟樑。其中也不乏世界聞名的光輝名字。能和他們一起在這塊沃土上成長，是我的榮幸。恰在寫這篇後記的時候，我們這批四十年前的同窗學友，從國內外重返琴崗，伴著海浪，歡慶我們中學畢業四十週年。這激動的心情，實在無法溢於言表。也正在這時，承青島出版社總編輯徐誠同志厚愛，慨允把這本《茅盾的藝術世界》列入青島出版社的出版計劃。文學編輯室主任王永樂同志則在百忙之中任此書的責任編輯。出版社其他領導與工作人員也使我澤被了他們的厚愛。為能使這部論著得以問世，我的老同學劉真驊同志，老朋友林修功同志，都盡了最大努力予以玉成。我的大兒子丁斌為此書的出版，從山東到海南島，再到山東，奔走聯繫達兩年之久。還有不少朋友給予我以各種幫助。這一切使我感到生活中仍有一股暖流：給甘於寂寞、枯坐終日「爬格子」的書生們以慰藉與溫馨。

人說在商品大潮中，「認錢不認人」已經成為市場經濟的人際關係的法則。這話其實只說了一面。對這一面我儘管不得不承認其存在的客觀性，但實在不敢恭維！我總相信我們的社會畢竟還有另一面：我們畢竟是社會主義國家；山東畢竟是孔孟之邦，齊魯文化發祥之地；在人際關係中，特別在「文交」領域，超過物欲的閃光的精神依然存在。這仍是為數不少的高尚人的心靈的主宰。上述的念舊之誼與念故土鄉誼之情的人，以及以精神奉獻與精神產品社會價值為重的出版家風度，不僅屬於這種閃光的精神的範圍，而且是我們的生活主流的重要構成因素。

我當然珍惜這些閃光的精神與情誼，我當然欽佩這種不重物質而重精神的出版家風度。在拙作即將面世之際，我願借此紙尾，懷著感激和虔誠，掬一瓣心香，從泉城的千佛山下，向東海之濱的琴島遙祝！

丁爾綱

1993 年元月於春節前夕初稿

1993 年 8 月 1 日改定